KB112784

# 암 병동 2

**Раковый корпус**

세계문학전집 338

# 암 병동 2

**Раковый корпус**

**알렉산드르 솔제니친**

이영의 옮김

민음사

## 차례

# 2부

일러두기

1. 번역 대본으로는 모스크바 바그리우스 출판사의 2003년도 판본을 사용하였다.
2. 러시아어 고유명사의 한글 표기는 개정된 외래어표기법을 따르는 것을 원칙으로 하되 몇몇 예외를 두었다.

2부

# 22
## 모래 속으로 사라지는 강

1955년 3월 3일.

친애하는 옐레나 알렉산드로브나와 니콜라이 이바노비치!

여기 퍼즐 그림이 하나 있습니다. 이것이 무엇인지, 여기가
어딘지 알아맞혀 보세요. 창문에는 쇠창살이 있어요.(사실 도난
방지용으로 1층에만 있는데, 한쪽 모서리에서 방사형으로 퍼져 나가
는 모양이며 창살 위에는 가리개가 없습니다.) 방 안에는 침구가 딸
린 침대들이 놓여 있고 그 침대 위에는 겁먹은 사람들이 누워
있습니다. 아침부터 빵이며 차, 설탕(아침 식사 전에 그런 것은 규
칙 위반이지요.)이 눈에 띕니다. 아침에는 음울한 침묵이 흐릅니
다. 아무도 말을 하려고 하지 않아요. 그러다가 저녁이 되면 왁
자지껄해집니다. 공통된 화제를 두고 활발한 논쟁이 벌어집니
다. 통풍구를 열지 닫을지, 누가 나아지고 나빠질지, 사마르칸
트 회교 사원의 벽돌은 몇 개인지 하는 것들입니다. 낮에는 직

원들에게 개별적으로 불려 가 면담을 하고 치료를 받고, 친지들의 방문에 시달리지요. 장기도 두고 책도 읽습니다. 차입품을 가져다주기도 하고, 가져다준 이들에게 그것을 나눠 주기도 하지요. 어떤 사람들은 특식을 받기도 합니다. 밀고자가 아닌데도 말입니다.(제가 직접 받고 있으니 사실입니다.) 가끔 일제 점검을 실시해서 개인 물품을 빼앗는 일도 있으니 그것들도 감춰야 하고, 산책을 허락해 달라고 입씨름을 하기도 합니다. 목욕하는 일은 가장 큰 사건이면서 최악의 재난이기도 합니다. 춥지는 않을지, 물은 충분할지, 환자복은 어떤 것을 받을지 모르기 때문입니다. 정말 우스운 것은 새로 들어온 사람이 앞으로 이곳 생활이 어떨지도 모르고 속없는 질문을 하는 것입니다.

이제 짐작이 가세요? 물론 제 이야기가 거짓말이라고 생각하실지도 모르겠네요. 호송 중의 감옥이라면 침구가 딸린 침대가 어디 있으며, 구치소라면 한밤중에 심문이 없을 리가 없는데…… 하고 생각하시겠지요. 이 편지가 우시테레크 우체국에서 검열을 받으리라고 생각하기 때문에 더 이상의 설명은 하지 않겠습니다.

어쨌든 이것은 제가 다섯 주째 지내고 있는 암 병동의 모습입니다. 이따금 예전 생활로 돌아가는 것은 아닌가, 이런 생활이 계속되는 것은 아닐까 하고 생각하기도 합니다. 가장 견딜 수 없는 것은 기한도 없이, 어떤 지시가 있을 때까지 이렇게 기다리고 있어야 한다는 것입니다.(감독 조사국으로부터 석 주 동안 휴가를 받았기 때문에 형식적으로는 이미 기한이 지나서 탈주범으로 처리해도 어쩔 도리가 없습니다.) 언제 퇴원할지는 아무도 이야기해 주지 않고, 아무것도 확인해 주지 않습니다. 병원의 치료라는 것은 어쩌면 환자에게서 짜낼 수 있는 모든 것을 짜내서 더 이상 피 한 방울 안 남아야 내보내겠다는 의지인지도 모르겠습니다.

결과적으로 최근 두 주 동안의 치료 후에 두 분께서 지난번 편지에 '다행증'이라고 했던 상태, 즉 이전의 삶으로 돌아갈 수 있었던 상태는 이제 끝나 버렸습니다. 그때 퇴원하지 않은 것을 매우 후회하고 있습니다. 저에게 유익했던 치료는 이제 끝났고, 해가 되는 치료가 시작된 것입니다.

하루 두 번 방사선을 조사받는데, 한 번 조사받을 때마다 이십 분씩 300뢴트겐을 받고 있습니다. 우시테레크에서 처음 왔을 때 느꼈던 통증은 사라졌지만 지금은 방사선 구토증을 새로 얻었습니다.(아니, 어쩌면 주사 때문인지도 모르고, 모든 것이 합쳐져 그런지도 모릅니다.) 몇 시간씩 가슴을 쥐어뜯을 정도입니다! 담배는 저절로 끊게 되었습니다. 얼마나 괴로운지 산책을 할 수도, 앉아 있을 수도 없습니다. 어떻게든 마음을 편하게 먹으려고 애를 쓰고 있습니다.(바로 그런 상태에서 지금 편지를 쓰고 있답니다. 그래서 글씨가 반듯하지 않습니다.) 베개를 베지 않고 반듯이 누워서, 다리를 살짝 쳐들고 머리는 약간 침대 밑으로 하고 있는 자세가 편합니다. 방사선을 조사받으라는 호출이 있어 방사선 냄새가 가득한 방사선실로 갈 때는, 토할까 봐 겁이 납니다. 그런 구토증에는 오이 피클이나 양배추 절임이 도움이 된다고 합니다. 그러나 병동이나 병원에서는 그런 것들을 구할 수 없고, 그렇다고 환자를 병원 밖으로 내보내 주지도 않습니다. 친척들에게 부탁해서 가져오라는 식이지요! 친척이라니……. 제 친척이라야 크라스노야르스크의 타이가 속을 네 발로 뛰어다니고[1] 있을 텐데 말입니다. 가엾은 죄수가 여기서 할 수 있는 일이 무엇이겠습니까? 장화를 신고 여성용 환자복에 군용 혁대를 졸라매고 병원 담이 반쯤 허물어진 곳을 통해 빠져나갑니다. 그곳을 지나 철길을 건너 오 분 정도 걸어가면 시장이 나옵니다. 시장 근처 골목길이나 시장 안에서도 제 차림새를 보고 이상하게 여기거나 웃는 사람은 아무도 없습니다. 그것을 보면 어떤 것에든 금방 익숙해지는 우리 민족의 정신적인 건강함을 발견하곤 합니다. 저는 시장을 돌아다니며 침울한 표정으로 죄수들이나 할 수 있는 흥정을 합니다.(희고 노르스름한 닭을 보고 콧소리를 내며 "아주머니! 이 폐병 걸린 병아리는 얼마예요?"라고 묻지요.) 가진 돈이 없는데 물건을 손에 넣는 것을 보면 신기하지요? 제 할아버지는 이렇게 말씀하시곤 했습니다. "티끌 모아 태산이고, 태산의 높이는 머리 쓰기 나름이다." 제 할아버지는 정말 영리한 분이셨어요.

아무튼 입맛이 당기는 것은 오이 절임뿐이고, 다른 것은 전혀 먹고 싶지 않아요. 머리가 항상 무겁게 느껴지는데, 언젠가 한번은 심한 현기증을 느꼈어요. 물론 종양의 크기는 절반으로 줄어들었고, 가장자리도 말랑말랑해져서 제가 만져 보아도 확실히 잡히지 않습니다. 하지만 그동안 혈액이 많이 나빠져, 백

---

1) 러시아에서 유명한 풍자로 비밀경찰이 유형수들에게 '타이가의 이리가 너희들의 동지'라고 표현한 것을 비꼰 것이다.

혈구 수를 증가시키는(물론 동시에 다른 무엇인가를 손상시키겠지요!) 특별한 약을 먹고 있습니다. 그리고 "백혈구 수가 증가되도록"(그들의 표현대로!) 우유 주사를 놓겠다고 합니다! 얼마나 야만적인 일입니까! 차라리 방금 짠 신선한 우유를 한 잔 주면 얼마나 좋겠습니까! 주사는 절대 안 맞을 생각입니다.

게다가 이제는 수혈을 하겠다고 위협합니다. 물론 그것도 거부하고 있습니다. 다행히 제 혈액형이 O형이라서 헌혈자가 많지 않거든요.

대체로 방사선과 과장과 신경전을 벌이는 중인데, 만나기만 하면 싸웁니다. 아주 대단한 여성입니다. 얼마 전에는 제 가슴을 만져 보고 시네스테롤에 대한 반응이 나타나지 않는다면서 주사를 맞지 않고 속이는 것 아니냐고 하더군요. 저는 화를 냈습니다.(사실은 속이고 있었지요.)

하지만 주치의와 싸우기는 매우 어렵습니다. 왜냐고요? 그녀는 아주 상냥하거든요(니콜라이 이바노비치! 언젠가 "상냥한 말이 뼈를 녹인다."라는 표현이 어떻게 생겨났는지 설명해 주신 적이 있지요? 기억하실지 모르겠네요!) 그녀는 절대로 소리치는 법이 없습니다. 눈썹조차 찡그리지 못하니까요. 제가 싫어하는 것을 어쩔 수 없이 지시해야 할 때는 눈을 감아 버리지요. 그러니 저도 양보를 하게 됩니다. 물론 몇 가지 사소한 일은 그녀와 상의하기 어려운 것도 있습니다. 아직 저보다 훨씬 젊기 때문에 그녀와 끝까지 싸우기가 어렵습니다. 게다가 아주 미인입니다.

사실 그녀는 아직 순진해서 현재의 치료법을 상당히 신뢰하고 있어요. 그래서 그녀를 설득하기가 쉽지 않습니다. 아무도 치료법에 대해 저와 이야기를 나누려고 하지 않고, 저를 이성적인 대화 상대로 취급하지도 않습니다. 어쩔 수 없이 의사들이 하는 이야기를 듣고 짐작하거나 추리하고 의학 서적을 참고해서 저 스스로 몸 상태를 짐작하곤 합니다.

그래도 여전히 어떻게 될지, 어떻게 해야 할지는 모르겠습니다. 예컨대 요즘은 쇄골 위쪽을 자주 촉진하는데, 그곳으로 전이되었다는 뜻인지 알 수가 없습니다. 그리고 방사선을 수천 단위씩 조사하는데, 무엇 때문일까요? 실제로 종양이 재발하는 것을 막기 위해서일까요, 아니면 다리를 놓을 때처럼 만일의 경우를 대비해서 다섯 배 혹은 열 배의 안전을 확보하기 위해서일까요? 그것도 아니면 그 치료법을 부정할 경우 일자리를 잃기 때문에 어쩔 수 없이 비정한 치료법인데도 그냥 시행하는 것일까요? 사실만 이야기해 주더라도 제가 여기에서 벗어날 수 있고 그런 악순환을 끊을 수 있을 텐데…… 그들은 아무것도 말해 주지 않습니다.

그들과 한바탕 싸우고 떠날 수도 있었겠지요. 그러나 그러면 저는 병원의 진단서를 얻을 수 없습니다! 여신의 진단서를 말입니다! 오, 오, 오! 그것이야말로 유형수에게 얼마나 필요한 것인지 아시지요! 내일이라도 당장 감독 조사관이나 정치국 관리가 저를 300킬로미터나 더 떨어진 황무지로 쫓아 버릴지도 모르지요. 진단서 때문에 저는 이렇게 잡혀 있습니다. 장기 요양과 치료가 필요하다는 진단서는…… 상관들에게는 죄송하지만 절대적으로 필요하답니다. 나이 든 죄수가 병원의 진단서를 어떻게 무시할 수 있겠습니까? 생각할 수도 없지요!

어쩔 수 없이 다시 속이고, 책략을 쓰고, 거짓말을 하고, 질 질 끄는 것, 평생 이런 짓을 계속해야 하다니 견딜 수가 없습니 다!(아 참! 지나친 책략에 지쳐서 실수를 하기도 합니다. 예전에 보내 주신 옴스크 대학 병원의 조직 검사서가 오히려 불행을 자초했습니다. 그 서류를 제출하자 곧바로 진료 카드에 첨부했답니다. 나중에야 속았 다는 것을 알았습니다. 그 검사서가 없었더라면 좀 망설였을 텐데, 그 것을 보고 나서 주저 없이 호르몬 요법에 들어갔으니까요.) 진단서, 바로 그 진단서를 받기 위해서 싸우지 않고 좋은 방법으로 이곳 을 벗어나야 합니다.

우시테레크로 돌아가면 종양이 다른 곳으로 전이되지 않도 록 부자 뿌리를 사용할 생각입니다. 강한 독으로 치료하면 좋은 점이 있습니다. 독은 아무렇지도 않은 것처럼 속이거나 하지 않 고 "나는 독이다."라고 대놓고 경고합니다! "조심하시오! 그러 지 않으면!" 그래서 우리도 어떻게 될지 알고 씁니다.

특별히 오래 살고 싶은 생각은 없습니다! 미래를 계획해서 무엇하겠습니까? 지금껏 경비병에게 감시를 받고 살다가 다음 에는 통증으로 고통당하며 살아왔습니다. 그저 잠시라도 경비 병이나 통증 없이 살아 보고 싶은 것뿐입니다. 그것이 저의 가 장 큰 희망입니다. 레닌그라드도 리우데자네이루도 가고 싶은 생각이 없습니다. 그저 멀리 떨어진 우리의 소박한 우시테레크 로 가고 싶을 뿐입니다. 곧 여름이 되겠지요. 이번 여름에는 별 이 쏟아지는 밤이면 나무 둥치에 누워 잠이 들고, 밤에 자다가 깨면 백조자리나 페가수스자리가 기울어진 것을 보고 몇 시인 지 알아내던 그곳으로 가고 싶습니다. 이번 여름 한 번만이라도 탈주 방지용 가로등이 빛을 가리지 않는 그곳 하늘의 별들을 바라볼 수만 있다면 영원히 깨어나지 않는다 해도 더 이상 아무것도 바라지 않겠습니다. 그리고 니콜라이 이바노비치! 한 가지더 바라는 것이 있다면 더위가 물러나는 저녁 무렵 당신들과 함께(물론 주크와 토비크도 함께) 초원의 오솔길을 지나 추 강으로가서 무릎까지 물이 차는 모래 바닥에 앉아 흐르는 강물에 발을담그고 강변의 황새들과 눈싸움이나 하면서 오래오래 앉아 있는 것입니다.

우리의 추 강은 바다로도, 호수로도, 어떤 다른 큰 강으로도흘러가지 않습니다. 모래 속으로 사라지는 강입니다! 그 어디로도 흘러가지 못한 채 가장 좋은 물과 물길이 중간에서 어느순간 스르르 사라져 버리는 강입니다! 마치 아무것도 이루지못하고 불명예스럽게 죽어 가도록 운명 지워진 나의 벗들, 우리죄수들의 인생과 흡사하지 않습니까? 우리 인생의 가장 최고지점, 우리가 아직 건강하고 아직 약해지지 않았던 어떤 지점이대하(大河)의 한 점에 지나지 않고, 우리에 대한 모든 기억, 우리가 서로 갈망하던 만남과 대화와 도움 등이 두 손에 움켜쥔물 한 줌에 지나지 않는 것과 말입니다.

모래 속으로 사라지는 강! 그런데 의사들은 그 마지막 지점마저 저에게서 빼앗아 가려고 합니다. 그들이 도대체 무슨 권리로(의사들이 이 권리를 스스로 의문시하는 일은 꿈에도 없을 겁니다.) 저에게 물어보지도 않고 저 대신 호르몬 요법 같은 무서운 치료법을 시도하기로 결정한 걸까요? 달구어진 쇳조각처럼한번 지졌다 하면 영원히 불구자가 되는데도 말입니다. 바로 이것이 병원에서 흔히 하는 일입니다!

오래전부터 줄곧 생각해 왔고, 특히 지금은 더 깊이 생각하고 있는 문제는 도대체 생명의 최고 값은 얼마일까 하는 것입니다. 생명의 최고 값은 얼마이고, 최저 값은 얼마일까요? 요즘 학교에서는 '인간에게 가장 중요한 것은 생명이며, 그것은 한 번 주어지는 것이다.'라고 배웁니다. 그렇다면 어떤 대가를 치르고서라도 생명을 보호해야 한다는 말인데……. 수용소에서는 배신하는 일, 의지할 데 없는 선량한 사람들을 파멸시키는 짓거리에는 많은 대가를 지불하고 우리의 생명은 하찮은 것이라고 가르쳤습니다. 그러나 아첨이나 추종이나 거짓말에 대해서는 수용소에서도 의견이 갈라져 중간 정도의 가치라고 말하곤 했는데, 어쩌면 그럴지도 모르겠습니다.

만약 생명을 유지하기 위해 색감이라든가 향기, 감동 등을 희생해야 한다면 어떻게 될까요? 오직 소화시키고 호흡하고 근육이나 두뇌의 활동만이 전부인 생명을 얻게 된다면 말입니다? 그렇게 되면 우리는 걸어 다니는 도식에 불과하지 않겠습니까? 그것은 너무 비싼 대가가 아닐까요? 정말 모욕적이지 않습니까? 그래도 지불해야 할까요? 옛날이야기나 성서에나 나올 법한 칠 년이라는 기간을, 그것도 군대에서 칠 년, 수용소에서 칠년 두 번씩이나 보낸 후, 어느 부분이 남성이고 어느 부분이 여성인지 구별되지도 않는 인간이 되어 버린다면 너무 많은 대가를 치르는 것 아닐까요?

당신의 지난번 편지를 보고(닷새 만에 아주 빨리 도착했지요.)

저는 매우 흥분했답니다. 우리 지역에 측지학 탐사대가 온다는 것이 정말입니까? 경위의(經緯儀) 앞에 서 볼 수 있다면 얼마나 기쁠까요! 일 년만이라도 인간다운 일을 해 보고 싶습니다! 저에게 일을 줄까요? 감독 조사국과의 충돌이야 어쩔 수 없는 일이지만 이 일은 아주 극비리에 진행시켜야지요. 그러지 않으면 안 되니까요. 저야 딱지가 붙은 사람 아닙니까?

지난번에 추천해 주신 영화 「워털루의 다리」와 「개방된 도시: 로마」는 이제 볼 기회가 없을 것 같습니다. 우시테레크에서는 다시 상영될 리가 없고, 여기서는 퇴원한 후에나 영화관에 갈 수 있으니까요. 퇴원하면 잠잘 곳도 마땅치 않고, 더욱이 퇴원시켜 달라는 부탁이나 애걸도 하고 싶지 않습니다.

돈을 빌려 주시겠다는 말씀은 정말 감사합니다. 처음에는 거절할 셈이었습니다. 저는 평생 빚을 진 적도 없고, 빚을 지고 살지 않으려 했습니다. 그런데 제가 죽을 경우 유산이 아주 없는 것은 아니라는 생각이 떠올랐습니다. 우시테레크풍 양가죽 반코트인데, 어쨌든 이것도 재산이니까요! 담요 대용으로 사용하던 2미터 길이의 검정 나사 천, 멜레니추크 부부가 선물한 깃털 베개, 못을 박아 침대로 사용하던 나무 상자 세 개, 손잡이가 달린 냄비 두 개, 수용소에서 쓰던 컵과 숟가락, 양동이도 있네요. 삭사울[2] 땔감 남은 것도 있고, 도끼도 있어요! 그리고 마지막으로 석유램프도 있어요. 유서를 써 놓지 않다니 매우 경솔했다는 생각이 듭니다.

---

2) 중앙아시아 염지와 사막에서 자라는 무엽수.

그래서 150루블을 보내 주시면(그 이상은 필요 없습니다.) 정말 감사하겠습니다. 표백제와 소다, 계피를 구해 달라는 부탁은 명심해 두겠습니다. 잘 생각해 보시고 더 필요한 것이 있으면 편지를 보내세요. 신형 다리미는 필요하지 않습니까? 무엇이든 가져갈 테니 부담스러워하지 마세요.

니콜라이 이바노비치! 당신이 써 보낸 기상 보고에 따르면 그곳은 아직 눈도 녹지 않고 쌀쌀한 것 같군요. 이곳은 예년과 달리 이상하리만치 완연한 봄 날씨입니다.

날씨 이야기를 하다 보니 생각나는군요. 안나 슈트롬을 보시거든 안부 전해 주세요. 이곳에 온 이후로 그녀 생각을 자주 한다고 전해 주세요.

아니…… 그런 이야기를 할 필요는 없을 것 같네요.

가끔 저 자신도 알 수 없는 감정에 휩싸이곤 합니다. 제가 무엇을 원하는지도 잘 모르겠습니다. 아니, 저에게 무엇을 원할 권리가 있기나 할까요?

하지만 우리에게 위안이 되는 위대한 속담 "예전에는 지금보다 못했지!"라는 말을 상기하면 기운을 차리게 됩니다. 다른 사람들이 어찌 되었건 우리 목은 아직 온전하니까요! 아직 이렇게 몸부림칠 수 있으니까요!

옐레나 알렉산드로브나는 이틀 밤에 편지를 열 통 쓰셨다지요? 요즘 같은 때에 누가 그렇게 멀리 있는 사람들을 잊지 않고 이틀 밤을 그들에게 허비하겠습니까? 그래서 저도 이렇게 당신들께 기꺼이 긴 편지를 쓰고 있습니다. 당신은 제 편지를 소리 내어 읽고 또 읽으며, 한 구절 한 구절 확인한 다음 모든 글에

답해 주실 것이라고 확신하기 때문입니다.

언제나 평안하고 즐겁게 지내시기를 바랍니다.


당신의 올레크

## 23
## 괴로워하며 살 필요가 있을까

3월 5일, 밖은 잔뜩 흐리고 차가운 이슬비가 내리는데, 병실 안에서는 몇몇 환자들이 자리를 옮겼다. 어제 저녁, 드디어 수술 동의서에 서명한 좀카가 외과 병동으로 내려갔고, 환자 두 명이 새로 들어왔다.

새로 온 첫 환자가 출입구 바로 옆에 있는 좀카의 침대를 차지했다. 그는 키가 크고 등은 약간 굽었으며, 나이가 많이 들어 보이는 얼굴이었다. 퉁퉁 부은 눈과 축 처진 눈꺼풀 때문에 그의 얼굴은 다른 사람들처럼 타원형이 아니라 원형으로 보였다. 흰자위는 불그스름하게 충혈되어 있었고, 밝은 황갈색 눈동자도 아래로 축 처진 눈꺼풀 때문에 보통 사람들보다 커 보였다. 노인은 그렇게 크고 둥그런 눈으로 모든 사람들을 민망할 정도로 한 사람 한 사람 자세히 살펴보았다.

좀카는 지난 일주일 동안 거의 의식을 잃고 있었다. 다리 통증이 어찌나 심한지 잠을 잘 수도, 다른 어떤 것도 할 수 없었고, 옆 환자들에게 방해가 되지 않으려고 신음 소리까지 죽여 가며 간신히 버텼다. 고통이 극심하다 보니 이제 다리는 그의 인생에 중요한 것이기는커녕 저주스러운 짐으로 변했고, 한시라도 빨리 벗어 던지고 싶은 것으로 바뀌었다. 한 달 전만 해도 인생의 종말로 여겨졌던 수술은 이제 구원의 손길로 바뀌었다.

물론 수술 동의서에 서명하기 전에 병실의 모든 사람들과 상의하기는 했지만 오늘 짐을 꾸리고 작별 인사를 하면서도 그는 새삼스럽게 사람들의 위로와 격려를 기대했다. 바짐은 지금껏 했던 이야기를 되풀이했다. 바짐은 이번 한 번의 수술로 치료가 끝나는 좀카는 자신에 비하면 오히려 다행한 경우이며 자신도 그랬으면 소원이 없겠다고 했다.

그런데도 좀카는 여전히 망설였다.

"뼈를 톱으로 자르다니요. 그냥 자른다는 거예요. 마치 나무처럼 말이죠. 아무리 마취를 해도 소리는 들린다고 하더군요."

바짐은 더 이상 그를 위로할 방법이 없었고, 위로하고 싶지도 않았다.

"어떡하겠어? 네가 처음도 아닐 테고. 다른 사람이 견뎌 냈다면 너도 견뎌 낼 수 있는 거야."

모든 다른 경우처럼 이번에도 역시 그의 판단은 옳았고 또 냉정했다. 그 역시 그런 위로를 바라지 않았고, 그런 것은 참을 수도 없었다. 모든 위로에는 뭔가 무기력하고 종교적인 요소가 들어 있다고 생각했다.

바짐은 이곳에 처음 온 날처럼 여전히 의연한 모습으로 당당하고 예의 바른 자세를 잃지 않았다. 다만 그의 짙게 그은 얼굴이 누렇게 변해 갔고, 통증으로 입술이 떨리는 증상이 자주 나타났으며, 초조한 마음과 의구심으로 이마를 찌푸리곤 했다. 입으로는 앞으로 살날이 여덟 달밖에 안 남았다고 말하면서도, 말을 타고 다니거나 비행기를 타고 모스크바를 다녀오기도 하고, 체레고로드체프를 만나러 가기도 했던 것을 보면 그는 병을 이겨 낼 수 있으리라고 생각했던 것이 분명하다. 그러나 그는 이곳에서 예정된 여덟 달 중에서 이미 한 달을 보냈는데, 어쩌면 이것이 여덟 달의 첫 번째 달이 아니라 세 번째, 혹은 네 번째 달인지도 모를 일이었다. 아무튼 통증으로 하루가 다르게 걷기가 힘들어져서 이제는 말을 타고 들판을 달리는 것은 상상할 수도 없게 되었다. 통증은 이미 샅굴 부위까지 이르렀다. 가져왔던 책 여섯 권 중에서 세 권은 이미 다 읽었지만 지하수의 방사능 측정으로 광맥을 발견할 수 있다는 믿음은 점점 약해졌다. 유일한 그 믿음이 약해지자 책을 읽는 일도 점점 시들해졌고, 물음표나 느낌표를 적어 넣는 일도 그만큼 줄어들었다. 바짐은 예전부터 하루 스물네 시간이 부족할 정도로 바쁘게 사는 것이 삶의 가장 중요한 요소라고 생각했다. 그러나 이제는 하루 스물네 시간이 충분할 뿐 아니라 오히려 남아돌게 되었으니 부족한 것은 시간이 아니라 바로 삶이었던 것이다. 팽팽히 당겨져 있던 그의 공부 능력은 이제 느슨해졌다. 조용할 때 공부하려고 아침 일찍 일어나는 일도 드물어졌고, 이따금 머리까지 이불을 뒤집어쓴 채 멍하니 침대에 드러누워 힘들게 싸우느니 그냥 죽어 버리는 편이 나을지도 모른다는 생각을 하기도 했다. 이곳의 지저분한 환경과 잡담들로 그는 점점 더 심란해지고 역겨움을 느끼게 되었으며, 위선적인 인내심일랑 집어치우고 짐승처럼 올가미를 향해 "이제 장난은 그만두고 내 다리를 놓아줘!"라고 울부짖고 싶었다.

바짐의 어머니는 고위층 인사를 네 사람이나 만났지만 콜로이드 금을 구할 수 없었다. 그녀는 러시아에서 차가를 가져와 청소부에게 하루 건너 한 컵씩 달여 먹이라고 부탁해 놓고는 콜로이드 금을 구하기 위해 다른 고위층 인사를 찾아 모스크바로 다시 날아갔다. 그녀는 아들의 종양이 샅굴 부위 위쪽까지 전이되는 것을 보면서 어디엔가 있을 콜로이드 금을 결코 포기할 수 없었다.

마지막 인사를 하기 위해선지, 마지막 이야기를 듣고 싶어서인지 좀카가 코스토글로토프에게 다가왔다. 코스토글로토프는 두 다리를 침대 난간에 올려놓고 머리는 통로 쪽 매트리스에 떨군 채 비스듬히 누워 있었다. 그래서 좀카 쪽에서 보면 거꾸로 보이는 자세였는데, 코스토글로토프 쪽에서도 좀카를 거꾸로 쳐다보면서 손을 내밀어 나직하게 송별 인사를 했다.(폐의 아래쪽이 눌려서 크게 이야기하기가 힘들었다.)

"좀카! 겁먹을 것 없어. 레프 레오니도비치가 오는 것을 봤어. 그분이라면 빨리 해치울 거야."

"그래요?" 좀카의 얼굴이 환해졌다. "직접 보셨어요?"

"직접 봤어."

“그렇다면 정말 잘됐네요! 수술을 연기한 보람이 있어요!”

사실 지나치게 긴 팔을 늘어뜨린 키다리 외과 의사가 병실 복도에 나타나면 한 달 내내 그를 기다리기라도 했다는 듯이 환자들은 기운이 났다. 만일 외과 의사들을 환자들 앞에 쭉 늘어세우고 보여 준 다음 환자들에게 직접 의사를 고르게 한다면 아마 모든 환자들이 레프 레오니도비치를 선택할 것이다. 그는 무료한 표정으로 병동 안을 돌아다니곤 했는데 그의 그런 표정을 보면 그날 수술이 없다는 것을 짐작할 수 있었다.

예브게니야 우스치노브나도 좀카에게 나쁠 것이 전혀 없었다. 바싹 마른 예브게니야 우스치노브나도 훌륭한 외과 의사였지만 원숭이 같은 털북숭이 손 아래에 눕는 것은 전혀 다른 기분이었다. 좀카는 구원을 받든 받지 못하든 결과에 상관없이 실패하지 않을 것이라는 확신을 갖게 되었다.

환자는 외과 의사에게 아주 짧은 시간 동안 친밀감을 갖지만 그가 친아버지보다 오히려 더 가깝게 느껴지는 법이다.

“그렇게 훌륭한 외과 의사입니까?” 좀카의 자리를 새로 차지한 눈이 퉁퉁 부은 환자가 나직하게 물었다. 그는 뭔가 어리둥절하고 당황한 모습이었다. 그는 한기를 느끼는지 방 안에서도 파자마 위에 허리띠도 없고 단추도 잠그지 않은 무명 가운을 입고 있었고, 깊은 밤 혼자 남겨진 집에서 노크 소리를 듣고 깜짝 놀라 잠에서 깨어 어디서 소리가 들리는지 몰라 당황한 사람 같은 표정을 하고 있었다.

“으음…….” 좀카는 수술이 이미 절반은 끝난 셈이라는 듯 점점 밝은 표정을 지으며 중얼거렸다. “대단한 분이시지요!

두말할 필요가 없어요! 그런데 당신도 수술을 받아야 하나요? 어디가 아프신데요?"

"같은 곳." 새로운 환자는 미처 질문을 모두 듣지 못한 듯 겨우 그렇게만 대답했다. 그에게는 좀카의 안도감도 전혀 도움이 되지 않는 듯했고, 아무런 미동도 없이 앞만 똑바로 응시하는 그의 크고 동그란 두 눈은 무엇을 뚫어져라 쳐다보는 것인지, 아무것도 보지 않는 것인지 분간할 수가 없었다.

좀카가 병실을 나가자 새 환자에게 시트를 새로 깔아 주었다. 그는 침대에 앉더니 벽에 몸을 기댔다. 그러고는 아무 말 없이 커다란 눈으로 사람들을 응시하기 시작했다. 그는 눈동자를 움직이지도 않고 병실 안의 누군가 한 사람을 골라 오랜 시간 응시하곤 했다. 그런 다음 고개를 돌려 다른 사람을 또 한동안 응시하곤 했다. 아니, 어쩌면 그 옆을 보고 있는지도 알 수 없었다. 그는 병실 안에서 들리는 소리나 다른 사람들의 행동에 전혀 반응을 보이지 않았다. 말도, 대답도, 질문도 하지 않았다. 한 시간이 지났지만 그 노인에 대해 알게 된 것이라고는 그가 페르가나[3]에서 왔다는 사실뿐이었다. 그리고 그의 성이 술루빈이라는 것도 간호사를 통해 알게 되었다.

루사노프는 크고 둥근 눈으로 가만히 응시하는 그의 모습이 영락없이 부엉이 같다고 생각했다. 그렇지 않아도 병실이 음울한데 이런 부엉이까지 들어오다니. 루사노프는 그가 음울한 눈빛으로 자신을 뚫어져라 쳐다보는 것이 썩 기분 좋지

---

3) 우즈베크 공화국 동부의 도시.

않았다. 그는 모든 사람에게 원한을 가진 것처럼 한 명 한 명 뚫어져라 응시했다. 그 때문에 병실은 예전의 자유로웠던 분위기를 잃어버렸다.

파벨 니콜라예비치는 어제 열두 번째 주사를 맞았다. 그는 이제 주사에 익숙해져 악몽에 시달리지는 않았지만 자주 두통에 시달리고 기운이 쑥 빠지곤 했다. 물론 중요한 것은 죽음의 공포에서 벗어났다는 것이었다. 괜한 공포심을 가졌던 것이다. 종양의 크기도 어느새 절반 정도로 줄었고, 목에 아직 남아 있는 멍울도 말랑말랑해졌다. 아직 부담스럽기는 했지만 예전 같지는 않았고, 고개도 자유롭게 움직일 수 있게 되었다. 단지 걱정이라면 몸이 허약해졌다는 점이다. 그러나 이겨낼 수 있었고, 오히려 이런 상태라면 가만히 드러누워《불꽃》이나《악어》같은 잡지를 읽거나 건강 음료를 홀짝거리고, 먹고 싶은 것을 골라 먹을 수 있으니 좋은 점도 있었다. 기분 좋은 사람과 대화를 나누고, 라디오까지 들을 수 있다면 집이나 마찬가지였다. 한 가지 걱정이라면 돈초바가 매번 막대기로 누르는 것처럼 손가락으로 겨드랑이 밑을 통증이 느껴질 정도로 촉진한다는 것이었다. 그녀는 무엇인가를 찾고 있는데, 한 달간 이렇게 누워 있다 보니 그녀가 무엇을 찾는지도 짐작하게 되었다. 바로 새로 전이된 두 번째 종양을 찾는 것이었다. 그를 처치실로 불러 침대에 눕히고는 샅굴 부위까지 아주 아플 정도로 세게 촉진하기도 했다.

"저어…… 전이가 될 수도 있을까요?" 파벨 니콜라예비치가 걱정스럽게 물었다. 종양이 줄어들었다는 기쁨도 점차 사라졌다.

"전이가 되지 않도록 치료를 하는 겁니다!" 돈초바가 고개를 세게 흔들었다. "아직 주사를 계속 맞아야 해요."

"얼마나 더 맞아야?" 루사노프가 두려워하며 물었다.

"좀 더 두고 봐야 합니다."

(의사들은 정확하게 말해 주는 법이 없다.)

그는 이미 열두 번이나 주사를 맞아 쇠약해질 대로 쇠약해졌고, 의사들도 그의 혈액 검사 결과를 보고 고개를 가로저었는데, 얼마나 더 견뎌야 한다는 것인지 알 수가 없었다. 병이란 놈 역시 이렇게도 해 보고 저렇게도 해 보면서 자기 존재를 계속 유지하려고 할 것이다. 종양이 줄어들었다고 해서 마냥 즐거워할 수도 없었다. 파벨 니콜라예비치는 점점 기운을 잃었고, 누워 있는 시간도 늘어났다. 다행히 오글로예드는 순해져서 고함을 지르거나 대드는 일이 없어지고 허세를 부릴 겨를도 없이 고통에 시달리는 듯했다. 눈을 가늘게 뜨고 머리를 침대 밑으로 떨군 채 오랫동안 누워 있는 일이 점차 많아졌다. 파벨 니콜라예비치는 두통약을 먹고, 젖은 수건으로 이마를 덮고, 전등불에 눈이 부셔 눈을 감고 있었다. 그래서 그들은 서로 싸우는 일 없이 그렇게 오랫동안 나란히 누워 있곤 했다.

그동안 계단 층계참(그곳에 산소마스크를 쓰고 누워 있던 어린 환자는 이미 시체실로 옮겨졌다.) 위에는 크고 기다란 흰색 무명천에 다음과 같은 문구가 새겨진 플래카드가 걸렸다.

"환자 여러분! 자기 병을 다른 사람에게 이야기하지 마세요!"

물론 이렇게 커다란 천에, 이렇게 눈에 잘 띄는 곳에 거는 플래카드는 혁명 기념일이나 노동절 표어가 일반적이겠지만 이곳 생활에서 환자들에게 중요한 것은 바로 이런 호소였고, 파벨 니콜라예비치도 이 문구를 여러 번 인용해 다른 사람을 괴롭히지 말라고 환자들에게 경고하기도 했다.

(보통 국가적 견지에서 보면 종양 환자들을 한곳에 모아 두는 대신 일반 환자들과 섞어 놓음으로써 그들이 서로 진상을 알고 두려워하는 일이 없도록 하는 것이 옳은 일이다. 그 편이 훨씬 인도적이다.)

병실 환자들은 계속 바뀌었지만 한 번도 명랑한 환자가 들어오는 법이 없었고, 하나같이 의기소침하고 지칠 대로 지친 사람들뿐이었다. 더 이상 목발도 쓰지 않고 퇴원할 예정인 아흐마드잔만이 흰 이를 드러내곤 했지만 그것은 자신 외에는 아무도 즐겁게 해 주지 않았고, 오히려 시기심만 불러일으켰다.

오늘 무뚝뚝해 보이는 새 환자가 들어오고 나서 한 두 시간이 흐른 뒤였다. 날씨는 잔뜩 흐리고, 모두가 침대 위에 누워 있는 오후, 유리창이 온통 젖을 정도로 비가 내린 터라 햇빛도 거의 들어오지 않아 벌써 점심 식사 전부터 전등을 켜야 할 것 같아 그럴 바엔 차라리 저녁이 빨리 왔으면 하고 생각하고 있을 때, 키는 작지만 아주 활달한 남자가 안내하는 간호사보다 먼저 병실 안으로 씩씩하게 걸어 들어왔다. 그를 환영하기 위해 모여 있던 대열을 기다림에 지치게 해서 미안하다는 듯 어찌나 서둘러 들어왔는지 마치 걸어오는 것이 아니라 돌진해

오는 것 같았다. 그는 모두가 침대에 힘없이 누워 있는 것을 보고 깜짝 놀라며 멈춰 섰다. 그러고는 휘파람을 획 불었다. 그런 다음 원기 왕성한 어조로 야단치듯 말했다.

"이봐요, 여러분! 왜 이렇게 축 늘어져 있습니까? 왜 잔뜩 웅크리고 있어요?" 병실의 환자들은 그를 맞이할 준비가 전혀 되어 있지 않은데도 그는 군인들 거수경례 동작을 취하며 인사를 했다. "찰르이, 막심 페트로비치 찰르이라고 합니다. 잘 부탁드립니다! 이상, 보고 끝!"

그의 얼굴은 암 환자의 초췌함은 전혀 찾아볼 수가 없고 오히려 삶의 기쁨과 확신에 가득 찬 미소가 나타나 있었다. 몇몇 사람들은 그에게 미소를 지어 인사했다. 파벨 니콜라예비치도 그중 하나였다. 한 달 동안 이 음울한 무리 속에서 처음으로 정상적인 사람을 만난 것 같았다!

"자 그러면……." 그는 아무에게도 물어보지 않고 재빠르게 눈을 돌려 자신의 침대를 발견하고는 당당하게 그쪽으로 걸어갔다. 그곳은 파벨 니콜라예비치의 옆 침대로, 전에 무르살리모프가 사용했던 곳이었다. 새 환자는 통로를 따라 파벨 니콜라예비치 옆을 지나갔다. 그는 침대에 걸터앉더니 몸을 흔들며 삐그덕 소리를 냈다. 그러고는 단정하듯 말했다. "감가상각 60퍼센트. 다행히 원장이 쥐덫을 놓지는 않았군."

그러고는 짐을 풀기 시작했는데, 짐이라고 할 것도 없었다. 손에는 아무것도 들고 있지 않았고, 호주머니 한쪽에는 면도기가, 다른 쪽에는 담뱃갑이 아닌, 거의 새것으로 보이는 트럼프 카드 한 갑뿐이었다. 그는 카드를 꺼내 손가락으로 한 번

퉁기고는 의미심장한 눈으로 파벨 니콜라예비치를 쳐다보며 물었다.

"이거 하십니까?"

"네, 가끔……." 파벨 니콜라예비치가 호감을 보이며 대답했다.

"프레퍼런스는 어때요?"

"가끔 합니다. 대개는 포드키드느이를 합니다."

"포드키드느이는 게임이라고 할 수도 없어요." 찰르이가 잘라 말했다. "슈토스는 어때요? 빈트는? 아니면 포커[4]는 어때요?"

"아니요, 전혀 못 해요!" 루사노프가 당황해서 손을 내저었다. "언제 배울 기회가 있었어야죠."

"여기서 배우면 되지요. 이보다 더 좋은 곳이 어디 있겠습니까?" 찰르이가 쾌활하게 말했다. "이런 말도 있잖아요? '모르면 배워라, 배우기 싫어해도 가르쳐라!'"

그러고는 웃어 댔다. 그는 얼굴에 비해 코가 유난히 컸다. 약간 붉은 기 도는 매끈하고 커다란 코였다. 코 덕분에 그는 정직해 보이기도 하고 호탕한 성격으로 보이기도 했다.

"포커보다 재미있는 것은 없지요! 판돈을 마음대로 걸어도 되니까요." 그는 확신했다.

그러고는 파벨 니콜라예비치가 거절하지 않으리라고 확신하며 또 다른 상대를 찾아 두리번거렸다. 그러나 가까이 있는

---

4) 모두 카드놀이의 일종.

사람 중에는 호응하는 사람이 아무도 없었다.

"저요! 나도 배웁시다!" 등 뒤에서 아흐마드잔이 소리쳤다.

"좋아요." 찰르이가 대답했다. "자, 여기 침대 사이에 가로 놓을 만한 판자 같은 것 좀 어디서 찾아봐요."

그가 몸을 돌려 둘러보다가 술루빈의 차가운 눈길과 마주쳤고, 다음에는 그 맞은편에 장밋빛 모자를 쓰고 은실을 늘어놓은 듯한 가늘고 긴 수염을 기른 우즈베크인 한 사람을 발견했다. 그때 넬랴가 양동이와 걸레를 들고 마루를 닦으려고 들어왔다.

"오오!" 찰르이가 바로 농지거리를 했다. "아주 듬직한 아가씨로군! 이봐요, 우리 어디서 만난 적 있지 않나? 우리가 같이 그네를 탄 적이 없었던가?"

넬랴가 두툼한 입술을 쭉 내밀었다. 그것이 그녀가 웃는 방식이었다.

"아! 그래요? 지금이라도 얼마든지 탈 수 있어요. 하지만 환자라서 어쩌나?"

"배와 배를 맞대면 무엇이든 낫는 법이야." 찰르이가 보고했다. "아니면 내가 무서워서 그러시나?"

"어디가 좀 모자란 것 아니에요?" 넬랴가 맞서서 말했다.

"걱정 마요, 당신 하나는 상대해 줄 수 있으니까!" 찰르이가 대꾸했다. "어서 마룻바닥을 닦아요. 궁둥이나 좀 보게!"

"얼마든지 봐요, 공짜니까." 넬랴가 대뜸 응수하며 젖은 걸레를 첫 번째 침대 밑에 집어넣고 마룻바닥을 닦으려고 몸을 굽혔다.

이 남자는 아픈 곳이 전혀 없는 것 아닐까? 겉으로 종양이 있어 보이지도 않았고, 어딘가 속이 아파 보이지도 않았다. 아니면 의지로 고통을 참으며 이 병실에서는 볼 수 없었던 사례를, 우리 시대의 바람직한 사례를 보여 주려는 것일까? 파벨 니콜라예비치는 부러운 듯 그를 쳐다보았다.

"당신은 어디가 아픈가요?" 그가 두 사람만 들릴 만큼 작은 목소리로 물었다.

"나요?" 찰르이가 흠칫했다. "폴립이랍니다!"

폴립이라니, 환자들 중에서 그것이 무언지 정확히 아는 사람은 없었지만 이 사람 저 사람에게 자주 들은 말이었다.

"그런데 통증은 없나요?"

"아프니까 여기로 왔지요. 잘라야 한다면 기꺼이 자르라지요, 뭐. 기다릴 필요가 뭐 있어요?"

"그럼 어디에 폴립이?" 루사노프가 더욱 존경심을 보이며 물었다.

"위에 있다는군요!" 찰르이가 미소까지 지으며 아무렇지도 않은 듯 말했다. "위를 잘라 낸다고 하더군요. 위는 4분의 3을 잘라 내도 괜찮다는 겁니다."

그런 다음 그는 손바닥으로 자기 배를 가르는 시늉을 하며 실눈을 떴다.

"아니, 저런?" 루사노프가 깜짝 놀랐다.

"아무렇지도 않아요. 금방 익숙해질 텐데요, 뭘! 보드카만 마실 수 있으면 되지!"

"그런데도 당신은 어떻게 그렇게 태연할 수가 있죠!"

"이봐요." 눈동자가 선량해 보이고 코가 불그스레한 찰르이가 고개를 가로저었다. "마음을 편하게 가져야 합니다. 조금 덜 따지면 고민도 그만큼 줄어드는 법이죠. 당신도 새겨 들어요!"

그때 아흐마드잔이 판자를 구해 왔다. 루사노프와 찰르이의 침대 사이에 걸쳐 놓으니 안성맞춤이었다.

"제법 그럴싸해 보이는데요." 아흐마드잔이 좋아했다.

"불 좀 켜요!" 찰르이가 명령조로 말했다.

전등을 켜자 훨씬 더 분위기가 밝아졌다.

"한 명만 더 낄 사람 없나? 뭐, 없어도 상관없지만."

나서는 사람이 아무도 없었다.

"상관없어요, 그동안 우리에게 설명이나 해 줘요." 루사노프가 기분 좋게 말했다. 그는 마치 건강한 사람처럼 다리를 침대 밑으로 내리고 앉아 있었다. 고개를 돌릴 때 목에 느껴지던 통증이 전보다 약해진 것 같았다. 그들에게는 천장에서 쏟아지는 환하고 밝은 전등 빛을 받은 판자가 작은 카드놀이용 탁자처럼 느껴졌다. 윤기 나는 카드의 하얀 바탕 위에 붉은색과 검은색 무늬가 선명하게 도드라져 보였다. 사실 어쩌면 찰르이처럼 자기 병을 대한다면 병이 없어질지도 몰랐다. 무엇 때문에 마음을 졸여야 한단 말인가? 무엇 때문에 항상 음울한 생각을 해야 한단 말인가?

"자, 빨리 합시다." 아흐마드잔이 재촉했다.

"자, 그럼……." 찰르이는 영화 필름처럼 빠르게 능숙한 손놀림으로 불필요한 것과 필요한 것들을 골라 냈다. "우리가 쓸 카드는 9부터 에이스까지요. 패는 클로버, 다이아몬드, 하트, 스페이드입니다." 그러고는 아흐마드잔에게 패를 보여 주고 물었다. "이젠 알겠죠?"

"알았어요!" 아흐마드잔이 신바람이 나서 대답했다.

막심 페트로비치는 골라 낸 카드를 구부렸다가 탁탁 소리를 내며 가르는가 하면 가볍게 섞기도 하면서 계속 설명했다.

"먼저 각자 다섯 장씩 나누고, 나머지는 놔두는 겁니다. 다음으로는 패의 여러 가지 수를 잘 익혀 둬요. 패는 이렇게 사용합니다. 먼저 원 페어." 그가 카드를 보여 주었다. "그다음엔 투 페어. 다음엔 스트레이트. 이것은 패가 다섯 개. 이렇게…… 아니면 이렇게…… 그리고 트리플, 그다음엔 풀 하우스……."

"여기요, 찰르이 씨가 어떤 분이세요?" 입구에서 호출하는 소리가 났다.

"접니다!"

"면회실로 가세요, 부인이 면회를 오셨습니다!"

"뭘 좀 가져왔던가요? 됐어요, 자, 여러분. 잠깐 멈춥시다."

그러고는 보무도 당당하게 태연히 방문을 나섰다.

갑자기 병실이 조용해졌다. 저녁때처럼 전등불이 밝게 빛났다. 아흐마드잔은 자기 침대로 돌아갔다. 넬랴가 재빠르게 마룻바닥에 물을 뿌리며 돌아다니자 모두들 다리를 침대 위로 올렸다.

파벨 니콜라예비치도 침대에 누웠다. 그는 순간적으로 저쪽에서 예의 그 부엉이가 쳐다보고 있는 것을 느꼈다. 어찌나 꺼림칙하고 집요하게 쳐다보는지 옆머리가 짓눌리는 것 같았다. 그 압박감에서 벗어나기 위해 물었다.

"동무! 당신은 어디가 아파요?"

그러나 무뚝뚝한 노인은 질문에도 대답을 하지 않고, 마치 자기에게 물은 것이 아닌 것처럼 행동했다. 커다란 황갈색 눈으로 계속 옆머리를 응시하고 있었다. 파벨 니콜라예비치는 그의 대답을 포기하고 반질거리는 카드를 모으기 시작했다. 그때 나직한 목소리가 들려왔다.

"같은 병."

'같은 병'이라니? 무례한 사람이군! 이번에는 파벨 니콜라예비치가 모르는 척하고 등을 대고 누워 생각에 잠겼다.

찰르이의 등장과 카드에 잠시 한눈을 팔기는 했지만 사실 그는 신문을 기다리고 있었다. 오늘은 기억할 만한 날[5]이었다. 매우 중요하고 기념할 만한 날이었기 때문에 신문에는 앞으로 시국이 어떻게 변할지 짐작할 수 있는 내용이 많이 있을 터였다. 국가의 장래가 바로 그의 미래인 것이다. 신문의 모든 면이 검은 테두리로 둘러싸일 것인가? 아니면 앞면만 그럴 것인가? 전면에 초상이 나올 것인가? 아니면 4분의 1 크기로 나올 것인가? 제목이나 사설에 어떤 표현이 쓰일 것인가? 2월 정변 이후 이것은 특히나 중요한 일이었다. 파벨 니콜라예비치가 직장에 있을 때는 누군가에게 정보를 얻을 수 있었지만 병원에서는 오직 신문밖에 없었다.

---

5) 1955년 3월 5일은 스탈린 사망 2주기였다.

넬랴는 침대 사이가 좁아 몸을 움직이기가 힘들었다. 그러나 어느새 능숙하게 바닥을 닦고 나서 통로 깔개를 다시 펼쳤다.

그때 펴 놓은 깔개 위로 방사선 조사를 마친 바짐이 통증을 애써 참으며 아픈 다리를 끌고 들어왔다.

한 손에는 신문을 들고 있었다.

파벨 니콜라예비치가 그를 불렀다.

"바짐! 이쪽으로 와서 잠깐 앉아요."

바짐이 주춤하다가 잠깐 생각을 하더니 루사노프 쪽으로 다가와 환부가 바지에 쓸리지 않도록 조심스럽게 침대에 앉았다.

바짐이 신문을 펼쳐 본 다음이라 신문은 이미 처음처럼 접혀 있지 않았다. 파벨 니콜라예비치는 손으로 신문을 받아 든 순간 1면에 검은 테두리도 없고 초상도 없다는 것을 눈치챘다. 신문을 눈에 더 가까이 대며 서둘러 다음 페이지를 차례로 살펴봤지만 초상은커녕 검은 테두리도, 커다란 헤드라인도 없었다. 심지어 기사 하나도 없었다.

"없나? 전혀 없어?" 그는 무엇이 없다는 것인지는 말하지 않고 겁에 질린 채 바짐에게 물었다.

그는 바짐을 전혀 알지 못했다. 비록 그가 당원이었다고는 해도 너무나 어렸다. 게다가 그는 관리가 아니라 단지 한 분야의 전문가였을 뿐이다. 그가 머릿속에서 무슨 생각을 하는지는 전혀 짐작할 수 없었다. 그러나 언젠가 한 번 파벨 니콜라예비치를 아주 기분 좋게 해 준 적이 있었다. 병실에서 강제 이주를 당한 민족들에 대한 이야기를 하고 있을 때 바짐이 지

질학 책을 읽다가 고개를 들고는 루사노프를 쳐다보며 어깨를 한 번 으쓱하더니 목소리를 낮춰 그에게만 이렇게 말하는 것이었다. "그럴 만한 이유가 있었겠지요. 우리 나라에서 이유 없이 이주를 시키지는 않았을 테니까요."

바로 이 정확한 한마디로 바짐은 아주 현명하고 신념이 강한 청년이라는 것을 보여 준 것이다.

그러고 보니 파벨 니콜라예비치가 잘못 판단한 것이 아니었던 모양이다! 바짐에게 아무 말도 하지 않았는데 스스로 찾아낸 것이다. 그러고는 루사노프가 흥분해서 놓친 기사 하나를 손으로 가리켰다.

일반적인 하단 기사였다. 아무런 특징도 없었다. 초상도 없었다. 그저 한 아카데미 회원의 논설이었다. 게다가 이 주기에 대한 기념 논설도 아니었다! 모든 인민의 슬픔을 언급하지도 않았다! "지금도 살아 있으며, 영원히 죽지 않을 것이다."라고 말하지도 않았다! 그저 '스탈린과 공산주의 건설의 제 문제'였다.

그것이 전부란 말인가? 그저 '제 문제'라고? 이 문제뿐이라고? 건설 문제라고? 왜 건설 문제란 말인가? 그런 말은 '식목의 제 문제'[6]에 대해서나 쓰는 것 아닌가! 전쟁에서의 승리에 대한 언급은 어디에 있나? 그리고 철학 천재에 대한 언급은 어디에 있느냐 말이다? 학문의 지도자에 대한 이야기는 어디 있단 말인가? 전 인민의 사랑에 대한 이야기는 어디로 갔나?

---

6) 스탈린 생전의 자연 개발에 대한 풍자.

애통한 표정으로 이마를 찌푸리고 있던 루사노프는 안경을 통해 바짐의 어두운 얼굴을 쳐다보았다.

"어떻게 이럴 수 있지, 그렇지 않나?" 그가 어깨 너머로 조심스레 코스토글로토프의 동정을 살피며 물었다. 그는 잠들어 있는 듯했다. 예전처럼 고개를 떨구고 눈을 감고 있었다. "두 달 전만 해도, 겨우 두 달 전만 해도 기억해요? 그의 탄신 75주년이 아니었나! 그때만 해도 모든 것이 예전 그대로이지 않았나? 거대한 초상화! '위대한 후계자'라는 커다란 표어도 걸렸더랬는데. 안 그런가요?"

이것은 위험하다든가 하는 문제가 아니다. 그의 사망 후에 살아남은 자들에게 닥쳐올지도 모르는 위험이 아니라 배은망덕인 것이다! 지금 루사노프가 문제 삼는 것이 바로 배은망덕한 행위인 것이다. 그는 마치 자신의 위업이나 개인적인 완벽성에 금이 가고 모욕을 당한 듯한 느낌이 들었다. 만약 영원히 기억될 위대한 영광이 겨우 이 년이 지났을 뿐인데 벌써 시들어 버렸다면, 당신의 직속 상사의 상사의 상사가 숭배했던 가장 사랑받고 가장 현명했던 지도자가 이십사 개월 만에 외면당하고 짓밟혔다면 우리에게 남은 것은 무엇이란 말인가? 누가 우리의 지주가 된단 말인가? 무엇을 위해 투병 생활을 한단 말인가?

"여기 보세요." 아주 조용한 목소리로 바짐이 말했다. "공식적으로는 서거일은 기념하지 않고 탄신일만 기념하기로 얼마 전에 결정되었는데, 이 기사로 짐작하건대……."

그는 씁쓸하게 고개를 저었다.

그 역시 언짢은 모양이었다. 그것은 무엇보다 고인이 된 아버지에 대한 모욕이나 마찬가지였다. 그는 아버지가 얼마나 스탈린을 사랑했는지 기억하고 있다! 아버지 자신보다도 사랑했던 것이다.(아버지는 자신을 위해서는 아무런 욕심이 없었다.) 그리고 그 사랑은 레닌에 대해서보다 강했다. 그리고 아마 자신의 아내나 아들보다 사랑했으리라. 가족에 대해서 그는 냉정하고 농담도 할 수 있었지만 스탈린에 대해서만은 절대로 그러는 법이 없었고, 목소리까지 떨릴 정도였다. 스탈린의 초상화 중 하나는 그의 서재에, 또 하나는 식당에, 또 하나는 아이들 방에 걸려 있었다. 아이들은 자기 머리 위에 걸린 짙은 눈썹, 짙은 수염, 무표정한 얼굴을 보며 자라났다. 그 얼굴에는 공포라든가 작은 기쁨마저도 초월한 모든 감정이 벨벳 같은 검은 눈동자의 광채에 스며 있었다. 아버지는 스탈린의 글을 항상 먼저 읽고 나서 아이들에게 군데군데 읽어 주었고, 얼마나 깊은 사상이 담겨 있으며, 얼마나 섬세하게 표현되어 있고, 얼마나 훌륭한 러시아어로 쓰였는지 설명해 주었다. 아버지가 돌아가시고 바짐이 좀 더 자란 후 연설들이 지루할 뿐만 아니라 사상도 산만하며, 좀 더 간결하게 표현했어야 했고, 내용도 길이에 비해 빈약하다는 것을 알게 되었다. 그는 그런 사실을 발견했지만 그렇다고 입 밖에 내지는 않았다. 그것을 깨달았다 해도 어린 시절부터 익숙해진 존경심을 표현할 때면 자신이 순수해지는 느낌을 받곤 했다.

스탈린이 사망한 날의 기억이 아직도 생생했다. 젊은이나 노인이나 아이들이나 모두 애통해 마지않았다. 소녀들은 하염없이 눈물을 흘리고 청년들도 눈물을 훔쳤다. 한 인간이 죽은 것이 아니라 온 세상이 무너진 듯한 눈물이었다. 만약 모든 인류가 오늘 같은 고통을 당한다면 세상이 금방 끝장날 것 같았다.

그런데 2주기를 맞이한 오늘, 신문에서는 검은 테두리를 두르는 잉크마저 아까워하고 있었던 것이다. "이 년 전에 서거하신"이라는 따뜻한 말 한마디 없었다. 대조국 전쟁에서 병사들이 전장에서 죽어 가며 마지막으로 그의 이름을 부르며 쓰러졌다고 하지 않았던가.

만약 교육을 그렇게 받았기 때문이라면 바짐도 충분히 그것을 거부할 수 있었을 것이다. 그러나 이 위대한 고인을 존경해야 한다고 요구한 것은 모든 이성이었다. 고인은 명석한 인물이었으며, 미래는 과거의 궤도에서 벗어날 수 없다는 확신을 가졌던 인물이다. 그는 학문을 발전시키고 학자들의 수준을 높였으며, 임금과 주거 같은 사소한 문제에서 그들을 해방시켜 주었다. 학문 자체도 이렇게 그의 항구성과 항상성을 절실하게 필요로 했던 것이다. 말하자면 어느 날 갑자기 어떤 변동이 생겨 학자들이 뿔뿔이 흩어지는 일이 없도록 했으며, 사회 건설에 대해 번뇌하고 미개한 사람들을 교육하며 우매한 사람들을 설득하느라 가장 유익하고 흥미 있는 그들의 일이 방해받지 않도록 해 주었던 것이다.

기분이 언짢아진 바짐은 아픈 다리를 침대 위로 올렸다.

그때 찰르이가 먹을거리가 가득 담긴 가방을 들고 흐뭇한 표정으로 병실로 돌아왔다. 그러고는 루사노프를 등지고 앉아 자기 머릿장에 먹을거리를 옮겨 놓으며 쑥스러운 표정으로 웃었다.

"마지막 한 푼까지 털어서 먹을거리를 사 온 모양이군! 이게 한 사람 배 속으로 어떻게 다 들어가겠어!"

루사노프는 찰르이를 멍하니 쳐다보았다. 굉장한 낙천주의자로군! 현명한 사람이야!

"이건 토마토 절임이고……." 찰르이가 계속 음식을 꺼내며 말했다. 그러고는 병을 열더니 토마토 한쪽을 꺼내 바로 입에 넣고는 눈을 가늘게 뜨며 말했다. "오, 제법 맛있는데! 오호, 이건 송아지 고기로군. 바짝 익히지 않고 알맞게 잘 볶았어." 그는 한 손으로 고기를 집어 먹고는 말했다. "정말 대단한 솜씨야!"

그러고는 반 리터들이 보드카 병을 사람들이 보지 못하도록 탁자 밑으로 가만히 감추었지만 루사노프가 보고 말았다. 그는 루사노프를 보고 눈을 찡긋했다.

"그러고 보니 당신은 이 지방 사람인가 보군요." 파벨 니콜라예비치가 말했다.

"아니요! 이곳에 출장은 여러 번 왔었지요."

"그렇다면 부인이 이 지방 출신이신가요?"

그러나 찰르이는 그의 말을 듣지 못하고 벌써 가방을 들고 밖으로 나갔다.

잠시 후 다시 병실로 돌아온 그는 머릿장을 열고 눈을 가늘게 뜨며 그 속을 들여다보더니 토마토 절임 한쪽을 꺼내 입에 넣고 나서 문을 닫았다. 그러고는 만족스러운 듯 고개를 끄덕였다.

"자! 우리가 아까 어디까지 했지요? 그럼 계속해 봅시다."

그사이 아흐마드잔이 층계참에 누워 있던 젊은 카자흐인을 네 번째 참여자로 데려와 자기 침대에 앉히고는 잔뜩 흥분해서 손짓 발짓을 해 가며 러시아어로 '우리 러시아인들'이 어떻게 터키인들을 쳐부쉈는지를 이야기하고 있었다.(그는 어젯밤 다른 병동에서 「플레브나[7] 탈환」이라는 영화를 보았다.) 계속 싱글벙글 웃고 있던 찰르이는 두 사람이 이쪽으로 건너오자 다시 판자를 침대 사이에 걸쳐 놓고 재빠르고 능숙하게 손을 놀려 카드를 넘기며 패에 대해 설명했다.

"그러니까…… 이건 풀 하우스야! 알았나? 같은 카드가 세 장, 다른 카드가 2장 들어오면 돼. 알겠지, 체치메크[8]?"

"나는 체치메크가 아니야." 아흐마드잔이 아무렇지 않다는 듯 말했다. "군대 가기 전까지는 체치메크였지만."

"좋아요. 다음은 플러시. 이것은 모두 다섯 장이 같은 카드여야 돼. 다음은 포 카드. 이것은 넉 장이 같아야 하고, 나머지 한 장은 아무거나 괜찮아. 그리고 다음이 스트레이트 플러시. 이것은 9부터 킹까지 같은 색의 스트레이트. 이렇게 되거나 이렇게 되거나……. 그다음으로는 로열 스트레이트 플러시인데……."

막심 페트로비치는 한 번 설명으로 모든 것을 알 수는 없고 실제로 게임을 해 봐야 확실히 알 수 있다고 덧붙였다. 그가 어찌나 친절하고 정확하게 진심에서 우러나오는 부드러운

---

7) 플레브나는 1877~1878년에 러시아와 터키 사이에 벌어진 전쟁에서 러시아에 점령된 지역이다.
8) 러시아인들이 우크라이나인을 낮춰 부르는 말.

목소리로 잘 설명해 주는지 파벨 니콜라예비치의 마음까지 따뜻해지는 것 같았다. 그는 이처럼 유쾌하고 호감 가는 인물을 병실에서 만나게 되리라고는 전혀 기대하지 못했다! 이렇게 화기애애하게 모여 앉아 있다 보면 시간도 빨리 지나갈 것이고, 매일 이렇게 지내다 보면 병에 대해 생각할 겨를이 어디 있겠는가? 다른 불쾌한 일이 있다 한들 무슨 걱정인가? 막심 페트로비치의 말이 정말 맞는 말이다!

루사노프가 게임에 익숙해질 때까지는 돈을 걸지 말자고 막 이야기를 하려는 찰나 갑자기 문에서 소리가 들렸다.

"찰르이 씨! 어디 계세요?"

"내가 찰르이요!"

"면회실로 오세요, 부인이 오셨습니다!"

"이런, 망할 것!" 막심 페트로비치가 악의 없는 욕지거리를 내뱉었다. "내가 분명히 토요일에 오지 말고 일요일에 오라고 말했는데……. 용케 부딪치지 않았군! 이걸 어쩌나! 여러분 잠깐만 실례하겠어요."

다시 게임이 중단되고 막심 페트로비치는 병실을 나갔다. 아흐마드잔은 카자흐인과 함께 자기 침대로 돌아가 카드 게임을 연습했다.

파벨 니콜라예비치는 다시 종양에 대해서, 그리고 3월 5일에 대해 생각했다. 옆쪽에 있던 예의 그 부엉이가 적의에 찬 눈길로 계속 쳐다보고 있었다. 그를 등지고 돌아눕자 이번에는 오글로예드의 눈길과 마주치게 되었다. 그는 잠들어 있지 않았다.

코스토글로토프는 루사노프가 바짐과 신문을 뒤적이며 속

삭이는 동안 잠을 자지 않으면서도 일부러 눈을 감고 그들이 하는 이야기를 듣고 있었다. 그는 그들이 무슨 이야기를 하는지, 특히 바짐은 무슨 이야기를 하는지에 관심이 있었다. 일부러 신문을 가져다 펼쳐 보지 않았어도 무슨 내용이 들어 있는지 정확히 알 수 있었다.

다시 가슴이 쿵쿵거리기 시작했다. 그의 심장이 쿵쿵거리기 시작한 것이다. 그의 심장은 철대문을 두드리고 두드렸지만 절대로 열릴 것 같지 않았다. 그런데 지금 문에서 삐거덕거리는 소리가 들려오는 것이다! 무언가 움직이기 시작한 것이다! 그리고 자물쇠의 녹이 떨어져 내리고 있다.

코스토글로토프는 이 년 전 오늘, 노인들도 울고 소녀들도 울고 온 나라가 상실감에 빠져 있었다고 말하는 사람들을 이해할 수 없었다. 그는 그랬다는 것을 상상할 수도 없었다. 그가 있었던 곳에서는 어땠는지를 기억했기 때문이다. 그날은 웬일인지 작업장으로 호출당하지도 않았고 문을 굳게 닫은 수용소 안에 갇혀 있었다. 끊임없이 울려 대던 수용소 밖 스피커도 잠잠했다. 모든 것으로 미루어 보아 무슨 예기치 않은 불행한 일이 생겨 당국이 당황하고 있음을 짐작할 수 있었다. 당국의 불행은 죄수들에게는 기쁨이었다! 작업장에 나가지 않고 침대 위에서 뒹굴며 배식이나 먹고 있었으니까. 처음에는 잠을 잤지만 나중에는 어리둥절해졌고, 그다음에는 기타나 반두라[9]를 켜기도 했다. 그러다가 이 방 저 방 돌아다니며 무

---

9) 기타나 만돌린과 비슷한 생김새인 우크라이나 전통 악기.

슨 일인지 진상을 알아보기 시작했다. 아무리 먼 곳으로 죄수를 유형 보내 봐도 결국 모든 정보는 알려지게 되어 있다. 언제나 그런 것이다! 조리 담당자나 화부를 통해서, 혹은 취사장에서. "죽었대, 죽었다고!" 아직 정확한 것은 아니지만 막사 안을 돌아다니거나 침대에 앉아서 모두들 이렇게 지껄여 댔다. "이봐요, 여러분! 식인종이 쓰러진 것 같은데……." "그래? 그럴 리가?" "믿어지지 않는데!" "아니야, 난 믿어!" "그래! 죽을 때도 되었지!" 그러고는 모두들 웃음을 터뜨렸다. 기타를 더 크게, 발랄라이카[10]를 더 크게 울려라! 그러나 하루 종일 수용소 문은 열리지 않았다. 다음 날 아침, 시베리아의 날씨는 아직 추웠지만 수용소의 모든 죄수를 정렬시키고, 소령과 두 명의 대위, 중위들이 모두 함께 나타났다. 소령이 슬픔에 잠긴 목소리로 다음과 같이 발표했다.

"깊은 애도의 뜻을……. 어제 모스크바에서……."

그러자 드러내고 웃을 수는 없었지만 수염이 덥수룩하고 광대뼈가 툭 튀어나온 거칠고 침울한 죄수들의 얼굴에 미소가 번지기 시작했다. 이런 표정을 알아챈 소령이 노기를 띠며 명령했다.

"모자 벗어!"

그러자 수백 명의 죄수들의 분위기가 술렁거렸다. 명령이니 모자를 벗지 않을 수는 없었지만 그렇다고 선뜻 모자를 벗어 경의를 표하고 싶지는 않았다. 그때 수용소의 익살꾼이자

---

10) 만돌린계의 러시아 전통 악기.

광대 격인 한 죄수가 인조 모피로 만든 '스탈린모'를 벗어 하늘로 획 던져 올렸다! 명령에는 복종했던 것이다!

수많은 죄수들이 그것을 보고 일제히 모자를 위로 던졌다!

소령은 체념하고 말았다.

들어 보니 코스토글로토프가 그 일을 겪는 동안 노인들이며 처녀들이 통곡을 하고 온 나라가 마치 부모를 잃은 것처럼 슬퍼했다는 것이었다.

찰르이가 음식이 가득 든 다른 가방을 들고 한층 더 즐거운 표정으로 돌아왔다. 누군가가 놀렸지만 찰르이 쪽에서 먼저 웃었다.

"여자들이 서로 좋아서 하겠다는데, 어떻게 말리겠어? 기꺼이 하게 해야지. 누구에게 피해를 주는 것도 아니니까 말이야.

아무리 고귀한 귀부인이라도
여자는 모두……."

그러고는 애써 웃음을 자제하느라고 한 손을 내저었지만 오히려 사람들은 더 깔깔대고 웃었다. 활력이 넘치는 막심 페트로비치를 보며 루사노프도 껄껄 웃었다.

"그런데 어느 쪽이 진짜 부인인가?" 아흐마드잔이 추궁했다.

"그런 것은 묻지 마, 형씨……." 막심 페트로비치는 한숨을 내쉬고는 음식을 머릿장에 넣기 시작했다. "법률을 개정해야 해. 그러고 보면 회교도들이 오히려 훨씬 인도적이야. 8월부터 낙태가 허용되어 훨씬 더 자유롭게 살게 되긴 했지만 말일세!

왜 여자가 혼자 살아야 하나? 일 년에 한 번이라도 여자들을 찾아가 줘야 도리 아닌가. 출장을 자주 가는 사람에겐 편리하기도 하고 말이지. 각 도시마다 닭고기 수프와 잠자리가 기다리고 있으니 얼마나 좋아."

음식 꾸러미 사이에 작은 병 하나가 또 들어 있었다. 찰르이는 머릿장 문을 닫고 빈 가방을 돌려주러 나갔다. 그런데 그는 그 여자를 썩 좋아하지는 않는지 바로 병실 돌아왔다. 그러고는 예전에 예프렘이 서 있었던 통로 한가운데에 서서 루사노프를 바라보며 곱슬머리 정수리를 긁었다.(머리색은 아마와 밀짚의 중간 색으로 부드러웠다.)

"뭐 좀 드시겠어, 이웃 양반?"

그러자 파벨 니콜라예비치가 동의한다는 미소를 지어 보였다. 웬일인지 점심 배식이 늦어지고 있었고, 찰르이가 입맛을 다시며 머릿장에 음식을 하나하나 넣는 것을 보고 나니 병원 음식이 먹고 싶지도 않았다. 그리고 막심 페트로비치도 그렇지만 그의 두툼한 입술에 어린 미소는 기분 좋고 입맛을 돋구는 매력이 있어서 기꺼이 식사를 같이 하고 싶어졌다.

"그러지요." 루사노프가 자신의 머릿장 앞으로 그를 불렀다. "나에게도 먹을 만한 것이 있을 텐데……."

"혹시 컵이 있나?" 찰르이는 허리를 굽히고 능숙한 손으로 루사노프의 머릿장 위로 통조림과 음식 봉지 등을 옮겼다.

"그건 안 되는데!" 파벨 니콜라예비치가 고개를 저었다. "우리 병에는 엄격하게 금지되어 있어요."

지난 한 달 동안 병실 안의 누구도 그런 생각을 해 본 적이 없었는데, 찰르이는 아무렇지도 않게 생각하고 있었다.

"성함이 어떻게 되시는지?" 찰르이는 벌써 자기 침대에서 루사노프 쪽으로 무릎을 맞대고 앉았다.

"파벨 니콜라예비치라고 합니다."

"그럼 파샤라고 부르지!" 찰르이는 그의 어깨에 다정하게 손을 얹었다. "의사들의 이야기는 듣지 마요! 병을 고치는 것도 의사지만 죽이는 것도 의사 아닌가? 그러니 우리는 당근 꼬리라도 잡고 살아야지."

찰르이의 어벙해 보이는 얼굴에 단호하면서도 호의적인 표정이 나타났다. 오늘은 토요일이며, 모든 병원 치료는 월요일에야 있을 것이다. 희끄무레한 유리창 밖으로는 비가 내리고 있었다. 비는 루사노프를 그의 가족과 모든 친지에게서 격리시켜 놓았다. 신문에는 추모의 사진도 없었기에, 그는 답답하고 울적한 기분에 싸여 있었다. 길고 긴 밤이 오기도 전에 전등불이 환하게 빛나고 있었고, 어쩌면 유쾌한 이 사람과 보드카라도 한잔하고 안주를 먹은 후에 포커를 쳐도 좋을 것 같았다.(파벨 니콜라예비치의 친구들 사이에서도 요즘 포커가 새로운 유행이었다!)

요령 좋은 찰르이는 어느 틈에 벌써 베개 밑에 술병을 감추고 있었다. 그는 손가락으로 능숙하게 코르크 마개를 잡아 빼고는 무릎 언저리에 컵을 놓고 반 잔씩 따랐다. 그런 다음 건배를 했다.

파벨 니콜라예비치는 진짜 러시아인답게 최근에 생긴 공포감이나 의사들의 금기, 금주 맹세 따위는 무시해 버리고 모든 정신적인 고통에서 벗어나 인간적인 온기를 느껴 보고 싶었다.

"살아야 해요! 살아야 해, 파샤!" 찰르이가 기운을 북돋아 주었다. 짐짓 엄격하고 단호해 보이는 그의 얼굴이 좀 우스꽝스럽게 보였다. "죽고 싶은 사람은 죽게 내버려 두고, 우리 두 사람은 반드시 살아납시다!"

그러고 나서 술을 들이켰다. 루사노프는 한 달 동안 몸이 아주 약해진 데다 순한 포도주 외에 전혀 술을 마시지 않았기 때문에 순식간에 몸이 달아올랐고, 몇 분이 채 지나지 않아 몸이 상쾌하고 가벼워지는 느낌이 들었다. 불현듯 그의 머릿속에 괜히 골머리를 썩일 필요가 없으며, 여기 암 병동에도 사람이 살고 있고, 살아서 이곳을 나가는 사람도 있지 않는가 하는 생각이 떠올랐다.

"그런데 그거 많이 아픈가요? 폴립 말이에요." 그가 물었다.

"네에…… 이따금 통증이 심해지기도 해요! 하지만 그런 것쯤은 아무것도 아니지, 파샤! 보드카를 마신다고 더 나빠지진 않으니 마셔요! 보드카는 만병통치약이에요. 나는 수술할 때도 스피릿[11]을 마실 겁니다. 어떻게 생각해요? 저기, 저 작은 병에……. 왜 스피릿을 마시느냐고? 흡수가 빠르고 증거도 남지 않거든. 외과 의사가 아무리 위를 파헤쳐 보아도 증거를 찾을 수가 없어요. 깨끗하지! 그런데 나는 완전히 취해 있는 거예요! 당신도 전쟁터에 나가 봤다면 알겠지요. 전투에 나갈

---

11) 에틸알코올로, 러시아에서 약용으로 마신다.

때 보드카로……. 부상당해 봤어요?"

"아니요."

"운이 좋군! 나는 두 군데나 부상을 당했어요. 여기하고, 여기……."

그러면서 다시 두 개의 잔에 보드카를 100그램씩 따랐다.

"아니요, 더 이상은 안 돼요." 파벨 니콜라예비치가 살짝 저지했다. "이젠 위험해요."

"뭐가 위험하다는 건가? 누가 당신한테 위험하다고 했어요? 자, 자, 포도도 한 알 먹어요! 오, 이 토마토는 정말 맛있군!"

사실 100그램이든 200그램이든 무슨 차이가 있겠는가? 이미 금기를 어겼다면 말이다. 그래! 200그램이면 어떻고 250그램이면 어떠랴! 위대한 인간의 기일인데, 아무도 그에 대해 언급하지 않으니……. 파벨 니콜라예비치는 위대한 지도자를 추모하며 다시 한 잔을 들이켰다. 추모의 잔이었다. 그의 입술이 슬픔으로 일그러졌다. 그 입에 토마토를 집어넣었다. 그러고는 막심과 이마를 맞대고 그의 이야기에 귀를 기울였다.

"오, 토마토 참 맛있네!" 막심이 말했다. "여기서는 1킬로그램에 10루블인데, 카라간다[12]로 가져다가 팔면 30루블씩 받을 수 있어요. 그래도 잘 팔리지! 그런데 가져갈 수가 없어요. 수화물로 받아 주지 않거든. 도대체 왜 안 된다는 거야? 왜 안 된다는 건지 이해할 수가 없다니까……."

---

12) 카자흐스탄 카라간다 주의 중심 도시로 석탄업과 광산업이 발달했다.

흥분한 막심 페트로비치는 눈을 부라리며 아무리 생각해도 이유를 알 수 없다는 표정을 지었다! 인생의 깊은 의미를 숙고하는 듯한 표정을.

"낡은 신사복을 입은 사람이 역장에게 다가가더니 '역장! 당신 살고 싶어?' 하고 묻자 역장은 자기를 죽이려고 왔다고 생각하고 얼른 수화기를 잡았어요. 그런데 그 남자가 역장의 책상 위에 지폐 석 장을 내던지는 거지. '왜 안 된다는 거야? 안 되는 이유가 뭐야? 당신도 살고 싶지, 나도 살고 싶어. 그러니 내 광주리를 수화물로 받으라고 명령을 해!' 결국 역장도 살아야 하니까 허락을 했지, 파샤! 그런데 웬걸…… '여객' 열차라고 불리는 열차가 들어오는데, 온통 토마토 천지야. 그물 선반 위에도 토마토, 선반 밑에도 토마토 천지인 거야. 그러니 차장에게도 뇌물, 검표원에게도 뇌물, 감독관에게도 뇌물을 쓴 거지. 다른 구간으로 관할이 바뀌어 다른 감독관이 와도 계속 뇌물을 주는 거지."

루사노프는 어지러웠다. 온몸이 후끈 달아오르고 이제는 자신의 병도 별것 아닌 것처럼 느껴졌다. 그러나 막심이 무엇인가 이치에 맞지 않는 말을 하는 것 같았다. 전혀 맞지 않는…… 억지 논리였다.

"그건 불법이에요!" 파벨 니콜라예비치가 항의했다. "왜 그런 일을 한단 말이에요? 좋지 않은 일인데……."

"좋지 않다고?" 찰르이가 놀라 물었다. "에이, 오이나 한 쪽 드시지! 이 연어알 맛도 좀 보고! ……카라간다에는 곳곳에 '석탄은 빵이다.'라고 쓰여 있지요. 그 말은 석탄이 공장의 빵이라는 뜻일 거요. 반면에 사람에게는 토마토가 그렇지. 그런데 어디에도 없어. 상인들이 토마토를 들여오지도 않고, 들여오지 않으니 아무 데도 없어. 1킬로그램에 25루블을 받고 팔아도 고맙다고 할 텐데. 토마토를 보는 것만도 다행 아니에요. 그런데 카라간다에서는 왜 그러는지 알 수가 없어. 정말 답답해! 경비원들을 모두 모이라고 해서 화물차 마흔 대분의 사과라도 하역시키려고 하는가 했더니, 오히려 각 구역마다 경비원들을 배치해 카라간다로 사과를 들여오는 사람들을 단속하게 하는 거요. 아무도 사과를 들여오지 못하도록 말이지. 그렇게 감시를 하고 있어, 멍청이들이!"

"그럼 당신이 그런 일을 한다는 겁니까? 당신이?" 파벨 니콜라예비치가 흥분해서 말했다.

"내가 왜 그런 일을 하겠어? 나로 말할 것 같으면…… 파샤! 광주리나 들고 다닐 사람이 아니야. 이래 봬도 나는 서류 가방을 들고 다닌다고. 여행 가방 말이야. 소령이나 중령들도 매표소 문을 두드리면 '차표 없어요! 매진이라고! 없어!'라는 대답이나 듣지. 그러나 나는 매표소 문을 두드리지 않아도 항상 기차를 탈 수 있어요. 나는 어느 곳에 더운 물이 있는지, 임시 보관소는 어디인지 모든 역을 꿰뚫고 있다니까. 파샤! 잘 새겨들어요! 삶이 항상 승리한다는 것을!"

"그런데 당신은 무슨 일을 합니까?"

"나는 기술자요. 공과 대학을 나오지는 않았지만. 그리고 중개 일도 하고 있어요. 나는 돈이 되는 일이라면 뭐든 해요. 무슨 일이든 돈이 되지 않으면 바로 그만두고. 이젠 알겠어요?"

파벨 니콜라예비치는 그제야 그가 뭔가 정도에서 벗어난 일, 불법적인 일을 한다는 것을 알아챘다. 그러나 그는 한 달 만에 처음으로 만난 호감 가는 유쾌한 사람이었고, 마음에 쏙 드는 사람이었다. 그런 그를 화나게 하고 싶지는 않았다.

"과연 그것이 올바른 일일까요?" 그는 이렇게만 덧붙였다.

"올바른 일이지!" 막심이 안심시켰다. "이 송아지 고기 좀 들어요. 어디 당신의 과일 절임 맛 좀 볼까? 파샤! 우리네 인생은 한 번 사는 거예요. 뭣 때문에 힘들게 살아야 한단 말이이에요? 즐겁게 살아야지. 안 그런가, 파샤?"

파벨 니콜라예비치는 이런 생각에 동의하지 않을 수 없었다. 맞는 말이었다. 이 세상에 단 한 번 사는데, 뭣 때문에 힘들게 살아야 한단 말인가? 다만 그런……

"하지만 막심, 그런 생각은 비판받을 수 있어요." 그가 살짝 언질을 주었다.

"그건 말이에요, 파샤……" 막심이 그의 어깨에 손을 얹고 진심 어린 어조로 대답했다. "그건, 그러니까 어떻게 바라보느냐의 문제지. 어디서 어떻게 바라보느냐……

먼지 하나만 들어가도 눈이 아픈데
어떤 곳은 반 아르신[13]이 들어가도……."

찰르이가 루사노프의 무릎을 치면서 깔깔거렸다. 루사노프

---

13) 러시아의 길이 단위. 1아르신은 약 71.12센티미터.

도 참지 못하고 웃음을 터뜨리며 말했다.

"그것 참 재미있는 시로군! 당신은 시인이야, 막심!"

"참, 당신은 무슨 일을 하나? 직장이 어디요?" 새 친구가 갑자기 루사노프에게 캐물었다.

서로 한동안 허물없이 이야기를 나눈 사이였는데도 불구하고 이 말에 파벨 니콜라예비치는 갑자기 자세를 고쳤다.

"굳이 말하자면 인사 담당 일을 하고 있죠."

그가 겸손하게 말했다. 사실은 훨씬 높은 직책이었다.

"어느 곳인데요?"

그러자 파벨 니콜라예비치가 귓속말로 대답해 주었다.

"대단한데!" 막심이 반기며 말했다. "그럼 좋은 사람 하나 취직시켜 줘요. 사례는 제대로 할 테니 걱정 마시고!"

"아니, 그게 무슨 말이에요? 무슨 생각을 하고 그런 말을!" 파벨 니콜라예비치가 화를 냈다.

"무슨 생각이라니?" 찰르이가 놀라며 말했다. 취기 때문인지 더 과장된 예의 그 인생의 의미를 숙고하는 표정이 그의 눈에 어렸다. "요직에 있다손 치더라도 뇌물을 받지 않으면 어떻게 먹고산단 말인가? 자식들은 어떻게 기르고? 그건 그렇고 당신은 아이들이 몇이나 되나?"

"거기, 신문 다 봤어요?" 그때 뒤에서 귀에 거슬리는 걸걸한 목소리가 들려왔다.

가운을 아무렇게나 풀어헤치고 툭 튀어나온 매서운 눈동자를 굴리며 부엉이가 어느새 다가와 있었다.

알고 보니 파벨 니콜라예비치가 신문을 깔고 앉아 뭉개고 있었던 것이다.

"아, 네. 네, 그럼요!" 찰르이가 루사노프의 엉덩이 밑에서 신문을 끄집어냈다. "좀 비켜 봐요, 파샤! 여기 있습니다, 어르신! 어서 가져가세요."

슐루빈이 음울한 표정으로 신문을 들고 가려고 하자 코스토글로토프가 그를 불러 세웠다. 슐루빈이 모든 사람을 말없이 주시했던 것처럼 코스토글로토프도 그를 주시하고 있었는데 마침 아주 가까이서 그를 자세히 살펴볼 수 있는 기회가 온 것이다. 이 사람은 누구일까? 평범하지 않은 얼굴인데?

코스토글로토프는 처음 만난 사람에게도 무슨 말이든 허물없이 말을 걸곤 했는데, 호송당한 죄수의 습성이 남아 있어서였다. 지금도 침대에 반쯤 기댄 채 질문을 툭 던졌다.

"어르신은 무슨 일을 하세요?"

슐루빈은 눈뿐만 아니라 얼굴을 전부 돌려 코스토글로토프를 바라보았다. 그러고는 한동안 눈도 깜짝하지 않고 그를 쳐다보았다. 계속 쳐다보면서 마치 옷깃이 방해라도 된다는 듯이 이상하게 목을 돌렸지만 사실 그의 옷에는 깃도 없고, 속옷도 넉넉했다. 그가 한참을 가만히 있다가 불쑥 대답했다.

"도서관 사서로 일하오만."

"어디서요?" 그가 대답하자마자 코스토글로토프가 곧바로 질문을 던졌다.

"농업 전문 학교."

어떤 이유인지는 알 수 없었다. 어쩌면 그의 집요한 시선이나 황소 같은 침묵 때문이었는지 모르지만 갑자기 루사노프는 그에게 본때를 보여 주고 싶어졌다. 아니, 어쩌면 보드카를 마신 탓인지도 모르지만 그는 경박하게 필요 이상으로 큰 소리로 고함을 질렀다.

"물론 당원은 아니겠죠?"

부엉이가 황갈색 눈으로 그를 쳐다보았다. 마치 무슨 말인지 모르겠다는 듯 눈을 껌벅거렸다. 그러고는 눈을 한 번 더 껌벅거리고 나서는 갑자기 입을 열었다.

"그 반대요."

그러고는 방을 가로질러 자기 침대로 갔다.

그의 걸음걸이는 아주 부자연스러웠다. 어디가 닿거나 찌르기라도 하는 것 같았다. 몸을 구부린 채, 가운을 펄럭거리며 절뚝거리는 그의 모습은, 날지 못하도록 날개가 잘린 커다란 새를 보는 것 같았다.

# 24
# 수혈

코스토글로토프는 햇빛이 따스하게 내리쬐는 병원 뜰의 벤치 옆 바위에 앉아 있었다. 장화를 신은 두 발은 불편하게 구부러져 있었고, 무릎은 거의 땅에 닿을 것 같았다. 두 팔은 넝쿨처럼 땅에 축 늘어져 있었다. 모자도 쓰지 않은 머리는 아래로 향해 있었다. 잿빛 환자복을 입고 혁대를 풀어헤친 채 꼼짝하지 않고 붙박인 듯 앉아 있는 그의 모습은 잿빛 바위처럼 보였다. 그의 검은 머리와 등은 햇볕에 타는 듯했지만 그는 꼼짝 않고 앉아서 아무 생각도 없이, 아무것도 하지 않고 3월의 온기를 온몸에 받고 있었다. 빵과 수프에서는 얻을 수 없었던 무엇인가를 태양의 온기에서 빨아들이려는 듯 오랫동안 무심하게 앉아 있었다.

숨을 쉴 때마다 어깨가 가볍게 오르내리는 것도 옆에서 보면 거의 눈에 띄지 않았다. 그런데도 옆으로 굴러 떨어지지 않고 용케 균형을 잡고 있었다.

뚱뚱하고 몸집이 큰 1층 담당 청소부가 가까이 다가왔다. 그녀는 언젠가 청소를 해 놓은 바닥이 더러워진다며 코스토글로토프를 복도에서 내쫓은 적이 있는데, 정작 자신은 해바라기 씨를 어찌나 좋아하는지 가로수 길을 따라 걸으며 까먹은 해바라기 씨 껍데기를 아무렇게나 톡톡 내뱉고 있었다. 그녀가 시장의 장사꾼 같은 크고 걸걸한 소리로 그를 불렀다.

"이봐요, 아저씨! 아저씨!"

코스토글로토프는 햇빛에 눈이 부셔 얼굴을 찡그리고 눈을 가늘게 뜨며 고개를 들었다.

"처치실로 얼른 가 봐요! 의사 선생님이 불러요."

돌처럼 꼼짝 않고 햇볕을 쬐고 있던 그는 몸을 움직여 일어나고 싶지 않았다.

"어떤 의사 선생님이요?" 그가 퉁명스럽게 물었다.

"볼일이 있는 선생님이 부르겠지요!" 청소부가 목소리를 높였다. "내가 꼭 여기까지 당신을 부르러 와야겠어요? 빨리 가 봐요."

"하지만 나는 처치받을 일이 없는데, 다른 사람 아닌가?" 코스토글로토프가 계속 고집을 부렸다.

"바로 당신이에요, 당신!" 그러면서 그녀가 해바라기 씨 껍데기를 뱉었다. "이봐요! 학처럼 긴 다리를 가진 당신을 어떻게 다른 사람과 착각하겠어요? 우리 병원에 당신 같은 사람은 또 없어요."

코스토글로토프는 한숨을 내쉬고는 끙끙거리며 다리를 펴

고 일어났다.

청소부가 불만스러운 눈으로 쳐다보았다.

"몸을 돌보지 않고 계속 돌아다니면 어떻게 해요? 누워 있어야지요."

"아유, 아주머니도 참!" 코스토글로토프가 한숨을 쉬었다.

그러고는 길을 따라 걸었다. 이미 혁대는 풀어 버렸고, 군인다운 꼿꼿함은 어디 갔는지 등이 구부정해졌다.

그는 처치실에서 불쾌한 일이 또 생기면 어쩌나, 그러면 어떻게 빠져나와야 하나 이런저런 궁리를 하면서 걸어갔다.

처치실에서 그를 기다리는 의사는 열흘 전에 베라 코르닐리예브나와 교대한 옐랴 라파일로브나가 아니고 젊고 뚱뚱한 여자였는데, 볼이 발갛다 못해 보랏빛이 감도는 아주 건강해 보이는 여자였다. 그는 그녀를 처음 보았다.

"성함이 어떻게 되지요?" 문지방을 넘어서자 그녀가 대뜸 물었다.

이제는 햇빛도 없는데 코스토글로토프는 여전히 눈을 가늘게 뜨고 불만스럽게 쳐다보았다. 그는 서둘러 어떻게 된 영문인지 살피면서 대답은 머뭇거렸다. 가끔 이름을 감춰야 할 때도 있고, 가명을 써야 할 때도 있기 때문이었다. 그는 지금은 어떻게 해야 할지 얼른 감이 오지 않았다.

"뭐예요? 이름이 뭐냐고요?" 여의사가 굵은 팔을 드러내고 다시 심문하듯 물었다.

"코스토글로토프입니다." 그는 하는 수 없이 사실대로 말했다.

"어디 갔다 오는 거예요? 빨리 옷 벗어요! 이쪽으로 와서 소파에 누워요!"

코스토글로토프는 그제야 모든 것을 눈치챘다. 수혈을 하려는 것이었다! 그는 보통 처치실에서 수혈을 한다는 사실을 잊어버리고 있었던 것이다. 그러나 코스토글로토프는 첫째, 자신의 원칙을 깨고 싶지 않았다. 즉 남의 피를 받지 않을 것이며, 자신의 피를 주지도 않을 것이다! 둘째, 수혈자의 피를 스스로 마신 것 같은 건장한 여자는 신뢰할 수 없었다. 베가는 지금 병원에 없다. 의사가 새로 오면 규칙이 새로 정해지고 새로운 실수가 생겨날 수도 있다. 이런 빌어먹을 회전목마는 언제까지 돌아갈 참인가, 지속적일 수는 없는 걸까?

그는 인상을 쓰며 환자복을 벗어 어디다 걸어야 할지 눈을 돌리며(간호사가 걸 곳을 알려 주었다.) 속으로는 수혈을 거절할 구실을 찾았다. 그는 지정된 곳에 환자복을 걸었다. 윗도리도 벗어서 걸었다. 장화는 벗어 구석에 밀쳐놓았다.(1층에는 신발장이 밖에 있는 곳이 많았다.) 깨끗하게 닦인 리놀륨 바닥을 맨발로 가로질러 푹신한 처치대 위에 누웠다. 도망갈 구실이 영 떠오르지 않았다. 하지만 금방 찾아낼 수 있을 것이다.

처치대 위에는 번쩍거리는 강철 가로대 위에 수혈 기구가 걸려 있었다. 고무관 몇 줄과 유리관들이 있었고, 그중 하나에 액체가 들어 있었다. 가로대에는 3분의 1리터, 4분의 1리터, 8분의 1리터들이 다양한 앰풀을 고정시키는 고리가 있었다. 지금 고정된 앰풀은 8분의 1리터짜리였다. 갈색 피가 들어 있는 앰풀은 혈액형, 헌혈자의 이름, 채혈 날짜 등이 쓰여 있는 라벨로 약간 가려져 있었다.

봐선 안 될 것들을 보는 습관이 있는 코스토글로토프는 처치대로 올라서는 순간 라벨을 재빠르게 훑어보고는 머리를 베개에 대기도 전에 단호하게 말했다.

"이런, 2월 28이라니! 피가 너무 오래됐어요. 그런 피를 수혈하면 안 되죠."

"무슨 소리예요?" 여의사가 흥분했다. "지금 새것이니 오래됐느니 하는 말을 혈액 보관법은 알고 하는 말이에요? 혈액은 한 달 이상도 보존할 수 있어요!"

여의사가 화를 내자 자줏빛 얼굴이 다갈색으로 변했다. 팔꿈치까지 걷어올린 팔은 통통하고 장밋빛이었다. 피부에는 오돌토돌한 여드름이 나 있었는데, 그것은 추위 때문이 아니라 원래부터 나 있는 것 같았다. 웬일인지 이 여드름 때문에 코스토글로토프는 더 이상 대들 수가 없었다.

"소매를 걷고 팔을 내밀어요!" 여의사가 명령했다.

그녀는 벌써 이 년이나 수혈실에서 일하는 동안 수혈을 꺼림칙하게 생각하지 않는 환자를 한 명도 본 적이 없었다. 환자들은 모두 하나같이 자기 몸속에는 귀족의 피가 흐른다는 듯 다른 사람의 피가 섞이는 것을 싫어하고 두려워했다. 환자들은 한결같이 색깔이 이상하다, 혈액형이 맞지 않는다, 날짜가 이상하다, 피가 너무 차다, 아니면 너무 뜨겁다, 응고된 것이 아니냐는 등 온갖 핑계를 댔고, 또 어떤 경우에는 이렇게 고집을 피우기도 했다. "이 혈액은 불량품 아닌가요?" "왜 그렇게 생각해요?" "이 위에 손대지 말 것이라고 쓰여 있잖아요."

"수혈을 하러 가지고 나왔다가 필요 없어져서 사용하지 말라고 그런 거예요" 그리고 이미 수혈을 받으면서도 속으로 이렇게 중얼거리는 것이다. '그러니까 결국 질이 좋지 않다는 거 아냐.' 이런 바보 같은 의구심을 없애려면 단호한 태도를 취할 수밖에 없었다. 더구나 하루에 여러 곳에서 수혈해야 해서 빡빡하게 짜인 일정 때문에 서둘러야 했다.

그러나 코스토글로토프는 이 병원에서도 수혈을 받고 혈종이 생기거나 심한 오한에 시달리는 것을 자주 목격했으며, 그녀의 장밋빛 여드름이 돋은 통통한 팔과 서두르는 행동에 어쩐지 신뢰가 가지 않았다. 방사선에 노출되었다고는 하지만 자신의 피가 신선한 타인의 피보다 소중했던 것이다. 피는 어떻게든 나중에 다시 좋아질 것이다. 아니면 피가 나빠졌다는 이유로 치료를 중단한다면 그보다 좋은 일이 어디 있겠는가.

"안 됩니다!" 그가 소매를 걷어올리지도 팔을 내놓지도 않고 침울한 목소리로 말했다. "그 피는 오래되었고, 오늘 내 기분도 좋지 않아요."

그는 한꺼번에 두 가지 이유를 갖다 댈 필요는 없다는 것을 알면서도 두 가지를 모두 말했다.

"혈압 좀 재 봅시다." 의사는 당황하지 않고 대뜸 대꾸했고, 간호사가 혈압계를 바로 가져왔다.

의사는 새로 왔고, 간호사는 예전부터 처치실에서 근무했지만 올레크는 한 번도 그녀에게 처치를 받은 적이 없었다. 그녀는 나이가 아직 어렸지만 키가 매우 컸고, 얼굴이 까무잡잡했으며, 눈이 일본 여자처럼 찢어졌다. 머리 모양은 매우 복잡해 보였는데, 캡이나 모자를 머리에 쓸 수도 없을 것 같았다. 머리카락이 나온 곳이나 머리 타래를 모두 리본으로 정성껏 묶어 놓았고, 그렇게 묶으려면 십오 분은 더 일찍 출근해야 할 것 같았다.

물론 그것은 올레크와 아무 상관 없는 일이었지만 그는 리본을 풀어 놓으면 아가씨의 머리 모양이 과연 어떨지 상상하면서 그녀의 하얀 왕관 같은 머리를 흥미롭게 바라보았다. 이곳의 주역은 여의사였으므로 우물쭈물하지 않고 단호하게 거절하고 거부하면서 여의사와 싸워야 했는데도, 그는 그만 일본 여자처럼 눈이 찢어진 아가씨를 쳐다보느라 싸울 기회를 놓쳐 버렸다. 모든 젊은 아가씨들이 그렇듯이 그녀 역시 젊다는 사실 하나만으로도 그 내부에 신비를 간직하고 있었고, 걸음걸이 하나와 고개를 돌리는 동작 하나에도 신비가 묻어났다.

그사이 코스토글로토프의 팔에는 검은 뱀 같은 선이 휘감겼고, 혈압이 정상이라는 결과가 나왔다.

그가 막 입을 열어 왜 수혈을 받을 수 없는지 설명하려는 순간 문이 열리더니 의사에게 전화가 왔다는 전갈이 왔다.

의사는 서둘러 방을 나갔고, 간호사는 검은 뱀 같은 선을 상자에 집어넣었다. 올레크는 계속 누워 있었다.

"의사 선생님이 어디서 오셨어요?" 그가 물었다.

그녀는 목소리의 모든 멜로디가 내부의 신비와 연결되어 있다는 듯 자신의 목소리에 주의를 기울이며 말했다.

"수혈 센터에서 오셨어요."

"왜 오래된 혈액을 가져왔죠?" 올레크는 아가씨에게라도 물어봐야겠다고 생각했다.

"오래된 것이 아니에요." 아가씨는 발랄하게 대답하고, 왕관을 쓴 머리를 흔들며 방 안을 왔다 갔다 했다.

그녀는 자신이 해야 할 일을 잘 안다는 자신감을 갖고 있었다.

어쩌면 그것이 당연한 일인지도 몰랐다.

해는 벌써 처치실 한쪽으로 기울어져 있었다. 빛은 두 개의 창문을 통해 곧장 들어오지 않고 비스듬이 비쳐들었고 천장 한편에 무엇인가 반사된 빛의 반점들이 어른거렸다. 방 안은 무척 밝고 청결하고 조용했다.

아주 쾌적한 방이었다.

올레크에게는 보이지 않았지만 문이 열리고 예의 그 여의사가 아닌 다른 누군가가 들어왔다.

그 사람은 누구인지를 들키지 않으려는 듯 구두 소리도 내지 않고 가만히 들어왔다.

올레크는 누군지 알아차렸다.

그녀 외에 그렇게 걷는 사람은 없었다. 이 방에 나타나 주기를 바랐던 단 한 사람, 그녀였다.

베가!

그렇다, 그녀였다. 올레크의 시야에 그녀가 들어왔다. 그녀는 잠깐 방을 비웠다 돌아온 것처럼 가볍게 들어왔다.

"아, 베라 코리닐리예브나! 그동안 어디 있었어요?" 올레크가 미소를 지었다.

그는 소리를 높이지 않고 나직하고 반가운 목소리로 물었다. 처치대에 묶여 있었던 것도 아닌데, 그는 일어나려고도 하지 않고 그대로 누워 있었다.

여전히 방 안은 조용하고 밝고 쾌적했다.

베가도 미소를 지으며 궁금하다는 듯 물었다.

"지금 수혈을 거부하고 있었던 거예요?"

이미 저항할 기운이 쑥 빠진 그는 이제는 곧바로 쫓겨날 리는 없다고 생각하고 처치대 위에 누운 채 느긋하게 여유를 부렸다. 그가 대답했다.

"내가요? 반항할 이유가 있어야……. 그런데 어딜 다녀왔어요? 일주일이나 안 보이던데."

그녀는 그를 내려다보며 열등생에게 어렵고 낯선 새 단어를 가르치는 선생님처럼 또박또박 말했다.

"종양 센터가 개원해서 출장을 다녀왔어요. 암 예방 운동을 하거든요."

"어딘가 벽지에 다녀왔어요?"

"네."

"이젠 가지 않아도 되나요?"

"당분간은요. 그런데 당신 안색이 안 좋아 보이는데요."

그 눈 속에 들어 있는 것은 무엇일까? 침착함과 주의력, 알 수 없는 어떤 불안과 의사로서의 시선.

그러나 이 모든 것에도 불구하고 그녀의 눈동자는 밝은 커피색으로 빛났다. 한 잔의 커피에 우유를 두 스푼 넣었을 때와 같은 색. 물론 올레크는 오랫동안 커피를 마시지 않았기 때문에 그 빛깔을 기억할 수는 없었다. 그러나 친숙한 눈동자였다!
아주 오래된 벗의 눈동자처럼!

"별것 아니에요. 아마 햇볕을 너무 오래 쬐었나 봐요. 계속
앉아 있다가 깜빡 잠이 들 뻔했어요."

"네? 그렇게 햇볕에 노출되면 안 돼요! 암 환자는 열에 노
출되지 않도록 엄격하게 금한다는 것 몰라요?"

"해로운 것은 보온기뿐이라고 생각했는데."

"햇볕은 더 나빠요."

"그럼 흑해의 해변은 금지라는 말인가요?"

그녀가 고개를 끄덕였다.

"거참! 유형지를 노릴스크[14]로 바꿔 달라고 해야겠군요."

그녀는 어깨를 으쓱했다. 그것은 그녀의 힘이 미치지 않을
뿐만 아니라 이해할 수도 없는 일이기 때문이었다.

왜 당신은 결혼했다고 말했느냐고 물어보는 것과 같지 않
은가.

그녀에게 남편이 없다는 것이 정말 그토록 모욕적인 일이
었을까?

그가 불쑥 물었다.

"그런데 선생님은 왜 나를 배신했어요?"

"네?"

"약속을 지키지 않았잖아요. 수혈을 하면 인턴에게 시키지
않고 선생님이 직접 하겠다고 했는데."

---

14) 시베리아의 서부 지역.

"그분은 인턴이 아니고 오히려 전문의예요. 그분들이 있으면 우리는 아무 권한이 없어요. 하지만 그분은 이미 가셨어요."

"갔다니요?"

"호출이 왔어요."

오, 이것은 회전목마가 아닐까! 회전목마로부터의 구원은 항상 회전목마 안에 있는 법이다.

"그럼 선생님이 할 겁니까?"

"네, 그런데 피가 오래되었다니 무슨 말이에요?"

그가 머리로 그것을 가리켰다.

"그건 오래된 게 아니에요. 물론 그것은 당신에겐 맞지 않아요. 당신에게는 250밀리리터가 필요해요. 이거예요." 베라 코르닐리예브나가 다른 테이블에서 혈액을 가져와 보여 주었다. "읽어 보고 확인해 봐요!"

"네, 베라 코르닐리예브나! 사실 나에겐 좋지 않은 습성이 있습니다. 아무것도 믿지 않고, 모든 것을 직접 확인하려고 한다는 겁니다. 선생님은 내가 좋아서 그런다고 생각해요?"

그는 금방이라도 쓰러질 것처럼 지친 목소리로 말했다. 하지만 습관적인 시선으로 라벨을 읽어 내렸다. 'O형, I. L. 야로슬라브체바. 3월 5일'.

"아! 3월 5일이라면 괜찮습니다!" 올레크가 기운을 내며 말했다. "이것은 도움이 될 것 같아요."

"드디어 당신도 도움이 될 것이라고 확신하는군요. 많이 싸웠는데 말이죠!"

도움이 되리라고 생각했다는 것은 그녀의 오해다. 하지만 지금은 그렇다고 해 두자.

그는 팔꿈치까지 소매를 걷어올리고 오른쪽 팔을 옆으로 내밀었다.

항상 의심의 끈을 놓지 않는 그의 성격의 가장 큰 약점은 일단 믿으면 전적으로 신뢰한다는 점이었다. 지금 이토록 상냥하게 그를 대하는 여인, 공기의 요정 같은 여인, 침착하게 행동하고 하나하나 신중하게 행동하는 그녀는 절대로 실수하는 법이 없으리라고 그는 확신했다.

그래서 그는 편안한 마음으로 누워 있었다.

천장에는 크고 희미한 망사 같은 빛의 반점들이 불규칙하게 반사되고 있었다. 그 반점들이 무엇에 반사되는지는 알 수 없었지만 그것마저도 편안한 느낌을 주면서 방을 훨씬 쾌적하고 조용하게 해 주었다.

베라 코르닐리예브나는 능숙하게 올레크의 팔에서 약간의 피를 뽑아 원심 분리기에 넣고 나서 네 부분으로 분리된 접시에 각각 따랐다.

"왜 네 개로 나누는 겁니까?" 올레크가 이런 질문을 하는 것도 평생 무엇이든 질문하는 습관이 몸에 배어 있기 때문이었다. 지금 같으면 질문하는 것마저 귀찮았을 것이다.

"하나는 적합성을 알기 위해서이고, 나머지 셋은 혈액형을 확인하기 위해서예요. 만일의 경우를 대비하는 거죠."

"혈액형이 일치하는데 왜 적합성을 조사해요?"

"수혈자와 환자의 혈액이 섞이면서 응집 반응을 일으킬 수도 있거든요. 드물긴 하지만 그런 경우가 가끔 있어요."

"그렇군요. 그런데 원심 분리기는 왜 사용하는 거죠?"

"적혈구를 분리하는 겁니다. 정말 호기심이 대단히 많군요."

물론 알 필요가 없을지도 몰랐다. 올레크는 희끄무레한 천장의 무늬를 바라보았다. 아무리 질문을 한들 이 세상의 모든 것을 알 수 없을 것이며, 결국에는 많은 것을 모르는 채 죽어가지 않는가.

하얀 관을 쓴 간호사가 가로대 위의 고리에 3월 5일자 앰풀을 거꾸로 매달았다. 그런 다음 올레크의 팔꿈치를 베개 위에 올려놓았다. 빨간 고무줄로 팔꿈치 윗부분을 세게 묶고는 일본 여자 같은 눈으로 내려다보며 단단히 조였다.

이 아가씨가 신비스럽다고 생각한 것은 이상한 일이었다. 신비스러운 점이라곤 하나도 없고 그저 보통 아가씨였는데 말이다.

간가르트가 주사기를 들고 다가왔다. 투명한 액체가 들어 있는 평범한 주사기였는데, 바늘이 독특했다. 바늘이라기보다는 끝부분이 삼각형으로 된 관이었다. 그런 관 자체는 특별히 이상할 것이 없었다. 그것으로 몸을 찌르지만 않는다면 말이다.

"정맥이 잘 보이는군요." 베라 코르닐리예브나가 한쪽 눈썹을 추켜올리고 정맥을 찾으면서 가만히 말했다. 그러고는 살갗이 뚫리는 소리가 날 만큼 힘을 주더니 공포의 주삿바늘을 꽂았다. "다 됐어요."

아직 많은 의문점이 남아 있었다. 왜 팔꿈치 위를 고무줄로 묶는지, 주사기에는 왜 물 같은 액체가 들어 있는지 등을 물어볼 수도 있었지만 스스로 짐작할 수도 있었다. 아마 주사기 속의 액체는 혈관에 공기가 들어가지 않게 하기 위한, 그러니까 혈액이 역류하지 않게 하기 위한 것일 터였다.

그녀가 정맥에 바늘을 꽂은 채로 팔꿈치 위를 묶었던 고무줄을 살며시 풀고 주사기를 조심스레 뺐다. 간호사는 접시 위에서 수혈 기구의 끝부분을 흔들어 맨 처음 나온 피를 쏟아 버렸다. 그러자 간가르트가 바늘에 주사기 대신 수혈 기구의 접속 부분을 꽂고 그것을 한 손으로 누른 채 다른 손으로 위쪽의 나사를 돌렸다.

수혈 기구의 굵은 유리관 속의 투명한 액체 속으로 기포가 한 방울 두 방울 천천히 올라오기 시작했다.

이 기포들이 솟아오르듯 의문점도 하나둘 떠올랐다. 바늘은 왜 그렇게 굵은 것을 사용할까? 왜 처음 나온 피는 버리는 걸까? 이 기포들은 왜 생기는 걸까? 하지만 바보 한 사람의 질문에 백 사람의 현자가 나서도 모든 대답을 해 줄 수는 없다고 하지 않던가.

만약 질문이 허락된다면 다른 질문을 하고 싶었다.

방 안은 여전히 화사해 보였다. 햇빛이 반사돼 만들어진 천장의 하얀 반점들이 특히 그랬다.

주삿바늘은 오랫동안 꽂혀 있었다. 앰풀 속에 들어 있는 혈액의 양이 거의 줄어들지 않았다. 전혀 줄지 않았다.

"더 필요한 것은 없나요, 베라 코르닐리예브나?" 일본 여자 같은 간호사가 조심스럽고 간드러진 목소리로 물었다.

"아! 네, 가도 됩니다." 간가르트가 나직하게 대답했다.

"그럼 삼십 분 정도…… 잠깐 나갔다 와도 될까요?"

"나는 상관없어요."

그러자 간호사가 하얀 관과 더불어 부리나케 방을 나갔다.

이제는 두 사람만 남게 되었다.

천천히 기포가 올라왔다. 그러자 베라 코르닐리예브나가 나사를 돌렸다. 더 이상 기포가 올라오지 않았다. 전혀 올라오지 않았다.

"잠갔어요?"

"네."

"왜요?"

"또 질문하는 거예요?" 그녀가 미소를 지었다. 하지만 오히려 반기는 것 같았다.

처치실은 매우 조용했다. 낡은 벽과 튼튼한 문이 보였다. 목소리를 애써 낮출 필요도 없어 보였고, 조금 큰 소리로 말을 해도 될 것 같았다. 편하게 맘껏 숨을 쉬어도 되고, 그렇게 이야기도 하고 싶었다. 아주 간절히 원하던 것이었다.

"아무래도 성격이 못된 탓이지요. 항상 허락된 것보다 많은 것을 알고 싶어 하니 말이에요."

"아직 뭔가를 알고 싶어 한다니…… 좋은 일이네요." 그녀가 코멘트를 했다. 그녀의 입술은 언제나 자신의 발음에 따라 움직였다. 그녀의 입술은 왼쪽과 오른쪽이 서로 다르게 움찔거리기도 하고, 거의 눈에 띄지 않게 떨리거나 살짝 깨무는 작은 동작을 통해서 말의 내용을 확신시켜 주기도 하고 보충해 주기도 했다. "우선 25밀리리터를 수혈하고 나서 충분히 쉰 다음에 환자의 상태가 어떤지 살펴봐야 합니다." 그녀는 아직 한 손으로는 바늘과 고무관의 접속 부분을 잡고 있었다. 그의 머리 위에서 그녀는 다정한 미소를 살짝 머금고 뭔가를 찾는 것처럼 그의 눈을 주시했다. "기분이 어때요?"

"지금 이 순간은 황홀할 정도입니다."

"황홀하다는 말은 왠지 과장 같은데요."

"아니에요. 정말로 황홀합니다. 좋은 정도가 아니라 훨씬 좋다는 뜻입니다."

"오한이 느껴지거나 입이 쓰다거나 하는 증상은 없어요?"

"없어요."

앰풀과 바늘, 수혈은 말하자면 제삼자를 사이에 두고 둘이서 사이좋게 치료하고 치료받는 두 사람의 공동 작업이었다.

"그럼, 지금 이 순간이 아닌 다른 때는 어땠나요?"

"다른 때는 어땠느냐고요?" 이렇게 바라볼 수 있는 정당한 권리가 있고 시선을 피할 필요도 없이 서로 눈을 마주 보고 오랫동안 바라볼 수 있다는 것은 얼마나 황홀한가. "다른 때는 좀 서운한 감이 없지 않았어요."

"어떤 점에서 그랬죠? 그러니까 어떤······." 그녀는 마치 친구를 대하듯 연민과 불안감을 보이며 물었으나 공격을 예상했다. 올레크는 이 공격이 그녀에게 큰 타격을 주리라는 것을 알고 있었다. 밝은 커피색 눈동자가 아무리 사랑스럽다 해도 이 공격을 피할 수는 없을 것이다.

"도덕적인 측면에서 그렇습니다. 나는 지금 목숨을 구하기 위해 너무 많은 대가를 지불하고 있습니다. 선생님마저도 동참해 나를 속였으니 말입니다."

"내가요?"

서로 눈을 똑바로 응시하고 있을 때는 전혀 새로운 면을 발견하게 된다. 슬쩍 지나칠 때는 볼 수 없었던 것을 알게 되는 것이다. 눈동자는 색의 방어막을 상실하고 더 이상 진실을 감출 수 없게 되어 모든 것을 털어놓는다.

"선생님은 나에게 주사가 절대 필요하지만 내가 납득하지 못할 거라고 주장했지요? 납득할 수 없으리라는 것이 무엇이었습니까? 호르몬 요법 아니었나요?"

물론 이것은 정당하지 않다. 전혀 준비되지 않은 그녀의 커피색 눈동자를 향해 그런 공격을 한다는 것은. 하지만 이렇게 직설적으로 이야기하는 방법밖에는 별 도리가 없었다. 그녀의 눈은 깜짝 놀라 당황하는 빛이 역력했다.

여의사 간가르트, 아니, 베가는 눈을 피했다.

전투에서 괴멸 직전의 부대가 후퇴하는 것처럼.

그녀는 수혈이 중지된 상태라 쳐다볼 필요도 없는 앰풀을 쳐다보았다. 그런 다음 기포가 있나 살펴보았지만 기포 역시 올라오지 않았다.

그러자 나사를 돌렸다. 기포가 올라왔다. 다시 수혈할 시간이었다.

그녀는 고무 호스에 혹시라도 막혀 있는 곳을 없애려고 수혈 기구와 바늘 사이에 끼워진 고무 호스를 손가락으로 쭉 훑어 내렸다. 그리고 고무 호스가 조금이라도 구부러지지 않게 하기 위해 접속 부분 밑에 탈지면을 끼워 넣었다. 그런 다음 옆에 준비해 두었던 반창고로 접속 부분을 올레크의 팔에 붙였다. 그러고 나서 갈고리처럼 위를 향해 있는 손가락 사이에 고무 호스를 감았다. 그러자 고무 호스가 자동으로 고정되었다.

이제는 베가가 붙잡고 있을 필요가 없었다. 그의 옆에 서 있을 필요도, 그를 바라볼 이유도 없어졌다.

그녀는 침울하고 굳은 표정으로 좀 더 세게 기포가 올라오게 조절하고 나서 말했다.

"이렇게 가만히 있어요."

그러고는 그에게서 멀어졌다.

물론 그녀가 방 밖으로 나간 것은 아니고 그의 시야에서 벗어났을 뿐이다. 몸을 움직일 수 없었던 그의 시야에 들어오는 것은 수혈대와 갈색 피가 들어 있는 앰풀, 그리고 투명한 기포들과 빛이 비쳐 드는 위쪽 유리창, 램프의 윤기 나는 갓에 반사된 여섯 칸의 격자무늬 창문들, 희미한 빛의 반점들이 박힌 넓은 천장뿐이었다.

베가는 보이지 않았다.

무의미하게 던진 사소한 질문에 불과하다는 듯 그의 질문은 흐지부지되었다.

그녀가 그의 질문을 무시해 버린 것이다.

올레크는 그 질문을 다시 제기해야 했다.

그는 천장을 주시한 채 자신의 생각을 천천히 말하기 시작했다.

"만약 그것이 사실이라면 내 인생은 이제 끝장난 것이나 마찬가지예요. 내 뼛속 깊이 내가 영구 추방자이며 영원히 죄수라는 사실이 새겨져 있으니 말입니다. 게다가 미래에 아무 희망이 없다면, 더욱이 의도적이고 인위적으로 내 안에 있던 그 가능성마저 없애 버린다면 내가 무얼 위해 목숨을 구해야 합니까? 무엇을 위해서요?"

베가는 그의 이야기를 모두 들었지만 여전히 시야 밖에 있었다. 어쩌면 그러는 편이 더 나을지도 몰랐고, 말하기가 더 편할 수도 있었다.

"처음에는 나 개인의 삶을 빼앗아 갔어요. 그런데 이젠 내 존재를 유전시킬 권리마저…… 빼앗으려 하고 있어요. 그럼 나는 무엇 때문에, 누구를 위해 존재해야 합니까? 가장 처참한 불구자가 된 채로 말이죠! 동정이나 바라며 살아야 할까요? 자비나 구걸하면서요?"

베가는 계속 침묵했다.

갑자기 천장에 있던 이상하고 하얀 반점이 가끔씩 흔들렸다. 마치 반점도 이해할 수 없다는 듯이 가장자리가 일그러지는가 하면 그 위로 무슨 주름 같은 것이 오락가락했다. 그러다가 다시 그대로 멈춰 버렸다.

투명하고 가벼운 기포들이 뽀글뽀글 올라왔다. 앰풀 속의 피는 조금 줄어들었다. 벌써 4분의 1이 수혈되었다. 여성의 피. 이리나 야로슬라브체바의 피. 소녀일까? 노파일까? 여학생일까? 여자 상인일까?

"자비를 구걸한다니……."

그때 갑자기 그의 시야가 미치지 않는 곳에서 반박한다기보다는 노기 띤 목소리로 베가가 불쑥 말했다.

"그런 말은 옳지 않아요! 정말 그렇게 생각해요? 당신 같은 분이 그런 생각을 한다는 사실이 믿기지 않네요! 한번 곰곰이 생각해 봐요! 그런 생각은 외부적이고 의존적인 마음 상태일 뿐이라고요!"

그녀는 그가 한 번도 들어 본 적이 없는 강한 어조로 말했는데, 믿기지 않을 정도로 심한 초조감을 드러내고 있었다.

그러더니 다시 입을 다물어 버렸다.

"그럼 어떻게 받아들여야 한다는 거죠?" 올레크가 조심스럽게 말을 걸었다.

긴장된 정적이 흘렀다. 밀폐된 유리병 속에서 가벼운 기포들이 내는 소리가 크게 들릴 정도였다.

그녀는 좀처럼 입을 열지 않았다. 그러다 힘없는 목소리로 간신히 말을 이었다.

"다르게 생각하는 사람도 있어야죠! 아주 적은 수일지라도 다르게 생각하는 사람이 있어야 해요! 만약 모두가 그렇게 생각한다면 과연 더불어 살아갈 사람이 누가 있겠어요? 무엇 때문에 살아야 하죠? 사는 것이 과연 가능할까요?"

마지막 말에 힘을 주며 그녀는 절망적으로 부르짖었다. 그녀의 부르짖음은 그에게 강한 타격을 주었다. 그 타격은 어찌나 강했는지 침체되고 무거운 그의 몸이 구원을 향해 솟구쳐 날아오르게 했다.

개구쟁이 어린 시절에 가지고 놀던, 고무총에서 튕겨 나간 돌멩이처럼, 막 터져 나오는 해바라기의 씨처럼, 전쟁 마지막

해에 쏘아 올린 장거리포의 탄환처럼(쿵 하고 발사되자마자 하늘 높이 떠올라 굉음을 내고 휘파람 소리를 내며 날아간) 올레크는 나날이 반복되던 일상을 털어 내고 침체를 벗어나 드높이 날아올라 한 생의 사막에서 다른 생의 사막을 뛰어넘어, 아득히 먼 어떤 나라로 건너갔다.

그곳은 어린 시절이었다! 그는 처음에는 어리둥절했다. 그러나 흐리멍텅한 눈을 한번 비비고 나서 살펴보고는 그곳이 어디인지 깨달았다. 그러자 부끄럽다는 생각이 불쑥 들었다. 지금 그녀가 한 말은 그가 언젠가 아직 어린 시절에 생각했던 것과 같은 것이었다. 그런데 지금 그녀가 자신이 먼저 생각해 낸 것처럼 그에게 말한 것이다.

그것과 함께 또 다른 무엇인가가 기억 속에서 가물가물했다.(이 경우에 딱 들어맞기 때문에 빨리 생각해 내야 했다.) 드디어 생각이 났다!

기억은 빨리 해냈지만 말은 이성적으로 조심스럽게 해야 했다.

"1920년대 우리 나라에서 성병 전문가 프리들랜드 박사가 쓴 책들이 선풍적인 인기를 끈 적이 있어요. 당시 젊은이들이나 보통 사람들의 눈을 뜨게 해 주는 매우 유익한 책이라고 여겼지요. 아주 말하기 곤란한 문제를 위생학적으로 설명했으니까요. 그것은 일반적으로 필요한 것이고, 위선적으로 침묵하는 것보다는 낫다고 생각했습니다.『닫힌 문을 너머』,『사랑의 고뇌에 대해서』라는 책들이었어요. 선생님은 이 책들을 읽어 봤나요? 그러니까…… 의사의 입장에서라도 말입니다?"

이따금 기포가 솟아올랐다. 순간 가시권 밖이었지만 한숨 소리가 들리는 것 같았다.

"사실 아주 어렸을 때, 아마 열두 살 때쯤 읽은 것 같아요. 물론 어른들 몰래 읽었어요. 정말 대단한 내용이었지만 좀 공허한 느낌이 들었어요. 심지어는 살고 싶지 않다는 기분까지 들었죠."

"나도 읽었어요." 무심한 말투로 불쑥 그녀가 대꾸했다.

"그래요? 정말이에요? 선생님도?" 올레크는 반가웠다. 그는 "선생님도?"라고 말했다. 마치 지금 이 순간에는 자신이 주도권을 갖고 있다는 듯한 말투였다. "어찌나 구체적이고 논리적이며 반박할 수 없는 유물론인지, 개인적으로는…… 왜 살아야 하나 싶을 지경이었어요. 몇 퍼센트의 여성이 황홀감을 느끼고, 몇 퍼센트의 여성은 못 느끼는지를 정확하게 수치화한 것뿐이었습니다. 여성들이 어떻게 자신에게 맞는 타입을 찾기 위해 이런저런 남자들을 만나고 다니는가에 대한 내력이……." 그는 요즘의 새로운 세태를 떠올리며 마치 타박상이거나 화상을 입은 것처럼 크게 한숨을 들이쉬었다. "부부 생활에서 모든 심리적 요소는 부차적이라는 냉정한 신념을 갖고 있던 작가는 생리학 하나로 모든 '성격의 불일치'를 설명하려고 했습니다. 그래요, 선생님도 그런 것을 충분히 이해했을 겁니다. 그런데 선생님은 그 책을 언제 읽었어요?"

그녀는 아무 대답이 없었다.

더 물어볼 필요는 없었다. 너무 무례하게 직설적으로 말한 것인지도 몰랐다. 그는 여성과 대화를 나누는 일에 익숙하지 않았던 것이다.

천장의 희끄무레한 이상한 빛의 반점이 갑자기 일렁거리더니 어디쯤에선가 선명한 은빛 점들로 변해 반짝거리며 돌았다. 일렁이는 잔물결과 작은 파상들을 보면서 올레크는 드디어 그것이 무엇인지 알아냈다. 신비롭던 천장의 희미한 빛은 창밖의 담 아래, 아직 마르지 않은 웅덩이에 반사된 그림자에 불과했다. 한낱 웅덩이의 변형일 뿐이었다. 산들바람이 불어왔다.

베가는 계속 입을 다물고 있었다.

"선생님, 무례했다면 용서하세요!" 올레크가 사과했다. 그녀에게 사과하는 것마저 즐겁고 감미로웠다. "표현이 좀 서툴렀던 것 같습니다." 그는 그녀를 보기 위해 고개를 돌렸지만 여전히 시야에 들어오지 않았다. "그런 사고방식은 지상에 있는 모든 인간적인 것들을 파괴시키고 말 거예요. 만약 그런 사고방식에 굴복하고 모든 것을 받아들인다면……." 그는 기꺼이 자신의 과거의 신념을 돌이켜 보며, 그녀를 설득하려고 했다!

그때 베가가 다가왔다! 그러자 올레크의 시야 안으로 그녀가 들어왔다. 그녀의 얼굴에는 좀 전에 그가 느낀 어떤 실망감이나 신랄함은 전혀 찾아볼 수 없고 평소의 상냥한 미소가 어려 있었다.

"나 역시 당신이 그런 사고방식을 갖지 않기를 바랍니다. 그리고 당신이 받아들이지 않을 것이라고 확신해요."

그녀의 얼굴이 환해졌다.

그렇다! 그녀는 그의 어린 시절에 속한 소녀이다. 학창 시절의 여자 친구이다. 왜 그걸 몰랐을까!

그는 불현듯 그녀에게 유년의 친구처럼 "같이 놀자!"라는 정겹고 소박한 말이라도 건네고 싶은 심정이었다. 그리고 손이라도 잡을 수 있다면 얼마나 좋을까. 우리가 이렇게 이야기를 나누었다는 것이 꿈만 같지 않은가.

그러나 그의 오른팔에는 주삿바늘이 꽂혀 있었다.

베가, 혹은 베라라고 부를 수만 있다면!

그러나 그것은 불가능한 일이었다.

그사이 앰풀에 들어 있던 피가 절반으로 줄어 있었다. 며칠 전만 해도 누군가의 육체 속에서 자신만의 성질과 의식을 간직하고 흐르던 피가 지금 그의 몸속으로 적갈색의 건강을 흘려보냈다. 역시 그 속에는 아무것도 들어 있지 않은 것일까?

팔꿈치 밑에 놓인 베개와 접속 부분의 탈지면을 매만지고 고무 호스를 손가락으로 쭉 훑은 다음 수혈대 위쪽 부분을 앰풀과 함께 더 위쪽으로 끌어 올리며 바삐 움직이는 그녀의 손을 올레크는 계속 눈으로 좇았다.

그 손을 잡고 그 손에 입 맞추고 싶은 마음이 간절했다.

# 25
# 베가

그녀는 입술을 꼭 다물고 거의 들리지 않는 소리로 콧노래를 부르며 왠지 들뜬 기분으로 병원을 나섰다. 밝은 은색의 봄 코트를 입었고, 거리가 대부분 말라서 방수 덧신은 이미 벗은 채였다. 그녀는 온몸이 날아갈 듯 가벼웠다. 어찌나 발걸음이 가벼운지 온 시내를 가로질러 걸어가도 될 것 같았다.

대낮처럼 해가 환하게 빛나는 저녁이었고 좀 싸늘하기는 했지만 봄날처럼 느껴졌다. 버스를 타기가 답답하게 느껴졌다. 아무래도 걷는 편이 나을 것 같았다.

그녀는 걷기 시작했다.

이 도시에서 살구꽃이 필 때보다 더 아름다운 때는 없을 것이다. 아직 봄은 아니지만 갑자기 그녀는 살구꽃을 한 송이만이라도 지금 볼 수 있다면 더 이상 바랄 것이 없을 것 같은 기분이 들었다. 울타리 너머나 담장 뒤, 아니면 어느 먼 곳에서도 그 연한 장밋빛이 금방이라도 보일 것 같았다.

그러나 아직은 철이 아니었다. 나무들은 이제야 막 회색빛에서 연둣빛으로 옷을 갈아입기 시작했다. 나무에 연둣빛이 돌기는 하지만 아직은 회색빛이 훨씬 강한 때였다. 멀리 담장 너머로 보이는 공원 한쪽 귀퉁이에는 올 들어 처음 야외 작업을 하느라 파헤쳐 놓은 붉고 마른 흙무더기가 쌓여 있었다.

아직 철이 일렀다.

베라는 여느 때 같으면 서둘러 버스를 타고 스프링이 망가진 의자에 앉거나 손잡이에 손가락을 걸고 서서 '아아, 다 귀찮다. 곧 저녁인데 아무것도 하고 싶지 않다.'라는 생각에 잠겨 있었을 것이다. 그래서는 안 된다고 생각하면서도 저녁 시간을 항상 일없이 보내고, 아침이면 또다시 그 버스에 몸을 싣고 서둘러 출근하곤 했다.

그런데 오늘 서두르지 않고 천천히 걷다 보니 자꾸 무언가를 하고 싶다는 생각이 들었다. 해야 할 일은 많았다. 집안일이며 쇼핑, 바느질이나 독서 등 누구도 못 하게 하거나 방해하는 것도 아닌데 지금까지 그녀가 미루어 왔던 사소한 일들까지 모두 하고 싶은 생각이 들었다. 그녀는 지금 당장 그 모든 것들을 해야겠다고 마음먹었다! 그러면서도 이상하게 급히 집으로 돌아갈 생각을 하지 않았고, 서두르지도 않았다. 그저 바싹 마른 아스팔트 길을 한 발 한 발 구둣발로 경쾌하게 밟으며 천천히 발길을 옮길 뿐이었다.

몇몇 상점들은 아직 문이 열려 있었지만 상점에 들러 필요한 식료품과 생필품을 살 생각은 없었다. 많은 포스터 앞을 지날 때는 하나하나 읽어 보고 싶은 마음이 들기도 했지만 어디에도 딱히 시선이 가지는 않았다.

그녀는 마냥 걸었고, 그것으로 족했다.

입가에는 가끔 미소가 번지기도 했다.

어제는 휴일이었는데도 내내 암담하고 침울한 기분에 젖어 있었다. 그런데 오늘은 평범한 근무일인데도 괜스레 마음이 가볍고 행복한 기분이었다.

휴일의 의미는 자신이 옳았다는 것을 느끼게 해 준다는 데 있다. 비웃음을 받고 인정받지 못했던 자신의 강한 주장, 즉 무서운 심연 위에서 홀로 붙잡고 있던 가느다란 끈이 결국 강철 케이블이었다는 것이 판명되고 안전성이 증명되며, 자신이 그 줄에 능숙하고 놀라울 정도로 굳게 매달려 있음을 확신할 수 있게 해 주는 날이 휴일인 것이다.

이제 그들은 인간 세상의 몰이해라는 보이지 않는 심연 위의 케이블에 매달린 케이블카 안의 사람들처럼 서로를 신뢰하며 가볍게 유영해 나갈 수 있을 것 같았다.

그녀는 마냥 기뻤다! 자신이 정상이며 정도를 벗어나지 않았음을 알게 되었다. 그러나 그녀는 아는 것만으로는 부족하고, 자신이 정상이며 정도를 벗어나지 않았다는 평가를 받아야 했는데 그 평가를 누구에게 받느냐가 중요했다! 그녀는 바로 그가 그런 평가를 해 주고, 인생의 비탈길을 걸으면서도 그런 생각을 늘 간직하고 있었다는 것에 감사하고 싶었다.

그 점은 감사하지만 당분간 호르몬 요법에 대해서는 변명을 해야 한다. 그는 프리들랜드의 학설만을 거부한 것이 아니라 호르몬 요법마저 거부했다. 물론 거기에는 논리적 모순이 있지만 논리는 환자가 아니라 의사가 책임져야 하는 것이다.

모순이 있든 없든 이 치료를 받도록 그를 설득해야 한다! 그 사람이 또다시 종양에 노출되도록 내버려 두어서는 안 된다! 그녀의 열의는 더욱 고조되었다. 바로 그 환자를 설득하고 고집을 꺾어 완치해야 한다! 그런 반항적인 고집쟁이를 계속 설득하기 위해서는 확고한 자신감을 가져야 한다. 그런데 그의 항의를 받고서야 문득 호르몬 요법이 모든 종류의 종양 치료에 거의 일반화되어 전 러시아에 일괄적으로 하달된 훈령이며, 훈령에 따라 이 병원에 도입된 것임을 인식하게 되었다. 호르몬 요법이 특히 세르톨리 세포종을 치료하는 데 효과가 있는지를 주제로 쓴 학술 논문이 있는지는 지금 기억나지 않지만 아마도 많은 논문이 있을 것이고, 외국의 논문들도 있을 것이다. 그것을 증명하기 위해서는 모든 자료를 읽을 필요가 있었다. 그녀가 아직 읽어 보지 못한 논문이 꽤 많았다.

그러나 이제는 읽어야 한다! 읽을 수 있을 것이다! 지금이라면 분명히 모두 읽을 것이다!

코스토글로토프는 언젠가 부자 뿌리로 암을 고치는 치료사가 의사보다 못하다는 증거가 무엇이며, 의학에는 수학적 엄밀함마저 결여되어 있다고 공격했다. 그때 베라는 매우 화가 났다. 그러나 나중에 그의 말에 어느 정도 동의하게 되었다. 방사선으로 세포를 파괴할 때 과연 몇 퍼센트의 건강한 세포가 파괴되고, 몇 퍼센트의 병든 세포가 파괴되는지를 우리는 과연 얼마나 알고 있을까? 치료사가 저울에 재지도 않고 마른 부자 뿌리를 대강 한 줌 집어 줄 때보다 더 정확하다고 할 수 있을까? 그리고 누가 예전의 겨자 고약 같은 것을 논리적으로 설명할 수 있을 것인가? 또한 모든 사람들을 페니실린으로 치료했을 때 누가 페니실린 작용의 본질을 완벽히 이해하고 있었단 말인가? 이것이 바로 흑내장 아닐까? 많은 학술지를 살펴보고 읽고 생각해 봐야 할 문제다!

지금 그녀는 모든 것을 기꺼이 할 수 있을 것 같았다!

어느새 시간이 흘러 벌써 집 앞에 도착했다! 몇 계단을 올라가자 공동 베란다가 나왔다. 누군가가 베란다 난간에 양탄자와 신발 깔개를 말리려고 늘어놓았다. 그녀는 홈이 파인 시멘트 바닥을 지나서 군데군데 칠이 떨어져 나간 공동 아파트의 출입문을 활짝 열고 어두컴컴한 복도로 들어섰다. 복도에 걸린 전등은 계량기가 모두 따로 있어서 아무것이나 켤 수 없었다.

그녀는 두 번째 열쇠인 영국산 열쇠로 자신의 방문을 열고 들어갔다. 수도원의 독방 같던 그녀의 방이 오늘은 그다지 답답하게 느껴지지 않았다. 이 도시 모든 건물의 1층과 마찬가지로 그녀의 방 창문에도 도난 방지용 쇠창살이 끼워져 있었고, 아침에만 반짝 해가 비치는 방은 지금 시간이면 벌써 어두컴컴해졌다. 베라는 방문 앞에 서서 외투도 벗지 않고, 전혀 낯선 방을 바라보듯 놀라운 감정으로 자신의 방을 둘러보았다. 이곳은 즐겁고 재미있게 살 수도 있는 곳이다! 그렇다! 탁자보만 바꾼다면 전혀 손색이 없을 것이다. 먼지만 좀 닦아 내도 될 것 같았다. 벽에는 페트로파블로프스크 요새[15]의 백야 사진이나 알루프카[16]의 검은 삼나무 사진을 걸어 놓아도 좋을 것 같았다.

외투를 벗고 앞치마를 걸친 그녀는 우선 부엌으로 향했다. 뭔가 부엌에서 할 일이 있을 것 같았다. 그렇다! 석유곤로에 불을 붙이고 뭔가 먹을 것을 준비해야겠다.

그러나 학교를 중퇴한 옆방 이웃의 아들인 건장한 청년이 부엌을 다 차지할 정도로 큰 오토바이를 세워 놓고 휘파람을 불며 분해를 하고 있어서 부엌 바닥이 부품들로 가득했다. 석양빛이 비치는 그곳은 조금 환했다. 그것들을 헤치고 나가면 그녀의 식탁이 있는 곳까지 갈 수는 있었다. 하지만 베라는 그런 부엌에서 수선을 떨기보다 자기 방에 조용히 있고 싶어졌다.

그녀는 식욕도 사라진 데다 전혀 배가 고프지 않았다!

방으로 돌아온 그녀는 방문을 영국제 자물쇠로 잠갔다. 오늘은 밖으로 나갈 일이 전혀 없었다. 과자 상자에 초콜릿이 조금 있으니 그것이나 먹으면 될 것 같았다.

그녀는 어머니의 장롱 앞에 무릎을 구부리고 앉아 묵직한 서랍을 열었다. 그곳에 다른 탁자보가 있었다.

우선 먼지를 좀 털어야 할 것 같았다.

아니다, 우선 옷부터 갈아입는 편이 좋을 것 같다!

---

15) 상트페테르부르크에 있는 요새로, 나중에 감옥으로 사용되기도 했다.
16) 크림 반도 남부의 휴양지.

베라는 이렇게 하나씩 새로운 관심거리를 찾는 일이 마치 댄스 스텝을 바꾸는 것처럼 즐거웠다. 댄스 스텝도 이렇게 옮겨 가는 데 즐거움이 있지 않을까.

아니면 요새 사진과 삼나무 사진을 먼저 걸어 볼까? 아니다! 그러려면 망치와 못이 필요한데, 그런 일은 남자가 할 일이다. 당분간은 그대로 두는 것이 좋겠다.

그러고는 걸레를 들고 콧노래까지 부르며 방 안을 이리저리 돌아다녔다.

그 순간 배가 불룩하고 목이 긴 병에 기대어 놓았던 어제 받은 꽃무늬 엽서가 눈에 들어왔다. 엽서 앞쪽에는 붉은 장미와 초록색 리본, 하늘색 숫자 8이 인쇄되어 있었다. 뒤쪽에는 검은색으로 축하의 말이 인쇄되어 있었다. 지역 위원회에서 보낸 '세계 여성의 날'[17] 축하 엽서였다.

독신자는 모든 기념일이 괴로운 법이다. 더욱이 나이 든 독신녀에게 여성의 날은 견디기 힘든 날이다! 그날이면 혼자가 된 여자들이나 결혼하지 않은 여자들은 같이 모여서 포도주를 마시거나 노래를 부르며 즐겁게 시간을 보낸다. 아파트 앞뜰에서도 어제 그런 모임이 있었다. 그 자리에 어떤 여성의 남편이 동석했는데, 나중에는 술에 취한 여성들이 차례로 그에게 키스를 하는 진풍경이 벌어졌다.

지역 위원회에서야 사심 없이 그런 말을 했을 것이다. "하시는 일이 모두 잘되기를 바라며, 사적인 생활도 행복하시기

---

17) 소련에서 매년 3월 8일을 세계 여성의 날로 정해 기념했다.

바랍니다."

사적인 생활이라……. 그것은 그녀에게 잠깐 기어가던 애벌레, 죽어서 버려진 애벌레 같은 것이었다.

그녀는 엽서를 네 조각으로 찢어 쓰레기통에 던져 버렸다. 그러고는 향수병과 크림 반도 풍경이 들어 있는 유리 피라미드, 라디오 옆에 있는 레코드 케이스, 플라스틱 전축 덮개의 가장자리 등을 닦으며 계속 분주하게 서성댔다.

지금은 레코드 음악도 슬픈 감정 없이 들을 수 있을 것 같았다. 아주 슬픈 노래라도 틀어 볼까?

오늘도 여전히
예전처럼 나는 혼자라네.

그러나 그녀는 다른 레코드를 골라 전축을 틀어 놓고 어머니가 사용하던 푹신한 소파에 양말을 신은 채 다리를 굽히고 앉았다.

축 늘어진 한쪽 손에는 더러운 걸레의 한쪽 끝이 돛대 끝에 달린 깃발처럼 매달려 있었다.

벌써 방 안은 어스름해지고 전축 위에 나타나는 녹색 음계 표시등이 도드라지게 빛났다.

「잠자는 숲 속의 미녀」의 조곡이었다. 아다지오가 나오고 이어서 「요정의 등장」이 흘러나왔다.

베가는 음악을 듣고 있었지만 다른 사람을 대신해서 듣는 것이었다. 그녀는 비에 흠뻑 젖은 채 심한 통증으로 거의 죽기 직전의, 지금껏 한 번도 행복을 경험해 보지 못한 한 남자가 오페라 극장의 발코니에서 이 아다지오를 듣고 있다고 상상했다.

그녀는 레코드를 다시 돌렸다.

그리고 또다시.

그녀는 마음속으로 이야기를 시작했다. 그녀는 둥근 탁자를 사이에 두고 전축의 녹색 빛이 비치는 곳에 앉아 있는 그와 상상 속에서 대화를 나누기 시작했다. 그녀 자신이 꼭 하고 싶었던 이야기를 하고 나서 분명 그가 했을 법한 이야기에도 귀를 기울였다. 그가 어떤 대답을 할지 그녀는 예측하기 어려웠지만 그런대로 대처할 수 있을 것 같았다.

오늘 낮에는 그에게 이야기할 수 없었던 그들의 관계에 대해서도 지금은 모두 이야기할 수 있을 것 같았다. 그녀는 남녀에 대한 자신의 생각을 그 앞에서 펼쳐 놓았다. 헤밍웨이의 초남성성은 아직 인간의 것이 되기에는 일렀다. 헤밍웨이는 소심한 사람이다.(올레크는 분명 헤밍웨이의 책은 읽은 적이 없다고 삐죽거리며 오히려 군대나 수용소에서는 그런 것을 본 적도 없다고 당당하게 말하겠지.) 여성이 남성에게 원하는 것은 그런 것이 아니다. 남성에게 원하는 것은 세심한 배려, 그와 함께한다는 안도감, 보호받는 느낌, 감싸 주는 느낌 같은 것들이다.

무슨 이유인지는 모르지만 시민으로서의 모든 권리를 박탈당하고 아무 힘도 없는 올레크에게서 그런 보호를 받고 있다는 느낌이 들었다.

세간에는 여자에 대해 오해하는 부분이 아주 많다. 예를 들면 카르멘을 가장 전형적인 여자로 취급한다는 점이다. 열정적으로 쾌락을 추구하는 여자가 여성적이라고 보는 것이다. 하지만 그것은 사이비 여성성이며, 여장한 남자에 불과하다.

그것에 대해서는 많은 부분을 설명해야 한다. 하지만 이런 관점에 생소한 올레크는 아마 당황할 것이다. 그리고 골똘히 생각하겠지.

그녀는 다시 레코드를 반복해서 틀었다.

이제는 사방이 어두워졌다. 그녀는 걸레질하는 것도 까맣게 잊고 있었다. 방 안에 있는 전축의 녹색 불빛이 더 심오하고 의미심장하게 빛났다.

반드시 불을 켤 필요도 없고 켜고 싶지도 않았지만 꼭 봐야 할 것이 있었다.

그녀는 어둠 속에서 익숙한 손으로 벽에 걸린 액자를 조심스레 떼어 내 전축의 녹색 불빛이 비치는 곳 가까이 가져왔다. 녹색 불빛 없이도, 그 빛이 바로 꺼져 버린다 해도 사진 위의 모든 것은 눈에 선했다. 깔끔한 소년의 얼굴, 아직 아무것도 경험하지 못한 순수한 눈동자, 하얀 셔츠를 입고 난생처음 맨 넥타이, 처음 입어 본 양복, 그리고 양복 상의 옷깃에 꽂힌 배지, 즉 검은 옆모습이 새겨진 하얗고 둥근 배지 등을 모두 기억하고 있었다. 사진은 6×9센티미터 크기였기 때문에 배지는 아주 작게 보였다. 낮이라면 선명하게 보였겠지만 지금은 기억 속에서만 보였다. 그것은 레닌의 얼굴이었다.

"나에게 다른 훈장은 필요 없어!" 하면서 소년은 웃었다.

이 소년이 바로 그녀에게 베가라는 이름을 붙여 준 이였다.

용설란은 일생에 단 한 번 꽃을 피우고 죽는다고 한다.

베라 간가르트는 그런 사랑을 했다. 아직 풋내기 학생 시절이었다.

그런 그가 전쟁터에서 전사한 것이다.

그 후로는 전쟁이 어떻게 되든 상관없었다. 정의로운 전쟁이든, 영웅적인 전쟁이든, 조국 전쟁이든, 신성한 전쟁이든 베라 간가르트에게 그것은 마지막 전쟁이었다. 그 전쟁에서 그녀는 그와 함께 사망한 것이다.

그녀도 살고 싶지 않았다! 그녀는 곧바로 학교를 그만두고 전선으로 나가려고 했다! 그러나 독일 출신인 그녀를 군대에서는 받아 주지 않았다.

전쟁이 일어난 첫해와 다음 해에는 둘이 함께 있었다. 그러나 그가 곧 군대에 간다는 것이 확실해졌다. 왜 두 사람이 그때 결혼하지 않았는지를 많은 시간이 흐른 지금 다른 사람에게 설명하기란 쉽지 않았다. 그들은 어떻게 그 시간을, 그 마지막 시간을 결혼도 하지 않고 허비해 버렸던 것일까? 모든 것이 파멸될 위기에 놓인 그때 도대체 그들은 무슨 희망을 품었던 것일까?

그렇다, 기대했다.

물론 지금 와서 누구에게도 그것을 변명할 여지는 없다. 자기 자신에게마저.

"베가! 나의 베가!" 그는 전쟁터에서 그렇게 외쳤다. "너와 결혼도 못 한 채 이렇게 죽을 수는 없다. 지금 내게 사흘만 휴가가 주어진다면, 부상으로 병원에라도 가게 된다면 당장 결혼할 텐데! 그렇지? 그렇지?"

"그 일로 너무 괴로워하진 마. 나는 절대 다른 사람과 결혼 하지 않을 거야. 나는 영원히 당신의 것이야."

그녀는 이렇게 확신하며 편지를 썼다. 그때만 해도 그는 살아 있었다.

그러나 그는 부상을 당해 입원을 하지도, 휴가를 받지도 못했다. 얼마 되지 않아 전사한 것이다.

그는 죽었지만 그의 별은 빛났다. 여전히 빛나고 있었다.

그러나 그 별은 공허했다.

정작 별은 사라졌는데 그 빛만 지구를 향해 날아오는 별이 아니었다. 아직 한창 타오르지만 이제는 아무도 보지 못하고, 아무에게도 필요 없는 별이었다.

죽고 싶다는 욕망은 실현되지 않았다. 그녀는 살아야 했다. 대학에 들어갔다. 그녀는 대학에서 그룹[18]의 대표까지 되었다. 그녀는 추수 봉사나 근로 봉사, 일요 노동에서도 항상 선두에 섰다. 달리 할일이 아무것도 없었던 것이다.

그녀는 우수한 성적으로 대학을 마치고, 오레셴코프 박사 밑에서 수련의 과정을 마쳤다. 그는 그녀를 아주 높이 평가했다.(돈초바에게 그녀를 소개한 사람도 그였다.) 그녀는 환자를 치료하는 일에 매진했다. 그것이 그녀를 구원해 주었다.

물론 프리들란드의 견지에서 본다면 죽은 인간을 기억하기

---

18) 소련의 단과 대학은 그룹으로 나뉘어 있었고, 각 그룹마다 대표를 두어 학사 일정과 봉사 활동을 이끌게 했다.

위해 살아 있는 인간을 거부하는 것은 어리석은 일이며, 정상이 아니라 정신 이상이다. 그런 일은 불가능하다. 왜냐하면 세포의 법칙, 호르몬의 법칙, 성장의 법칙은 인간에게 필연적이기 때문이다.

불가능한 것일까? 그러나 베가는 그러한 법칙들이 자신에게는 하나도 적용되지 않는다는 것을 알았다!

그것은 "영원히 당신의 것"이라고 했던 약속을 끝까지 지켜야 했기 때문이 아니었다. 우리에게 아주 가까웠던 사람은 영원히 죽지 않기 때문이다. 가끔씩 그는 우리에게 나타나 순간순간 자신의 목소리를 들려주며, 우리 내부에 계속 존재한다. 아무 힘도 없고 아무 말도 할 수 없지만 그는 우리의 배신을 지켜보는 것이다.

더구나 그와 똑같은 다른 사람이 존재하지 않는 이상 세포의 성장이니, 반응의 법칙이니, 분비의 법칙이니 하는 것들이 다 무슨 소용이란 말인가? 똑같은 사람은 존재하지 않는다! 그렇다면 세포의 법칙이 무슨 의미가 있단 말인가? 반응의 법칙이 무슨 의미가 있단 말인가?

그저 시간이 지나가면 조금씩 둔감해질 뿐이다. 지쳐 가는 것이다. 우리에게는 슬픔을 견디는 능력이나 정절의 능력이 없다. 우리는 세월에 항복할 수밖에 없다. 우리가 끝까지 계속하게 될 일은 매일 음식을 삼키고 손가락을 빠는 일뿐이다. 이틀만 굶어도 우리는 제정신을 잃을 것이며, 무슨 일을 할지 모르는 법이다.

이것이 우리 인류가 이룬 진보일까!

베가는 배신하지는 않았지만 피폐해져 갔다. 같이 살던 어머니도 돌아가셨다. 어머니 역시 피폐해져 돌아가셨다. 기술자였던 어머니의 아들이자 베라의 오빠는 1940년대에 투옥되었다. 몇 해 동안은 편지를 주고받았다. 몇 년간은 부랴트몽골 어딘가로 소포도 보냈다. 그러던 어느 날 우체국에서 알 수 없는 통지서가 오고, 어머니가 보낸 소포는 몇 개의 직인이 찍히고 수취인이 지워진 채 되돌아왔다. 우체국에서 어머니는 그 소포 상자를 마치 유골함처럼 안고 돌아왔다. 갓 태어났을 때 그는 그 작은 상자에 들어갈 만큼 작았다고 했다.

그것이 어머니를 피폐하게 만들었다. 게다가 그로부터 얼마 되지 않아 그의 약혼녀가 결혼했다. 어머니는 그것을 용납할 수 없었다. 오히려 베라의 선택을 지지했다.

그리고 베라는 혼자 남겨졌다.

물론 혼자가 된 사람이 그녀만은 아니었고, 그녀는 수백만 명 중의 한 명에 불과했다.

이 나라에는 홀로 남겨진 여자가 얼마나 많았던지 주변을 둘러보면 남편이 있는 여자보다 독신 여자가 더 많은 것 같았다. 그들 대부분이 베라와 같은 세대이거나 십 년 위아래의 여자들이었다. 전쟁터에서 쓰러진 남자들과 같은 세대의 여자들이었다.

남자에게 더 호의적이었던 전쟁의 신은 그들을 데려갔다. 남겨진 여자들에게는 더 많은 고통이 따랐다.

전쟁의 폐허 속에서 돌아온 독신 남자들은 동년배의 여자들이 아니라 더 어린 세대의 여자들을 선택했다. 그리고 몇 살아래의 남자들이라면 아예 한 세대 아래, 즉 전쟁에 나갈 수 없었던 아직 어린 애들뿐이었다.

평화의 시기가 도래하자 군 사단에 한 번도 소속되지 못했던 수많은 여자들도 평화를 맞이했다. 역사의 죄였다.

그중에서도 쉽게 생활을 꾸려 갈 수 있는 여자들은 그나마 덜 비참했다.

일상적이고 평화로운 생활이 몇 년간 계속되었지만 베가는 여전히 괴상한 고무줄로 가스 마스크를 단단히 조이고 있는 사람처럼 생활했다. 그녀는 점점 둔해지고 허약해졌다. 결국 그녀는 가스 마스크를 벗어 던졌다.

그런 다음에야 비로소 그녀는 인간적인 삶을 유지할 수 있게 되었다. 상냥하게 행동하고 옷도 잘 차려입었으며, 사람들과의 만남도 피하지 않게 되었다. 정절을 지키는 것은 커다란 만족감을 주었다. 어쩌면 최고의 만족감일지도 몰랐다. 그것을 알아주는 사람이 없고, 그것을 높이 평가해 주는 사람이 없다 해도 마찬가지였을 것이다.

그러나 그녀는 자신의 정절이 다른 무엇인가를 변화시켜 주기를 바랐다!

그런데 아무것도 변화시킬 수 없었다면? 누구에게도 도움이 되지 않았다면 어떻게 해야 하나?

가스 마스크의 둥글고 작은 눈을 통해서는 아무것도 제대로 볼 수 없고, 잘 보이지도 않는 법이다. 베가는 가스 마스크를 벗은 후에 모든 것이 훨씬 잘 보였을 터였다.

그러나 그녀는 잘 살펴보지 않았다. 경험이 없었던 그녀는 자꾸 여기저기 부딪쳐 아팠다. 주의를 게을리해서 발을 자꾸 헛디뎠다. 잠깐 동안의 유희를 위한 만남은 그녀의 삶을 가볍고 밝게 해 주기는커녕 기분을 상하고 비참하게 만들었으며, 그녀의 순수성을 파괴하고 균형을 깨뜨리기 일쑤였다.

이제 와서 잊을 수도 없다. 씻어 낼 수도 없다.

그녀는 인생을 쉽게 받아들이는 성격이 아니었다. 예민한 사람일수록 자신과 맞는 사람을 사귀는 데는 수십, 수백 가지의 조건이 더 필요한 법이다. 새로운 조건이 하나씩 맞아떨어져야만 조금씩 가까워진다. 그 대신 단 하나의 차이라도 생기면 모든 것이 수포로 돌아간다. 더구나 이 차이라는 것은 언제나 빨리 나타나기 마련이고, 어느 순간 불쑥 튀어 오른다. 어떻게 해야 하는지, 어떻게 살아야 하는지는 그 누구에게도 배울 수 없다.

사람에게는 저마다 다른 인생의 길이 있다.

주변 사람들이 그녀에게 아이를 데려다 키워 보라고 권하기도 했다. 많은 여자들과 오랫동안 진지하게 그 문제를 상의했고, 베라도 마음이 기울어 고아원까지 찾아간 적이 있었다.

그러나 결국 그만두고 말았다. 그녀는 일시적인 감정이나 다른 방법이 없다는 이유로 갑자기 어린아이를 사랑할 수는 없었다. 나중에 그 아이를 사랑하지 않게 될까 봐 두렵기도 했다. 그보다 더 두려웠던 것은 그 아이가 자라서 어떻게 될지 알 수 없다는 것이었다.

자기가 낳은 딸이라면 얼마나 좋을까 하는 생각도 들었다!(딸이라면 키울 수 있을 것 같았지만 아들은 자신이 없었다.)

그렇다고 낯선 사람을 찾아 다시 진창길을 걸어갈 수는 없었다.

그녀는 밤늦도록 소파에 그대로 앉아 있었다. 저녁에 하려고 했던 일에 전혀 손을 대지 못했고 불도 켜지 않았다. 전축에서 흘러나오는 빛만으로도 환했고, 부드러운 녹색과 검은 눈금들을 바라보고 있으려니 마음도 차분해지는 것 같았다.

많은 레코드를 듣고 슬픈 음악도 들었지만 그다지 울적하지 않았다. 행진곡도 들었다. 행진곡은 어둠 속에 있는 그녀의 눈앞에서 행진하는 개선 행렬 같았다. 그녀는 승리자처럼 등받이가 높은 낡은 소파에 늘씬한 다리를 굽히고 비스듬히 앉아 있었다.

그녀는 열네 개의 사막을 지나 이제 막 목적지에 도착했다. 십사 년이라는 광기의 시간을 지나서야 그녀가 옳았음이 증명되었다!

오랜 세월 동안 그녀가 지켜 온 정절이 오늘 비로소 결정적인 새로운 의미를 획득한 것이다.

거의 정절에 가까운 것. 정절이라고 해도 무방하다. 중요한 것은 바로 정절이라는 점이다.

그런데 그녀는 오늘에야 비로소 죽은 그가 그저 소년에 불과했으며, 지금 시대의 남자도 아니고, 여자에게 안식처가 되는 남성 특유의 편안한 무게감도 느낄 수 없는 남자였다는 사실을 깨달았다. 그는 전쟁의 전체를 보지 못했고, 결말도 보지 못했으며, 전쟁 후의 고통스러운 많은 시간도 보지 못한 채 거짓 없고 순수한 눈을 가진 소년으로 영원히 남아 있었던 것이다.

그녀는 잠자리에 들었지만 잠이 쉬이 들 것 같지 않았다. 수면 시간이 부족하다는 것도 알았지만 개의치 않았다. 어느 순간 잠이 들었다가 다시 깨기도 하고, 계속 꿈을 꾸기도 했다. 하룻밤의 꿈치고는 아주 많은 꿈이었다. 아무 의미 없는 꿈도 있었고, 아침까지 계속 꾸고 싶은 꿈도 있었다.

아침이 되자 상쾌한 기분으로 잠에서 깨어났다.

아침 출근 길 버스 안은 만원이었다. 여기저기 눌리고 밀리고 발도 밟혔지만 화가 나지도 않고 견딜 만했다.

그녀는 병원에 도착해 가운을 걸치고 회의실로 가는 도중 멀리 아래층 현관 복도에서 우람하고 우스꽝스러운 고릴라 같은 몸집의 레프 레오니도비치를 발견하고 반갑게 미소를 지었다. 모스크바를 다녀온 후로 처음 만난다. 그의 무겁고 기다란 팔은 그의 몸집과 균형이 맞지 않게 어렵사리 어깨에 매달려 있었지만, 사실 그 팔은 그의 몸에서 가장 보기 좋은 장식 같은 것이었다. 뒤통수가 둥그렇게 툭 튀어나온 기다랗고 커다란 그의 머리 위에는 언제나처럼 흰색 제모를 아무렇게나 쓰고 있었는데, 뒷부분에는 귀처럼 생긴 것이 삐져나와 있고, 윗부분은 주름지고 구겨져 있었다. 절개선이 없는 꼭 끼는 가운을 입은 그의 가슴은 눈 덮인 탱크처럼 보였다. 그는 걸을 때면 항상 눈을 가늘게 뜬 채 고압적이고 엄격한 표정을 짓고 있었지만 베라는 그가 얼굴을 조금만 움직여도 금방 웃는 표정으로 바뀐다는 것을 알고 있었다.

베라가 현관 복도를 나와 계단 아래에서 레프 레오니도비치를 만났을 때도 마찬가지였다.

"돌아오셔서 반가워요! 안 계셔서 정말 힘들었어요!" 베라가 먼저 말을 건넸다.

그는 금세 표정을 바꾸고 미소를 지으며 길게 늘어진 팔로 아래쪽에서 그녀의 팔꿈치를 잡고 계단을 향해 올라섰다.

"기분 좋은 표정인데, 무슨 좋은 일이라도 있어요?"

"아무 일도 없어요. 출장은 잘 다녀오셨어요?"

레프 레오니도비치는 한숨을 쉬었다.

"좋은 일도 있었고, 좋지 않은 일도 있었어요. 모스크바는 항상 자극을 주니까."

"나중에 자세히 이야기해 주세요."

"레코드를 세 장 가져왔어요."

"그래요? 어떤 거예요?"

"알다시피 나는 그 생상스가 자꾸 헷갈리는데……. 어쨌든 최근 국영 백화점에 엘피판 매장이 생겨서 들렀다가 당신이 써 준 목록을 보여 줬더니 점원이 레코드 세 장을 싸 주더군요. 내일 가져오겠어요. 그런데 말이에요, 베루샤! 오늘 재판에 함께 갈 수 있을까?"

"무슨 재판인데요?"

"몰라요? 3병동의 외과 의사가 재판을 받게 됐어요."

"진짜 재판요?"

"지금은 동지 재판[19]이 열리고 있는데, 여덟 달째 심리가 진행 중이에요."

"무슨 일 때문인데요?"

야근을 마친 간호사 조야가 계단을 내려오다가 황금빛 눈썹을 깜박이며 두 사람에게 인사를 건넸다.

"수술 후에 어린애가 죽었다는데……. 모스크바에 다녀온 여세를 몰아서 꼭 재판에 나가 어떻게든 변호를 해 줘야겠어요. 일주일만 여기서 지내도 기운이 다 빠질 테니. 같이 갈 거죠?"

그러나 베라가 결정을 내리기도 전에, 아직 대답도 하기 전에 그들은 벌써 덮개가 씌워진 소파와 하늘색 탁자보가 덮인 회의실로 들어섰다.

베라는 레프와의 관계를 매우 소중하게 생각했다. 그는 그녀에게 류드밀라 아파나시예브나와 더불어 병원에서 가장 가까운 축에 드는 사람이었다. 두 사람 사이에는 보통 독신 남녀의 관계에서는 볼 수 없는 어떤 고상한 면이 있었다. 레프는 단 한 번도 의미심장한 눈길을 그녀에게 보내거나 어떤 암시를 한 적이 없었고, 더구나 정해진 선을 넘는다거나 탐하는 법이 없었다. 그 점은 그녀 쪽에서도 마찬가지였다. 그들은 안전한 친구 사이였고, 자연스러운 관계였다. 그들이 항상 피해 온 유일한 화제는 사랑이라든가 결혼 문제였는데 이 세상에 그런 것들이 존재하지도 않는 것처럼 절대로 입 밖에 내거나 공론에 부치는 일이 없었다. 레프 레오니도비치는 베가가 원하

---

19) 사회적으로 비교적 경범죄에 해당하는 잘못을 저지른 동료를 심문하기 위해 동료들이 진행하는 재판. 법적인 효력은 없지만 나중에 정식 재판에 회부할 수는 있었다.

는 것이 바로 그런 관계라고 생각했을지도 몰랐다. 레프는 전에 한 번 결혼한 적이 있었지만, 그 후로 독신으로 지냈다. 지금은 누군가와 '친밀한 관계'를 갖고 있다는 소문이 돌았다. 이 병원의 여자들은(사실은 이 병원 사람들 모두) 그에 관해 수군대기를 좋아했는데, 그가 수술실 간호사와 사귄다는 의심을 샀기 때문이다. 외과의 젊은 여의사 안젤리카가 그 사실이 틀림없다고 확언을 했지만 사람들은 오히려 그녀가 레프를 좋아한다고 의심했다.

회의 중에 류드밀라 아파나시예브나는 종이 위에 계속 사각형을 그리다가 결국에는 펜으로 종이를 구멍 냈다. 반면 베라는 여느 때와 달리 말없이 앉아 있었다. 그녀는 평소와 달리 마음이 차분하게 가라앉았다.

회의가 끝나고 그녀는 여자 환자의 병실을 회진하기 시작했다. 그곳에는 환자들이 많아서 회진이 항상 오래 걸렸다. 그녀는 모든 환자들을 상대로 일일이 침대에 앉아 살펴보거나 조용히 이야기를 나누면서 다른 환자들에게 조용히 하라는 요구도 하지 않았다. 시간도 오래 걸렸을 뿐 아니라 사실 여자들의 입을 다물게 하기란 여간 어려운 것이 아니었기 때문이다.(여자 병실에서는 남자 병실에서보다 훨씬 더 빈틈없고 신중하게 살펴야 했다. 이곳에서는 의사로서의 의미나 권위가 무조건 인정되지 않았다. 좋은 컨디션을 위해서라든가 강한 신뢰감을 주기 위해 잘될 거라고 말하면(심리 요법에서 필요하다.) 당장 환자들이 노골적으로 비꼬는 시선과 질투 어린 눈으로 "당신이야 뭐, 건강하니까. 당신이 뭘 알겠어!"라고 하기 마련이었다. 병원에서는 심리 요법의 하나로 건강을 잃은 여자 환자들에게 자신을 가꾸고 빗질도 하고 립스틱도 바르라고 권하는데, 그녀가 화장을 하고 다니면 곱지 않은 시선을 보냈다.)

베라는 오늘도 이 침대 저 침대로 옮겨 다니며, 항상 하던 대로 되도록 조심스럽고 신중하게, 병실의 소란을 피해서 환자의 말에 귀를 기울였다. 그때 갑자기 반대쪽에서 퉁명스럽고 거친 목소리가 들려왔다.

"정말 웃기는 환자가 다 있지 뭐야! 환자 주제에 수캐처럼 싸돌아다니니 말이야! 머리가 덥수룩하고 군인 혁대를 매고 다니는 그 작자 말이야! 조야 간호사가 야근하는 날이면 항상 둘이서 희희낙락 난리가 아니야!"

"네? 뭐라고요?" 간가르트가 그 환자를 보고 물었다. "지금 뭐라고 했어요?"

그러자 환자가 다시 이야기했다.

(어젯밤 당직은 조야가 아니었던가! 어젯밤 전축의 녹색 불빛이 반짝이고 있을 때…….)

"죄송하지만 다시 말해 주겠어요? 자세하게요!"

# 26
## 좋은 시도

초짜도 아닌 외과 의사가 초조해할 때는 언제일까? 적어도 수술할 때는 아닐 것이다. 수술을 할 때는 모든 일이 공개적이고 차근차근 진행되며, 다음에 무슨 일을 해야 하는지도 정확히 정해져 있다. 수술 후에 덜 제거한 것을 후회하는 일이 없도록 절개 부분을 철저히 제거해야 하는 것이다. 물론 수술 중에도 환자의 상태가 갑자기 나빠지거나 출혈이 계속될 때도 있는데, 그럴 때면 탈장 수술 중에 죽은 레제르포르드의 사건이 떠오른다. 그러나 일반적으로 외과 의사가 초조해지기 시작하는 때는 바로 수술 이후이다. 수술 후에 열이 내리지 않거나 복부가 계속 부풀어 있을 경우가 그런 때이다. 그럴 때면 시간을 뒤로 돌려, 메스가 아닌 머릿속으로 환부를 절개해 보며 자신이 어떤 실수를 했는지 더듬어 보고, 뭔가를 발견했다면 다시 바로잡아야 한다. 가장 나쁜 경우는 수술 후 우연찮게 부차적인 원인에 의해 합병증이 나타나는 경우이다.

그 때문에 레프 레오니도비치는 오 분 회의가 있기 전에 반드시 자신이 수술한 환자들을 살펴보러 가곤 했다.

수술 전날에는 오랫동안 전체 회진을 하곤 했는데, 레프 레오니도비치는 그때까지 한 시간 반을 기다리지 못하고 위 수술을 받은 환자와 좀카의 상태를 살펴보러 갔다. 그는 위 수술 환자를 잠깐 살펴보고 상태가 나쁘지 않다는 것을 확인한 다음 간호사에게 무엇을 얼마나 먹게 할지 지시했다. 그런 다음 좀카가 있는 옆방의 2인용 병실로 갔다.

같이 있던 다른 환자는 회복되어 퇴원했고, 좀카만 등을 대고 반듯이 누워 이불을 가슴까지 덮고 있었다. 그는 불안과 긴장에 싸인 채 천장을 쳐다보고 있었는데, 눈가의 근육을 잔뜩 긴장시켜 눈을 찌푸린 모습은 마치 천장에 희미하게 보이는 것이 무엇인지 알아내려 안간힘을 쓰는 것 같았다. 레프 레오니도비치는 말없이 좀카 옆에 비스듬히 다리를 벌리고 서 있었다. 그는 두 팔을 축 늘어뜨리고 오른팔은 약간 뒤로 젖힌 채 노려보고 있었는데, 그 모습이 마치 오른손으로 좀카의 턱을 한 대 후려치면 어떻게 될까 하고 생각하는 것처럼 보였다.

좀카가 고개를 돌려 그를 발견하고는 미소를 지었다.

외과 의사의 위협적이고 엄격해 보이던 얼굴도 덩달아 누그러지며 살짝 미소가 떠올랐다. 레프 레오니도비치는 마음이 잘 통하는 친구라도 만난 듯 좀카에게 윙크를 했다.

"괜찮지? 아무렇지도 않지?"

"아무렇지도 않으냐고요?" 좀카는 불평할 이야기가 많았다. 하지만 사내대장부가 불평을 할 수는 없었다.

"콕콕 쑤시니?"

"네."

"그 자리가 그렇지?"

"네."

"좀카! 한동안은 계속 그럴 거야. 내년까지는 아무것도 없는데 손이 가기도 할 거야. 하지만 쑤실 때는 다리가 없다는 것을 기억해. 그러면 좀 더 나을 거야. 중요한 건 이제 네가 살 수 있다는 거야, 알았지? 다리는 멀리 다른 곳으로 갔어."

레프 레오니도비치는 쉽게 이야기했다. 그러나 사실은 이렇게 말하고 있었다. 병균을 퍼뜨리는 다리는 멀리 다른 곳으로 던져 버렸다고. 그런 다리는 잘라 내는 편이 훨씬 낫다고.

"자, 다음에 또 보자!"

그러고는 회의실로 달려갔다. 다른 사람들은 이미 모두 도착해 그를 기다리고 있었기 때문에(니자무친은 늦는 것을 싫어했다.) 공기를 가르며 서둘러 뛰어갔다. 그가 입은 가운의 앞부분은 둥근 가장자리가 꼭 끼는 데 반해 뒤쪽은 등판이 헐렁해서 양복의 등 부분이 쑥 올라와 있었다. 그는 혼자 병원 안을 걸어 다닐 때면 항상 빠른 걸음으로 손과 발을 세차게 휘젓고 계단을 오르내릴 때마다 몇 계단씩 건너뛰며 다녔기 때문에 환자들은 그의 걸음걸이만 보고도 그가 빈둥거리거나 게으름을 피우는 사람은 아니라고 판단했다.

이윽고 한 시간 반에 걸친 회의가 시작되었다. 니자무친은 품위 있게(자기 입장에서) 입장해, 품위 있게(자기 입장에서) 인사를 건넨 다음 서두르지 않고 기분 좋게(자기 입장에서) 회의를 진행해 나갔다. 자신의 목소리에 도취된 듯한 말투, 의식적인 몸짓과 손짓 하나하나가 자신이 얼마나 매력적이고 권위가 있으며 교양 있고 영리한 사람인지 인식하고 있다는 느낌을 주었다. 그는 고향에서도 전설적인 인물이었고, 이 지역에서도 유명했으며 신문에도 가끔 실리곤 했다.

레프 레오니도비치는 따로 떨어진 빈 의자로 가서 긴 다리를 꼬고 앉으며 배 위로 바짝 조여 맨 하얀 허리띠에 두 손을 끼워 넣었다. 제모 밑의 얼굴을 약간 찡그리고 있었지만 그는 상사 앞에서도 항상 찡그리곤 했기 때문에 원장은 그것을 심각하게 받아들이지 않았다.

원장은 자신의 직위를 끝없는 인내를 요구하는 힘든 자리로 생각하기보다는 피아노의 건반처럼 모든 권리와 보수가 지속적으로 주어지는 자랑이자 명예로 여기는 사람이었다. 원장이라는 호칭과 마찬가지로 자신은 정말로 병동의 최고 의사이며, 전문적이라고 할 수는 없지만 다른 의사들에 비해 지식이 풍부하고 부하 직원들의 진료 상황을 모두 파악하며 부하 직원들이 실수하지 않도록 그들을 교정하고 지도하고 있다고 굳게 믿었다. 그래서인지 그는 회의 시간을 질질 끌면서 다른 사람들도 회의 시간을 좋아할 것이라고 굳게 믿었다. 그는 때때로 원장의 권리를 넘어서는 지나친 권리를 행사하기도 했는데, 병원의 직원이나 사무 직원, 의사나 간호사 등을 마음대로 채용하곤 했다. 지역 보건소나 시의회, 자신이 학위를 받을 예정인 대학에서 누가 전화라도 하거나 회식 자리에서 누가 마음에 들기라도 하면 바로 자리를 만들어 주겠다고 약속하고, 자신의 일가친척들까지 서슴없이 채용하곤 했다. 만약 각 과의 담당자들이 반발하면서 새로 들어온 직원이 아무것도 모르고 일도 못한다고 불평하면 오히려 그들보다 더 놀란 니자무친 바흐라모비치는 이렇게 말하곤 했다. "그러면 가르쳐야지요! 당신이 할 일이 그것 아닙니까?"

천재든 바보든, 헌신적인 사람이든 사기꾼이든, 성실한 사람이든 게으른 사람이든 나이가 지긋해지면 누구나 거룩한 후광처럼 머리 아랫부분을 빙 둘러 백발이 나게 마련이다. 그런 백발에 잘 어울리는 둥글고 매끄러운 검은 얼굴의 니자무친 바흐라모비치는 자연이 정신적인 고통을 당해 보지 않은 사람에게만 부여하는 당당함과 태평함이 넘치는 모습으로 아랫사람들이 무엇을 잘못했는지와 고귀한 인간의 생명을 구하기 위해 어떻게 해야 할지에 대해 일장 연설을 했다. 관공서에서 흔히 볼 수 있는 등받이가 긴 의자와 안락의자 혹은 일인용 의자에 니자무친이 아직 쫓아내지 않은 사람들과 그가 벌써 채용한 사람들이 공작의 날개 같은 하늘색 탁자보 앞에, 겉으로는 니자무친의 이야기를 열심히 경청하는 것처럼 앉아 있었다.

레프 레오니도비치의 자리에서는 곱슬머리 할무하메도프가 앉아 있는 모습이 잘 보였다. 그는 쿡 선장의 항해기 삽화에 등장할 듯한, 지금 막 정글에서 뛰어나온 듯한 모습으로 앉아 있었다. 머리는 울창한 숲처럼 뒤엉켜 있었고 청동색 얼굴에는 까만 반점들이 나 있었으며, 활짝 웃을 때면 큼직한 흰

이가 다 드러났다. 딱 한 가지 빠진 것이 있다면 코걸이뿐이었다. 그런데 문제는 그의 용모나 의과 대학의 정식 졸업장의 유무에 있는 것이 아니라 그가 한 번도 제대로 수술해 본 경험이 없다는 사실에 있었다. 레프 레오니도비치는 두 번인가 그에게 수술을 맡긴 이후로는 그에게 영원히 수술을 맡기지 않기로 결심했다. 그렇다고 그를 쫓아낼 수는 없었다. 잘못했다가는 소수 민족 요원 박해 문제로 비화될 수 있기 때문이었다. 할무하메도프는 사 년째 진료 차트만, 그것도 아주 간단한 것 위주로 기록하는 일을 했지만 당당한 표정으로 회진 때나 진료 때마다 따라다니고, 야간 당직도 섰으며(잠을 잤으며) 요즘 들어서는 하루 일과가 끝나자마자 바로 퇴근하면서 특근 수당까지 받았다.

이곳에는 외과 의사 자격증을 가진 여의사가 두 명이 더 있었다. 한 사람은 판쵸히나라고 하는데, 뚱뚱한 체구에 마흔 즈음의 여자였다. 그녀는 항상 걱정거리가 많았다. 두 번 결혼해서 아이가 여섯이나 되었기 때문에 경제적으로 힘들었을 뿐만 아니라 아이들을 건사하기도 힘들었다. 근무 시간, 즉 돈을 벌기 위해 병원 건물에서 보내야 하는 시간에도 그녀의 얼굴에서는 근심이 사라지는 법이 없었다. 또 다른 여의사는 안젤리나라는 여자였다. 대학을 졸업한 지 삼 년밖에 안 된 아주 젊은 아가씨였는데, 체구가 작고 붉은 머리에 나름대로 미인이었다. 그런데 자신에게 관심을 보이지 않는 레프 레오니도비치를 한동안 미워하더니 이제는 외과에서 그를 적대하는 선봉에 서게 되었다. 두 여의사 모두 외래 진찰 외에 다른 일은 할 줄 모를 뿐 아니라 절대 메스를 허락하지 않았지만 원장에게는 그들을 내쫓을 수 없는 중대한 이유가 있었다.

이렇게 외과에는 다섯 명의 의사가 있다고 해서 다섯 명 몫의 수술이 들어왔지만 수술을 할 수 있는 사람은 두 사람뿐이었다.

회의에는 간호사들도 참석했다. 그중 몇 명은 그런 부류의 의사들과 마찬가지였지만 니자무친 바흐라모비치는 그들 역시 똑같은 방식으로 채용하고 두둔했다.

레프 레오니도비치는 때때로 이런 일 때문에 너무 숨이 막히고 하루도 더 견딜 수 없어 당장 그만두고 나갈 결심을 한 적이 한두 번이 아니었다! 그러나 어디로 간단 말인가? 어느 직장에 가더라도 상사는 있고, 여기보다 나쁜 상사가 있을지 누가 알겠는가? 어디에나 불쾌한 무리와 무능한 직원은 있는 법이다. 독립 병원을 세우고 적재적소에 꼭 필요한 사람만 일할 수 있도록 직원을 능률적으로 배치할 수 있다면 다른 문제겠지만. 물론 레프 레오니도비치가 원장으로 임명될 리도 없고, 설사 그런다 해도 어느 먼 변방으로나 보낼 것이 분명했다. 사실 모스크바에서 이곳으로 온 것만 해도 너무 멀리 온 것 아닌가.

그는 권력에 대한 욕망이 없었다. 감투라는 것은 사실 자기 분야에서의 발전에 방해가 된다는 것을 알았기 때문이다. 또한 살아오면서 감투 때문에 파멸한 사람들을 많이 보았고, 그들을 통해 권력의 무상함을 깨닫기도 했다. 차라리 일반 병사가 낫겠다고 푸념하는 사단장들도 보았고, 처음 그의 실습을 지도해 준 외과 의사 코랴코프를 함정에서 구해 준 적도 있었다.

가끔 여건이 나아지고 상황이 좋을 때는 레프 레오니도비치도 아직은 견딜 만하며, 지금 당장 나갈 필요까지는 없다는 생각이 들기도 했다. 그럴 때면 오히려 자기나 돈초바, 간가르트가 쫓겨나는 일이 생기지 않을까 걱정되기도 했다. 그러나 매년 해가 갈수록 상황은 더 복잡해졌다. 이제는 벌써 인생의 굴곡을 감당하기 쉽지 않고, 그럭저럭 마흔이 되다 보니 몸도 안락과 안정을 원하게 된 것이다.

그는 특히 사생활과 관련해서 결단력이 많이 부족한 편이었다. 영웅적인 도약을 감행할지, 아니면 흘러가는 대로 몸을 맡겨 둘지 결정하기가 쉽지 않았다. 그의 본격적인 직장 생활은 이곳에서 이런 식으로 시작되지 않았다. 그의 경력은 화려하게 시작되었다. 어느 해에는 스탈린상까지 불과 몇 발자국 앞두었을 때도 있었다. 그러다 무리하게 서두르는 바람에 갑자기 연구가 물거품이 되었고, 학위 논문조차 통과하지 못하게 되었다. 그때 코랴코프는 그에게 이렇게 말하곤 했다. "자네는 일하게, 일을 해! 논문을 쓰는 일은 언제든 가능하니까." 하지만 언제 가능하다는 말인가?

아니면 논문을 쓰는 일 따위는 내버려 두라는 것일까?

어쨌든 레프 레오니도비치는 원장에 대한 불만을 얼굴에 드러내지 않고, 이야기를 듣는 것처럼 얼굴을 찡그리고 있었다. 게다가 다음 달에는 최초로 흉강 수술도 앞두고 있었다.

모든 일에는 끝이 있기 마련이다! 드디어 회의가 끝났다.

회의실에서 하나둘씩 나온 외과 의사들이 2층 현관으로 모여들었다. 레프 레오니도비치는 여전히 허리춤에 두 손을 찔러넣은 채 기운 빠진 사령관처럼 음울하게 앞장서서 걸어갔다. 그 뒤를 백발의 호리호리한 예브게니야 우스치노브나와 부스스한 곱슬머리의 할무하메도프, 뚱뚱한 판쵸히나와 빨간 머리 안젤리나 그리고 두 명의 간호사가 따라가며 병동 전체 회진이 시작되었다.

일이 많은 날에는 회진이 빠르게 진행되곤 했다. 사실 오늘은 서둘러야 했지만 시간표상으로는 여유가 있는 전체 회진이어서 외과 환자의 병상은 하나도 빼놓을 수 없었다. 환기도 잘되지 않는 방 안의 각종 약 냄새와 중증 환자들에게서 나는 냄새들로 뒤섞인 공기를 마시며, 모두 일곱 명으로 이루어진 회진 무리가 모든 침상을 일일이 돌아다녔다. 통로가 비좁아 서로 비켜 가며 차례로 침대 사이로 비집고 들어가 어깨 너머로 환자를 살펴보곤 했다. 그들은 각 침대를 둥글게 에워싸고 일 분이나 삼 분, 혹은 오 분씩 각 환자의 아픔 속으로 들어가야 했다. 그들이 답답한 병실의 공기 속으로 들어온 것처럼 환자의 고통, 감정, 기왕증, 병력, 치료법, 오늘의 컨디션 등 이후에 허용되는 모든 이론과 임상에도 파고들어야 했다.

만약 회진 인원이 더 적었다면, 만약 그들 각자가 자기 분야에서 가장 뛰어난 사람이었다면, 만약 한 사람의 의사가 환자를 서른 명씩 맡지 않아도 되었다면, 만약 환자의 병력을 검사의 조서 같은 서류에 좀 더 수월하게 기록하기 위해 무엇을 어떻게 써야 할지 고민할 필요가 없었다면, 만약 그들이 자신의 피부와 뼈, 기억과 의식 속에서 환자들의 고통을 태연히 자신과 전혀 상관없는 것으로 치부할 수 있는 사람들이 아니었다면 지금 진행되는 회진보다 더 좋은 치료법은 없었을 것이다.

그 모든 조건이 다 갖추어지지 않았다고 해서 회진을 그만두거나 바꿀 수도 없었다. 어쩔 수 없이 레프 레오니도비치는 관례대로 의사들을 대동하고, 한쪽 눈을 더 세게 찡그리며 각 환자에 대해 담당 의사로부터(다 알고 있는 것이 아니라 서류를 보고 말한다.) 환자의 주소와 입원 날짜(오래된 환자의 경우 이미 다 아는 이야기인데도), 입원 사유, 치료법, 복용 약, 혈액 상태, 수술 여부, 수술의 장애 요인, 해결 방안 등을 진지하게 들었다. 그는 주의 깊게 설명을 듣고 각 환자의 침대에 앉아 몇몇 환자들은 환부를 열어 이리저리 살펴보고 만져 보며 촉진을 마친 후 이불을 직접 덮어 주거나 다른 의사에게 촉진을 시키기도 했다.

아주 심한 중증 환자의 경우에는 이 정도의 회진으로 어떤 결정을 내릴 수 없고, 불러서 개별적으로 진찰을 해야 했다. 회진할 때는 환자의 상태를 있는 그대로 대놓고 말하거나 알려 주어서도 안 되었다. 누구에게도 병세가 악화되었다는 말을 해서도 안 되었다. 다만 "프로세스가 더 진행되었습니다."라고 말할 뿐이다. 여기서는 모든 것을 암호를 사용해(어느 때는 이중 암호까지 사용해서) 거의 암시적으로 표현하거나 현실과 정반대의 현상을 말하기도 했다. 그 누구도 절대 '암'이나 '육종'이라는 말을 직접 언급하지 않을 뿐 아니라 환자가 어느 정도 알아들을 수도 있는 용어들, 즉 '암', '육종', 'CR', 'SA'

같은 단어도 입 밖에 내지 않는다. 그 대신 좀 더 무난한 '궤양', '위염', '염증', '폴립' 등의 단어를 쓰는데, 회진이 끝날 때까지 아무도 이 단어들이 실제로 무슨 의미인지는 알 수 없다. 의사들은 상호 이해를 위해서 '흉강막에 그림자가 확대되었다.', '확대', '절제 불가능 케이스', '예후 불량 가능성'(수술대 위에서 사망할 위험이 있다는 의미) 등의 표현을 미리 정해 두었다. 그래도 여전히 뭔가 부족할 경우에 레프 레오니도비치는 이렇게 말하곤 했다.

"진료 차트를 따로 분류해 두세요."

그러고는 다음 환자에게로 갔다.

회진 때 의사들 사이에서 병을 진단하기 어렵고 각자 의견이 분분해질수록 레프 레오니도비치는 환자의 원기를 북돋는 일에 신경을 썼다. 그는 원기를 북돋는 것이야말로 회진의 가장 중요한 목적이라고 생각할 정도였다.

"불변 상태입니다."라고 담당 의사가 그에게 말했다.(상태가 그대로라는 말이다.)

"아, 그래요?" 그는 정말 다행이라고 대답했다. 그러고는 환자에게 동의를 구하듯 말했다. "조금 더 나아진 것 같지요?"

"네, 그런 것 같아요." 여자 환자가 깜짝 놀라며 대답했다. 스스로 느끼기에는 나아진 것 같지 않아도 의사가 그렇다면 그런 것이다.

"그것 봐요! 그렇게 조금씩 좋아질 겁니다."

다른 여자 환자가 불안해하며 물었다.

"선생님, 제 등뼈가 왜 이렇게 아플까요? 거기 혹시 종양이 생긴 것 아닐까요?"

"그냥 2차 현상일 뿐입니다."

(그는 사실을 이야기했다. 전이가 바로 2차 현상이었던 것이다.)

바싹 야윈 데다 시체 같은 잿빛 얼굴을 하고 간신히 입만 달싹이며 대답하는 노인에 대해서는 이렇게 보고했다.

"이 환자는 강장제와 진통제를 복용하고 있습니다."

이것은 이제는 끝이다, 어떤 방법으로도 치료가 불가능하며 단지 환자가 덜 고통스럽게 하는 방법밖에 없다는 의미이다.

그러자 진한 눈썹을 찌푸리며 어떤 어려운 결정이라도 내리듯 레프 레오니도비치가 또박또박 설명을 해 주었다.

"저, 할아버지! 솔직하게 터놓고 말씀드리겠습니다! 지금 아픈 것은 이전의 치료에 대한 반응이에요. 너무 불평하지 말고 가만히 누워 계시면 잘 치료해 드릴 겁니다. 가만히 눕혀 놓고 아무것도 해 주지 않는다고 생각하시겠지만 신체 조직이 저항력을 기르도록 돕고 있어요."

이미 운명이 결정된 노인은 고개를 끄덕였다. 솔직한 이야기라는 게 전혀 무서울 것이 없는 내용이었다. 오히려 그 이야기가 희망을 불러일으켰다.

"명치 부분에 이런 유형의 종양이 형성되고 있습니다." 엑스선 사진을 보여 주며 레프 레오니도비치에게 이렇게 보고했다.

그는 검은색의 투명한 부분과 불투명한 부분이 있는 엑스선 사진을 불빛에 비추어 보고 나서 만족스럽게 고개를 끄덕였다.

"사진이 아주 잘 나왔네요! 아주 좋아요! 이 경우에는 수술이 필요 없습니다."

여자 환자는 아주 기뻐했다. 그냥 좋은 정도가 아니라 아주 좋다고 하지 않는가.

그러나 사진이 잘 나왔다는 것은 다시 찍을 필요가 없을 정도로 종양의 크기와 경계 부분이 정확하게 보인다는 의미인 것이다. 그리고 수술이 필요 없다는 것은 이미 수술을 할 수 없을 정도로 늦었다는 뜻이다.

이렇게 대대적인 회진이 진행되는 한 시간 반 동안 외과 과장은 마음에도 없는 말을 하며 자기 감정이 드러나지 않도록 조심하는 한편 담당 의사들에게 자신이 언급한 내용을 진료 차트에 정확하게 기록하도록 지시했다. 손으로 글씨를 쓰기 어려운 거의 마분지 같은 종이를 철한 진료 차트를 나중에 누가 보더라도 알 수 있도록 세심하게 신경을 썼다. 레프 레오니도비치는 한 번도 고개를 휙 돌리거나 근심 어린 시선으로 환자를 쳐다보는 일이 없었고, 환자들의 병이 예전부터 잘 알려진 흔한 질병이며, 심각할 것은 전혀 없다는 듯 느긋하고 상냥한 표정으로 환자들을 바라보았다.

한 시간 반 동안 배우 같은 연기와 의학적인 판단을 버무리고 난 레프 레오니도비치는 어쩌나 지쳤는지 이마의 주름살을 몇 번이나 쭉 펴곤 했다.

그러나 한 노파가 진찰을 오래 해 주지 않았다고 불평을 해서 다시 진찰을 해야 했다.

다른 노인도 말했다.

"저어, 말씀드릴 게 있습니다!"

그는 통증이 어떻게 생기고 계속되는지를 두서없이 이야기했다. 레프 레오니도비치는 참을성 있게 이야기를 듣고 고개까지 끄덕였다.

"이젠 선생님이 답변을 좀 해 주세요!" 노인이 답변을 요청했다.

의사는 미소를 지었다.

"글쎄, 무슨 이야기를 할까요? 저와 환자분의 관심사는 똑같습니다. 환자분은 건강을 회복하고 싶고, 저희도 환자분이 건강을 회복하시기 바랍니다. 그러니 앞으로 서로 협력해서 치료를 해야지요."

우즈베크인 환자에게는 아주 간단한 내용일 경우 우즈베크어로 말할 줄도 알았다. 환자복을 입고 침대에 누워 있는 것이 영 어울리지 않고 지적으로 보이는 안경 쓴 여자 환자의 경우에는 여러 사람들이 있는 자리에서 진찰을 하지 않았다. 엄마와 함께 있는 어린 소년에게는 진지한 표정으로 악수를 청했다. 일곱 살 아이에게 가서는 배에 간지럼을 태우며 같이 깔깔대고 웃기도 했다.

다만 신경과 의사를 불러 의논해 달라고 요구한 여교사에게는 약간 퉁명스럽게 대답했다.

그러나 아무튼 이 병실이 마지막이었다. 대수술을 한 후처럼 지칠 대로 지친 그는 병실을 나오며 말했다.

"오 분간 쉽시다."

그러고는 회진의 결말을 장식하기라도 하듯 예브게니야 우스치노브나와 나란히 담배 연기를 뿜으며 걸어갔다.(환자들에게는 담배가 해롭다며 엄격히 금지했다.)

잠시 후에 일동은 작은 방으로 들어가 회의용 탁자를 가운데 두고 앉았다. 이어서 회진에서 이름이 언급되었던 환자들에 대해 다시 논의를 시작했다. 회진 때 제삼자의 입장에서 보면 상황이 호전되고 건강을 회복할 것처럼 여겨지던 환자에 대한 분위기가 여기서는 급변해서 뒤집혔다. '불변 상태'라고 했던 여자 환자의 경우는 수술이 불가능한 상태이며, 방사선 요법은 대증 요법으로 직접적인 통증을 제거한다는 의미일 뿐, 완치가 불가능한 것으로 밝혀졌다. 레프 레오니도비치가 악수를 했던 소년은 전형적인 불치병 사례인데, 부모가 조금이라도 더 병원에 있게 해 달라고, 전기를 켜지 않은 채 유사 치료라도 해 달라고 부탁해서 어쩔 수 없이 병원에 있었다. 진찰을 해 달라고 조른 노파에 대해서도 레프 레오니도비치는 이렇게 말했다.

"지금 그 환자는 예순여덟인데, 방사선 치료를 하면 일흔까지 살 수도 있어요. 그러나 만약 수술을 하면 일 년도 살기 힘들어요. 그렇지 않아요, 예브게니야 우스치노브나?"

레프 레오니도비치 같은 수술 숭배자가 수술을 권하지 않는다면 굳이 예브게니야 우스치노브나가 토를 달 일은 아니었다.

그는 원래 수술 숭배자는 아니었다. 그냥 회의론자일 뿐이었다. 그는 어떤 기구를 사용하더라도 육안으로 직접 보는 것보다 정확한 것은 없다고 생각했다. 메스로 열어 보는 것보다 확실한 것이 어디 있겠는가.

수술을 거부하며 가족들과 상의하겠다던 환자에 대해 레프 레오니도비치는 이렇게 말했다.

"그 환자의 가족은 멀리 떨어진 곳에 살고 있어요. 가족들에게 연락하고 그들이 도착할 때까지 기다리다가는 죽고 말아요. 당장에 그를 설득해서 수술대에 올려야 됩니다. 내일은 못 하더라도 다음 회진에는 꼭 해야 돼요. 물론 큰 위험이 따르는 일입니다. 절개했다가 다시 꿰매야 할 수도 있어요."

"만약 수술하다 사망하면 어떻게 하죠?"할무하메도프가 거만하게, 자신이 위험에 처한 사람이라도 된 것처럼 말했다.

레프 레오니도비치는 숱이 많고 길게 자란 속눈썹을 찌푸렸다.

"수술할 경우 '만약'이란 말이라도 할 수 있지만 수술하지 않으면 십중팔구 죽게 됩니다." 그리고 잠깐 생각에 잠겼다. "다행히 우리 병원의 사망률이 높지 않으니 위험을 감수해 봅시다."

그가 만일의 경우를 대비해 물었다.

"다른 의견 있어요?"

물론 그는 예브게니야 우스치노브나 한 사람의 의견을 염두에 둔 것이었다. 두 사람은 연령과 경험의 차이에도 불구하고 대부분 의견이 일치했다. 그것은 이성적인 사람들끼리는 서로를 이해하기가 어렵지 않음을 증명해 주는 것이었다.

"그 금발머리 소녀 말입니다." 레프 레오니도비치가 질문을 던졌다. "어떻게 다른 방법이 전혀 없을까요, 예브게니야 우스치노브나? 꼭 잘라야만 합니까?"

"달리 방법이 없어요. 반드시 해야 합니다." 예브게니야 우스치노브나는 립스틱을 바른 입술을 꽉 다물었다. "수술 후에도 상당량의 방사선 조사가 필요합니다."

"가엾게 됐군!" 레프 레오니도비치가 갑자기 한숨을 내쉬며 고개를 떨구었다. 돌출한 뒤통수와 우스꽝스러운 모자도 함께 수그러졌다. 엄지손가락으로, 큼직한 엄지손가락으로 나머지 네 손가락의 손톱을 하나하나 만지면서 중얼거렸다. "어린애를 수술해야 하다니……. 갑자기 이 손이 미워지는군. 자연의 섭리에 어긋나는 일을 한다는 느낌이 들어요."

그러고는 집게손가락으로 엄지손톱을 문질렀다. 아무리 해도 달리 방법이 없었다. 그는 고개를 들었다.

"자, 여러분! 술루빈의 경우에 대해서는 모두 알고 있지요?"

"직장암 말입니까?" 판쵸히나가 물었다.

"그래요, 직장암에 대해서인데, 이것이 어떻게 발견되었느냐 하는 겁니다! 바로 우리의 암 예방 운동과 암 센터의 진가를 보여 주는 사례라고 할 수 있지요. 언젠가 오레셴코프가 학회에서 좋은 말씀을 해 주셨어요. 환자의 항문에 손가락을 넣는 것을 기피하는 의사는 의사가 아니라고 말입니다. 그런데 우리가 어떻게 그렇게 그를 방치할 수 있었는지 모르겠습니다! 술루빈은 여기저기 외래 진료소를 전전하면서 빈번한 대변 욕구와 혈변, 나중에는 심한 통증을 호소하게 되었는데, 그에게 필요한 모든 검사를 하면서도 가장 간단한 손가락으로 하는 검사는 하지 않았습니다! 그래서 이질이나 치질 치료만 받았던 것인데, 모두 헛수고였죠. 다행히 그는 지적 능력이 있는 사람이라 어느 외래 진찰실 벽에 붙어 있는 암 예방 포스터를 보고 짐작 가는 데가 있었다고 합니다! 그래서 직접 자기 항문에 손가락을 넣어 종양을 찾아냈어요! 의사라는 사람들이 여섯 달 전에 아무도 찾아내지 못했다는 것이 말이 됩니까?"

"깊이는요?"

"7센티미터 정도 깊이에 있는 괄약근 안쪽입니다. 그때 발견했더라면 괄약근을 보존해서 인간으로서의 존엄을 유지할 수 있었을 텐데 말입니다! 괄약근이 침범당한 지금은 전근대적으로 절제할 수밖에 없게 된 겁니다. 대소변을 조절하지 못해서 옆구리에 항문를 만들어야 한다는 의미입니다. 어떻게 그런 생활을 할 수 있겠습니까? 좋은 분인데……."

그런 다음 내일 해야 할 수술 목록을 만들기 시작했다. 환자 중에서 누구에게 어떤 방법으로 수술 준비를 할지도 검토했다. 어떤 환자는 목욕을 시켜야 하고 어떤 환자는 금지 시켜야 했다. 또한 누구에게 어떤 준비를 해야 하는지도 지시했다.

"찰르이는 준비할 필요가 없습니다." 레프 레오니도비치가 말했다. "위암을 앓고 있으면서도 그렇게 기운이 넘치는 경우는 매우 드뭅니다."

(찰르이가 내일 아침 스스로 알코올에 의지해 수술을 대비할 것이라는 사실을 그는 꿈에도 모르고 있었다!)

누가 누구의 조수 역할을 하고 수혈을 맡을 것인지도 결정했다. 공교롭게도 안젤리나가 레프 레오니도비치의 조수를 맡게 되었다. 그렇게 되면 내일 안젤리나는 또다시 레프 레오니도비치와 사사건건 대립할 것이고, 수술 간호사는 옆에서 두 사람 사이를 왔다 갔다 하며 필요한 기구를 미리 준비해야 하는데도 안젤리나를 곁눈질하게 될 것이며, 안젤리나는 두 사람이 어떻게 하는지 살피느라 정신이 없을 것이다. 간호사 역시 신경질적이어서 건드리지 말아야 하는데, 결국 그녀는 소독도 되지 않은 명주실을 가져오게 될 테고, 그러면 수술을 망치게 될 것이다. 저주받을 여자들 같으니라고! 그들은 남자의 행동 방식을 모르는 것이다. 어디가 일터고, 어디가…….

미련한 부모는 딸이 태어나자 안젤리나라고 이름을 붙였지만 나중에 그 아이가 악마가 되리라고는 생각도 못 했을 것이다. 레프 레오니도비치는 예쁘지만 여우 같은 그녀의 얼굴을 곁눈질로 쳐다보며 이렇게 화해의 말을 건네고 싶었다.

"이봐! 안젤리나, 아니면 안젤리카라고 할까! 당신이 원하는 대로 불러 주겠어! 당신은 능력이 아주 없는 것도 아니잖아. 남편감을 찾는 데 좋은 재능을 허비하는 대신 외과 업무에 힘을 쓴다면 뛰어난 능력을 발휘할 텐데. 이봐, 지금 우리는 싸워서는 안 돼! 수술 환자 앞에 서 있잖아…….."

그러나 그녀는 자신의 공격에 지쳐 그가 항복하기만을 기대했다.

그는 어제 재판에서 일어난 일에 대해 좀 더 이야기를 나눴으면 했다. 그러나 예브게니야 우스치노브나와 담배를 피우는 동안 잠깐 이야기를 나누었을 뿐이고, 다른 동료들과는 이야기하고 싶지도 않았다.

회의가 끝나자마자 레프 레오니도비치는 담배를 피워 물고 긴 팔을 흔들며, 흰색 가운이 꼭 끼어 터질 듯한 가슴으로 공기를 가르며, 방사선과로 통하는 복도를 서둘러 걸어갔다. 베라 간가르트와 그 이야기를 하고 싶었던 것이다. 소형 방사선 장치가 설치된 방에는 그녀와 돈초바가 서류가 가득 쌓인 책상 앞에 앉아 있었다.

"점심시간입니다!" 그가 말했다. "잠깐 앉아도 될까요?"

그가 의자를 끌어다 앉았다. 그는 유쾌한 표정으로 수다를 떨려다가 문득 이상한 낌새를 느꼈다.

"왜 그렇게 불만스러운 눈으로 저를 쳐다보세요?"

돈초바는 손가락으로 테가 굵은 안경을 만지작거리며 웃음을 터뜨렸다.

"그 반대예요. 어떻게 해야 당신한테 잘 보일지 모르겠어요. 제 수술 좀 부탁해도 될까 해서요?"

"당신을? 절대 안 돼요!"

"왜요?"

"내가 당신에게 칼을 대면 사람들이 질투 때문이라고 할 겁니다. 방사선과가 우리 외과보다 좋은 성과를 거두고 있으니 말이죠."

"농담하지 마요, 레프 레오니도비치. 심각하게 말씀드리는 거예요."

사실 류드밀라 아파나시예브나는 그런 농담을 하는 성격이 아니었다.

베라는 오한이 나는 듯 어깨를 웅크리고 초췌하고 슬픈 표정으로 앉아 있었다.

"레프! 며칠 안으로 돈초바 선생님을 검진하기로 했어요. 오래전부터 위가 좋지 않았는데 감추고 계셨대요. 그러면서 종양 전문의라고 할 수 있어요?"

"그러니까 암이라고 볼 수 있는 모든 증세가 나타난다는 말인가요?" 레프 레오니도비치는 양쪽 관자놀이까지 연결된 짙은 눈썹을 찡그렸다. 그는 평소에 대화를 할 때면 전혀 웃을 생각이 없는데도 누군가를 비웃는 듯한 표정이 되곤 했다.

"모든 증세는 아니지만……." 돈초바가 말했다.

"그럼 예를 들어 어떤 증세입니까?"

그녀가 몇 가지를 설명했다.

"그것만으로는 부족합니다!" 레프 레오니도비치가 단정적으로 말했다. "라이킨[20]처럼 말하자면 부–족–해. 베로치카에게 진단서를 써서 가져오라고 하세요. 그때 가서 이야기합시다. 그리고 얼마 있다가 제가 개인 병원을 열 계획인데, 그때 베로치카를 진단 전문의로 데려갈 생각이에요. 허락해 주시겠어요?"

"베로치카는 절대로 안 돼요! 다른 사람을 데려가요!"

"다른 사람은 필요 없어요! 베로치카가 필요해요! 그렇다면 당신을 수술해 줄 이유가 없는데요?"

그는 담배를 마지막 한 모금까지 피우며 장난치듯 농담을

---

20) 풍자극에서 주로 관료 역을 맡던 배우.

하면서도 속으로는 진지하게 생각했다. 예전의 코랴코프 선생님 말대로 젊은이는 경험이 없고, 늙은이는 기운이 없는 법이다. 간가르트는 지금 (그와 마찬가지로) 경험의 이삭이 영글었고, 에너지의 줄기도 튼튼해서 바야흐로 정상에 올라서 있었다. 그녀는 그가 지켜보는 가운데 새파란 인턴에서 지금과 같은 훌륭한 진단 전문의로 성장해 돈초바 못지않게 신뢰받고 있었다. 아무리 회의적인 의사라고 할지라도 이런 진단 전문의에게 의지하면 그리스도의 품 안처럼 안심하고 일할 수 있는 법이다. 다만 여의사들은 정상에 있는 기간이 남자 의사들에 비해 짧다는 것이 문제였다.

"도시락 가져왔어요?" 그가 베라에게 물었다. "어차피 먹지도 않고 집으로 다시 가져갈 거면 내가 먹을 테니 주세요!"

그녀가 한바탕 웃음을 터뜨리고 치즈를 넣은 샌드위치를 꺼내자 그는 오히려 자기 것인 양 상대방에게 권하며 먹기 시작했다.

"같이 드세요! 아 참, 어제 재판에 다녀왔어요. 두 분도 가서 보았더라면 도움이 되었을 텐데! 학교 건물에서 진행되었어요. 한 400명은 족히 모였을 겁니다. 흥미로운 경우잖아요! 대강 상황이 이렇습니다. 어린아이가 심각한 장폐색, 장축염으로 수술을 받았어요. 수술은 잘 끝났답니다. 며칠 동안 살아서 놀기도 했다고 하니까요! 잘 마무리되었던 거지요. 그러다가 갑자기 부분적인 장폐색증이 재발해서 사망한 것입니다. 그래서 불행한 그 외과 의사는 지금 여덟 달째 심리에 불려 다니고 있답니다. 그동안 수술을 어떻게 했겠습니까? 어제 재판에는 시의 보건 당국에서도 오고, 외과 의사 협회장도 오고, 검사[21]와 의과 대학에서도 참석했어요. 그러고는 일제히 까대는 겁니다. 무슨 범죄자의 행적이나 되듯 말입니다! 증인으로 아이의 양친이 불려 나왔어요. 그들을 증인으로 내세우다니 그게 말이 됩니까! 그때 무슨 시트가 잘못되어 있었다느니 하면서 온갖 멍청한 소리를 지껄이더군요! 그런데도 방청객들은 '오오, 정말 나쁜 의사군!' 하면서 쳐다보는 겁니다! 방청객들 중에는 의사들도 있었어요. 그들은 그런 멍청한 짓거리에 대해 잘 알았을 테고, 그것이 자신과도 불가분의 관계라는 것을 알았을 겁니다. 바로 우리 모두와 관련된 것 아닙니까? 오늘은 당신이지만 내일은 내가 될 수도 있는데, 모두 입을 다물고 있었어요. 저만 해도 모스크바에서 막 돌아온 상황만 아니었다면 그냥 잠자코 있었을 겁니다. 모스크바에 있는 동안 저는 뭔가 새로운 생각을 갖게 되었습니다. 이제까지 철책으로 보였던 울타리가 사실은 허물어져 가는 나무 울타리라는 것을 알게 된 겁니다. 그래서 앞으로 나가 연설을 했습니다."

"나가서 연설을 해도 되는 거예요?"

"그저 일종의 토론처럼 말했지요. '이런 광경을 연출하고 있다는 것이 부끄럽지도 않습니까?(제가 그렇게 소리를 질렀어요! 그랬더니 저를 보고 '무슨 헛소리야!' 하면서 야유를 퍼부었어요.) 당신들은 지금 의학적인 과실이 재판의 과실보다 더 크다

---

21) 동지 재판에는 의료에 대한 공공의 의견을 알기 위해 정식 검사 대신 임의로 지정한 검사가 참석했다.

고 확신합니까? 이번 경우는 의학적 심리의 대상이지 법정에서 다룰 대상이 아닙니다! 의사들이 모여서, 그러니까 충분한 자격을 가진 의사들이 모여서 과학적으로 따져 볼 일입니다. 우리 외과 의사들은 매주 화요일과 금요일마다 지뢰밭을 가듯이 위험한 일을 합니다! 우리의 일은 신뢰를 바탕으로 합니다. 어머니들은 우리를 믿고 어린아이들을 맡겨야지 법정에 증인으로 나서서는 안 됩니다!'"

레프 레오니도비치는 그 순간 너무 흥분한 나머지 목소리가 떨렸다. 그는 샌드위치를 먹고 있었다는 것도 잊고 반쯤 비어 있는 담뱃갑을 찢더니 담배를 꺼내 피워 물었다.

"더욱이 그는 러시아인 의사였어요! 만약 그가 독일인이나 즈즈이드(유대인)[22]였다면⋯⋯." 그는 '즈'를 약하고 길게 늘이며 발음했다. "목이라도 매달았을 겁니다. 그러자 모두들 환호를 보냈습니다! 어떻게 가만히 보고 있을 수 있었겠어요? 동료의 목을 죄는 끈을 끊어야지요!"

베라는 그의 이야기를 들으며 놀랍다는 듯이 머리를 흔들었다. 그녀는 그의 이야기를 충분히 이해하고 총명하고 격앙된 눈빛을 보냈고, 그래서 레프 레오니도비치도 기꺼이 모든 이야기를 들려주고 싶었던 것이다. 그러나 류드밀라 아파나시예브나는 이해되지 않는다는 표정으로 듣고 있다가 짧게 자른 커다란 머리를 세차게 가로저었다.

───────────

22) 제2차 세계 대전과 냉전기 이후 소련에서는 유대인에 대한 박해가 지속되었다.

"저는 그렇게 생각하지 않습니다! 그럼 이런 의사들은 어떻게 해야 합니까? 배 속에 휴지를 집어넣고 잊어버리는 의사도 있어요! 노보카인(국부 마취제) 대신 식염수를 주사하기도 해요! 깁스로 다리를 마비시키기도 합니다! 복용 약의 양을 틀리는 것은 다반사입니다! 혈액형이 다른 피를 수혈하기도 합니다! 화상을 입히기도 하고요! 이런 의사들을 어떻게 해야 할까요? 어린아이들처럼 머리채를 붙잡힌 채 끌려가도 어쩔 수 없잖아요?"

"그건 너무 심한 이야기입니다, 류드밀라 아파나시예브나!"레프 레오니도비치가 커다란 손바닥으로 머리를 감싸며 말했다. "어떻게 그렇게 말씀하십니까, 선생님! 이것은 의학의 범주 밖에 있는 문제입니다! 사회 전체의 성격을 바꾸지 않으면 안 되는 문제라고요!"

"바로 그거예요! 바로 그것이 문제입니다!"간가르트가 두 사람이 휘두르는 팔을 잡아 내리며 진정시켰다. "물론 의사들의 책임감을 더 강조해야 합니다. 그러나 그러기 위해서는 의사들의 업무량을 2분의 1로, 아니, 3분의 1로 줄여야 합니다. 진찰실에서 한 시간에 아홉 명의 환자를 진찰하면 머릿속에 그들에 대한 기억이 남을 리가 있겠어요? 환자들과 차분하게 이야기를 나누고 곰곰이 생각할 시간을 줘야지요. 외과 의사들에게도 하루에 수술을 세 건씩 배당해선 안 되고, 한 건씩만 배당해야 합니다!"

그러나 류드밀라 아파나시예브나와 레프 레오니도비치는 더욱 언성을 높여 언쟁을 했다. 베라가 간신히 그들을 진정시키고 물었다.

"그래서 결국 재판은 어떻게 끝났어요?"

레프 레오니도비치가 눈을 가늘게 뜨며 웃었다.

"의사는 처벌을 면했어요! 아무 의미가 없는 재판이었던 겁니다. 물론 진료 차트가 잘못되었다는 것은 인정했어요. 잠깐…… 그게 끝이 아닙니다! 판결이 끝난 후에 시의 보건 당국자가 나와서 의사들에 대한 교육이나 환자들에 대한 교육이 부족하며, 조합 회원들의 계몽 활동이 부족했다고 말하더군요. 그리고 마지막으로 외과 의사 협회장이 나와서 연설을 했어요! 그가 뭐라고 결론 내린 줄 알아요? '의사들을 재판하십시오. 이것은 좋은 시도입니다, 여러분. 아주 좋은 시도예요.'라고 했습니다."

# 27
## 각자의 관심사


그날은 평일이었기 때문에 회진도 여느 때처럼 진행되었다. 베라 코르닐리예브나는 방사선과 환자를 회진하기 위해 2층 로비로 가서 당직 간호사를 만났다.

간호사는 조야였다.

둘은 시브가토프의 옆에 멈춰 서서 잠깐 그를 살펴보긴 했지만 새로운 처치는 류드밀라 아파나시예브나가 모두 결정했기 때문에 바로 병실로 들어갔다.

두 사람은 원래 키가 똑같았다. 입술이나 눈이나 모자가 모두 같은 높이였다. 그러나 조야가 통통해서 그런지 더 커 보였다. 만약 이 년 후에 조야가 의사가 되면 베라 코르닐리예브나보다 훨씬 당당한 의사가 될 것 같아 보였다.

회진이 올레크의 맞은편부터 시작되었기 때문에 한동안은 두 여자의 등만 보였다. 베라 코르닐리예브나의 등 뒤에는 모자 밑으로 진한 갈색 머리채가 늘어져 있었고, 조야의 등 뒤에는 모자 밑으로 금발의 곱슬머리가 드러나 있었다.

올레크는 금발의 곱슬머리 조야가 두 번이나 야근을 하는 동안 한 번도 그녀 앞에 나타나지 않았다. 말로 표현한 적은 없지만 계속되는 그녀의 보수적 기질과 머뭇거림은 그를 참을 수 없게 했고, 이제는 애교로 느껴지기는커녕 공포로 다가왔다. 그것은 또다시 영구 추방의 세계로 경계선을 넘어가는 공포였다. 그는 영구 추방자였다. 영구 추방자와 무슨 유희를 즐긴단 말인가?

우리가 현존하는 그 순간 바로 그 경계선에서 올레크는 현실을 직시하게 되었다.

맞은편 환자들은 모두 방사선과 환자였기 때문에 회진이 더디게 진행되었다. 베라 코르닐리예브나는 일일이 모든 환자들 옆에 앉아 자세히 살펴보고 이야기를 나누었다.

베라 코르닐리예브나는 아흐마드잔의 환부도 이리저리 살펴보고 진료 차트에 각종 숫자와 최근 혈액 검사 결과를 적어 넣으며 말했다.

"방사선 치료는 이제 곧 끝날 거예요! 집으로 돌아갈 수 있어요."

그러자 아흐마드잔이 씨익 웃었다.

"집은 어디예요?"

"카라바이르입니다!"

"그래요? 이제 곧 돌아갈 수 있을 거예요."

"완전히 나았나요, 선생님?" 아흐마드잔이 밝은 표정으로 물었다.

"네."

"정말 다 나은 거예요?"

"지금으로선 그래요."

"그러면 더 이상 이곳에 올 필요가 없겠네요?"

"여섯 달 후에 다시 와야 합니다."

"다 나았다고 하시지 않았어요?"

"경과를 봐야 하거든요."

그렇게 맞은편을 다 도는 동안 그녀는 올레크 쪽은 한 번도 돌아보지 않고 계속 등만 보여 주었다. 조야가 딱 한 번 살짝 올레크를 돌아본 것이 전부였다.

그녀는 언제부터인가 능숙하게 아주 살짝 그와 눈을 마주치곤 했다. 회진 때면 언제나 아무도 모르게 올레크가 자신을 향하는 순간을 예리하게 포착해서, 모스 부호처럼 순간적인 환희의 불꽃이라든가 줄표나 마침표 등의 불꽃을 눈동자에 담아 그에게 전달하곤 했다.

그러나 올레크는 점점 더해 가는 그녀의 노련함에서 어느 순간 무언가를 깨달았다. 이것은 앞으로 계속 굴러갈 바퀴가 아니라는 것을. 그래서 그렇게 노련할 수 있다는 것을. 자기 의지로 절대 극복할 수 없다는 것을.

만약 그 열정적인 불꽃이 레닌그라드의 아파트를 포기할 수 없다면 또 다른 무엇인가를 포기할 수 있으리라는 보장도 없는 것이다. 물론 어디에 있느냐가 아니라 누구와 함께 있느냐가 중요하겠지만 그것은 큰 도시에서나 가능한 일 아닐까.

베라 코르닐리예브나는 바짐의 자리에서 오랫동안 머물러 있었다. 먼저 그의 다리를 자세히 진찰하고 나서 샅굴 부위도 촉진했다. 양쪽 샅굴 부위를 모두 촉진한 후에는 배와 명치끝을 촉진하며 어떤 느낌인지 계속 묻고, 식후의 몸 상태와 여러 음식에 따라 몸의 상태가 어떻게 달라지는지 새로운 질문 하나를 덧붙였다.

바짐은 귀를 쫑긋 세우고 그녀가 나직하게 던지는 질문에 가만가만 대답했다. 그녀가 오른쪽 명치를 갑자기 촉진하고 음식에 대한 질문까지 하자 그가 물었다.

"간을 진찰하시는 거예요?"

바짐은 엄마가 병원을 떠나기 전에 무심한 듯 똑같은 부위를 만져 보던 것을 기억해 냈다.

"모든 것을 다 알려고 드는군요." 베라 코르닐리예브나가 고개를 흔들며 말했다. "환자가 모르는 것이 없으니 의사 가운이라도 입혀 줘야겠네요."

검은 머리카락과 누렇고 거무스름한 얼굴을 하얀 베개 위에 대고 반듯한 모습으로 뚫어져라 의사를 쳐다보는 바짐은 마치 이콘[23] 속의 어린 전사 같았다.

"저도 어느 정도는 알고 있어요." 그가 조용히 대답했다. "어떻게 되어 가는 상황인지 책을 봐서 모두 알아요."

자신의 의견에 동의를 바라거나 모든 것을 설명해 달라고 억지를 부리거나 요구하지도 않고 담담하게 이야기하는 바짐

---

23) 동방 정교나 러시아 정교의 성상화.

의 침대 앞에 앉은 그녀는 죄지은 사람처럼 당황했고, 할 말이 아무것도 없었다. 그는 잘생긴 외모에 능력도 있어 보였다. 그는 그녀의 가까운 친척이었던 청년을 생각나게 했다. 그는 의식이 뚜렷한 채로 오랫동안 사경을 헤맸지만 어떤 의사도 그에게 도움을 줄 수 없었다. 베라는 사실 그 사람 때문에 아직 8학년이었을 때 엔지니어가 되려던 생각을 바꿔 의사가 되기로 했던 것이다.

그런데 지금 그녀는 그를 도울 방법이 전혀 없었다.

바짐의 침대 옆 창가에 놓인 유리병에는 차가를 달인 흑갈색 액체가 담겨 있었다. 다른 환자들이 부러운 듯 그것을 보러 오곤 했다.

"이것을 마시고 있나요?"

"네."

간가르트 자신은 차가를 신뢰하지 않았다. 차가에 대해서 들은 적도 없고 배운 적도 없었지만 어쨌든 부자 뿌리만큼 위험하지는 않았다. 더구나 환자가 그것을 신뢰한다면 그것만으로도 도움이 될 것이라고 생각했다.

"콜로이드 금은 어떻게 되었나요?" 그녀가 물었다.

"가까운 시일 내에 제공하겠다고 했답니다." 그는 여전히 긴장된 표정으로 음울하게 대답했다. "하지만 직접 주지 않고 병원으로 보내 준다고 했대요. 그런데 저⋯⋯." 그가 애원하는 표정으로 간가르트의 눈을 쳐다보았다. "만약 그것이 두 주 후에나 도착한다면 그사이 벌써 간으로 전이되지는 않을까요?"

"아닙니다. 절대 그렇지 않아요!" 간가르트는 절대 그럴 리가 없다며 자신 있게 거짓말을 했다. 그는 믿는 것 같았다. "꼭 알고 싶은 것 같으니 말해 주는데, 전이는 보통 몇 개월이 걸려요."

(그렇다면 그녀는 왜 명치끝을 촉진하고 음식물의 소화 상태를 물었던 것일까?)

바짐은 기꺼이 그녀를 믿기로 했다.

믿는 편이 훨씬 편하니까.

간가르트가 바짐의 침대에 앉아 있는 동안 할 일이 아무것도 없었던 조야는 옆으로 고개를 돌려 창가에 놓여 있던 올레크의 책을 힐끗 쳐다보고는 눈짓으로 그를 향해 무엇인가 물었지만 그는 무슨 뜻인지 알 수 없었다. 눈썹을 살짝 올리며 질문을 던지는 그녀의 눈은 정말 사랑스러워 보였지만 올레크는 무표정한 모습으로 아무 대꾸도 하지 않았다. 이제 와서 그런 눈길을 주고받는 유희가 무슨 의미가 있는지 방사선을 잔뜩 쏘인 그로서는 이해할 수 없었다. 다른 일은 어찌 되었든 이제 그런 유희를 즐기기에 그는 너무 나이가 많았다.

그는 오늘과 같은 정밀 회진 때면 항상 그러듯 윗도리를 벗고 하의를 걷어올릴 준비를 했다.

베라 간가르트는 자치르코를 촉진한 다음 손을 씻고 이쪽을 쳐다보았다. 그러나 코스토글로토프에게 미소를 보내기는커녕 말을 건네려고도 하지 않았다. 그의 침대에 앉지도 않고, 그를 향해 잠깐 눈길을 보내며 이번에는 당신 차례라는 것만 알려 주었다. 그는 바로 이 짧은 순간의 눈길을 통해서 두 사람의 사이가 아주 서먹하게 변했다는 사실을 깨달았다. 수혈을 받던 날 그들이 경험한 환희와 기쁨, 예전에 보여 주었던 호감과 안쓰러워하던 마음은 일순간에 사라져 버렸다. 그녀의 눈동자는 공허했다.

"코스토글로토프 씨!" 간가르트는 그보다는 오히려 루사노프 쪽을 향한 채로 말했다. "치료는 예전과 같이 진행됩니다. 그런데 아주 이상하네요." 그러면서 조야를 바라보았다. "호르몬 요법에 대한 반응이 나타나지 않아요."

조야는 어깨를 한 번 들썩였다.

"개인적인 체질 때문이 아닐까요?"

조야는 간가르트가 마지막 학기를 다니고 있는 의과 대학생인 자신에게 동료로서 조언을 구한다고 생각하고 말했다.

그러나 간가르트는 조야의 의견 따위는 아랑곳하지 않고 분명 조언을 구하는 것과는 다른 어투로 물었다.

"이 환자에게 주사를 확실히 놓고 있는 겁니까?"

조야는 재빠르게 사태를 파악하고는 고개를 약간 뒤로 젖히며 눈을 크게 떴다. 그러고는 깜짝 놀란 빛이 역력한 약간 튀어나온 황갈색 눈으로 의사를 똑바로 쳐다보았다.

"절 의심하시는 거예요? 전 정해진 처방대로…… 항상 시행했습니다!" 그녀는 조금만 더 추궁하면 바로 화를 낼 것 같았다. "최소한 제가 당직일 때는요."

다른 사람이 당직일 때 어땠는지를 그녀에게 물어볼 리는 없었다. 그러나 '최소한'이라는 단어를 휘파람 소리를 내듯 서둘러 이야기하는 바람에 간가르트는 조야가 분명 거짓말을 하고 있다고 확신하게 되었다. 주사의 효력이 제대로 나타나지 않는 것은 분명히 누군가가 주사를 놓지 않았다는 이야기였다! 마리야가 그랬을 리는 없었다. 올림피아다 블라지슬로보브나가 그랬을 리도 없었다. 만약 그 소문이 사실이라면 조야가 야간 당직을 설 때…….

그러나 베라 코르닐리예브나는 조야가 똑바로 쳐다보며 도전하는 것을 보고 사실을 증명하기는 어려울 것이며 조야가 절대로 사실을 털어놓지도 않을 것이라는 생각이 들었다! 조야의 저항과 각오가 워낙 강해서 그녀는 더 이상 캐묻지 않고 모르는 척해 버렸다.

그녀는 불쾌한 사람을 만날 때면 항상 눈을 감는 버릇이 있었다.

그녀가 미안하다는 듯 눈을 감고 있자 조야는 자신이 이겼다고 생각하며 그녀에게 더욱 노골적인 비난의 눈길을 보냈다.

조야는 승리를 거두었지만 더 이상 위험을 감수할 수는 없다고 판단했다. 만일 돈초바가 조사라도 하고 병실의 누군가가, 예를 들어 루사노프 같은 환자가 코스토글로토프에게 어떤 주사도 놓지 않았다는 증언을 하면 병원에서 일자리를 잃는 것은 물론이고 대학에서도 나쁜 평판을 얻게 될지 모를 일이기 때문이었다.

무엇 때문에 위험을 감수한단 말인가? 이제 유희의 바퀴는 더 이상 굴러갈 수 없게 되었다. 조야는 주사를 놓지 않겠다는 약속을 파기할 수밖에 없다는 눈길을 올레크에게 보내며 그의 옆을 지나쳤다.

올레크는 베가가 눈길도 주지 않는다는 사실을 눈치챘지만 무슨 일 때문인지, 왜 갑자기 그런 태도를 보이는지는 도무지 알 수 없었다. 무슨 일이 있었던 것도 아니고, 어떤 변화가 있었던 것도 아닌데. 사실 베가는 어제 로비에서 그를 보고도 고개를 돌렸다. 그때는 우연일 거라고만 생각했다.

그것이 바로 여성의 속성이란 것을 몰랐단 말인가! 여자의 마음이란 바람과 같아서 한바탕 불고 나면 사라지고 말지 않던가! 오직 남자들끼리만 정상적인 관계를 오래 유지할 수 있는 법이다.

지금도 조야는 속눈썹을 깜박거리며 그를 비난하지 않는가? 겁을 먹은 것이다. 이제 주사를 맞게 된다면 결국 두 사람 사이의 비밀도 사라지는 것 아닌가?

그런데 도대체 간가르트는 왜 그러는 걸까? 그가 모든 주사를 반드시 맞아야 한다는 건가? 도대체 무엇 때문에 그토록 주사에 목을 매는 걸까? 그녀가 보여 준 호의가 겨우 이렇게 하찮은 것이었던가? 그러더니 벌써 그녀는 다른 침대로 건너가 버리고 말았다!

베라 코르닐리예브나는 이미 루사노프 침대로 다가가 상냥하고 다정하게 이야기를 하고 있었다. 그렇게 다정한 태도는 올레크에게 보낸 쌀쌀한 태도와 대비되어 더욱 두드러지게 느껴졌다.

"이젠 주사 맞는 것에 익숙해지셨군요. 이렇게 잘 견디시는 걸 보니 주사를 맞지 않으면 오히려 섭섭하겠어요." 그녀는 농담까지 던졌다.

(알랑거리기까지 하는군!)

루사노프는 차례를 기다리는 동안 간가르트와 조야가 언쟁하는 것을 모두 보고 들었다. 그는 옆에서 이 아가씨가 자기 애인을 두둔하며 거짓말을 하고 있다는 것을 알았다. 오글로예드와 그녀는 공모를 했던 것이다. 이 문제가 오글로예드 한 사람과만 관계된 일이라면 파벨 니콜라예비치는 회진 때와 같은 공개적인 장소는 아니더라도 의사의 서재 같은 데로 가서 분명 고자질을 했을 것이다. 그러나 조야에게 해로운 일을 하고 싶지는 않았다. 한 달 동안 병실에 누워 있으면서 한 가지 배운 것이 있었던 것이다. 즉 아무리 하찮은 간호사라 할지라도 마음만 먹으면 환자에게 심한 상처를 주거나 복수를 할 수 있다는 사실이었다. 이 병원에는 나름대로 정해진 규정이 있어서 이곳에 누워 있는 동안은 아무리 사소한 것이라도 간호사와 충돌해서 좋을 일이 없었다.

설혹 오글로예드가 바보처럼 주사를 거부하고 병세가 악화된다 한들 자신이 상관할 바가 아닌 것이다. 그가 죽는다고 해도 무슨 상관이 있단 말인가.

루사노프는 이제 자기가 죽지는 않으리라고 확신했다. 종양은 빠르게 잦아들었고, 매일 의사의 회진을 기다리며 의사가 그 사실을 확인해 주기를 바랐다. 오늘 베라 코르닐리예브나의 말로는 종양이 차츰 줄어들고 있으며 치료가 잘되어 가니 무기력증이나 목의 통증도 시간이 지나면 자연히 해소될 거라 했다. 그리고 수혈도 해 주겠다고 했다.

지금 파벨 니콜라예비치에게는 그의 종양을 처음부터 보아온 다른 환자들의 증언이 큰 의미를 가지게 되었다. 만약 오글로예드를 제외한다면 이 병실에서는 아흐마드잔과 얼마 전에 외과 병동에서 돌아온 페데라우만이 그런 환자에 해당할 것이다. 그의 목은 점차 호전되어 예전의 포드두예프와는 달리 목의 붕대를 교체할 때마다 붕대가 점점 줄어들었다. 페데라우는 찰르이의 침대로 옮겨 와 파벨 니콜라예비치의 다른 쪽 이웃이 되었다.

상황이 그렇다 보니 공교롭게도 두 유형수 사이에 루사노프가 누워 있는 꼴이 되었다. 그에게 이것은 치욕이자 운명의 장난이었다. 파벨 니콜라예비치가 입원하기 전이었다면 어떻게 사회의 지도층 인사를 사회의 불순분자들과 같이 수용할 수 있느냐며 분명히 문제를 제기했을 것이다. 그러나 입원해 있는 다섯 주 동안 파벨 니콜라예비치는 갈고리 같은 종양에 끌려 다니면서 조금 너그러워지고 선량해졌는지도 몰랐다. 오글로예드는 요즘 들어 말수도 줄어들고 잘 움직이지도 않고 계속 누워 있어서, 그를 등지고 누워 있으면 전혀 방해가 되지 않았다. 그리고 페데라우도 관대하게 대해 주기만 하면 그런대로 견딜 만한 이웃이었다. 그는 무엇보다 파벨 니콜라예비치의 종양이 예전에 비해 3분의 1이나 줄었다고 축하해 주고, 파벨 니콜라예비치가 요구할 때마다 몇 번이든 기꺼이 종양의 크기를 살펴봐 주었으며, 작아진 것이 분명하다는 평가도 해 주었다. 그는 참을성 있고 겸손해서 파벨 니콜라예비치가 하는 이야기를 싫어하는 내색 없이 잘 들어 주었다. 파벨 니콜라예비치는 사정상 직장 업무에 대해서는 많은 이야기를 할 수 없었지만 그가 곧 돌아갈 자기 아파트, 그가 애지중지하는 아파트에 대해서는 전혀 감출 필요가 없었다. 여기에는 아무 비밀도 없는 데다 페데라우 역시 사람들이 유복하게 사는 이야기를 듣는 것을 좋아했기 때문이다.(언젠가는 모두가 그렇게 사는 날이 오겠지.) 사람이 보통 마흔 살이 넘으면 어떤 집에 사느냐에 따라 그가 얼마만큼 성공했는지를 알 수 있는 법이다. 파벨 니콜라예비치는 여러 번 그의 아파트에 딸린 세 개의 방이 어떻게 배치되어 있으며 어떤 가구가 놓여 있는지, 또 발코니는 어떻게 생겼고 어떤 장식을 했는지 이야기해 주었다. 파벨 니콜라예비치는 기억력이 어찌나 비상한지 옷장이나 소파 등을 언제 어디서 얼마에 구입했으며 어떤 점이 좋은지를 모두 기억했다. 특히 욕실에 대해서 아주 소상하게 이야기를 해 주었다. 욕실 바닥과 벽에 어떤 타일을 붙였으며, 욕조 가장자리에는 어떤 도자기 재질을 사용했는지, 비누 받침대는 어떤 것이며 욕조의 상단을 둥글게 처리한 이야기, 온수 수도꼭지와 샤워 전환 장치, 수건걸이 등에 대해서까지 세세하게 이야기했다. 이런 것들은 그냥 사소한 물건이 아니라 그의 일상을, 그의 존재를 규정하는 것이고, 존재는 인식을 규정하므로[24] 일상이 쾌적하고 즐거워야 하며, 그 속에서 올바른 인식이 가능해진다고 했다. 고리키도 건전한 육체에 건강한 정신이 깃든다고 하지 않았던가.

　마치 탈색된 것처럼 눈썹과 머리카락이 모두 하얀 페데라

---

24) 카를 마르크스가 한 말로 공산주의 사회에서 널리 알려져 있다.

우는 입을 멍하니 벌리고 루사노프의 이야기를 들었다. 토를
다는 일도 전혀 없이, 붕대를 감은 그의 목이 허용하는 한 고
개를 끄덕거리곤 했다.

그가 비록 독일 출신이고 유형수라고는 하지만 아주 점잖고
예의 바른 사람이었기 때문에 그와 나란히 누워 있어도 별 문
제는 없었다. 게다가 서류상으로는 그도 공산주의자 아닌가.
파벨 니콜라예비치는 예의 그 직선적인 말투로 이렇게 말했다.

"페데라우! 당신을 유형 보낸 것은 국가적 차원에서 어쩔
수 없는 일이었을 겁니다. 이해하죠?"

"어느 정도는 이해합니다." 페데라우는 구부리기 어려운
목을 끄덕이며 대답했다.

"네! 달리 방법이 없었을 겁니다."

"물론이지요, 압니다."

"유형을 포함해서 국가가 행한 조치를 제대로 이해해야 합
니다. 어쨌든 당신을 당원으로 인정해 주었잖아요."

"아, 물론 그렇습니다."

"당원으로서 특별한 직책은 없었나요?"

"네, 없었어요."

"계속 일반 노동자였다는 말입니까?"

"계속 기계공으로 일했습니다."

"나도 한때는 일반 노동자였습니다. 하지만 나중에 출세를
하지 않았습니까!"

아이들에 대해서도 두 사람은 상세하게 이야기를 나누었
다. 페데라우의 딸인 헨리에타는 지방 교육대학 2학년에 재학

중이라고 했다.

"그것 봐요!" 파벨 니콜라예비치가 감동한 듯 목소리를 높였다. "정말 대단한 일 아닙니까? 당신은 유형수인데 딸은 대학을 졸업할 수 있으니 말입니다! 러시아 제국 시절이었다면 누가 그런 것을 상상이나 할 수 있었겠습니까! 우리 소비에트 사회에는 아무 장애도 없고, 아무 제약도 없잖아요!"

그런데 헨리 야코보비치가 처음으로 반대 의견을 말했다.

"사실 말이지 그런 제약은 올해 들어서야 없어졌지요. 게다가 감독 조사국의 허가증도 있어야 했고요. 여러 대학에서 원서가 되돌아왔거든요. 입학 시험을 통과하지 못했다고 했지만 가서 알아보니 그것도 아니었어요."

"어쨌든 따님은 지금 2학년에 다니고 있잖아요!"

"그 애는 농구를 잘합니다. 그래서 입학할 수 있었습니다."

"왜 입학이 되었는지는 몰라도 올바르게 판단해야 합니다. 올해부터는 아무 제약이 없어요."

어쨌든 페데라우는 농업 분야의 노동자였기 때문에 공업 분야의 노동자였던 루사노프 자신이 보호를 해 주는 것이 마땅하다고 생각했다.

"어쨌든 1월 총회 이후에 당신들의 상황이 눈에 띄게 좋아지고 있어요." 파벨 니콜라예비치가 친절하게 설명했다.

"물론입니다."

"각 지역 MTS마다 지도자 그룹이 창설되었는데, 이것이 결정적인 요인이 되었습니다. 여기에서 모든 일이 파생된 것입니다."

"네."

이런 대답만으로는 어쩐지 부족하다는 생각이 든 파벨 니콜라예비치는 온순한 이웃에게 MTS가 지도자 그룹 창설 이후에 특히 강화된 이유를 좀 더 설명해야겠다고 생각했다. 그 외에도 전소련 공산당 청년동맹 중앙위원회의 옥수수 재배 요구에 대해, 그리고 올해는 어떻게 청년층에서 옥수수 생산에 관심을 가져야 하는지, 그리고 어떻게 이것이 농촌 경제의 모든 양상을 결정적으로 변화시킬지를 진지하게 토론했다.[25] 그들은 또 어제 신문에서 읽은 농촌 경제의 생산 변화에 대해서도 이야기했으며, 아직 서로 토론할 이야기가 많았다!

페데라우는 상당히 긍정적인 성격이었기 때문에 파벨 니콜라예비치는 이따금 소리 내어 그에게 신문을 읽어 주기도 했다. 무료한 병원이 아니었더라면 자신 역시 읽지 않았을 내용들이었다. 왜 독일을 제외하고 오스트리아하고만 조약을 맺을 수는 없는지에 대한 기사라든가 부다페스트에서 행한 라코시[26]의 연설과 굴욕적인 파리 협정에 반대하는 투쟁이 어떻게 불붙고 있는지에 대한 기사, 서독에서 나치의 강제 수용소 관련자들의 재판이 흐지부지되고 있다는 이야기 등이었다. 이따금 그는 음식이 남으면 페데라우에게 나눠 주기도 하고, 병원 급식을 일부 양보하기도 했다.

그러나 아무리 그들이 조용조용 대화를 나눠도 술루빈이

---

25) 당시 소련 공산당 서기장이었던 흐루쇼프는 식량과 동물 사료 문제를 해결하기 위해 러시아 북부에 대대적으로 옥수수를 심도록 선전했다.
26) 1945~1956년 헝가리의 공산주의 지도자 마차시 라코시(1892~1971).

그들의 이야기를 계속 듣고 있다는 것이 몹시 꺼림칙했다. 부엉이 같은 그가 침대 하나 건너에 꼼짝도 하지 않고 말없이 앉아서 자신들의 이야기를 듣고 있었던 것이다. 그는 이 병동에 나타난 후로 항상 자기 자리를 지키고 앉아 큰 눈으로 그들을 지켜보았고, 모든 이야기를 낱낱이 듣는 것이 분명했다. 가끔 눈살을 찌푸리는 것은 이쪽의 이야기가 거슬린다는 의미인지도 모를 일이었다. 파벨 니콜라예비치는 그가 보고 있다는 사실에 계속 압박감을 느꼈다. 파벨 니콜라예비치는 심지어 그와 이야기를 나누어 보고 싶다는 생각까지 들었다. 그가 속으로 무슨 생각을 하는지, 아픈 곳이 어디인지라도 알고 싶었다. 그러나 술루빈은 한두 마디 무뚝뚝하게 내뱉었을 뿐, 자신의 종양에 대해서조차 말하기 귀찮다는 태도를 보였다.

가만히 앉아 있을 때조차도 그는 어쩐 일인지 잔뜩 긴장하고 있어서, 앉아 있는데도 다른 사람들처럼 쉬는 것으로 보이지 않고 힘들어 보였다. 술루빈의 긴장된 자세 역시 경계심을 보여 주는 것 같았다. 앉아 있기가 지겨우면 가끔 일어나기도 했는데, 삼십 분이든 한 시간이든 한자리에 가만히 서 있곤 했다.(절뚝거리며 걸어 다니면 몹시 아팠다.) 사실 그가 가만히 서 있기만 하는데도 이상해 보이고 압박감이 느껴졌다. 그는 자기 침대 가까이에 서 있을 수 없었기 때문에(입구에 서 있으면 사람들의 출입을 막게 되고, 통로에 서 있으면 통행에 방해가 되었기 때문에) 코스토글로토프의 침대 위쪽 창문과 자치르코의 침대 위쪽 창문 사이의 벽에 기대어 서 있고는 했다. 그는 그곳에 우뚝 서서 감시병처럼 모든 사람들을 내려다보곤 했다. 파벨 니콜라예비치가 무엇을 먹고, 무슨 일을 하고, 무슨 말을 하는지 지켜보았다. 벽에 비스듬하게 기댄 채 그는 오랫동안 그렇게 서 있었다.

그는 오늘 회진 후에도 그 자리에 서 있었다. 올레크와 바짐의 시선이 교차하는 지점에 서 있는 그의 모습은 마치 벽에 새겨 놓은 양각처럼 보였다.

올레크와 바짐은 그들의 침대 위치 때문에 시선이 자주 마주치곤 했지만 서로 이야기를 나누는 일은 드물었다. 우선은 두 사람 모두 구토증으로 고통스러웠기 때문에 불필요한 말을 할 여력이 없었다. 두 번째는 바짐이 오래전에 모든 사람들에게 이렇게 경고했기 때문이다.

"여러분! 한 컵의 물을 말의 에너지로 끓이는 데, 조용히 말할 때는 이천 년이 걸리고, 크게 소리를 지르면 칠십 년이 걸린다고 합니다. 그것도 컵 속의 온기가 빠져나가지 않는 조건에서 말입니다. 생각해 보세요. 수다를 떠는 일이 얼마나 하잘것없는지 말입니다."

그리고 또 한 가지는 고의적이지는 않았지만 두 사람 모두 상대에게 언짢은 이야기를 했기 때문이다. 바짐이 올레크에게 "싸워야 했습니다! 저는 왜 당신이 그곳에서 싸우지 않았는지 이해가 안 갑니다."라고 말했다.(물론 그것은 사실이었다. 그러나 올레크는 자신들도 싸웠다는 이야기를 일부러 하고 싶지는 않았다.) 올레크도 바짐에게 이런 말을 했다. "그 사람들은 도대체 누구를 위해 콜로이드 금을 비축해 두고 있는 거야! 자네 아버지는 조국을 위해 목숨을 바쳤는데, 왜 자네에게 금을 주지 않느냐고?"

　물론 그의 말은 옳았다. 바짐 역시 요즘 들어 자주 그런 생각이 들고 의문이 생겼다. 그러나 제삼자의 입에서 그런 말이 나오자 기분이 상했다. 한 달 전만 해도 그는 엄마가 금을 구하러 동분서주하는 것이 너무 극성스럽게 느껴졌고, 아버지의 이름을 판다는 것도 몹시 거북하게 느껴졌다. 그러나 다리 한쪽이 완전히 덫에 걸려들자 엄마에게서 하루빨리 기쁜 소식이 오기를 학수고대하고 엄마가 꼭 구해 오기를 바라게 되었다. 그는 아버지의 공적의 대가가 아니라 자기 재능의 대가로 구원을 받고 싶었다. 그러나 콜로이드 금을 분배하는 사람들이 그의 재능을 알아 줄 리는 만무했다. 그는 세상에 펼쳐 보일 수도 없는 재능을 갖고 살아간다는 것이 정말 애통하고 부담스러웠을 뿐만 아니라 그 재능을 꽃피우지 못하고, 발산하지도 못한 채 죽는다고 생각하니 다른 평범한 사람들이나 이 병동에 있는 다른 모든 환자들의 죽음보다 자신의 죽음이 훨씬 더 비극적으로 느껴졌다.

　바짐이 이렇게 고독에 몸부림치며 고통에 시달리게 된 것은 엄마나 갈랴가 가까이에 없다는 사실이나 면회 오는 사람이 아무도 없다는 사실 때문이 아니었다. 주위 사람들이나 의사들, 그의 목숨을 손아귀에 쥐고 있는 사람들이 다른 누구보다도 그가 좀 더 살아야 한다는 사실을 인식하지 못한다는 사실 때문이었다!

　그의 머릿속에 이런 생각이 울려 오면 그는 순식간에 희망에서 절망의 나락으로 빠져들었고, 읽고 있는 책의 내용도 전혀 머릿속에 들어오지 않았다. 한 페이지를 다 읽고 나서 퍼뜩 정신을 차려보면 아무것도 떠오르지 않았다. 생각도 둔해져서 더 이상 산비탈을 뛰어다니는 염소처럼 다른 사람의 생각을 따라잡기가 어려웠다. 옆에서 보면 그가 계속 책에 몰두해 있는 것처럼 보였지만 사실 그는 책을 읽을 수가 없었다.

덫에 걸린 한쪽 다리, 바로 그 다리에 그의 온 생명이 걸려 있었다.

그렇게 앉아 있는 그의 머리 위쪽으로는 말없이 벽에 기대어 고통에 몸부림치는 술루빈이 서 있었고, 옆에는 침대 모서리 아래로 머리를 떨군 채 코스토글로토프가 미동도 없이 누워 있었다.

동화에 나오는 세 마리의 황새처럼 그들은 오랫동안 침묵을 지킬 수도 있었을 것이다.

그런데 이상하게도 세 사람 중 가장 말이 없던 술루빈이 불쑥 바짐에게 질문을 던졌다.

"자네는 스스로 자신을 괴롭히고 있다는 생각이 들지 않나? 그 모든 것이 자네에게 무슨 소용이 있겠나? 바로 이런 것들 말이야."

바짐이 고개를 들었다. 그는 아주 짙은, 거의 검은색에 가까운 눈을 들어 노인을 쳐다보았다. 그렇게 긴 질문이 그의 입에서 나왔다는 것이 믿기지도 않았지만 질문 자체도 너무 놀라웠다.

그러나 저돌적인 그 질문을 환청으로 치부해 버릴 수 없었고, 그것이 노인의 질문이 아니라고 부정할 수도 없었다. 노인은 대답이 궁금하다는 듯 빨갛게 튀어나온 눈으로 바짐을 힐끗 쳐다보았다.

바짐은 어떤 대답을 해야 할지 알았지만 웬일인지 평소처럼 곧바로 이 질문에 답하고 싶지 않았다. 그는 낡은 태엽처럼 나직하고 의미심장한 말투로 말했다.

"재미있어서요. 세상에 이렇게 재미있는 것은 없거든요."

바짐은 그래서 아무리 마음이 고통스럽고 다리가 아파도, 병동에서 여덟 달을 허송세월한다 해도 이곳이 암 병동이 아니라 휴양지라고 생각하며 아무 내색 않고, 기꺼이 인내하고 만족할 수 있었다.

마룻바닥에 시선을 떨구고 있던 술루빈은 몸은 전혀 움직이지 않고 나사를 돌리듯이 머리만 빙 돌리는 이상한 동작으로 목을 돌렸다. 마치 목을 빼고 싶은데 잘 빠지지 않는 듯한 모습이었다. 그러고는 이렇게 말했다.

"'재미있기 때문'이라는 이유는 말이 되지 않아. 장사를 하는 것도 재미는 있거든. 돈을 벌고, 돈을 세고, 재산을 늘리고, 집을 짓고, 가구를 장만하는 것도 아주 재미있어. 그런 이유 때문이라면 학문을 이기적이고 부도덕한 작업으로 매도하는 것이지."

이상한 관점이었다. 바짐은 어깨를 한 번 움츠렸다 폈다.

"하지만 정말로 재미있다면요? 만약 더 재미있는 일이 아무것도 없으면 어떡합니까?"

술루빈은 한쪽 손가락을 쫙 폈다. 손가락이 저절로 으드득 소리를 냈다.

"그런 사고방식으로는 도덕적인 것을 생산해 낼 수 없지."

정말 이상한 견해였다.

"과학이 도덕적 가치를 만들어 내는 것은 아니잖아요." 바짐이 이의를 제기했다. "과학은 물질적 가치를 만들어 내는 것이지요. 그래서 과학이 유지되는 것 아닙니까? 그럼 노인장께서는 무엇을 도덕적인 것으로 보십니까?"

술루빈은 천천히 눈을 한 번 감았다 떴다. 그러고는 다시 한 번 같은 동작을 반복하더니 천천히 말했다.

"인간 영혼의 상호 교화를 지향하는 것."

"과학에도 교화의 기능이 있습니다." 바짐이 웃으며 대답했다.

"영혼을 교화하는 것은 아니지." 술루빈이 손가락을 까딱거렸다. "만약 자네가 재미있어서라고 한다면 말이야. 자네는 혹시 집단 농장에 있는 닭장에 단 오 분이라도 들어가 본 적이 있나?"

"아니요."

"한번 생각해 봐. 기다랗고 천장이 낮은 광이 있어. 창문은 틈새라고 할 정도로 작아서 어둡고, 닭들이 날지 못하도록 그물이 쳐져 있어. 닭장 하나에 2500마리의 닭이 들어 있지. 바닥이 흙으로 되어 있는데, 닭들이 쉴 새 없이 흙을 파 대는 바람에 얼마나 먼지가 나는지 방독면을 써야 할 지경이야. 뚜껑도 없는 솥단지에서는 절인 정어리가 하루 종일 끓고 있어. 얼마나 악취가 심한지 말로 표현할 수가 없을 정도라고! 교대하는 사람도 없어! 여름이면 새벽 3시부터 저녁까지 일하지. 서

른 먹은 여자가 쉰 살처럼 보일 정도야. 어때? 이 닭장에서 일
하는 여자는 재미있을 것 같나?"

바짐이 깜짝 놀라며 눈썹을 추켜올렸다.

"제가 왜 그 질문에 대답해야 합니까?"

술루빈이 손가락으로 바짐을 가리켰다.

"그런 대답은 장사치들이나 하는 법이지."

"닭장의 여자가 힘든 것도 결국은 과학이 충분히 발달하지
못했기 때문 아닐까요." 바짐이 강력한 논거를 제시했다. "과
학이 발전하면 닭장의 상황도 훨씬 나아질 겁니다."

"그럼 과학이 발달하기 전까지는 아침마다 계속 세 마리씩
털을 뽑아 솥단지에 넣어야겠군그래!" 술루빈은 한쪽 눈을 감
고 다른 쪽 눈으로 노려보았다. "과학이 발달하기 전까지 자
네가 그 닭장에 가서 일해 보지 않겠나?"

"그에겐 재미있는 일이 아니잖아요!" 침대에서 몸을 구부리
고 있던 코스토글로토프가 거칠게 말을 던졌다.

루사노프는 전에도 술루빈이 농업에 관해서 자신 있게 이
야기하는 것을 들은 적이 있었다. 파벨 니콜라예비치가 곡물
에 관해 이야기하고 있을 때 술루빈이 끼어들어 잘못된 부분
을 정정해 주었다. 파벨 니콜라예비치는 이번 기회에 확실히
해 두어야겠다고 생각하고 술루빈에게 물었다.

"당신이 티미랴제프 농업 아카데미[27] 출신이라도 되나요?"

술루빈이 깜짝 놀라며 루사노프 쪽으로 고개를 돌렸다.

---

27) 소련에서 가장 유명한 농업 대학으로 모스크바에 있다.

"그렇지! 티미랴제프 출신이야."그가 놀란 표정으로 힘을 주어 대답했다.

그러고는 갑자기 점잖은 표정으로 거드름을 피우며 등을 구부리더니, 예의 그 날개 잘린 새 같은 어색한 몸짓으로 절뚝절뚝 걸어서 자기 침대로 갔다.

"아니, 그렇다면 왜 도서관 사서로 일을 했습니까?"루사노프가 채근하듯 물었다.

그러나 그는 입을 다물고는 더 이상 아무 말도 하지 않았다. 마치 나무토막처럼.

파벨 니콜라예비치는 점점 위로 올라가지 못하고 아래로 떨어지는 사람을 존경하고 싶지는 않았다.

# 28
# 어디에나 불행

코스토글로토프는 레프 레오니도비치를 병원에서 처음 본 날부터 그가 자기 일에 열정을 가진 인물이라고 판단했다. 올레크는 회진이 있는 날이면 심심풀이 삼아 그를 자세히 관찰하곤 했다. 그는 항상 머리에 모자를 아무렇게나 눌러쓰고 이따금 긴 팔과 주먹 쥔 손은 몸에 꼭 끼는 가운 앞주머니에 찔러 넣고 다녔다. 휘파람을 불 때처럼 오므린 입술, 기운차고 위엄 있는 태도에도 불구하고 환자들과 이야기를 나눌 때의 유머 감각, 이 모든 것이 코스토글로토프의 마음에 쏙 들었다. 그래서 그는 언젠가 그와 이야기를 나눠 보고 싶다고 생각했고, 여의사들에게 묻기 어색하고 대답하기도 어려운 몇 가지 문제를 물어볼 기회를 보고 있었다.

그러나 좀처럼 기회가 오지 않았다. 레프 레오니도비치는 외과 환자들이 아닌 경우에는 누구에게도 관심을 두지 않았고, 방사선과 환자들을 보면 투명 인간 취급을 하며 무심하게 지나치곤 했다. 계단이나 복도에서 인사를 해도 그저 답례만 할 뿐 항상 심각한 얼굴에 몹시 바쁜 사람처럼 보였다.

언젠가 한번은 레프 레오니도비치가 계속 거짓말을 하다가 나중에 자백을 했다는 어떤 환자에 대한 이야기를 하는데, 그가 너털웃음을 지으며 "결국 그가 토해 냈지!" 하고 말하는 것을 들었다. 올레크는 그 말을 듣고 더욱 조바심이 났다. 그런 단어를 그런 의미로 사용할 수 있는 사람은 그리 흔하지 않기 때문이었다.

그런데 요즘 들어, 코스토글로토프는 병원 안을 돌아다니는 일이 거의 없어서 외과 과장과 마주칠 일도 드물었다. 그러던 차에 하루는 우연히 레프 레오니도비치가 수술실 옆의 작은 방문을 열쇠로 열고 들어가는 것을 보았다. 그가 혼자 있다는 뜻이었다. 코스토글로토프는 곧바로 손때가 묻은 유리문을 똑똑 두드리고는 문을 열었다.

레프 레오니도비치는 벌써 방 한가운데 덩그라니 놓여 있는 책상 앞 의자에 앉아 있었다. 오래 앉아 있을 생각이 없는지 옆으로 살짝 걸터앉아 무언가를 쓰기 시작했다.

"무슨 일이죠?" 그는 놀라는 기색도 없이 고개를 들었다. 그러나 여전히 뭐라고 써야 할지 생각에 잠긴 얼굴이었다.

누구나 항상 바쁜 법이다! 평생 동안 우리는 순간순간 뭔가를 결정해야 하는 때가 얼마나 많은가.

"죄송합니다! 레프 레오니도비치." 코스토글로토프는 가능한 한 정중하게 말했다. "바쁘신 줄은 알지만 선생님 외에는 물어볼 사람이 없어서……. 잠시 이 분만이라도 시간을 좀 내주실 수 있을까요?"

외과 의사가 고개를 끄덕였다. 그는 분명 딴생각을 하고 있는 것 같았다.

"저어…… 제가 호르몬 요법으로 시네스트롤 주사를 맞고 있습니다. 주사량은……(코스토글로토프는 의사들만 쓰는 의학 용어를 사용해 그들과 이야기를 나눌 수 있다는 사실을 아주 자랑스럽게 생각했다. 동시에 그것은 의사들이 자신에게 솔직하게 이야기하도록 유도하기 위한 것이기도 했다.) 그래서 말인데 혹시 호르몬 요법에 의한 작용이 몸에 축적되는 것은 아닌지 알고 싶습니다."

이제 나머지 시간은 상대방에게 달려 있었다. 그는 앉아 있는 의사를 내려다보느라 호리호리한 몸을 곱추처럼 구부린 채 말없이 서 있었다.

레프 레오니도비치가 이마를 찡그리며 말했다.

"아닙니다! 그렇지 않다고 알고 있어요." 그가 대답했다. 하지만 그것은 확실치는 않다는 뜻이었다.

"그런데 저는 그것이 축적될 것 같은 생각이 들어서요." 코스토글로토프는 마치 그렇게 되기를 바라기라도 하는 말투로, 레프 레오니도비치를 믿을 수 없다는 듯 덧붙였다.

"아닙니다, 그럴 리가 없어요." 이번에도 외과 의사는 딱 부러지는 대답을 하지 않았다. 그의 분야가 아니라서 그러는 것인지, 여전히 자기 생각에 몰두해 있어서인지는 알 수 없었다.

"저에겐 아주 중요한 문제라서 말씀드리는 겁니다." 코스토글로토프가 도전적인 시선으로 말했다. "이 치료를 받고 나서 제가 완전히 능력을 잃게 되는 것인지……. 그러니까 여성과 관계를……. 아니면 제 몸속에 들어온 호르몬이 당분간 머무르다 나중에 없어지는 것인지, 영원히 남는 것인지 알고 싶습니다. 아니면 일정한 시간이 흐른 다음에 다른 주사를 맞으면 그것이 상쇄되는 건지도 궁금합니다만?"

"아니요! 그렇지 않아요. 절대 그래서는 안 되지요." 레프 레오니도비치는 검은 머리카락을 산발한 환자를 자세히 살펴보더니 얼굴의 흉터를 특별히 자세히 보았다. 그는 이런 상처를 입은 환자가 지금 막 외과 병동에 실려 왔다면 어떤 처치를 해야 할까 하고 생각하는 것 같았다. "그런데 왜 그런 것을 알려고 합니까? 이해가 안 됩니다."

"이해가 안 되다니요?" 코스토글로토프는 그가 이해를 못하겠다는 말이 오히려 납득되지 않았다. 그는 단지 자신이 속한 모든 의사들의 입장을 대변해서 환자를 길들이려는 것일까? "정말 모르시겠습니까?"

이 말은 이미 이 분을 넘기고 의사와 환자의 관계도 넘어선 것이었지만 코스토글로토프가 첫눈에 알아본 것처럼 교만한 데라고는 찾아볼 수 없는 레프 레오니도비치는 갑자기 옛 친구라도 만난 듯 부드럽고 친근한 목소리로 말했다.

"그런데 말입니다. 정말로 여자가 인생의 꽃이라고 말할 수 있을까요? 여자란 정말 지겨운 존재 아닙니까? 뭔가 진지한 일을 하려고 할 때면 방해가 되거든요."

그의 말투는 더욱 솔직해지고 침통하기까지 했다. 그는 인생의 가장 중요한 순간에 긴장감을 상실했고, 어쩌면 그것이 여자에게 정력을 낭비한 때문일지도 모른다고 생각했다.

그러나 코스토글로토프로서는 그를 도저히 이해할 수 없었다! 올레크는 지겹다는 감정을 상상조차할 수 없기 때문이었다! 그의 머리는 힘없이 좌우로 흔들리고 눈동자는 공허했다.

"더 이상 내 인생에 의미 있는 것은 남아 있지 않습니다."

오, 이건 아니다! 이런 대화는 암 병동에서 할 수 있는 이야기가 아니다. 인생의 가치에 대해 의사와 상의한다는 것은 있을 수 없는 일이다! 더구나 방사선과 의사도 아닌데 말이다! 키가 작고 가냘픈 외과 여의사가 문밖에서 잠깐 들여다보더니 물어보지도 않고 곧장 방으로 들어왔다. 그녀는 굽이 높은 구두를 신고 있어서 걸을 때마다 온몸이 흔들렸다. 레프 레오니도비치 옆으로 바짝 다가간 그녀는 그의 앞 책상 위에 검사실에서 가져온 서류를 내려놓더니 자신도 의자에 앉아(좀 떨어져 있는 올레크의 눈에는 레프 레오니도비치에게 찰싹 달라붙어 있는 것처럼 보였다!) 상대방의 이름을 부르지도 않고 대뜸 말했다.

"이것 좀 보세요! 오브디엔코의 백혈구가 1만이에요."

바람에 날린 그녀의 붉은 머리카락이 레프 레오니도비치의 얼굴 위에서 연기처럼 하늘거렸다.

"그래서요?" 레프 레오니도비치가 어깨를 한 번 들썩했다. "백혈구가 늘었다고 꼭 좋은 것은 아닙니다. 염증이 계속되고 있을 뿐입니다. 방사선 치료로 막아야 합니다."

그녀는 이야기를 계속 이어 갔다.(그녀의 어깨가 정말로 레프 레오니도비치의 팔을 밀고 있었다!) 레프 레오니도비치가 쓰고 있던 서류는 옆으로 치워졌고, 펜은 그의 손가락 사이에 끼인 채로 하릴없이 위아래로 흔들리고 있었다.

올레크가 자리를 비켜 줘야 할 것 같았다. 오래전부터 계획한 대화가 가장 흥미있는 대목에서 중단된 것이 안타까웠다.

안젤리나는 코스토글로토프가 왜 계속 이 방에 있는지 이상하게 생각하며 뒤돌아보았지만 레프 레오니도비치는 그녀의 머리 너머로 그를 응시하며 약간 익살스러운 표정을 지었다. 그의 얼굴에 나타난 알 수 없는 표정에 용기를 얻은 코스토글로토프는 이야기를 계속 이어 갔다.

"한 가지 더 여쭙고 싶은 것이 있는데, 혹시 선생님은 차가에 관해 들어 보셨습니까?"

"물론입니다." 그가 흔쾌히 대답했다.

"어떻게 생각하십니까?"

"어려운 문제입니다. 몇몇 종양이 차가에 민감하게 반응한다는 것은 인정합니다. 예를 들어 위암 같은 것 말입니다. 모스크바에서는 굉장한 화젯거리예요. 반경 200킬로미터 안에 있는 차가를 모조리 채취해 간 탓에 차가가 자취를 감추었다고 합니다."

안젤리나는 책상에서 일어나 서류를 집어 들더니 경멸의 시선을 보내며 새침한 표정으로(그리고 아주 발랄하게) 몸을 흔들며 밖으로 나가 버렸다.

그녀는 나갔지만 안타깝게도 그들이 처음 나누던 대화는 이미 중단되어 버렸다. 몇 가지 질문은 대답을 얻었지만 여자가 인생에 무슨 의미가 있는지에 대한 논의는 새삼스레 다시 꺼내기가 여의치 않았다.

그러나 레프 레오니도비치가 보여 주는 부담 없고 쾌활하고 익살스러운 시선과 허물 없는 태도는 코스토글로토프가 준비한 세 번째 질문을 할 용기를 주었다. 물론 이 질문도 가벼운 것은 아니었다.

"레프 레오니도비치! 실례되는 질문이지만……." 그가 고개를 비스듬히 기울이며 말했다. "만약 제가 실수하는 것이라면 듣지 않은 걸로 해 주세요. 선생님은……." 그는 목소리를 낮추고 한쪽 눈을 찡긋하고는 말했다. "영원히 노래하고 춤추는 그곳에 가 본 적이 있으십니까?"

레프 레오니도비치가 깜짝 놀랐다.

"네, 있어요."

"아, 그랬군요!" 코스토글로토프가 반가워했다. 그렇다면 이제 그들은 동류에 속한다! "그럼 형법 몇 조로 걸려드신 건가요?"

"나는 죄인이 아니라 자유인으로 갔어요."

"아, 자유인으로요!" 코스토글로토프는 실망스러웠다.

그렇다면 그들은 동류가 아니었다.

"그런데 어떻게 그걸 알았죠?" 외과 의사가 자못 궁금해하며 물었다.

"'토해 냈다.'라는 말을 듣고 알았어요. 그리고 또 '자나츠카'[28]

---

28) 훔친 물건이나 어떤 것을 몰래 숨겨 놓는 곳을 뜻하는 은어.

란 단어를 사용하는 걸 들은 것 같기도 해요."

그러자 레프 레오니도비치가 미소를 지었다.

"오, 이런! 좀처럼 버릇이 없어지지 않는군요."

그들이 동류였든 동류가 아니었든 간에 그들 사이는 이제 전보다 훨씬 가까워진 것 같았다.

"그곳에 오랫동안 계셨나요?" 코스토글로토프가 스스럼없이 물었다. 그는 몸을 쭉 폈고, 기운도 되살아났다.

"한 삼 년 있었어요. 제대 후에 파견되었으니까요. 여간해서 빠져나올 수가 없었어요."

마지막 말은 덧붙이지 않아도 되는 이야기였다. 그런데 그는 그 말을 하고 말았다. 얼마나 존경받고 좋은 근무지인가? 그런데 왜 양심적인 사람들은 자신이 그곳에 있었다는 것을 변명하려 드는 걸까? 인간의 마음속 어딘가에는 지워 버리기 어려운 어떤 지표가 내재해 있어서인지도 모른다.

"그곳에서 무슨 일을 하셨어요?"

"보건 담당관이었어요."

아하! 마담 두빈스카야와 같았군! 죄수들의 생사를 쥐고 흔들던 그 여자였더라면 그런 변명은 하지도 않았을 것이다. 그리고 이 사람은 그곳을 빠져나왔다고 하지 않는가.

"그러면 선생님은 전쟁이 일어나기 전에 의과 대학을 졸업하신 거군요?" 코스토글로토프는 마치 우엉을 뽑듯 새로운 질문을 던지며 계속 상대를 물고 늘어졌다. 그것은 자신과는 전혀 상관없는 이야기였지만 호송 도중의 감옥에서 얻은 그의 습관이었다. 음식을 넣어 주느라 문이 열렸다 닫히는 몇 분

동안에도 지나가는 사람의 일생을 재빠르게 알아보는 습관.

"몇 년도에 졸업하셨나요?"

"졸업은 하지 않았어요. 4학년을 마치고 전시에 임시 군의관으로 지원했으니까요." 레프 레오니도비치는 쓰고 있던 서류를 내려놓고 일어서더니 올레크가 있는 쪽으로 다가와 주의 깊게 그의 얼굴에 난 흉터를 손가락으로 만졌다. "이 흉터는 그곳에서 생긴 겁니까?"

"그렇습니다."

"잘 꿰맸군요. 아주 좋아요. 그곳 의사가 죄수였나요?"

"그렇습니다."

"그 사람의 성이 무엇이었는지 기억하세요? 혹시 코랴코프라는 사람 아니었나요?"

"모릅니다. 호송 도중의 감옥이라 알 수가 없었죠. 그런데 코랴코프란 분은 형법 몇 조에 걸렸나요?" 올레크는 벌써 코랴코프를 물고 늘어지며 그에 관해 알아내려고 했다.

"그의 아버지가 제정 시대 육군 대령이었다는 이유로 수감되었지요."

그때 하얀 관을 쓴 예의 가느다란 눈매의 간호사가 방으로 들어와 레프 레오니도비치를 처치실로 호출했다.(그는 자기가 수술한 환자들은 처음 붕대를 갈 때 반드시 직접 살펴보곤 했다.)

어쩔 수 없이 코스토글로토프는 다시 등을 구부리고 서둘러 복도로 나갔다.

여기 또 한 사람의 일생이 아니, 두 사람의 일생이 점선으로 나타나 있다. 나머지 인생은 대체로 짐작이 간다. 얼마나 다양한 경로를 통해 사람들이 그곳으로 모여들었던 걸까. 아니, 그가 생각하는 것은 그런 것이 아니라 뭔가 다른 것이다. 병동에 누워 있을 때나 복도를 걸어갈 때나 뜰을 산책할 때, 전혀 특별해 보이지 않는 사람이 옆에 걸어가고 있을 수도 있고, 반대쪽에서 걸어올 수도 있다. 어느 쪽이든 한 사람이 상대방을 향해 멈춰 서서 "이봐, 옷깃을 뒤집어 보여 주게!"라고 말한다는 것은 상상할 수도 없다. 그러나 옷깃 안쪽에는 비밀 공동체의 배지가 있다! 그곳에 있었고, 그곳과 관계가 있으며, 거기에 협력했다는 것을 알 수 있는 표시다! 그런 사람들은 과연 얼마나 될까? 그런데 침묵으로 모든 것을 덮어 버린다. 겉모습만으로는 아무것도 짐작할 수 없다. 그것은 교묘히 은폐되어 있는 것이다!

여자에게 싫증이 날 정도로 살았다니, 얼마나 어처구니없는 일인가! 인간이 그렇게까지 나락으로 떨어질 수 있단 말인가? 상상도 못 할 일 아닌가!

어쨌든 결과는 썩 신통치 않았다. 레프 레오니도비치는 자신을 믿어 달라는 요구마저 하지 않았다.

그렇다면 모든 것을 잃었다는 의미일지도 모른다.

모든 것을…….

코스토글로토프의 운명이 수용소의 감시탑에서 영구 추방으로 바뀐 것처럼 말이다. 그는 결국 살아남았지만 왜 살아야 하는지 목적을 상실해 버린 것이다.

그는 아래층 복도로 나왔지만 어디로 가야 할지 몰라 멍하니 서 있었다.

그때 세 개의 문 중 하나에서 허리가 아주 가느다란, 누구인지 금방 알 수 있는 하얀 가운을 입은 사람이 나타났다.

베가였다!

곧바로 이쪽을 향해 걸어왔다! 곧장 오면 가까운 거리였지만 침대 두 개가 가로놓여 있어서 돌아와야 했다. 올레크는 멈춰 서 있었기 때문에 일 초, 일 초, 또 일 초 동안 생각해야 했다.

지난 회진 후 사흘 동안 그녀는 냉랭하고 사무적이었으며, 호의적인 기색이라고는 찾아볼 수 없었다.

그는 처음에는 될 대로 되라고 생각하면서 자신도 똑같이 대하면 그만이라고 생각했다. 뭔가를 해명하고 간청한다는 것도 사실 우스웠다.

그러나 안타까웠다! 만약 그녀에게 어떤 상처를 주었다면 그것은 정말 잘못된 일이다. 자신에게도 가슴 아픈 일 아닌가. 이렇게 모르는 사람처럼 그냥 지나쳐야 하다니!

그가 잘못한 것일까? 아니다, 이것은 그녀가 잘못한 것이다. 주사에 대해 거짓말을 한 것은 그녀다. 그녀를 용서할 수 없는 것은 바로 자신이다!

그녀는 고개를 들지도 않고(그러나 보고 있다!) 그냥 지나쳐 가려고 했다. 그런데 그는 생각과는 달리 갑자기 나직하고 애원하는 목소리로 그녀에게 말했다.

"베라 코르닐리예브나……."

(바보 같은 말투였지만 그리 나쁘지는 않았다.)

그녀는 차가운 시선으로 그를 쳐다보았다.

(아니다! 어떻게 그렇게 쉽게 그녀를 용서할 수 있단 말인가?)

"베라 코르닐리예브나……. 수혈을 한 번 더 해 주면 안 될까요?"

(여전히 굴욕적으로 느껴졌지만 썩 나쁘지는 않았다.)

"수혈을 싫어하는 걸로 아는데요?" 그녀가 여전히 냉랭하고 쌀쌀맞은 눈빛으로 그를 보며 말했지만 그 눈동자에는 무언지 모를 동요의 빛이 어렸다. 사랑스러운 커피색 눈동자에.

(그래! 그녀의 입장에서 보면 잘못한 것이 아닐 수도 있다. 더구나 한 병원 안에서 이렇게 소원하게 지낼 수도 없는 일 아닌가.)

"그때 기분이 아주 좋았습니다. 수혈을 또 하고 싶은데요."

그가 웃었다. 그러자 얼굴에 난 흉터가 순식간에 활처럼 일그러졌다.

(그래! 지금은 우선 그녀를 용서하고 다음에 기회가 있을 때 따지기로 하자.)

그녀의 시선에는 여전히 알 수 없는 어떤 회한 같은 것이 서려 있었다.

"내일 누가 해 줄 수 있는지 알아볼게요."

그녀는 보이지 않는 어떤 기둥 위에 버티고 선 것처럼 더욱 꼿꼿했고, 반대로 그는 그녀의 손 아래로 금방 무너져 내릴 것만 같았다.

"반드시 선생님이 해 줘야 합니다! 꼭 선생님이 해 줘요!" 그는 진심으로 애원했다. "그러지 않으면 수혈을 받지 않겠습니다!"

그녀는 그를 보지 않으려고 애써 외면하며 고개를 저었다.

"그건 두고 봐야겠어요."

그러고는 자리를 떴다.

얼마나 사랑스러운가, 어쨌든 사랑스럽지 않은가.

그런데 그는 무엇 때문에 이렇게 안달을 하는 걸까? 영구 추방의 운명을 가진 자가 이렇게 안달을 해서 무슨 소용이 있단 말인가?

멍하니 복도에 서 있던 그는 갑자기 가야 할 곳이 생각났다. 그래, 거기야! 그러고는 좀카를 보러 갔다.

좀카는 작은 2인용 병실에 누워 있었다. 다른 환자는 퇴원했고, 새로운 환자는 내일 수술을 마치고 들어올 예정이었다. 지금은 좀카 혼자였다.

이미 수술한 지도 일주일이 지나 잘린 다리의 통증은 어느 정도 잦아졌다. 수술은 이미 끝났지만 다리가 그대로 붙어 있는 것처럼 통증이 느껴졌고, 심지어는 있지도 않은 발가락 하나하나의 감각이 느껴질 정도였다.

좀카는 올레크를 보자 친형이라도 만난 것처럼 반가워했다. 예전의 병실 동료들이 이제는 가족이나 다름없게 느껴졌다. 머릿장 위에는 여자 환자들이 가져다준 음식이 냅킨으로 덮여 있었다. 외부에서는 그를 문병 올 사람이나 음식을 가져올 사람이 없었다.

좀카는 붕대를 친친 감은, 넓적다리 중간 부분에서 절단된 다리통을 내려놓고, 등을 반듯하게 대고 누워 있었다. 그러나 머리와 팔은 자유롭게 움직였다.

"안녕하세요, 올레크!" 그가 올레크의 손을 잡았다. "여기 앉으세요. 그쪽 병동은 어떤지 소식 좀 전해 주세요!"

그에게 위층 병동은 익숙한 세계였다. 이곳 아래층은 간호사들도 다르고, 청소부들도 달랐으며, 하루의 일과도 달랐다. 어떤 일을 누가 할지를 두고 하루 종일 서로 싸워 대기만 했다.

"뭐, 그저 그렇지." 올레크는 누렇게 야윈 좀카의 얼굴을 바라보았다. 뺨에는 주름이 지고, 눈썹 위나 코, 턱이 모두 납작해지고 예민해진 듯 보였다.

"요원은 아직 있나요?"

"요원은 아직 있어."

"그럼 바짐은요?"

"바짐도 특별한 일은 없어. 금은 아직 구하지 못했대. 전이될까 봐 걱정하고 있지."

좀카는 바짐이 마치 형제라도 되는 듯 안타까워 이마를 찌푸렸다.

"가엾군요."

"그러니 자네도 제때 수술받은 것을 감사히 생각해야 돼."

"저에게도 전이의 위험은 있어요."

"이제 그럴 일은 없을 거야."

하지만 누가 앞으로의 일을 예견할 수 있을까. 심지어는 의사들도 고독하고 치명적인 이 세포들이 어둠 속을 잠행하는 상륙용 배처럼 언제 어느 곳에 닿을지 알 수 없었다.

"방사선은 조사받고 있지?"

"휠체어에 태워 데려가요."

"이젠 살아갈 길이 확실해 보이는군. 건강을 회복하고 목발하나를 사용하는 법을 배우면 되겠어."

"아니에요! 두 개가 필요해요."

이 가엾은 고아는 벌써 모든 것을 계획해 두었다. 예전에도 성숙한 어른처럼 얼굴을 찌푸리곤 했는데, 지금은 더욱 어른 스러워졌다.

"목발은 어디서 구해야 하지? 여기서?"

"정형외과에서 준대요."

"무료인가?"

"네, 신청서를 냈어요. 저는 지불할 능력이 없으니까요."

두 사람은 한숨을 내쉬었다. 한숨이란 놈은 이렇게 일 년, 일 년을 계속 살아가지만 즐거운 일이라고는 전혀 없는 사람 들에게 쉽게 생기는 습관이었다.

"내년에 10학년을 마쳐야 할 텐데 어떡하지?"

"열심히 해야지요."

"그건 그렇고, 생활은 어떻게 할 참이야? 이젠 선반 일도 할 수 없을 텐데."

"장애인으로 인정해 줄 거예요. 2급인지, 3급인지는 모르겠 어요."

"3급이라면 어떤 거야?" 코스토글로토프는 민법 전반에 대 해서는 알지 못했기 때문에 장애인 등급에 대해서도 알지 못 했다.

"최저 등급이에요. 빵은 살 수 있지만 설탕은 살 수 없을 정 도래요."

좀카는 어른처럼 모든 것을 벌써 다 계산해 두고 있었다. 종 양은 소년의 삶을 파멸시키고 또 파멸시켰지만 그는 스스로 삶을 구해 내고 또 구해 내곤 했다.

"대학은 어떻게 할 거야?"

"노력해 봐야죠."

"어문학부?"

"네."

"이것 봐! 진지하게 충고하는데, 그건 파멸의 길이야. 라디오 수리하는 법이라도 배워 두어야 안정되게 살고 돈도 벌 수 있어."

"라디오 같은 것은 싫어요!" 좀카가 얼굴을 찌푸렸다. "저는 진실을 추구하며 살고 싶어요."

"라디오를 고치면서 소설을 쓰면 되잖아? 이런 바보를 보았나!"

그들은 내내 의견이 일치하지 않았다. 이런저런 다른 이야기도 나누었다. 그리고 올레크의 문제에 대해서도 이야기를 나누었다. 그것도 좀카의 어른스러운 점이었다. 다른 사람에 대해서 관심을 갖는 것 말이다. 보통 젊은이라면 자신의 문제에만 관심을 갖는다. 그래서 올레크는 그를 어른처럼 대하며 자신의 지금 상황에 대해서도 이야기를 해 주었다.

"이런, 제기랄……." 좀카가 중얼거렸다.

"이젠 나 같은 입장이 되고 싶지는 않겠지?"

"그건 아무도 모르죠……."

어쨌든 좀카는 앞으로 여기서 한 달 반 동안 방사선 치료를 받고 목발 짚는 연습을 끝낸 다음 5월이면 퇴원할 수 있게 될 것 같았다.

"퇴원하면 가장 먼저 어디를 가 보고 싶어?"

"곧바로 동물원으로요!" 좀카는 기분이 좋아졌다. 동물원에 대해서는 올레크에게 벌써 수도 없이 이야기했다. 그들이 건물 앞 계단에 나란히 앉아 있을 때면 좀카는 강 건너편 울창한 숲 뒤에 숨어 있는 동물원을 정확히 가리키곤 했다. 좀카는 예전부터 책이나 라디오를 통해 여러 가지 동물들을 알게 되었지만 여우나 곰 등을 직접 본 적이 없었고, 더구나 호랑이나 코끼리는 말할 것도 없었다. 그가 살았던 곳에는 동물원도, 서커스도, 숲도 없었다. 어릴 적부터 그는 동물원에 가서 동물들을 직접 보고 싶다는 생각을 했는데, 자라서도 그 바람은 사라지지 않았다. 그는 동물을 만나는 일에서 뭔가 특별한 것을 기대했다. 아픈 다리를 끌며 처음 이 병원에 입원하는 날에도 소년은 동물원에 먼저 들렀지만 공교롭게도 쉬는 날이었다. "그런데 말이에요, 올레크! 얼마 있으면 퇴원이죠?"

올레크는 등을 구부리고 앉아 있었다.

"아마 그럴 거야. 아직 혈액 상태가 좋지 않고 구토증도 있지만."

"그럼 동물원에 가실 거죠?" 좀카는 올레크가 동물원에 가지 않는다는 것은 있을 수도 없는 일이라는 투로 말했다.

"가 보도록 할게."

"안 돼요. 꼭 가야 돼요! 이렇게 부탁할게요, 꼭 가 주세요! 동물원을 구경하고 나서 엽서로 소식을 전해 주세요, 네? 그렇게 어려운 일도 아니잖아요? 그렇게 해 주시면 저는 정말 기쁠 거예요! 지금은 어떤 동물이 있는지, 어떤 동물이 가장 볼만한지……. 알았죠? 그러면 한 달 전에 미리 정보를 얻는 셈이잖아요! 가실 거죠? 엽서도 보내 주실 거죠? 사람들 말로는 악어도 있고 사자도 있다고 했어요!"

그래서 올레크는 그렇게 하겠다고 약속했다.

그는 자리를 떴고(자기 자리에 가서 누울 요량이었다.) 좀카는 문이 닫힌 작은 방 안에서 한참 동안 책을 손에 들지 못하고 천장을 쳐다보기도 하고 창밖을 내다보기도 하며 생각에 잠겼다. 창문 밖으로 아무것도 보이지 않았다. 창에 방사형 창살이 끼워진 데다 병원 건물 담벼락이 막고 있었기 때문이다. 더구나 햇빛이 벽을 곧바로 비추지도 않았다. 하지만 날이 완전히 흐린 것도 아니고, 구름이 해를 다 가린 것도 아니어서 빛이 약간 비쳐 들었다. 덥지도 않고 화창하지도 않은 어쩐지 우울한 봄날, 소리 없이 부산하게 자신의 임무를 수행하고 있을 봄날이었다.

좀카는 가만히 누운 채로 즐거운 상상을 했다. 잘린 다리는 어떻게 점점 감각이 없어질지, 어떻게 하면 빠르고 바른 자세로 목발을 짚고 걸을 수 있을지. 그리고 운이 좋아 5월 1일 전에 퇴원을 하게 되면 그때는 이미 여름이니 아침부터 저녁 기차를 탈 때까지 하루 종일 동물원을 돌아다닐 수도 있을 것이다. 앞으로는 시간이 얼마든지 있으니 좋은 성적으로 서둘러 학교를 졸업하고 그동안 읽지 못한 책도 많이 읽을 수 있을 것이다. 저녁 파티가 있을 때마다 댄스홀에 가는 친구들을 따라갈지 말지 망설이며 시간을 낭비할 일도 없을 것이다. 이제 그런 일은 없을 것이다. 불을 켜고 공부에만 열중하게 될 것이다.

그때 누가 문을 똑똑 두드렸다.

"들어오세요!" 좀카가 말했다.(그는 "들어오세요."라는 말을 아주 느꺼운 마음으로 했다. 지금까지 살아오면서 누군가가 노크를 하고 들어온 적이 없었기 때문이다.)

문이 활짝 열리고 아샤가 들어왔다.

아샤는 누군가에게 쫓겨 들어온 사람처럼 급하게 문을 밀고 들어왔다. 그런데도 아샤는 한 손은 뒤로 돌려 문 손잡이를 잡고, 한 손으로는 가운의 가슴을 여민 채 문 앞에 그대로 서 있었다.

그녀의 그런 모습은 '사흘 동안 검사를 받기 위해' 병원에 들어왔다며 당장이라도 겨울 운동장으로 달려갈 것 같던 이전의 아샤와는 전혀 달랐다. 수척하고 창백해졌으며, 그토록 빠르게 변하리라고는 믿기지 않을 만큼, 그녀의 금발머리는 마구 헝크러져 있었다.

환자복만이 예전 그대로였다. 더럽고 단추도 없는 데다 오래되어 해지고, 언제 소독했는지 알 수도 없는 그 옷은 예전보다 지금의 그녀에게 더 잘 어울렸다.

아샤는 눈썹을 약간 찡긋하고는 좀카를 쳐다보았다. 마치 이곳으로 도망 온 것이 과연 잘한 일일까, 더 이상 도망칠 곳이 없을까 하고 생각하는 것 같았다.

이제 아샤는 좀카보다 한 학년 상급생도 아니고, 세 번씩이나 멀리 여행을 다녀온 인생 경험이 풍부한 사람도 아니었다. 완전히 망가져서 좀카와 똑같은 처지로 떨어져 버렸다. 그는 기분이 좋아졌다.

"아샤, 여기 앉아! 이리 앉아!"

그동안 그들은 자주 만나서 이야기를 나누고, 좀카의 다리에 대한 의견도 나누었다.(아샤는 다리를 절단하는 것을 전적으로 반대했다.) 수술 후에는 사과며 만두 등을 두 번이나 가져오기도 했다. 그들은 처음 만났을 때도 금방 가까워졌지만 점점 더 가까워졌다. 그녀는 처음에는 말하지 않았지만 나중에는 자기 병에 대해 솔직하게 이야기했다. 그녀의 오른쪽 가슴에 멍울 같은 것이 생겨 방사선 치료를 받고 있으며, 혀 밑에 약을 넣고 있다고 했다.

"아샤, 이리 앉아! 이리 앉으라니까!"

그녀는 간신히 문손잡이를 놓고 손으로 벽을 더듬더듬 짚으며 좀카의 머리맡에 놓인 의자 쪽으로 힘들게 걸어왔다.

그러고는 의자에 주저앉았다.

그녀는 의자에 앉아서도 좀카를 쳐다보지 않고 옆에 놓인 담요로 눈길을 돌렸다. 그녀가 자신 쪽으로 몸도 돌리려고 하지 않자 좀카는 어떻게 해야 할지 몰랐다.

"무슨 일이야, 무슨 일 있어?" 그는 마치 자신이 손윗사람이나 되는 것처럼 물었다! 좀카는 커다란 베개에 묻고 있던 머리를 들어 그녀를 향해 얼굴을 돌렸다. 몸은 그대로 둔 채 고개만 돌렸다.

그녀의 입술은 덜덜 떨리고 눈꺼풀이 파르르 떨렸다.

"아셴카!" 좀카는 드디어 애칭으로 그녀를 불렀다.(그렇게까지 그녀를 안타깝게 생각하지 않았다면 아셴카라고 부를 용기가 나지 않았을 것이다.) 그러자 갑자기 그녀는 좀카의 베개에 얼굴을 묻었다. 두 사람의 머리가 맞닿자 그녀의 머리카락이 그의 귀를 간질였다.

"왜 그래, 아셴카!" 그는 이렇게 물으며 담요 위로 손을 더듬어 그녀의 손을 찾았다. 그러나 그녀의 손이 어디에 있는지 찾을 수가 없었다.

그녀는 베개에 얼굴을 묻고 오열했다.

"무슨 일이야? 응? 무슨 일이야?"

그 역시 짐작 가는 것이 있었다.

"잘라 내야 한대!"

그러고는 다시 울고 또 울었다. 그러다가 신음 소리를 냈다.

"아아 악!"

'아아 악!' 하는 소리보다 더 공포스러운 절규의 목소리를 그는 이제껏 들어 본 기억이 없었다!

"아직 정확하진 않잖아? 괜찮을지도 모르잖아?" 그가 위로했다.

그러나 그 말이 '아아 악!'이라는 절규를 위로할 수 있을 것 같지는 않았다.

그녀는 베개에 얼굴을 묻고 울고 또 울었다. 옆에 있던 그의 몸까지 축축하게 젖는 것 같았다.

좀카는 그녀의 손을 잡고는 가만히 쓰다듬었다.

"아셴카, 어쩌면 수술하지 않아도 될지 몰라!"

"아니야…… 금요일에 수술하려고 준비 중이야."

그녀는 좀카의 영혼을 후벼 파는 듯한 신음 소리를 냈다. 머리카락이 그녀의 눈을 가리고 있어 우는 얼굴을 볼 수 없었다.

그녀의 머리카락이 부드럽게 흩어져 있었다.

좀카는 무슨 말인가 해 줘야겠다고 생각했지만 아무 생각도 나지 않았다. 그녀가 울지 않도록 그녀의 손을 꼭 잡아 주는 것 말고는 아무것도 할 수 없었다. 이제는 자신보다 그녀의 처지가 더 가련했다.

"이젠 어떻게 살아야 하지? 왜 살아야 하지?" 그녀가 울부짖었다.

좀카는 이 질문에 자신의 얼마 안 되는 경험에서 얻은 적당한 대답을 찾아보았지만 딱히 뭐라고 해야 할지 생각나지 않았다. 설사 그가 어떤 대답을 하더라도, 자신이 아닌 누군가가 답변을 한다 해도 그녀의 고통을 달래 줄 수는 없을 것 같았다. 그녀의 경험에서 나온 결론은 오직 하나였다. 이제는 살 필요가 없다는 것이다!

"이런 나를 누가 원하겠어?" 그녀는 슬픔을 가누지 못하고 울부짖었다. "누가 날 좋아하겠어?"

그러고는 다시 베개에 얼굴을 묻었다. 좀카의 뺨도 축축하게 젖어 왔다.

"그렇지 않아." 그는 힘주어 그녀의 손을 꼭 잡으며 달랬다. "사람들이 어떻게 결혼을 하게 되는지 알잖아. 서로 눈길을 보내며, 그리고 특히 성격이 좋아야……."

"이런 바보! 어떤 멍청이가 성격을 보고 결혼을 해!" 그녀는 화를 벌컥 내며 손을 잡아 빼더니 마치 말이 뒷다리를 세우고 꼿꼿이 일어서듯 상체를 벌떡 일으켰다. 그제야 빨개지고 눈물로 얼룩진 그녀의 가련하고 화난 얼굴이 드러났다. "가슴이 하나밖에 없는 여자를 누가 좋아하겠어? 누가 좋아하느냐고! 이제 겨우 열일곱 살인데!"그녀는 모든 책임이 좀카에게 있기라도 하듯 그를 향해 울부짖었다.

좀카는 위로해 줄 말이 얼른 생각나지 않았다.

"이젠 바닷가를 어떻게 가겠어?"그녀는 갑자기 다른 생각을 떠올리며 울부짖었다. "바닷가 말이야! 어떻게 수영을 하느냐고?"그녀는 나선형으로 급강하하는 비행기처럼 몸을 떨더니 두 손으로 머리를 감싸 쥐고 좀카에게서 떨어져 마룻바닥으로 굴렀다.

아샤는 다양한 모양의 수영복을 떠올리자 더욱 견딜 수가 없었다. 어깨끈이 있거나 없는 스타일, 원피스 스타일이나 투피스 스타일, 요즘 유행하거나 나중에 유행할 다양한 스타일의 수영복들, 그리고 오렌지색이나 하늘색, 진홍색, 바다의 파도 색, 단색이나 레이스가 달린 줄무늬, 더욱이 아직 입어 보지 못했고 거울 앞에서 한 번도 비춰 보지 못한 모든 수영복을 이제는 그녀가 살 일도 없고 입을 수도 없게 된 것이다! 바로 이런 현실적인 측면이(이제는 영원히 바닷가에 갈 수 없다는 것이) 지금 아샤에게는 가장 괴롭고 수치스러운 일이었다! 바로 그것 때문에 그녀는 삶의 모든 의미를 상실한 것처럼 느껴졌다.

커다란 베개 위에서 좀카는 이런 상황에 어울리지 않는 엉뚱한 말을 중얼거렸다.

"만약 아무도 너와 결혼하지 않는다면…… 물론 지금 내 처지가 어떤지는 알지만…… 나는 언제라도 너와 기꺼이 결혼할 거라는 사실을 네가 알아주었으면……."

"좀카! 그럼 이렇게 하면 어때?" 아샤는 불현듯 새로운 생각을 떠올렸는지 얼굴을 들었다. 그녀는 그를 돌아보더니 눈물을 거두고 눈을 크게 뜨며 좀카에게 말했다. "잘 들어! 네가 마지막 남자야! 네가 마지막으로 내 가슴을 보고 키스할 수 있는 남자란 말이야! 이젠 그 누구도 내 가슴에 키스할 수 없을 테니까! 좀카, 너만이라도 키스를 해 줘! 너만이라도!"

그러고는 그녀가 환자복 앞섶을 열자 옷이 저절로 벗겨졌다. 그녀는 다시 우는 것인지, 신음 소리인지 알 수 없는 소리를 내며 드러난 속옷의 앞자락을 들어 올렸다. 그 순간 그녀의 비운의 오른쪽 가슴이 드러났다.

그것은 막 떠오른 태양처럼 빛났다! 병동 전체가 환해지고 활활 타오르는 것 같았다! 장밋빛 젖꼭지가(좀카가 상상했던 것보다 훨씬 컸다!) 눈부시게 빛났다. 그 장밋빛에 거의 눈이 멀지경이었다!

아샤는 그의 머리에 가슴을 바짝 붙이고는 계속 그대로 있었다.

"키스해 줘, 어서 키스해 줘!" 그녀가 그를 기다리며 재촉했다.

자신에게 허락된 그녀의 가슴의 온기를 호흡하며 황홀감과 격정에 휩싸인 그는 새끼 돼지처럼 게걸스러운 입술로 그녀의 가슴 골짜기를 더듬었다. 그녀의 가슴은 그릴 수도, 조각할 수도 없는 아름다운 곡선을 그리며 굽이쳐 그의 머리 위로 육박해 왔다.

"내 가슴을 기억해 줄 수 있겠지? 나에게 가슴이 있었다는

것을 너는 기억해 주겠지? 그리고 내 가슴이 어땠는지도 기억
해 주겠지?"

그의 짧은 머리카락 위로 아샤의 눈물이 방울져 떨어졌다.

그녀가 애써 가슴을 감추려고 하지 않자 그는 다시 그녀의
가슴에 입술을 대고 장밋빛 젖꼭지를 살살 깨물었다. 미래의
그녀의 아이는 영원히 그녀의 젖꼭지를 그렇게 깨물 수 없을
것이다. 방에 들어오는 사람도 없었기 때문에 그는 눈앞에 드
러난 기적을 마음껏 향유했다.

오늘은 기적이지만 내일은 쓰레기통에 버려질.

# 29
# 험한 말, 부드러운 말

유라는 출장에서 돌아오자마자 아버지를 문병하러 와서 두 시간이나 병원에 있었다. 파벨 니콜라예비치는 아들이 오기 전에 전화를 걸어 따뜻한 장화와 외투, 모자를 가져오라고 부탁했다. 침대에서 빈둥거리며 말도 안 되는 이야기를 지껄여 대는 환자들과 병실에서 부대끼는 것이 너무 지겨웠고, 대기실 역시 그에 못지않게 지겨웠다. 파벨 니콜라예비치는 아직 건강이 회복되지 않아 쇠약한 상태였지만 맑은 공기를 쐬러 나가고 싶었다.

산책은 별 무리 없이 할 수 있었다. 종양은 머플러로 간단히 감쌌다. 병원 뜰에서 루사노프를 알아볼 사람도 전혀 없었고 설사 누군가를 만난다 해도 이런 옷차림의 그를 알아볼 리 만무했다. 그래서 파벨 니콜라예비치는 아무 거리낌 없이 병원 구내를 산책할 수 있었다. 유라가 팔을 끼어 그를 부축했고, 파벨 니콜라예비치는 그에게 몸을 의지하며 걸었다. 깨끗하게 마른 아스팔트 위를 걷는 것도 좋았지만 그보다 기쁜 것은 이제 곧 집으로 돌아갈 수 있다는 사실이었다. 우선은 사랑하는 자신의 아파트로 돌아가 푹 쉰 다음 사랑하는 일터로 돌아가면 될 것이다. 파벨 니콜라예비치는 치료가 지겹기도 했지만 무엇보다 숨 막히는 병원 생활의 무료함을 견디기 힘들었고, 특히 자신을 중요한 기관의 핵심 요원으로 알아 주지 않는다는 점이 몹시 언짢았다. 그 때문에 그는 이 병동에서 모든 힘과 존재 의미를 상실한 느낌까지 들었다. 그는 하루빨리 모두가 자신을 사랑하고 자신이 없어서는 안 될 곳으로 돌아가고 싶었다.

이번 주 내내 춥고 비가 왔지만 오늘부터는 다시 날씨가 따뜻해졌다. 건물의 응달진 곳은 아직 춥고 습했지만 해가 비치는 곳은 따뜻해서 파벨 니콜라예비치는 춘추용 외투가 거추장스러워 단추 하나를 풀었다.

아들과 이야기를 나눌 수 있는 좋은 기회였다. 토요일인 오늘까지 출장 날짜가 잡혀 있었기 때문에 유라는 오늘 직장에 출근할 필요도 없었다. 파벨 니콜라예비치도 서두를 이유가 전혀 없었다. 최근에 아들과의 관계가 소원해진 터라 아버지는 뭔지 모를 위기감을 느끼던 차였다. 그런데 오늘 문병을 온 아들은 양심의 가책을 받을 일이라도 있는지 아버지를 똑바로 쳐다보지 못하고 계속 눈길을 피했다. 유라는 어린 시절에는 그런 태도를 보인 적이 없는 솔직한 아이였는데, 학창 시절부터 아버지를 대할 때마다 그러는 것이 버릇이 되었다. 이런 소심하고 내성적인 태도에 화가 난 파벨 니콜라예비치가 가끔 "자, 고개 똑바로 들지 못해!" 하고 소리를 치기도 했다.

그러나 오늘은 화를 자제하고 자상한 태도로 이야기를 나누어야겠다고 생각했다. 그는 유라에게 출장 갔던 먼 지방에서 공화국의 검사국 대표로 어떤 활약을 하고 왔는지 자세히 이야기해 달라고 했다.

유라는 한두 가지 사건을 이야기하기 시작했지만 여전히 눈을 내리깔고 있었다.

"또 다른 이야기를 해 봐라, 어서 이야기해 봐!"

그들은 햇볕에 깨끗하게 마른 돌벤치에 앉았다. 유라는 가죽점퍼를 입고 따뜻한 털가죽 모자를 쓰고 있었다.(펠트 모자는 영 마음에 들어 하지 않았다.) 겉모습은 진지하고 남자다워 보였지만 내면의 나약함이 모든 것을 망쳤다.

"그리고 한 가지 더 얘기할 것은 운전사 한 사람에게 생긴 문제예요." 유라가 땅을 쳐다보며 말했다.

"운전사에게 무슨 일이 있었다는 거냐?"

"한겨울에 어떤 운전사가 소비조합의 식료품을 싣고 트럭을 몰고 가다 생긴 일이에요. 그는 70킬로미터를 운전해서 가야 하는데 가는 도중에 그만 눈보라를 만났대요. 눈앞이 꽉 막히고 바퀴도 멈춰 버렸대요. 추위는 심해지고 주변엔 아무도 없었답니다. 눈보라가 하루가 넘게 계속되는 바람에 더 이상 운전석에 앉아 있을 수가 없었던 운전사는 자동차와 식료품을 그대로 두고 숙소를 찾아 자리를 떴대요. 다음 날 아침 눈보라가 잠잠해져서 트랙터를 끌고 돌아와 보니 마카로니 상자 하나가 없어졌다는 겁니다."

"그 화물 발송인이 누구였는데?"

"운전사가 발송인이었어요. 그래서 직접 차를 운전하고 갔던 거지요."

"별 희한한 일도 있네!"

"그러게요."

"그래도 결국 이익을 본 것은 운전사구나."

"아버지, 그 상자 하나 때문에 운전사는 엄청난 대가를 지불하게 되었어요!" 유라는 순간적으로 눈을 치켜떴다. 그의 얼굴에는 어색하고 굳은 표정이 나타났다. "그 상자 하나 때문에 오 년 형을 받게 되었다니까요. 같이 실려 있던 보드카 상자들은 그대로 있었대요."

"유라! 그렇게 사람을 잘 믿고 순진하게 행동하면 안 된다. 누가 도둑질을 하려고 그런 눈보라 속을 갔겠니?"

"말을 타고 갔을지도 모르죠! 아침이면 발자국은 없어질 테니까요."

"설혹 그가 범인이 아니라 해도 직무를 소홀히 한 건 사실이다! 어떻게 국가의 재산을 팽개쳐 두고 자리를 뜰 수 있단 말이니?"

사건은 명백하고 판결도 명쾌했다. 형량은 그것으로도 부족했다! 파벨 니콜라예비치는 아들이 그렇게 생각하지 않는다는 사실에 흥분했다. 아들에게 그것을 꼭 설명해 줄 필요가 있었다. 아들은 평소에는 유약하다가도 얼토당토않은 한 가지 일에 매달리면 어찌나 고집이 센지 꼭 당나귀 같았다.

"아버지! 한번 생각해 봐요. 눈보라가 치고, 기온은 영하 10도였는데, 어떻게 운전석에서 밤을 보내겠어요? 그러면 그는 죽어요."

"죽는다니? 그럼 경비병들은 모두 어떻게 경비를 서겠니?"

"경비병들은 두 시간마다 교대를 하잖아요."

"교대를 못 하는 경우에는 어떻게 될까? 전쟁터에서는 어떨 것 같니? 아무리 날씨가 나빠도 죽음을 무릅쓰고 보초를 서는 법이야. 절대 근무지를 이탈해선 안 돼!" 그러면서 파벨 니콜라예비치는 보초병들이 보초를 서고 있는 쪽을 손가락으로 가리켰다. "네가 한 말을 잘 생각해 봐! 만약 그 운전사 한 사람을 용서한다면 모든 운전사들이 자기 차를 버리고 근무지를 이탈할 테니 국가의 재산을 모두 도둑맞게 될 거야. 그런데도 너는 이해가 되지 않니?"

유라는 이해하지 못하고 있다! 그가 아무 대꾸도 하지 않는 것을 보면 그의 생각을 알 수 있었다.

"그래, 좋다. 네가 아직 소견이 어리고 젊어서 그렇다고 해 두자. 너의 의견을 누군가에게 말하는 것은 상관없지만 정식 서류로 작성하진 않았지?"

아들이 갈라진 입술을 떨며 말했다.

"내가…… 항의서를 제출해서 판결 집행을 중지시켰어요."

"중지시켰다고? 그럼 재조사에 들어갔다는 말이냐? 이런, 이런! 아이고, 이런, 이런!" 파벨 니콜라예비치는 두 손으로 얼굴을 반쯤 가리고 허리를 굽혔다. 그가 걱정하던 일이 드디어 터진 것이다! 유라가 일을 망친 것이다. 자신만 망친 것이 아니라 아버지에게까지 어두운 그림자를 드리운 것이다. 파벨 니콜라예비치는 자신의 명석함이나 민첩성을 바보 같은 아들에게 전해 줄 수 없다는 무력감과 분노로 현기증이 일었다.

그가 자리에서 일어나자 아들도 따라 일어섰다. 두 사람은 다시 걷기 시작했다. 유라가 아버지의 겨드랑이를 잡고 부축하려고 했지만 파벨 니콜라예비치는 아들의 두 팔에 기대는 것이 문제가 아니라 아들이 어떤 실수를 했는지 어떻게든 이해시켜야 한다고 생각했다.

그는 우선 법률과 법의 성격, 법의 원칙에 대해 설명했다. 그것은 경솔한 생각으로 흔들려서는 안 되는 원칙이며 더구나 검사국의 일원으로 일할 때는 더욱 그런 자세가 필요하다고 설명해 주었다. 모든 진리는 구체적이며, 법이 법이 될 수 있는 것도 바로 그 때문이라고 말했다. 물론 당시의 구체적인 동기와 상황도 검토해야 한다. 그리고 한 가지 더 강조하고 싶은 사항은 모든 재판소와 국가 기관의 조직은 상호 연결되어 있기 때문에, 국가의 전권을 위임받아 아주 먼 벽지로 가서 임무를 수행할 때도 절대 거만하게 굴어서는 안 되며 오히려 그 지역의 여건을 자세히 살피고, 지역적 여건과 요구를 잘 알아 지역 유지들과 쓸데없이 대립해서는 안 된다는 것이다. 만약 운전사에게 오 년의 형량이 내려졌다면 그 지역에서는 그럴 필요가 있었기 때문이라고 이해해야 하는 것이다.

그들은 건물들의 그림자로 사라졌다 다시 나타났다 하면서, 직선과 곡선으로 강변까지 이어진 가로수 길을 따라 걸었다. 유라는 내내 아버지가 하는 말을 듣고 있다가 딱 한마디만

했다.

"아버지! 피곤하지 않아요? 잠깐 앉을까요?"

파벨 니콜라예비치는 사실 피곤하기도 했고, 외투를 입고 있어서 덥기도 해서 우거진 나무 숲 근처의 벤치에 앉았다. 숲이라고는 해도 나무들은 모두 빈 가지였다. 아직 나뭇가지에는 새싹이 드문드문 돋았을 뿐이어서 어디든 하늘이 훤히 뚫려 있었다. 햇볕이 따사롭게 내리비쳤다. 산책하는 동안 안경을 쓰지 않아 파벨 니콜라예비치는 얼굴도 눈도 충분히 쉴 수 있었다. 그는 눈을 가늘게 뜨고 햇볕을 받으며 말없이 앉아 있었다. 발 아래쪽의 절벽 밑으로는 강물이 골짜기를 따라 요란하게 흘렀다. 파벨 니콜라예비치는 몸에 햇볕을 쬐고 물소리를 들으며 생각에 잠겼다. 이렇게 일상으로 돌아오니 얼마나 기분 좋은가, 새싹이 파릇하게 돋는 것을 보면서 지금 살아 있다는 사실과 내년 봄에도 이렇게 살아 있으리라는 확신을 할 수 있다는 사실은 또 얼마나 기분 좋은가.

그러나 유라와는 확실하게 매듭을 지어야 한다. 하지만 마음을 가다듬어야지 쓸데없이 화를 내서 유라를 놀라게 하면 안 된다. 그는 숨을 한 번 내쉬고는 다른 일에 대해서도 계속 이야기해 달라고 말했다.

유라는 원래 둔하기는 했지만 아버지가 무엇을 칭찬하고 무엇을 질책할지는 잘 알고 있었다. 이번에는 파벨 니콜라예비치가 칭찬하지 않을 수 없는 이야기를 꺼냈다. 그러나 시선은 여전히 다른 곳을 보고 있었기 때문에 아버지는 다른 좋지 않은 일이 있는 것은 아닌지 걱정되었다.

"뭐든지 이야기해 보렴. 뭐든지 다 해 봐! 아버지가 하는 충고는 모두 너에게 이로운 것이다. 모두 네가 잘되기를 바라고 하는 말이야. 나는 그저 네가 실수하지 않기를 바라는 마음뿐이다."

유라는 한숨을 크게 한 번 내쉬고는 이야기를 시작했다. 출장 업무 중에는 예전의 법률 서적이나 법정 기록, 때로는 오 년 전의 서류를 다시 읽게 되는 일이 자주 있었다. 그러다가 우연히 1루블이나 3루블짜리 인지가 붙어 있어야 할 서류에 인지가 붙어 있지 않은 경우가 많다는 것을 발견했다. 인지를 붙인 흔적은 남아 있는데, 인지가 없었던 것이다. 인지가 어디로 갔단 말인가? 유라는 조심스레 추리하고 조사한 결과, 최근 서류에 붙어 있는 인지가 이미 사용했던 것처럼 약간 찢겨 있다는 것을 발견했다. 유라는 고문서 보관소에 접근할 수 있는 여직원인 카챠와 니나 두 사람 중에서 누군가가 새 서류에 옛날 인지를 붙이고 의뢰인들에게는 인지대를 받았을 것이라 짐작했다.

"그래, 맞구나!" 파벨 니콜라예비치는 소리를 치며 손을 저었다. "돈이 빠져나갈 구멍은 얼마든지 있지. 공금을 착복할 구멍이 얼마든지 있어. 상상할 수도 없을 정도지!"

그러나 유라는 아무에게도 말하지 않고 아주 조용히 조사해 나갔다. 그는 두 사람 중 누가 공금을 횡령했는지 끝까지 찾아내 밝히겠다고 결심하고 처음에는 카챠를, 다음에는 니나를 좋아하는 척하며 접근하기로 했다. 그러고는 한 사람씩 영화를 함께 보러 갔다가 집으로 바래다주었다. 두 사람 중 집에 값비싼 가구나 양탄자 등이 있는 사람이 있다면 그 사람이 바로 도둑이 분명했다.

"아주 좋은 방법이구나!" 파벨 니콜라예비치는 두 손을 마주 치면서 웃기 시작했다. "아주 영리한 생각이야! 교제를 하는 척하면서 업무를 수행했으니 말이다! 잘했어!"

그러나 유라가 알아낸 것은 한 사람은 부모와 같이 살고 다른 한 사람은 여동생과 같이 살고 있었는데, 두 사람 모두 아주 가난하다는 것이었다. 양탄자는커녕 거의 아무것도 없는 집에서 살고 있었다. 유라의 입장에서는 어떻게 그렇게 아무것도 없이 살 수 있는지 상상할 수가 없었다. 그래서 유라는 여러 방안을 모색한 다음 우선 법원의 판사를 만나 자초지종을 이야기하고 이것을 법률적으로 풀 것이 아니라 두 아가씨를 설득하는 방법을 써 보자고 제안했다. 판사는 유라가 이 사건을 비공개로 하자고 제안한 것을 매우 감사하게 생각했다. 그런 사건이 널리 알려지면 그의 입장도 난처해지기 때문이었다. 두 사람은 아가씨들을 한 사람씩 차례로 불러 몇 시간에 걸쳐 취조를 했다. 그런데 두 아가씨가 모두 실토했다. 두 사람 모두 한 달에 100루불씩이나 착복하고 있었던 것이다.

"에이! 정식 서류를 만들었어야 했는데……. 정식 서류를 작성해야 했어!" 파벨 니콜라예비치는 마치 자신의 실책이라도 되는 것처럼 안타까워했다. 물론 판사에게 해가 가지 않도록 한 유라의 조치는 잘한 일이었다. "그래도 최소한 착복한 것은 모두 변상하도록 했어야지!"

유라는 이야기가 뒤로 갈수록 말이 느려졌다. 유라 자신도 이 사건의 진상을 이해할 수 없었던 것이다. 그는 판사에게 사건을 공개하지 말자고 제안해 그들을 너그럽게 용서해 주었다는 사실을 내심 대견하게 생각했다. 특히 두 여직원이 자신들의 죄를 고백하고 벌을 받을 각오를 하고 있다가 갑자기 용서받게 되었다는 사실을 알면 얼마나 기뻐할까 하고 상상하기도 했다. 그는 판사와 함께 엄한 어조로 그런 도둑 행위가 얼마나 수치스럽고 비열한지를 따끔하게 질책하고, 스물세 해 동안 도둑질을 하려면 충분히 할 수 있는 지위에 있으면서도 도둑질을 하지 않은 청렴한 사람들의 사례를 수없이 보아 왔다는 이야기도 해 주었다. 유라는 그런 이야기를 한 다음 그들을 사면한다는 말로 마무리를 지을 요량으로 엄한 어조로 아가씨들을 질책했던 것이다. 결국 아가씨들은 용서받고 나갔다. 그런데 그 후로 아가씨들은 유라를 만나면 불만스러운 표정을 짓는 것이었다. 유라에게 와서 용서받은 것에 감사하기는커녕 아예 그를 외면하는 것이다. 그는 그들의 행동에 기가 막혔고, 전혀 납득이 되지 않았다! 스스로 재판소에서 근무하고 있으니 본인들이 얼마나 무거운 죄를 용서받았는지 아주 잘 알 텐데도 말이다. 그는 참을 수가 없어 니나에게 다가가 용서받은 일이 기쁘지 않은지 직접 물어보았다. 그러자 니나가 이렇게 대답했다. "기쁠 일이 뭐가 있어요? 일자리를 새로 찾아야 할까 봐요. 그 월급으로는 도저히 생활할 수가 없거든요." 좀 더 예쁘장하게 생긴 카챠에게는 영화나 한번 보러 가자고 제안했다. 그러자 카챠는 이렇게 대답했다. "싫어요! 나는 데이트를 해도 순수하게 합니다. 그런 식으로는 하지 않아요!"

그는 출장에서 돌아왔지만 지금도 답답한 심경으로 그들을 머릿속에서 지워 버릴 수가 없었다. 그는 아가씨들이 감사하지 않은 것에 큰 상처를 받았다. 직선적이고 정직한 아버지가 이해하는 것 이상으로 인생이 복잡하다는 것은 익히 알았지만 정말 인생이란 것이 얼마나 복잡한지 이제야 비로소 알게 된 것이다. 유라는 어떻게 해야 했을까? 자비를 베풀 필요가 없었다는 말인가? 아니면 인지 사건에 대해 아무 말도 하지 않고 모르는 척했어야 했단 말인가? 그렇다면 그가 하는 모든 일은 왜 해야 한단 말일까?

아버지는 더 이상 묻지 않았고, 유라도 더 이상 말하고 싶지 않았다.

아버지는 어설프게 일을 망쳐 버린 이 사건을 통해서 나름대로 판단을 하게 되었다. 즉 어릴 때부터 대장부 기질이 없으면 커서도 마찬가지라는 것이다. 그렇다고 친자식에게 화를 낼 수는 없었지만 아들이 가엾기도 하고 한편으로는 화가 나기도 했다.

그들은 오랫동안 앉아 있었다. 파벨 니콜라예비치는 다리가 저려 그만 돌아가 눕고 싶었다. 그는 키스를 하고 유라를 보낸 다음 병실로 들어갔다.

병실에서는 활발한 대화가 오가고 있었다. 이상하게도 그중에서 가장 열렬한 연사는 목소리 없는 남자였다. 이 병동에 자주 들르곤 했던 그는 장관처럼 위풍당당한 철학 교수였는데, 얼마 전에 목 수술을 하고 외과 병동에서 2층 방사선과로 옮겨 왔다. 눈에 잘 띄는 앞쪽 목에는 소년단원의 넥타이 핀과 비슷한 금속 조임쇠가 끼워져 있었다. 교수는 교양도 있어 보이고 호감이 가는 사람이었다. 파벨 니콜라예비치는 그를 되도록 호의적으로 대했으며, 그의 금속 조임쇠가 몹시 눈에 거슬리는데도 전혀 내색하지 않았다. 철학 교수는 목소리가 잘 나오지 않는데도 말을 하려고 손가락으로 조임쇠를 조심스레 누르고 있었다.

그는 원래 말하기를 즐기는 성격이었고, 말도 잘했기 때문에 수술 후 되찾은 능력을 기꺼이 보여 주고 싶었다.

그는 병실 한가운데 서서 목소리가 조금 쉬기는 했지만 귓속말보다 조금 큰 소리로 이야기를 늘어놓고 있었다. 어떤 고위층의 집에 모셔져 있다는 갖가지 장식품과 대리석상, 꽃병과 거울에 대한 이야기였다. 이 물건들은 원래 유럽에서 들여왔는데, 어느 위탁 상점에서 그것들을 사들였고, 그곳 점원이었던 아가씨와 결혼해 그것을 차지하게 되었다는 것이다.

"그러고는 마흔둘에 벌써 은퇴를 해서 연금을 받기 시작했어요. 이마도 단단하고 아직 장작도 팰 수 있을 나이였는데, 연금이라니! 그 작자는 긴 외투에 손을 반쯤 찔러 넣고 마치 장군이나 되는 것처럼 걸어 다녔어요. 그래서 그가 만족하며 살았을까요? 아니, 천만에! 아주 불만투성이였어요. 키슬로보츠크[29]에 사는 자신의 예전 군대 상관 집에는 방이 열 개에 전속 보일러공까지 있고, 자동차도 두 대나 있다면서 말이에요."

---

29) 러시아 서부, 북카프카스 지역에 위치한 휴양 도시. 솔제니친이 태어난 도시이기도 하다.

파벨 니콜라예비치는 이 이야기가 재미도 없고 적절한 화제도 아니라는 생각이 들었다.

술루빈도 웃지 않았다. 모든 사람들을 쳐다보며 잠에 방해가 된다는 표정을 하고 있었다.

"우습기는 한데……." 코스토글로토프가 납작 엎드린 채 끼어들었다. "그런데 그걸 어떻게……."

"이런 일이 있었다는군요. 얼마 전에 지역 신문의 칼럼에 나온 이야기인데……." 어떤 환자가 이야기를 시작했다. "공금을 횡령해서 자기 집을 지었다가 발각된 일이 있었대요. 그래서 어떻게 된지 알아요? 자기가 실수했다고 인정하고 집을 어린이 시설에 기부해서 상을 받았다는 거예요. 죄를 묻지도 않고 말이지요."

"여러분!" 루사노프가 나섰다. "만약 그 사람이 후회하며 자기 죄를 인정하고 그것을 어린이집에 기부했다면 그에게 꼭 극단적인 조치를 할 필요가 있을까요?"

"웃기는 이야기이긴 하지만……." 코스토글로토프가 자기 의견을 제시했다. "교수님은 이런 문제를 철학적으로 어떻게 설명하시겠습니까?"

철학 교수는 한 손으로 목을 누르고 다른 손은 펴며 으쓱했다.

"부르주아 의식의 잔재 아니겠어요?"

"그것이 왜 부르주아의 잔재라는 겁니까?" 코스토글로토프가 중얼거렸다.

"그게 아니면 뭐란 말입니까?" 바짐이 신경질적으로 말했다. 그는 오늘 모처럼 책을 읽을 계획이었는데, 병실에서 이런 소란을 만나게 되었다.

옆드려 있던 코스토글로토프는 몸을 일으켜, 바짐과 다른 사람들을 잘 보기 위해 베개를 괴고 앉았다.

"그것은 모든 인류의 탐욕이지 특별히 부르주아 의식은 아니라고 생각합니다. 탐욕스러운 자들은 부르주아 이전에도 있었고 이후에도 있을 겁니다!"

루사노프는 아직 드러눕지는 않았다. 그는 자기 침대 너머로 눈길을 보내며 코스토글로토프에게 강한 어조로 말했다.

"그런 자들을 잘 조사해 보면 모두 부르주아 출신 성분이 드러나기 마련이지."

코스토글로토프는 침을 뱉듯 고개를 홱 돌렸다.

"출신 성분이라니, 그런 건 모두 헛소리야!"

"헛소리라니!" 파벨 니콜라예비치가 옆구리라도 찔린 듯이 허리를 움켜잡았다. 그는 아무리 오글로예드라고 해도 그렇게까지 불손한 태도를 보이리라고는 생각지도 못했다.

"뭐가 헛소리라는 거예요?" 바짐이 의아해하며 검은 눈썹을 추켜올렸다.

"바로 이런 뜻이야." 코스토글로토프가 몸을 좀 더 일으켜 거의 앉은 자세를 취하고는 중얼거렸다. "당신들 머릿속에 강제로 쑤셔 넣은 이야기라는 거지."

"쑤셔 넣다니, 그게 무슨 말이야? 자기 말에 책임질 수 있겠어?" 루사노프가 어디서 그런 힘이 솟았는지 날카롭게 소리를 질렀다.

"당신들이라면 누구를 말하는 것입니까?" 바짐이 여전히 다리에 책을 올려놓은 채 허리를 펴며 말했다. "우리는 로봇이 아니에요. 무조건 아무거나 믿지 않습니다."

"여기서 우리는 누구를 말하는 거지?" 코스토글로토프가 비웃으며 말했다. 산발한 머리가 그의 얼굴에 흐트러졌다.

"우리! 우리 세대 말입니다."

"그렇다면 출신 성분을 인정하는 것은 무엇 때문일까? 이것은 마르크스주의가 아니라 인종 차별주의 아닌가?"

"아니, 뭐라고?" 루사노프가 괴성을 질렀다.

"바로 그거야!" 코스토글로토프가 그에게 대꾸했다.

"들었지요! 모두들 들었지요!" 루사노프가 비틀거리며 두 팔을 벌려 병실 안의 모든 사람들을 불러 모으는 시늉을 했다. "모두 증인입니다. 모두들 증인이 되어 주세요! 이것은 불온 사상입니다!"

그러자 코스토글로토프가 침대에서 다리를 내리며 루사노프를 향해 두 팔꿈치를 흔들어 가장 모욕적인 제스처를 했다. 그러고는 흔히 벽에 낙서되는 욕지기를 내뱉었다.

"······당신들한테 그건 불온사상이 아니야! 당신들은 그냥 익숙해진 것뿐이지. 이런 니미럴! 자기와 생각이 조금만 달라도 바로 불온사상 딱지를 붙인다니까!"

그의 난폭한 태도와 저질적인 욕설에 모욕을 당한 루사노프는 화가 나서 씩씩거리며 미끄러져 내리는 안경을 바로잡았다. 코스토글로토프는 모든 병실과 복도까지 들리도록 고함을 질렀다.(조야까지 문으로 들여다볼 정도였다.)

"중이 염불을 외우듯이 어떻게 그렇게 허구한 날 '출신 성분, 출신 성분' 하고 노래를 불러 대는지. 그럼 1920년대에는 뭐라고 말했는지 아시나? '당신 손의 굳은살을 보여 주시오!'라고 했다고! 그런데 왜 당신 손은 그렇게 하얗고 통통하지?"

"나도 일했어. 일을 했어요!" 루사노프는 그렇게 소리쳤지만 흘러내린 안경을 바로잡지 못해 상대방을 확실하게 볼 수 없었다.

"어련하시겠어!" 코스토글로토프가 혐오스럽다는 투로 말을 내뱉었다. "아마 이랬을걸! 당신은 토요 노동[30] 현장에 나가 장작개비 하나를 나르다가 중간에 내던져 버렸겠지! 나는 제3계급 상인 출신의 아들이었지만 평생 죽도록 일을 했어. 자, 보라고! 내 손의 굳은살을! 이래도 내가 부르주아인가? 아버지에게 물려받은 적혈구가 다른 건가? 아니면 백혈구가 다른가? 그래서 당신의 관점은 계급주의가 아니라 인종 차별론이라는 거지. 당신은 인종 차별주의자야!"

억울하게 모욕을 당한 루사노프는 신경질적으로 소리를 질렀고, 바짐은 흥분해서 자리에서 일어나지도 못한 채 알아들을 수도 없는 말을 중얼거렸다. 철학 교수는 머리카락을 깔끔하게 빗어 단정하게 붙인 커다란 머리를 비난조로 흔들며 무슨 말을 했지만 쇠약한 그의 목소리는 잘 들리지 않았다!

그는 코스토글로토프에게 바짝 다가가서는 겨우 한숨 돌린

---

30) 토요 노동은 일부 화이트칼라 노동자들을 포함해 대부분의 국민들에게 적용되는 소련 공산주의 교육의 일환으로 무보수 동원 노동이었다.

코스토글로토프의 귀에 대고 이렇게 말했다.

"혹시 조상 대대로 프롤레타리아라는 말을 들은 적이 있나?"

"10대 조상까지 프롤레타리아라고 해도 본인이 일을 하지 않는다면 프롤레타리아가 아니지!" 코스토글로토프가 고함을 쳤다. "그런 작자는 지극히 탐욕스러운 놈이지 프롤레타리아가 아니야! 그런 작자는 개인연금이나 타려고 안달하는 놈이지. 나도 다 들었거든!" 그러고는 루사노프가 뭔가 말하려고 하자 그를 계속 공격했다. "당신은 조국을 사랑하는 것이 아니라 연금을 사랑하는 거야! 아직 마흔다섯도 안 됐는데 말이야! 나는 보로네시 전투에서 부상을 당했고, 무일푼에 더덕더덕 기운 장화를 신고 있지만 조국을 사랑하지! 최근 두 달 동안 병가를 냈더니 월급이라고는 한 푼도 주지 않았어. 그래도 나는 여전히 조국을 사랑하는 사람이라고!"

그러고는 긴 팔을 휘두르다 하마터면 루사노프를 칠 뻔했다. 그는 수용소에 있을 때도 열 번도 넘게 이런 논쟁에 끼어들곤 했는데, 오늘도 얼떨결에 흥분해서 이 논쟁의 소용돌이에 휘말린 것이다. 어쩌면 지금은 이미 고인이 되었을지도 모르는 수용소 사람들에게 들은 이야기나 사건들이 머릿속에 떠올랐기 때문인지도 모른다. 그는 흥분한 나머지 침대와 사람들이 꽉 들어 찬 좁고 폐쇄된 이 병실이 마치 감방 같다는 생각이 들어 필요하다면 금방이라도 욕지거리를 내뱉고 싸움이라도 벌일 태세였다.

루사노프는 코스토글로토프가 화가 나서 금방이라도 덮칠

지 모른다는 생각이 들자 그만 몸이 움츠러들어 입을 다물어 버렸다. 그러나 그의 눈은 울분으로 가득 차 있었다.

"나는 연금 같은 건 필요 없어!" 코스토글로토프가 고래고래 소리를 질렀다. "나는 가진 것은 쥐뿔도 없지만 오히려 그것이 더 자랑스러워! 그걸 바라지도 않는다고! 월급을 많이 받으려고 애쓰지도 않고 말이야! 나는 그런 것을 경멸해!"

"쉿, 쉿!" 철학 교수가 그를 말렸다. "사회주의는 임금 차이를 부정하지는 않아요."

"임금 차이라는 말은 집어치워요!" 코스토글로토프가 더욱 거칠게 말했다. "공산주의로 가는 과정이기 때문에 어떤 사람은 다른 사람보다 더 특권을 가져도 된다는 거야, 뭐야? 그러니까 평등해지기 위해서는 먼저 평등하지 않아야 한다는 말인가? 그것이 변증법이라는 건가?"

소리를 지르자 그는 명치끝이 아파 왔고, 목소리도 잠겼다.

바짐은 몇 번 이야기에 끼어들려고 했지만 코스토글로토프가 볼링 핀처럼 연이어, 어찌나 재빠르게 새로운 논거를 하나씩 던지는지 도무지 끼어들 틈이 없었다.

"올레크!" 바짐이 올레크를 제지하려고 했다. "올레크! 지금 막 건설 중인 사회를 비판하기란 쉬운 일입니다. 하지만 이제 사십 년의 역사밖에 되지 않았다는 것을 인정해야 합니다."

"나는 그 역사보다 짧게 살았어!" 코스토글로토프가 얼른 반박했다. "그리고 영원히 그 역사보다 짧게 살 테고! 그러면 내가 평생 입을 다물고 살아야 하나?"

철학 교수가 아픈 목을 배려해 달라며 팔로 그를 제지하고는 작은 소리로 병원에서 마룻바닥을 청소하는 사람과 보건부의 책임자는 사회적 생산성에서 각자 공적이 다를 수밖에 없다고 명쾌하게 설명해 주었다.

코스토글로토프가 이 말끝에 한마디 쏘아붙이려는 순간 모두가 잊고 있었던 술루빈이 갑자기 멀리 출구 쪽에서 그에게 다가왔다. 그는 다리를 절뚝거리며 한밤중에 자다가 갑자기 일어난 사람처럼 환자복을 풀어헤친 채 꼴사납고 지저분한 모습으로 걸어왔다. 모두들 그가 나타나자 깜짝 놀랐다. 그는 철학 교수 앞에 우뚝 서더니 문득 조용해진 틈에 삿대질을 하며 질문을 던졌다.

"당신은 4월 테제[31]에서 약속한 것을 잊었나? 여기 있는 넬랴보다 지역 보건부 관리가 임금을 더 많이 받아서는 안 된다고 했던 것 말이야."

그러고는 절뚝거리며 다시 자기 자리로 돌아갔다.

"아하! 아하!" 코스토글로토프는 예기치 않은 지지를 받고 기뻤다. 노인이 구원군이 되어 준 것이다.

루사노프는 제자리에서 돌아앉아 버렸다. 그는 더 이상 코스토글로토프의 얼굴을 보고 싶지 않았다. 구석 자리의 밉살스러운 부엉이가 왠지 꺼림칙하게 느껴진 데는 다 이유가 있었으며, 지역 보건부의 관리와 청소부를 똑같이 취급한다는

---

31) 1917년 4월 망명지였던 스위스에서 돌아온 레닌이 언급한 혁명 전술을 말한다.

것은 정말 말도 안 되는 이야기였다!

모두들 입을 다물자 코스토글로토프도 더 이상 논쟁할 상대가 없었다.

그때 바짐이 자기 침대에 그대로 앉은 채 그를 자기 침대로 불러 앉히고는 작은 소리로 이야기를 꺼냈다.

"올레크! 당신의 주장은 기준이 잘못되었어요. 당신이 실수한 부분은 바로 미래의 이상을 현실과 비교했다는 점입니다. 1917년까지 계속된 러시아 제국의 역사에서 나타났던 모든 악과 부패를 지금의 현실과 비교해야 한다고 봅니다."

"나는 그 시절을 경험해 본 적도 없고 알지도 못해." 코스토글로토프가 하품을 했다.

"반드시 살아 봐야 아는 것은 아닙니다. 쉽게 알 수 있어요. 살티코프 셰드린[32]의 책만 읽어 봐도 더 이상 다른 예가 필요 없을 정도로 알 수 있어요."

그러나 코스토글로토프는 그를 상대하려고 하지 않고 다시 하품을 했다. 폐를 심하게 움직인 탓에 종양과 위가 압박을 받아서 이제는 더 이상 큰 소리를 지르면 안 될 것 같았다.

"바짐! 자네 군대는 갔다 왔나?"

"아니요. 왜요?"

"어떻게 군대를 빠졌나?"

"우리 대학에서 장교 훈련을 받았어요."

"아하…… 나는 칠 년간 군대에 있었지. 상사였어. 우리 군

---

32) 19세기 러시아의 풍자 작가.

대를 당시에는 노동자, 농민 군대라고 했지. 그런데 분대장은 임금이 20루블이었고, 소대장은 600루블이었어, 알겠나? 전선에서 장교들은 특별 급식을 받았지. 비스킷이며 버터, 통조림 등이었는데, 우리가 보지 않는 곳에서 몰래 먹곤 했어, 알겠어? 창피했던 거지. 참호를 팔 때도 우리 참호보다 그들의 참호를 먼저 팠거든. 다시 말하는데 나는 상사였단 말이야!"

바짐이 인상을 찌푸렸다.

"그런 이야기를 왜 하시는 거죠?"

"이런 경우에 부르주아 의식이 누구에게 있는 건지 묻고 싶어서야! 여기서 누가 부르주아 의식을 갖고 있다고 생각되나?"

그렇지 않아도 올레크는 오늘 필요 없는 말을 너무 많이 했다는 생각이 들었다. 그러나 이제는 더 이상 잃을 것도 없다는 씁쓸한 안도감이 들기도 했다.

그는 또다시 하품을 하고는 자기 침대로 되돌아갔다. 그리고 다시 하품을 했다. 또 한 번의 하품.

피곤해서 그랬던 것일까? 아니면 병 때문이었을까? 그것도 아니면 이 모든 논쟁과 다툼, 살벌하고 악의적인 눈빛들도 결국은 병과 죽음을 눈앞에 둔 자신들의 운명과 비교했을 때 한낱 호수의 잔물결에도 미치지 못할 사소한 것이라고 치부한 탓일까?

그는 전혀 다른, 어떤 확실한 것을 기대했을지도 모른다.

그러나 올레크는 그런 것이 어디에 있을지 알 수 없었다.

오늘 아침에는 카드민 부부가 보낸 편지를 받았다. 니콜라이 이바노비치 박사는 "부드러운 말이 뼈를 부순다."라는 인용문을 써서 보냈다. 15세기경 러시아에 『구약 성서』 필사본이 있었다고 한다. 거기에 키토브라스에 대한 이야기가 나온다고 했다.(니콜라이 이바노비치는 모르는 옛이야기가 없었다.) 머나먼 황야에 키토브라스가 살고 있었는데, 그는 똑바로 앞으로만 걸을 수 있었다. 솔로몬 왕이 키토브라스를 속여 불러들인 다음 사슬에 묶어 채석장으로 끌고 갔다. 그러나 키토브라스는 똑바로 앞으로만 걸었기 때문에 예루살렘 근방을 지날 때는 길을 방해하는 집들을 모두 부수고 걸어가야 했다. 길을 가는 도중에 어느 과부의 집이 있었다. 과부가 밖으로 나와 울면서 키토브라스에게 가난한 자신의 집을 제발 부수지 말라고 간청하자 그녀의 간청을 받아들였다고 한다. 그러나 몸을 굽혀 지나가려던 키토브라스는 허리를 너무 구부린 탓에 갈비뼈가 부러지고 말았다. 집은 다행히 괜찮았다. 그때 그가 한 말이라고 한다. "부드러운 말은 뼈를 부수고, 험한 말은 분노를 불러일으킨다."

올레크는 키토브라스와 15세기의 작가들은 진정으로 인간적이었으며, 그들과 비교해 지금의 사람들은 한낱 늑대에 지나지 않는다는 생각이 들었다.

과연 요즘 세상에 부드러운 말에 답하느라 자신의 갈비뼈를 부러뜨릴 사람이 있을까.

그러나 카드민 부부의 편지가 이 이야기로 시작된 것은 아니었다. 올레크는 서랍장 위를 더듬어 편지를 찾았다. 편지에는 이렇게 쓰여 있었다.

사랑하는 올레크!

아주 불행한 일이 일어났습니다.

주크가 살해됐어요.

마을 위원회에서 들개를 잡으려고 사냥꾼 두 사람을 고용했는데, 그들이 거리를 돌아다니면서 총을 쏘아 댔어요. 토비크는 숨어 있었는데 주크는 달려 나가 포수를 향해 짖어 댔지요. 평소에 사진기 렌즈를 그토록 무서워하더니 어떤 예감이라도 있었던 것일까요! 눈에 총을 맞고 관개용 수로변에 쓰러져 머리를 떨구고 있었답니다. 우리가 가까이 다가갔을 때는 아직 몸을 떨고 있더군요. 그렇게 커다란 몸을 떠는 모습은 쳐다보기만 해도 무서웠어요.

우리 집은 지금 텅 빈 것 같습니다. 주크가 너무 안쓰럽고 미안한 마음뿐입니다. 주크가 나가지 못하도록 꼭 붙들어 숨겨 두었어야 했는데.

마당 정자 옆에 주크를 묻었답니다.

올레크는 침대에 누운 채 주크를 떠올렸다. 살해당해서 눈이 피범벅인 주크의 모습도 아니고, 관개용 수로변에 머리를 떨구고 있는 모습도 아닌, 올레크의 초막집에 달려와 문을 열어 달라고 짖어 대며 창틀을 딛고 서 있던 두 앞다리와 큰 귀를 늘어뜨린 온순하고 살가웠던 커다란 주크의 머리를.

# 30
## 노의사

올해 일흔다섯인 오레셴코프 박사는 반세기 동안 환자들을 치료해 온 덕분에 1920년대에는, 비록 대리석 건물은 아니지만 정원이 딸린 조그만 일 층짜리 목조 가옥을 하나 장만할 수 있었다. 그 후로는 줄곧 그 집에서 살았다. 집은 커다란 가로수 길과 넓은 인도로 이루어진 비교적 한적한 거리에 있었는데, 길에서 집까지는 넉넉잡아 15미터 정도 떨어져 있었다. 인도에는 몸통이 굵은 나무들이 지난 세기부터 뿌리를 내리고 서 있었고, 여름이면 나뭇가지들이 넓게 드리워 초록 지붕을 만들곤 했다. 모든 나무들의 밑둥에는 빙둘러 흙이 파이고 깨끗하게 정돈도 되어 있었으며, 철책도 둘러져 있었다. 무더운 날이면 사람들은 그 아래를 지나며 뜨거운 햇볕을 피했고, 인도와 나란히 블록으로 만들어 놓은 도랑에는 시원한 관개용수가 흘렀다. 활 모양으로 휘어진 거리가 이 도시에서 가장 아름답고 안온한 이곳을 감싸 주었고, 거리 자체가 가장 멋진 풍광을 만들어 냈다.(그런데 시의회에서는 일 층짜리 집들이 드문드문 길게 늘어서 있고 가로수 길도 점차 찻길로 변해 버려 이곳을 재정비하고 건물도 오 층짜리로 재개발을 해야 한다는 의견이 나왔다.)

오레셴코프의 집 가까이까지는 버스가 들어오지 않아 류드밀라 아파나시예브나는 그곳에 갈 때면 항상 걸어 다니곤 했다. 날씨는 따뜻했고 메마른 바람이 불어왔다. 아직 황혼이 내리기 전이라 첫날밤 풀어헤친 머리 같은 크고 작은 나무들이 밤을 준비하는 모습이며 아직 초록빛을 띠지 않은 포플러들이 촛불처럼 서 있는 모습이 눈에 선명하게 들어왔다. 그러나 돈초바는 하늘을 쳐다보는 대신 땅을 내려다보며 걷고 있었다. 이런 모든 봄소식마저도 그녀는 반갑지 않았고, 마냥 좋아할 수 없는 상황이었다. 이 나무들이 모두 잎사귀를 피우고 노랗게 물이 들어 낙엽이 되는 동안 류드밀라 아파나시예브나에게 무슨 일이 생길지는 아무도 장담할 수 없었다. 지금껏 그녀는 항상 바쁘게 살아왔기 때문에 잠깐이라도 멈춰 서서 머리를 뒤로 젖히고 눈을 가늘게 뜨고 하늘을 올려다볼 여유가 한 번도 없었다.

오레셴코프의 집 입구에는 작은 쪽문과 대문이 나란히 붙어 있었는데, 대문에는 고풍스러운 피라미드 모양의 장식판이 덧붙어 있고 구리 손잡이가 달려 있었다. 보통 이런 집들에 달려 있는 이런 종류의 구식 대문은 사용하지 않고 쪽문으로 드나들었다. 그러나 이 집의 대문으로 이어진 두 개의 돌층계에는 잡풀이나 이끼 하나 눈에 띄지 않았고, 아름다운 서체로

'닥터 D. T. 오레센코프'라고 조각된 대문 위의 동판은 예나 지금이나 정갈했다. 그리고 초인종의 겉모양도 전혀 낡아 보이지 않았다.

류드밀라 아파나시예브나가 초인종을 눌렀다. 발소리가 들리는가 싶더니 오레센코프가 문을 열고 나와 그녀를 맞았다. 그는 예전에는 아주 멋있었지만 지금은 낡은 갈색 양복을 입고 셔츠 단추를 하나 풀고 있었다.

"오, 류도치카⋯⋯." 그는 입술 끝을 약간 올렸다. 그것이 가장 활짝 웃을 때 그의 모습이었다. "기다리고 있었어. 어서 와, 반가워! 반갑기도 하지만 반갑지 않기도 하군. 좋은 일로 이 늙은이를 찾았으면 좋았으련만."

그녀는 그에게 미리 전화를 걸어 방문해도 좋은지 물었다. 물론 전화로 이야기해도 상관없었겠지만 예의가 아닌 것 같았다. 그녀는 꼭 좋지 않은 소식으로 찾아뵌 것은 아니라며 미안해했지만 노인은 서둘러 돈초바의 코트를 벗겨 주려고 했다.

"제가 할게요. 아직 그럴 정도는 아니에요."

그는 많은 손님들을 맞이하기 위해 설치해 둔 윤기가 나는 기다란 검은색 옷걸이에 그녀의 외투를 걸고, 반질반질하게 닦아 놓은 마루 위를 앞장서 걸어갔다. 복도로 걸어가다 보면 이 집에서 가장 햇빛이 잘 드는 방을 지나게 되어 있다. 오레센코프의 손녀 방이었는데, 방 안에는 그랜드 피아노가 놓여 있고, 악보대에 악보가 활짝 펼쳐져 있었다. 다음 방은 식당이었다. 정원으로 난 식당 창문들은 아직 메마른 포도 덩굴로 덮여 있고, 방 안에는 커다랗고 값비싼 축음기가 놓여 있었다. 그다음에야 비로소 그의 서재가 나타났다. 서재를 빙 둘러 책장이 놓여 있고, 무겁고 오래된 책상과 낡은 소파, 안락의자가 놓여 있었다.

"도르미돈트 치호노비치……." 돈초바가 눈을 가늘게 뜨고 벽을 빙 둘러보며 말했다. "책이 예전보다 많아진 것 같네요."

"뭐, 꼭 그런 건 아니고……." 오레셴코프는 조각상 같은 커다란 얼굴을 살짝 흔들었다. "사실은 얼마 전에 스무 권 정도를 양도받았지. 누구에게 받은 줄 아나?" 그가 자못 즐거운 표정으로 그녀를 보며 말했다. "아즈나체프에게 받았어. 알다시피 그는 예순 살에 은퇴했지. 그날 처음으로 밝힌 사실 인데, 그는 방사선과 의사가 아니었다는 거야. 게다가 단 하루도 더 이상 의료계와 관계를 갖고 싶지 않다고 했어. 원래부터 양봉을 하고 싶었다고 하더군. 그래서 앞으로는 벌에 관해서만 열중하겠다고 하지 뭔가. 어떻게 이런 일이 있을 수 있나, 응? 양봉을 하고 싶었다면 무엇 때문에 좋은 시절을 다 허송했을까? 그건 그렇고, 류도치카! 어디에 앉겠나?" 머리가 반백이 된 돈초바에게 물었다. 그러고는 자신이 직접 자리를 정해 주었다. "여기 소파에 앉는 것이 편할 것 같군."

"사실은 오래 앉아 있을 시간이 없습니다, 도르미돈트 치호노비치! 잠깐이면 됩니다." 그녀는 몇 번을 사양하다가 결국 폭신한 소파에 깊숙이 앉았다. 그러자 어느새 마음이 편안해지면서 지금 여기에서라면 좋은 해결책이 나올 것 같다는 믿음도 생겼다. 사실 이곳에 들어와 복도의 옷걸이 옆에 섰을 때부터 모든 일을 책임지고 지도하고 결정해야 하는 직장에서의 마음의 짐이 훨씬 가벼워진 느낌이 들었다. 그런데 소파에 자리를 잡고 앉자 그런 부담감이 완전히 사라져 버리는 것이었다. 그녀는 편안한 마음으로 눈에 익은 서재와 한쪽에 자리한 오래된 대리석 세면대(요즘 유행하는 조가비 모양이 아니고 세면대 밑에 물통을 놓는 구형이었지만 뚜껑으로 덮여 있는 데다 매우 깨끗했다.)를 느꺼운 마음으로 둘러보았다.

그녀는 오레셴코프가 아직 살아 있다는 사실과 그가 이렇게 눈앞에 있다는 사실, 그녀의 모든 불안을 이렇게 진정시켜 준다는 사실에 기뻐하며 그를 똑바로 쳐다보았다. 그는 계속서 있었다. 바른 자세였다. 아직 등이 굽지 않았고, 어깨도 탄탄했으며, 머리도 꼿꼿하게 세우고 있었다. 그는 항상 다른 사람을 치료하기는 하지만 자신은 절대 병에 걸리지 않으리라는 확신이 넘쳐 보였다. 잘 손질된 가느다란 은빛 턱수염이 턱 가운데에서 물줄기처럼 흘러내리고 있었다. 아직 머리숱이 많은 데다 가운데 가르마를 탄 반백의 머리카락은 몇 해 전과 거의 달라진 데가 없었다. 그의 얼굴은 감정의 변화가 전혀 나타나지 않는, 한결같은 평정심을 유지하는 얼굴이었고, 감정의 변화는 살짝 움직이는 둥근 아치 모양의 눈썹에 나타나는 것이 전부였다.

"류도치카! 나는 여기 책상 위에 앉을 테니, 개의치 마. 관리 흉내를 내는 것은 아니고, 이게 익숙해서 그래."

그것이 익숙해진 데는 이유가 있었다! 예전에는 매일 환자들로 북적였다. 그 후로 점차 줄어들기는 했지만 지금도 가끔 환자들이 자기 앞날에 대한 심각한 이야기를 늘어놓으며 그의 서재에 오랫동안 머물곤 했다. 복잡한 사연을 이야기하다 보면 환자들은 이상하게도 암갈색의 거친 테두리가 달린 탁자의 초록색 나사 천이나 오래된 목재 종이칼, 니켈로 도금된 의료용 면봉(목구멍을 살펴보기 위한), 구리 뚜껑이 달린 잉크병이나 컵 속에 남아 있는 식어 버린 진한 암적색 홍차 등이 기억에 남곤 했다. 의사는 환자가 잠깐 휴식을 취하거나 생각할 여유를 가질 수 있도록 자기 책상에 걸터앉아 있거나 일어서기도 하고, 어느 때는 세면대나 책장 주변을 왔다 갔다 하기도 했다. 그러나 오레셴코프 박사의 냉정하고 주의 깊은 시선은 쓸데없이 곁눈질을 하거나 책상이나 서류에 시선을 돌리는 일이 없었고, 단 일 초도 환자나 방문객을 살피는 데 소홀하지 않았다. 이런 시선은 오레셴코프 박사가 환자나 제자들을 이해하고 그들에게 자기 결정과 의지를 전달하는 데 중요한 요소로 작용했다.

도르미돈트 치호노비치는 평생 갖은 박해를 받으며 살아왔다. 1902년에는 혁명에 가담했다는 이유로(동료 학생들과 일주일간 감옥에 들어갔다.), 다음에는 고인이 된 아버지가 성직자였다는 이유로, 그다음에는 본인이 제1차 제국주의 전쟁[33] 당시 황제군의 군의관으로 참전했다는 이유에서였다. 당시 목격자들은 그가 단순한 군의관이 아니었고, 대대가 후퇴하기 시작하자 직접 말에 올라타 독일 노동자들에 대항하는 제국

---

33) 제1차 세계 대전.

주의 전투에 임하라고 독려했다고 증언했다. 그러나 그 모든 박해보다 심각한 곤궁에 그를 빠뜨린 것은 오레셴코프가 개인 병원을 개업할 권리를 계속 주장했다는 점이었다. 그 당시 개인 병원은 사적인 기업 활동이며 개인의 부를 축적하는 근간이자 부르주아를 쉽게 양산할 수 있는 불로소득 행위의 원천이라고 간주해 모든 지역에서 엄격히 금지되어 있었기 때문이다. 그래서 몇 년 동안 개인 병원 문패를 떼어 내고 환자들이 아무리 부탁을 하거나 중병에 걸렸다 해도 문밖에서 그들을 거절할 수밖에 없었다. 이웃 중에는 자발적이든 매수를 당했든 재정부의 스파이 노릇을 하는 자들이 끼어 있었고, 심지어 환자들도 심문을 받으면 결국 실토할 수밖에 없어서 잘못하다가는 그의 집이며 직장을 모두 잃을 수도 있었다.

하지만 그는 개업의로 의료 행위를 하는 것이 자기 일 중에서 가장 중요하다고 생각했다. 자기 집 대문에 개인 병원 문패를 달지 않고 산다는 것은 어쩐지 불법적이며 마치 가명으로 살고 있는 듯한 느낌이 들었던 것이다. 그는 석사 논문이나 박사 논문을 쓰지 않는 것을 원칙으로 삼았다. 학위 논문이 일반적인 치료에 도움이 된다는 증거가 전혀 없었고, 만약 주치의가 교수라면 환자들에게 더 부담이 될 뿐 아니라, 학위 논문에 빼앗기는 시간에 다른 지식을 쌓는 것이 더 바람직하다고 주장하기도 했다. 오레셴코프는 이곳 대학 병원에서만 꼬박 삼십 년 동안을 내과와 소아과, 외과, 감염 내과, 비뇨기과, 심지어는 안과에서까지 진료했으며, 그 이후에 방사선과와 종양 전문의가 되었다. 누군가가 '명예 교수'직에 대한 의견을 묻자 그는 입술을 조금 움직이는 것으로 답변을 대신했다. 그는 어떤 인간이 살아 있는 동안 '교수'라는 직함을 얻고, 더구나 명예라는 말이 앞에 붙으면 그것은 사형 선고나 마찬가지라고 말했다. 그런 명예는 너무 화려한 옷을 입었을 때처럼 그가 앞으로 하게 될 진료에 방해가 된다는 이유였다. '명예 교수'는 자신의 사도를 거느리고 다니기 때문에 실수를 해서는 안 되고 모르는 것이 있어서도 안 되며, 무엇이든 깊이 숙고할 권리마저 빼앗기게 된다는 것이다. 그런 직함을 갖고 있는 사람은 권태롭고 지치고 시대에 뒤떨어져 있으면서도 애써 그것을 감춰야 했는데, 모든 이들이 그가 기적을 일으키기를 고대하기 때문이었다.

오레셴코프는 그런 존재가 되고 싶지 않았다. 구리 문패 하나와 누구나 찾아와서 누를 수 있는 초인종 하나만 대문 위에 달아 두면 족했다.

그러던 어느 날 그는 운 좋게, 이 지역 고위층 인사의 거의 죽어 가는 아들을 살려 준 일이 있었다. 그리고 또 언젠가는 다른 고위층 인사도 치료해 주었고, 그 외에도 고위층의 여러 가족들을 치료할 기회가 있었는데, 모두 이 지역에서 생긴 일이었다. 그는 다른 곳으로는 가지 않았다. 그 후로 오레셴코프는 지역의 유력 인사들 사이에서 명성을 떨치게 되었고, 자신을 비호할 수 있는 후광 같은 것을 얻게 된 것이다. 순수한 러시아의 어느 지방이었다면 이런 일이 있기 힘들었겠지만 훨씬 더 소박한 동쪽에 위치한 이 지역에서는 그가 다시 문패를 달고 환자를 받는 일을 모르는 척해 주었다. 전쟁 후에는 한곳에서 일정하게 근무하지 않고, 몇몇 병원에서 고문 역할을 하거나 학회에 가끔 참석했을 뿐이었다. 그 후 예순 다섯이 넘어서부터는 아무 방해도 받지 않고 자기가 옳다고 생각하는 의사로서의 역할을 충실히 하며 살아갈 수 있게 되었다.

"저…… 도르미돈트 치호노비치! 부탁 하나 드리려고 왔어요. 저희 병원에 나오셔서 제 위를 좀 검사해 주셨으면 합니다. 선생님께서 편한 시간을 알려 주시면 그 날짜에 맞춰 제가 준비를 하겠습니다."

그녀의 얼굴은 생기가 없고 목소리는 잦아들었다. 오레셴코프는 전혀 동요하는 빛 없이 냉정한 시선으로 그녀를 바라보았다.

"걱정 마. 날짜를 정하지. 하지만 증상이 어떤지 직접 이야기를 해 봐. 그리고 본인 생각은 어떤지도 말해 보고."

"제 증상은 모두 말씀드릴게요. 하지만 제 생각은 묻지 마세요. 아시다시피 저는 가능하면 그런 생각을 하지 않으려고 합니다! 이 문제를 너무 많이 생각하다 보니 불면증까지 생겼어요! 차라리 생각을 하지 않는 편이 나아요! 진심이에요. 제가 입원해야 한다고 결정하시면 그렇게 하겠어요. 하지만 알고싶지는 않아요. 만약 입원을 한다고 해도 어떤 진단이 내려졌는지 모르는 편이 나을 것 같아요. 그것을 알면 수술을 하는 도중에도 지금 무엇을 하고 있지, 지금 무엇을 꺼내고 있지 하며 상상하게 되잖아요. 제 마음 아시죠?"

소파가 큰 탓이었을까, 아니면 그녀의 어깨가 움츠러들어서였을까, 그녀의 건장한 체구가 평소처럼 커 보이지 않았다.

그녀는 갑자기 작아져 버렸다.

"그걸 모를 리가 없지, 류도치카! 하지만 공감할 수는 없군. 지금 수술 이야기를 할 필요는 없지 않을까?"

"그냥…… 만약을 대비해서……."

"그러면 왜 진작 나를 찾아오지 않았나? 이미 알고 있었다면 말이야."

"어쩌다 보니 그렇게 됐어요, 도르미돈트 치호노비치!" 돈초바가 한숨을 내쉬었다. "하루하루가 어찌나 바쁘게 돌아가는지. 물론 더 일찍 왔어야 하는데……. 그렇다고 그냥 무작정 방치했다고 생각하지는 마세요!" 평소 그녀의 힘차고 사무적인 태도가 다시 나타났다. "어째서 이런 불공평한 일이 일어난 걸까요? 왜 종양이 저를, 바로 종양학 의사인 저를 침범한 걸까요? 모든 증상을 알고 모든 합병증과 예후에 대해 잘 아는 저에게 말이에요?"

"불공평하다고 볼 수는 없어." 그의 신중하고 낮은 목소리는 확신에 차 있었다. "더 높은 견지에서 보면 오히려 공평하다고 볼 수 있지. 자기 분야의 병에 걸린다는 것은 의사에게는 최고의 진정한 경험이 될 테니까."

(여기에 무슨 공평성이 있다는 말일까? 여기에 무슨 진정성이 있다는 것일까? 그는 자신이 그런 병에 걸리지 않았기 때문에 그렇게 생각할 수도 있을 것 같았다.)

"간호사 파냐 표도로바를 기억하나? 그녀가 그런 말을 했지. '오오, 내가 왜 점점 환자들에게 불친절하게 대하는 걸까요? 다시 입원을 해야 될 때가 왔나 봐요.'"

"전에는 한 번도 이런 고통을 생각하지 못했어요!" 돈초바는 우두둑 손가락을 꺾는 소리를 냈다.

어쨌든 그녀는 요즘 들어 처음으로 피로감이 풀리는 것 같았다.

"그래서 어떤 증상을 느꼈나?"

그녀가 우선 일반적인 증상을 이야기하자 그는 자세하게 이야기해 달라고 말했다.

"하지만 도르미돈트 치호노비치! 이런 토요일 저녁 시간에 선생님을 방해하고 싶지는 않아요! 어차피 선생님께서 방사선 검사 때 오시면……."

"내가 얼마나 이단적인지는 잘 알지 않나? 방사선과에서 일하기 전까지 이십 년이나 다른 분야에서 일했다는 것도 알겠지? 그리고 어떻게 진단을 내리는지도 알겠지! 아주 단순해. 아무리 사소한 증상 하나도 그냥 지나쳐서는 안 되는 거야. 모든 증상은 일정한 순서에 따라 나타나게 되어 있거든. 모든 증상을 다 아울러 진단을 내려야 하지. 바로 그거야! 바로 그렇게 찾아내는 거야! 방사선은 사진기의 노출계나 시계와 마찬가지야. 그것들이 있으면 눈으로 노출을 정하거나 감각으로 시간을 알아맞히는 법을 완전히 잊어버리게 돼. 그러다 보니 그것이 없으면 어쩔 줄 모르고 당황하게 되고. 그것이 없다면 의사들은 힘들겠지만 환자들은 검사가 줄어서 더 편해지는데 말이야."

그래서 돈초바는 모든 증상을 정리하고 간추려서 이야기하기 시작했다. 중요한 진단을 내리는 데 필요할지도 모르는 세세한 증상을 하나도 빠뜨리지 않으려고 애쓰면서(비록 본능적으로는 무엇인가를 빠뜨려서 "류도치카! 다 별것 아니야, 별것 아니야."라는 이야기를 듣고 싶다는 생각이 들기는 했다.) 그녀는 혈액 성분이 그다지 좋지 않았다는 것과 혈침 반응이 증가되었다는 것도 이야기했다. 그는 주의 깊게 듣고 나서 몇 가지를 더 질문했다. 그런 것은 모든 사람에게 흔히 있는 일이라는 듯 이따금 고개를 끄덕이기는 했지만 끝내 그녀가 듣고 싶었던 별것 아니라는 이야기는 하지 않았다. 돈초바는 그가 사실상 이미 진단을 다 내렸을 것이라고 생각하고, 방사선 검사를 기다릴 필요 없이 지금 단도직입적으로 물어봐도 될 것 같다고 생각했다. 그러나 당장 직설적으로 진단 결과를 물어보는 것이 옳은 일이든 옳지 않은 일이든 지금 당장 결과를 알게 된다는 사실이 너무 두려웠다. 좀 더 미루고 며칠이라도 더 유예기간을 두고 싶었다!

두 사람은 학회 토론회에서 만날 때면 얼마나 다정하게 대화를 나누곤 했던가! 그런데 이렇게 그녀가 찾아와 마치 죄를 지은 사람처럼 자신의 병을 고백하자 그들 사이에 놓여 있던 대등한 관계의 줄이 뚝 끊어져 버렸다! 아니, 대등한 관계는 아니었다고 하자. 스승과 대등한 관계를 가질 수는 없는 일이니까. 그러나 더 심각하게 표현하면 그녀는 자기 병을 고백함으로써 의사라는 높은 신분에서 환자라는 비참한 신분으로 굴러떨어진 것이다. 물론 오레셴코프는 그녀에게 아픈 곳을 촉진해 보자는 말은 하지 않았다. 그는 여전히 그녀를 손님으로 존중하고 있었던 것이다. 지금 그는 그녀가 동등한 신분을 유지할 수 있도록 대했지만 그녀는 점점 풀이 죽어 예전의 태도를 보일 수가 없었다.

"이젠 베라 간가르트도 정확한 진단을 내릴 수 있기 때문에 그녀에게 진찰을 맡겨도 되지만……." 바쁜 근무 시간 때문에 습관이 된 예의 그 빠른 말투로 돈초바가 말했다. "선생님이 계시는 동안은 선생님께서 진찰해 주셨으면……."

오레셴코프는 계속 그녀를 바라보았다. 지금 돈초바는 발견할 수 없었지만 이미 이 년 전부터 그의 의연한 시선에도 비운의 빛이 어른거렸다. 그의 아내가 죽은 이후에 나타난 것이었다.

"아무튼 휴가를 내야 한다면……. 베로치카가 자네 대신 병원을 맡아야겠군?"

("휴가를 내야 한다면"이라니! 그는 가장 가벼운 단어를 골랐다! 그러니까 결국 그녀의 상태가 심각하다는 의미 아닌가?)

"네, 이젠 실력이 아주 좋아졌어요. 방사선과를 잘 이끌어 나갈 거예요."

오레셴코프는 고개를 끄덕이며 가느다란 자신의 수염을 만졌다.

"실력은 실력이고, 결혼은 어떻게 됐나?"

돈초바는 고개를 가로저었다.

"내 손녀딸도 마찬가지야." 오레셴코프는 특별한 이유도 없이 목소리를 낮추며 이야기했다. "만나는 사람이 아무도 없어. 쉬운 일이 아닌가 봐."

그는 눈썹 끝을 약간 움직이며 불안한 표정을 지었다.

그는 뒤로 미루어선 안 된다며 월요일에 돈초바를 진찰하러 가겠다고 했다.

(그렇게 서둘러야 하나?)

대화가 잠시 멈췄다. 그녀는 이쯤에서 일어나 감사 인사를 하는 것이 좋을 것 같다는 생각이 들었다. 돈초바가 일어섰다. 그러나 오레셴코프가 차를 마시고 가라며 고집을 피웠다.

"아닙니다! 전혀 마시고 싶지 않아요!" 류드밀라 아파나시예브나가 사양했다.

"내가 마시고 싶어서 그래! 마침 차 마실 시간이거든."

그는 절망적이지만 그녀를 중환자의 범주에서 건강한 사람의 범주로 자꾸 끌어내리려고 애썼다!

"집에 젊은 분은 안 계시나요?"

젊은 사람이란 류드밀라 아파나시예브나 정도의 연배를 의미했다.

"없어. 손녀도 없고. 나 혼자야."

"그럼 선생님께서 직접 차를 끓이시려고요? 그러시면 안 돼요!"

"아니야! 물은 끓일 필요 없어. 보온병에 가득 끓여 놓았으니까. 과자도 좀 있고, 찬장에 컵도 있어. 그러면 자네가 내오게."

그들은 식당으로 자리를 옮겨 한쪽에 놓인 참나무 식탁에 앉아 차를 마셨다. 식탁이 얼마나 큰지 위에서 코끼리가 춤을 추어도 될 정도였고, 어떤 문으로도 식탁이 빠져나갈 수 있을 것 같지 않았다. 그곳에 어울리는 고풍스러운 벽시계를 보니 그렇게 늦은 시간도 아니었다.

도르미돈트 치호노비치는 사랑하는 손녀에 대한 이야기를 꺼냈다. 그녀는 얼마 전에 음악원을 졸업했는데, 뛰어나게 연주를 잘하고, 동료들 중에서도 보기 드물게 영특하며 매력적인 숙녀라고 자랑했다. 그는 손녀의 최근 사진을 보여 주다가 류드밀라 아파나시예브나가 지금 자신의 손녀에게까지 관심을 가질 여유가 없으리라는 사실을 깨닫고는 더 이상 말하지 않았다. 무슨 이야기를 한다 해도 지금 그녀의 관심은 온통 딴데 있고, 어떤 것에도 온전하게 관심을 기울일 수 있는 입장이 아니었다. 이미 자신이 얼마나 위험한 상태인지 알고 앞으로 병이 어떻게 진행될지도 알 법한 사람과 이렇게 태평하게 앉아서 차를 마신다는 것이 얼마나 이상한 일인가? 그런데도 그는 지금 이렇게 한마디 말도 없이 앉아서 비스킷을 권할 뿐이었다.

그녀 역시 최근 이혼한 골치 아픈 딸은 제쳐 두고 아들에 대한 이야기를 꺼냈다. 아들은 8학년이 되었는데, 무슨 생각을 하는지 갑자기 학교를 그만두겠다고 선언했다! 아버지도 어머니도 그를 설득할 수가 없었다. 모든 설득은 아들의 이마에 부딪혀 튕겨 나갈 뿐이었다. "사람이란 모름지기 배워야 한다." "왜 배워야 하나요?" "배움이 가장 중요한 것이기 때문이다!" "가장 중요한 것은 즐겁게 사는 것 아닐까요?" "하지만 좋은 교육을 받지 못하면 전문 지식을 쌓을 수가 없다!" "나는 그런 것 필요 없어요." "그럼 평범한 노동자가 되겠다는 거야?" "힘들게 살고 싶지 않아요." "그럼 무엇을 해서 먹고살겠다는 거야?" "무엇이든 찾으면 되겠죠." 돈초바는 아들이 불량한 친구들을 사귀는 것 같아서 걱정이 태산이었다.

오레셴코프는 그런 이야기는 말하지 않아도 잘 알겠다는 표정을 지었다.

"젊은이들을 지도해야 할 많은 사람들 중에 가장 중요한 한 사람이 빠져 있군." 그가 말했다. "바로 한 가정의 주치의지! 열네 살 된 여학생들이나 열여섯 살 된 남학생들은 반드시 의사와 상담을 해야 해. 마흔 명씩 집단으로 하는 상담이나(그럴 경우에는 상담이 안 된다.) 학교 보건실에서 한 사람당 삼 분씩 하는 상담도 말이 안 돼. 상담 의사는 어린 시절부터 목을 진찰해 주고, 그 집에 차를 마시러 가기도 하는 의사 아저씨여야 하는 법이야. 만약 전혀 편견이 없는 의사 아저씨, 즉 아이들이 자기 부모에게 하듯 신경질을 부리거나 고집을 부리기는 힘들지만 포근하면서도 엄격한 아저씨가 여학생이나 남학생과 서재 문을 닫고 들어가서 대화를 나눈다면 어떨 것 같나? 생각해 봐! 흥미롭지만 이야기하기 어려운 특별한 이야기를 조금씩 꺼내면서 가장 중요함에도 아이들이 질문하기 어려웠던 사실을 미리 알고 설명해 준다면 어떻겠나? 그리고 그런 기회를 자주 가질 수 있다고 생각해 봐. 그런 과정을 통해서 아이들의 실수나 잘못된 충동, 자기 몸을 망치는 일 등을 미연에 방지할 수 있고 그들의 눈에 세상의 모든 이미지가 깨끗하고 질서 있게 보일 거라고 생각하지 않나? 아이들이 그들의 본질적인 불안감과 의문점들을 이해할 수 있다면 그와 관련된 다른 문제들에 직면했을 때도 자신에 대한 몰이해로 절망하거나 하는 일은 없을 거라고 생각해. 그 순간부터는 부모가 해 주는 모든 이야기가 귀에 들어오기 시작할 거야."

오레셴코프는 전혀 나이가 느껴지지 않는 정정한 목소리로 말을 이어 갔고, 자신의 주장을 확신하는 듯 선명한 눈동자로 그녀를 바라보았다. 그러나 시간이 흐름에 따라 서재의 소파에서 돈초바가 느꼈던 생기와 안도감도 점차 사라지고 마음속에 어둡고 슬픈 감정이 밀려들었다. 그의 연설을 듣는 동안 그녀는 뭔가를 잃어버린 느낌, 심지어는 지금 뭔가를 상실해 가는 듯한 느낌이 들었고, 어디로 가야 할지, 왜 가야 하는지 알 수 없었지만 지금 당장 일어나서 밖으로 나가 무언가를 해야 할 것 같은 생각이 들었다.

"옳은 말씀이세요. 우리는 성교육을 소홀히 하고 있어요." 돈초바가 동의했다.

오레셴코프는 돈초바의 얼굴에 나타난 순간적인 불안감과 초조한 곤혹감을 알아챘다. 그러나 월요일에 엑스선 스크린 뒤에 누워야 하는 그녀에게 원하지도 않는 이야기를, 더욱이 이런 토요일 저녁에 굳이 조목조목 증상들을 들춰 가며 할 필요는 없다고 생각해서 화제를 다른 데로 돌리려고 했던 것이다.

"일반적으로 가정의 주치의는 평생 동안 가장 필요한 존재인데도 그런 제도가 사라져 버렸어. 의사를 만나는 일은 배우자를 만나는 일만큼이나 사적인 영역에 속하는 법이지. 요즘 같은 세상에는 그런 의사를 만나는 일이 좋은 아내를 만나는 일보다 어려워지고 말았어."

류드밀라 아파나시예브나가 얼굴을 찌푸렸다.

"네, 맞아요. 하지만 그렇게 되면 가정 주치의가 얼마나 많이 필요하겠어요? 우리 나라에서 시행되는 보편적인 무료 의료 제도에는 도입하기 힘들지 않을까요?"

"보편적인 의료는 가능하지만 무료는 안 되지." 오레셴코프가 명료하고 강한 어조로 자신의 주장을 이야기했다.

"하지만 무료 진료는 우리 의료 제도의 중요한 성과가 아닐까요?"

"과연 그럴까? '무료'라는 것은 무얼 의미할까? 환자들은 지불하지 않지만 대신 국가가 지불하고 있어. 그러니 결국 환자들이 지불하는 셈이지. 그런 진료는 무료 진료가 아니라 무책임한 진료가 되기 쉽지. 환자를 정성껏 돌봐 주는 의사가 있다면 그에게 얼마를 지불해야 할지 요즘은 알 수 없게 되었으니까. 허구한 날 그래프니, 작업 규정이니, '다음 분 들어오세요.'라는 말밖에 들을 수가 없잖아! 왜 그렇게 왔다 갔다 해야 하는 거야? 조사다, 조회다, 노동 능력 심의회다 하면서 의사가 환자의 허위 사실까지 밝혀내야 하는 지경까지 왔어. 환자와 의사가 원수지간이 되어 버렸다니까. 과연 이것을 의료라고 할 수 있겠나?"

결국 이런저런 증상들이 더해져서 나중에는 가장 좋지 않은 결과를 초래하게 된 것이다.

"물론 모든 치료비를 환자가 지불해야 한다는 이야기는 아니야. 하지만 처음 진료를 받을 때는 반드시 본인이 지불하도록 해야 해. 나중에 환자가 입원을 하거나 수술을 받아야 한다면 무료로 치료하는 것이 옳다고 생각해. 지금 일하는 병원만 해도 그렇지 않나? 왜 두 명의 외과 의사는 수술을 하는데, 나머지 세 의사는 멍하니 구경만 하고 있나? 그래도 봉급이 나오는데, 무엇 때문에 신경을 쓰겠어? 예를 들어 환자들이 직접 진료비를 지불하도록 했다고 치자고. 그러면 그 병원의 할무하메도프나 판쵸히나 같은 의사에게는 아무도 진료를 받으러 오지 않겠지. 그땐 그들도 아마 죽어라 뛰어다니게 될 거야! 류도치카! 아무리 능력이 있다 해도 어쨌든 의사의 능력은 환자들에게 어떤 감동을 주느냐에 달려 있지 않을까? 얼마나 인기가 있느냐에 달려 있다는 뜻이야."

"그럼 의사들이 각각의 환자에게 달려 있다고 쳐요. 하지만 그중에는 별 이상한 스캔들을 일으키는 환자도 있는데, 그런 환자에게……."

"아니면 원장에게 달려 있다고 해서 좋을 일이 뭐가 있겠나? 관리처럼 매달 경리부에서 봉급을 받는 것이 더 당당하다는 말인가?"

"하지만 정말 힘든 환자도 있어요. 이론적인 질문으로 성가시게 하는 경우에도 일일이 대답을 해 줘야 할까요?"

"물론이지. 모두 답변해 줘야 해."

"어떻게 다 응대할 수가 있겠어요!" 돈초바는 갑자기 흥분해서 적극적으로 대화에 나섰다. 집에서 슬리퍼나 신고 돌아다니다 보니 그렇게 한가한 이야기를 할 수 있는 것 아닐까 하는 생각까지 들었다. "지금 병원마다 얼마나 바쁜지 상상할 수도 없어요! 그런 것은 보지도 못하셨을 거예요."

오레셴코프는 류드밀라 아파나시예브나의 지친 얼굴을 보

고는 기분 전환을 시켜 주려고 했던 이야기가 별 도움이 되지 않았다는 것을 알아챘다. 그때 베란다로 향한 문이 열리며 개 한 마리가 들어왔다. 어찌나 크고 탐스러워 보이는지 마치 무슨 사연이 있어 사람이 네 발로 기어 다니게 된 것 같았다. 류드밀라 아파나시예브나는 물릴까 봐 겁이 났지만 슬픈 눈을 가진 현자 같은 개를 두려워할 필요는 없을 것 같았다.

자기가 들어오는 것을 보고 누군가가 놀랄 것이라고는 꿈에도 생각 못 한 개는 뭔가 생각에 잠긴 모습으로 방 안을 가만가만 걸어 다녔다. 자기가 들어왔다는 표시를 하는 양 딱 한번 탐스럽고 하얀 꼬리를 들어 공중에 휘두른 다음 꼬리를 내렸다. 아래로 늘어진 까만색 귀만 빼고 온몸이 황금빛과 흰색 털로 뒤덮이고 두 가지 색깔이 복잡한 무늬를 이루고 있었다. 등은 흰색 덮개를 씌운 것처럼 보였고, 옆구리는 반짝이는 금빛이었다. 엉덩이 부분은 오렌지색에 더 가까웠다. 녀석은 류드밀라 아파나시예브나에게 다가와 그녀의 무릎에 코를 대고 냄새를 맡았다. 그녀를 전혀 경계하지 않는 눈치였다. 녀석은 다른 보통 개들처럼 오렌지색 엉덩이를 탁자 가까이에 대고 앉지도 않았고 식탁 위 음식에 관심을 보이지도 않았다. 다만 머리를 약간 높이 쳐들고 네 다리로 서서, 일체의 욕망을 초월한 듯 크고 촉촉한 갈색 눈으로 탁자 너머를 바라보았다.

"오오, 이 녀석은 무슨 종이에요?" 류드밀라 아파나시예브나가 감탄하며 물었다. 그녀는 오늘 저녁 처음으로 자신의 병과 자신을 잊을 수 있었다.

"세인트버나드종이야." 오레센코프가 흐뭇한 표정으로 개를 쳐다보며 말했다. "다른 건 나무랄 데가 없는데, 귀가 너무 늘어져서 먹이통에 빠지는 게 문제야."

류드밀라 아파나시예브나는 개를 자세히 살펴보았다. 저런 개는 길거리의 혼잡한 곳에 데리고 갈 수도 없고, 버스나 전철에 태워 데리고 다닐 수도 없으리라는 생각이 들었다. 설인이 히말라야 산에서만 살 수 있듯이, 저런 개는 마당이 딸린 개인 주택에서나 살 수 있을 것 같았다.

오레셴코프가 고기만두 하나를 잘라 개에게 내밀었다. 보통 개들에게 하듯 던져 주는 것이 아니라 존중하는 태도로 녀석에게 권했고, 녀석 역시 의젓하게 그것을 이빨로 천천히 물어 가져갔다. 마치 배는 고프지 않지만 예의로 먹겠다는 표정 같았다.

점잖고 조용한 이 녀석이 등장하자 웬일인지 류드밀라 아파나시예브나는 마음이 가볍고 즐거워졌다. 돌아가기 위해 자리에서 일어서면서도 그런 생각이 들었다. 설사 수술을 한다고 해도 당장 모든 것이 끝나는 것도 아닌데 왜 도르미돈트 치호노비치의 이야기를 제대로 듣지 않았던 것일까 하고 생각했다.

"제가 정말 예의가 아니었어요! 저 아픈 것만 생각하고 선생님의 안부는 묻지도 않았네요! 선생님은 어떠세요?"

그는 그녀의 맞은편에 서 있었다. 그는 건장한 체구에 자세도 곧고, 시력도 아직 좋았으며, 귀도 잘 들렸다. 그는 그녀보다 스물다섯 살이나 위였지만 그것이 믿기지 않을 정도였다.

"지금은 괜찮아. 죽기 전에는 절대 아프지 않겠다고 결심했거든. 말하자면 졸지에 죽을 생각이야."

그는 그녀를 배웅하고 식당으로 돌아와 오랫동안 사용한 탓에 등받이가 다 닳고 누래져서 칙칙한 데다 휘어지기까지 한 흔들의자에 앉았다. 그는 흔들의자를 한 번 흔들고는 의자가 멈출 때까지 그대로 앉아 있었다. 흔들의자가 흔들리는 대로 몸을 맡긴 채 얼어붙은 듯 오랫동안 가만히 앉아 있었다.

그는 요즘 들어 자주 그렇게 휴식을 취해야 했다. 아내가 죽은 이후로 육체적인 힘을 회복하는 일 못지않게 정신적인 측면에서도 외부의 소리나 대화, 심지어는 그가 의사로서 해야 하는 모든 일로부터 자유로워지기 위해 깊은 침묵의 시간이 필요했다. 마치 그의 내면이 정화되고 투명해지기를 바라는 듯이.

그런 순간이면 모든 존재의 의미, 즉 자신의 오랜 과거와 얼마 남지 않은 미래, 죽은 아내와 어린 손녀, 그리고 모든 보통 사람들의 존재 의미는 그들이 매순간 몰두하고 심혈을 기울여 사람들이 존경해 마지않는 위대한 업적을 이루는 것에 있는 것이 아니라는 생각이 들었다. 존재의 의미는 각자에게 부여된 영원불멸의 형상을 얼마나 충실히 지켜내고 유지하느냐에 있다는 생각이 들었다.

고요한 호수에 비친 은빛 달처럼.

# 31
# 시장의 우상

마음속에 생겨난 긴장감은 사라지지 않고 계속되었다. 불쾌하다기보다는 오히려 마음을 들뜨게 하는 것이었다. 그것이 어디에서 시작되는지도 그는 정확하게 느낄 수 있었다. 가슴 앞쪽의 갈비뼈에서 시작되었다. 이 긴장감은 뜨거운 공기처럼 가볍게 가슴에 퍼져 나갔고, 기분 좋은 어떤 통증을 만들어 내기도 하고 지상의 소리가 아닌, 우리 귀로는 들을 수 없는 소리를 내기도 했다.

그런 감정은 지난 몇 주 동안 밤마다 조야를 향했던 감정과는 전혀 다른 것이었다.

그는 긴장감을 가슴에 소중히 간직한 채 그 소리에 계속 귀를 기울였다. 그는 젊은 시절 한때 이런 기분을 경험한 적이 있지만 그 후로 내내 잊고 지냈다는 것을 기억해 냈다. 그것은 어떤 감정일까? 얼마나 지속적이며 진실한 것일까? 그것은 자신을 자극하는 여성에게 달려 있는 것일까, 아니면 그 여성과 충분히 가까워지지 않았을 때 생기는 호기심에 불과하며 시간이 지나면 사라지는 것일까?

게다가 가까운 관계라는 표현도 지금 그에게는 아무 의미도 없었다.

아니면 관계가 있을까? 그의 가슴속에 유일하게 남은 희망은 오직 이 감정뿐이었다. 그래서 올레크는 마음속에 그 감정을 소중하게 간직하고 있었다. 그것이 자신의 삶을 충만하게 하고 삶을 장식해 주는 가장 중요한 것이 되었다. 올레크는 베가를 거의 볼 수 없었고, 어쩌다 지나치면서 잠깐 보는 것이 전부였지만 그녀가 존재한다는 것만으로도 암 병동 전체가 즐겁고 다채로웠으며, 그들이 언젠가 가깝게 지낸 적이 있다는 사실만으로도 이 암 병동이 생생하게 느껴진다는 사실에 자신도 놀랐다. 그녀는 얼마 전에 그에게 수혈을 해 주었다. 간호사가 같이 있었기 때문에 자유롭지는 않았지만 그래도 즐겁게 이야기를 나누었다.

그는 이곳에서 벗어나기 위해 안간힘을 썼지만 막상 퇴원할 날이 다가오자 아쉬운 마음이 들었다. 우시테레크로 돌아가면 이제 다시는 베가를 만날 수 없을 것이다. 어떻게 해야 하나?

오늘은 일요일이라 그녀를 볼 희망이 전혀 없었다. 대기는 따뜻하고 햇살은 밝게 빛났으며, 바람 한 점 없어서 일광욕을 하기에 더없이 좋은 날이었다. 올레크는 병원 뜰로 산책을 하러 나갔다. 따뜻한 기운에 몸을 맡기며, 일요일인 오늘 그녀는 어떻게 보내고 있을까, 무엇을 하고 있을까 상상했다.

올레크는 예전과 달리 힘없이 걸음을 옮겼다. 예전처럼 정해진 직선 코스를 당당한 자세로 똑바로 걸어갔다가 끝 지점에 도달해서 되돌아오는 방법으로 산책하지 못했다. 그는 힘없이 비틀거리며 걷다가 의자가 보이면 아무 곳에나 앉았고, 아무도 없는 빈 의자가 있으면 아예 몸을 쭉 펴고 드러눕기까지 했다.

오늘 그는 환자복 앞자락을 풀어헤치고 등을 구부린 채로 걷다가 이따금 걸음을 멈추고 고개를 뒤로 젖히며 나무를 올려다보았다. 연두색 새싹들이 절반이나 돋아난 나무도 있고 반의 반 정도만 새싹이 올라온 경우도 있었지만 참나무는 아직 싹이 나올 기미가 전혀 없었다. 그래도 모든 것이 아름다워 보였다!

여기저기 돋아난 잡초들이 어느새 소리 없이 쑥 자라 있었다. 진한 초록색만 아니었다면 작년에 자란 풀이 아직 남아 있는 것이 아닐까 하는 의심이 들 정도였다.

올레크는 가로수 길을 걷다 양지 바른 곳에 앉아 있는 술루빈을 발견했다. 그는 등받이가 없는, 폭이 좁고 조잡하게 만든 벤치에 앉아 있었다. 넓적다리를 의자 중간쯤에 걸치고 깍지 낀 두 손은 무릎 사이에 찔러 넣은 채 앞뒤로 몸을 흔들며 앉아 있었다. 밝은 햇살과 그늘이 교차하는 곳에 동그마니 떨어져 있는 의자에 머리를 떨구고 앉아 있는 그의 모습은 마치 상실의 조각상처럼 보였다.

그 순간 올레크는 굳이 술루빈을 피할 이유가 없었다. 그는 한 번도 그와 이야기를 나눌 기회가 없었지만 대화를 한번 나누어 보고 싶다는 생각은 했다. 올레크는 말이 없는 사람은 속에 든 것이 많다는 사실을 수용소에서부터 익히 알고 있었다. 더구나 올레크는 병실에서 논쟁이 벌어졌을 때 술루빈이 역성을 들어 준 것이 놀랍기도 하고 기쁘기도 했다.

그러나 그는 그냥 지나치려고 했다. 모두가 고독을 즐길 신성한 권리를 가지고 있다는 사실도 역시 수용소에서 터득했기 때문이다.

그는 장화 발로 자갈을 밟으며 멈출 생각을 하지 않고 그의 옆을 지나쳐 천천히 계속 걸었다. 술루빈은 장화를 신은 그의 발을 발견하자 고개를 들었다. 그는 '우리 병실에 같이 누워 있는 녀석' 정도로 생각했는지 그를 냉담한 표정으로 쳐다보았다. 올레크가 두어 걸음 더 옮겼을 때 술루빈이 나직이 말을 건넸다.

"잠깐 앉겠나?"

술루빈도 병원에서 주는 슬러퍼 대신 밑창이 두꺼운 실내용 신발을 신고 있었다. 그 덕분에 그도 여기까지 산책을 나와 앉아 있을 수 있었을 것이다. 모자를 쓰지 않은 머리에 얼마 남지 않은 백발이 드러나 있었다.

올레크는 계속 걸어가든 곁에 앉든 아무 상관 없지만 앉아서 나쁠 것 없다는 태도로 그 옆에 나란히 앉았다.

그는 어느 쪽부터 이야기를 시작하든 하나의 질문을 던져 한 사람의 모든 것을 풀 수 있는 대답을 얻어 낼 수 있었다. 그러나 그런 질문을 하는 대신 그냥 이렇게 물었다.

"모레지요, 알렉세이 필리프이치?"

그는 대답을 듣지 않아도 모레라는 것을 알았다. 병실의 모든 환자들이 술루빈의 수술이 모레라는 것을 알았던 것이다. 아직 병실에서는 말이 없는 술루빈을 '알렉세이 필리프이치'라고 부르는 사람이 아무도 없었기 때문에 그 호칭에는 힘이 실려 있었다. 마치 베테랑이 베테랑에게 말을 하는 것처럼 느껴졌다.

"마지막 일광욕을 하고 있지." 술루빈이 고개를 끄덕였다.

"마지막이라고 하지 마세요." 코스토글로토프가 나직하게 말했다.

그러나 그는 술루빈을 흘끔 쳐다보며 정말 마지막일지도 모른다고 생각했다. 술루빈은 힘이 하나도 없었고 식욕은 있었지만 아주 소량만 섭취했다. 나중에 배설할 때의 고통을 줄이기 위해서였다. 코스토글로토프는 술루빈의 병이 무엇인지 알았지만 다시 물었다.

"그래서 확실히 결정하신 거죠? 옆구리에 구멍을 내기로?"

마치 뽀뽀를 하듯 입술을 작게 오므리며 술루빈이 고개를 끄덕였다.

잠시 침묵이 흘렀다.

"암이란 것도 가지가지요." 술루빈이 올레크를 외면하고 앞을 똑바로 응시하며 말을 꺼냈다. "암에서 또 암이 생겨난단 말이지. 그중에서도 가장 비참한 것이 있는데, 바로 내 경우야. 내 병은 다른 사람들에게 물어볼 수도 없고, 이야기를 나눌 수도 없으니 말이지."

"저도 마찬가지예요."

"그렇지 않아. 아무리 그래도 내 경우가 더 심하지! 나는 훨씬 더 수치스러운 경우야. 수술 후가 더 두려워. 아주 운이 좋아 살아난다고 해도 사람들은 내 옆에 서거나 앉는 것을 꺼릴 테지. 지금 당신처럼. 모두들 두어 걸음 떨어져 있으려고 할 거란 말이야. 누군가 내 옆에 가까이 다가오려고 하면 오히려 내가 지금 이 사람이 싫은데도 간신히 참고 있구나 하고 지레짐작할 것 아니겠어. 그러니 사람들과 전혀 어울릴 수가 없게 되지."

코스토글로토프는 생각에 잠기며 입술 대신 꼭 다문 이 사이로 숨을 산발적으로 내뱉어 휘파람 같은 소리를 냈다.

"가장 고통스러운 사람이 누구인지는 알 수 없지요. 누가 더 성공했는지 비교하는 것보다 어렵습니다. 누구나 자신의 불행이 가장 힘들거든요. 예를 들어 저만 해도 제 일생이 가장 불행했다고 할 테니까요. 노인장께서 저보다 힘들게 사셨는지 어쨌는지를 제가 어떻게 알겠습니까? 제가 어떻게 제삼자의 입장에서 그것을 확신할 수 있겠습니까?"

"확신할 수는 없지. 잘못된 판단을 내리기 십상일 테니." 술루빈은 고개를 돌려 흰자위가 충혈된 커다랗고 깊은 눈으로 올레크를 가까이 쳐다보았다. "가장 힘든 사람이 바닷속으로 잠수하는 사람인지, 땅을 파는 사람인지, 사막에서 물을 찾아 헤매는 사람인지 누가 알겠나? 가장 고통스러운 사람은 아침에 집을 나올 때마다 문이 너무 낮아 항상 머리를 부딪히는 사람이지……. 그런데 내가 듣기로 당신은 전쟁에 나갔다가 그 후에 수용소에 있었다고 하던데…… 맞나?"

"네, 게다가 대학을 졸업하지도 못하고, 장교가 되지도 못하고, 영구 추방자 신세가 되었습니다." 올레크는 생각에 잠겨 담담하게 자신의 신상을 열거했다. "아, 한 가지 더 있는데, 암에 걸렸지요."

"암이라면 피차 마찬가지야. 다른 것이 있다면 당신은 아직 젊다는 점이고……."

"어떤 점에서 제가 젊다는 겁니까? 제가 아직 어리숙하다는 말씀인가요? 아니면 외모가 젊어 보인다는 것입니까?"

"다른 점에 대해서 내가 일러 주지. 당신은 아직 거짓말을 덜 했다는 사실이야, 알겠나? 덜 비굴했다는거. 그걸 알아둬요! 당신은 체포되었지만 우리는 소집당해서 당신들을 패라고 강요받았어. 당신은 판결을 받았지만 우리는 판결이 낭독될 때 박수를 치라고 강요받았고, 박수를 쳐야 했을 뿐 아니라 총살을 요구하라고 강요받았다고! 혹시 신문에 난 것 기억하나? 「미증유의 극악한 악행에 모든 인민이 한결같이 일어나……」라는 기사 말이야. 바로 이 '한결같이'라는 말이 무슨 뜻인지 알겠나? 모든 사람이 각각 다른데, 어떻게 갑자기 한결같이 한목소리를 낸단 말인가! 박수를 칠 때도 손을 높이 들어서 옆 사람이나 의장단이 볼 수 있도록 쳐야 했어. 누군들 살고 싶지 않았겠나? 누가 당신을 변호할 수 있었겠나? 누가 저항할 수 있었겠나? 지금 그 사람들은 모두 어디로 갔을까? 산업 당원[34]들에 대한 총살 찬반 투표를 할 때 만약 누가 기권이라도 할라치면, 반대가 아니라 기권이라도 할라치면 당장에 모두들 '해명하라! 해명하라!' 하면서 소리를 질러 대지. 그가 일어나서 잔 뜩 쉰 목소리로 '혁명 십이 년째인 지금은 유해 분자를 근절할 다른 방법을 찾을 수 있다고 생각합니다.' 하면 '저런 악당을 봤나!' '공범자다!' '간첩이다!' 하고 소리를 질러 대지. 그리 고 다음 날 아침이면 게페우[35]에서 소환장이 날아들어. 그리 고 결국 종신형을 받게 되는 거야."

그러고 나서 술루빈은 둥그런 머리를 이상한 나선형으로 빙빙 돌렸다. 그는 흡사 횃대에 앉아 있는 커다란 새처럼 의자 에 앉아 앞뒤로 몸을 흔들었다.

코스토글로토프는 그의 이야기에 휘말려서는 안 된다고 생 각했다.

"알렉세이 필리프이치! 각자의 입장에 달린 것 아닐까요? 당신이 우리 입장이었더라도 역시 고통스러웠을 것이고, 우 리가 당신들의 입장이었더라도 마찬가지로 순응할 수밖에 없 었을 겁니다. 하지만 분명한 사실은 당신처럼 뭔가 알고 있었 던 사람들만이 그 사실을 괴로워했다는 겁니다. 이미 사태를 알았던 사람들만요. 물론 그것을 믿는 사람들은 편했을 것입 니다. 그들은 자신의 손에 피가 묻었다고 해도 그것이 피라는 것을 알지 못했을 테니까요."

노인은 탐색하는 듯한 눈길로 곁눈질을 했다.

---

34) 1926~1930년에 소련에서 활동한 반혁명 조직의 일원. 1930년에 소련 의 지도적인 과학자와 경제학자 들이 반혁명적 산업당의 일원으로 활동한 파괴 분자로 몰려 사형당했다.
35) ГПУ(GPU). 소련의 정치적 보안을 맡은 비밀경찰.

"믿었던 사람들이라면 누구를 말하는 건가?"

"바로 접니다. 핀란드 전쟁[36]이 일어나기 전까지는 저도 믿었습니다."

"과연 그것을 믿은 사람은 얼마나 될까? 반대로 그것을 이해하지 못한 사람은 또 얼마나 될까? 아이들을 제외하고 말이야. 우리 나라 민중들이 갑자기 바보천치가 되기라도 했다는 말일까? 나는 그렇게 생각하지 않아! 과거에 우리 러시아의 농노들은 주인이 층계참에서 무슨 말을 하든 수염 덥수룩한 얼굴로 그저 싱글벙글 웃고 있었지. 주인이 보고 있고, 감독관들이 옆에서 보고 있으니 말이야. 그리고 절을 할 때가 되면 바로 모두가 '한결같이' 절을 했고. 그렇다면 농노들이 모두 주인을 믿었다는 말일까?" 갑자기 술루빈이 흥분해서 말했다. 그의 얼굴은 감정이 복받쳐 올라 일그러지고 온통 붉으락푸르락해지더니, 조용할 때와는 전혀 다르게 변했다. "모든 대학 교수들과 기술자들이 갑자기 파괴 분자가 되었다고 하면 민중들이 그것을 믿었겠나? 내전 시기의 뛰어난 사령관들이 모두 독일과 일본의 첩자였다고 한다면 민중들이 그것을 믿겠느냔 말이야. 레닌의 친위대가 모두 사상적 변절자였다고 말하면 믿겠느냔 말이지? 더구나 레닌의 모든 친구들과 친지들이 전부 민중의 적이었다고 하면 누가 믿겠어? 수만 명의 러시아 군인들이 조국을 배신했다고 하면 그것을 어떻게 믿

---

36) 1939~1940년에 벌어진 소련과 핀란드 사이의 전쟁. 이 전쟁에서 소련 붉은 군대의 전력이 형편없이 약하다는 것이 드러났고, 스탈린 통치의 미몽에서 깨어나기 시작했다.

는단 말인가? 노인부터 아이들까지 모든 러시아 민중이 거세되었다고 하면 그것을 믿을 수 있겠느냔 말인가? 민중이 그렇게 바보란 말인가? 어떻게 민중이 모두 바보가 될 수 있겠나? 미안하지만 민중은 영리하지. 그저 살기를 원했던 것뿐이야. 모든 위대한 민중에게는 법칙이 있어. 그것은 모든 것을 견디고 살아남지! 후손들이 우리 모두의 무덤 위에서 이 사람은 누구였느냐고 묻는다면 푸슈킨의 시가 대답이 될지 모르겠군.

　　　　암울한 우리 시대에는……
　　　　어디를 가든 인간은
　　　　폭군 아니면 배신자 그리고 죄수."

올레크는 몸을 흠칫했다. 그는 이 시구를 처음 들었지만 그 속에는 시인과 시대의 진실이 혼연일체가 되었을 때에만 표현될 수 있는 강한 확신이 담겨 있었다.

술루빈은 자신의 커다란 손가락을 치켜들고 그를 위협하듯 말했다.

"물론 푸슈킨이 그의 시에서 바보라는 표현을 하지는 않았어. 하지만 그는 그런 바보들을 알았고, 살아가면서 수없이 그들과 부딪쳤을 테지. 이제 우리에게 남겨진 길은 세 가지뿐이야. 나는 감옥에 들어간 일도 없고, 폭군이었던 적도 없었으니 결국 나는……." 술루빈은 웃음을 터뜨리며 기침을 해 댔다. "그렇다면……."

기침을 하자 그의 수염이 앞뒤로 흔들렸다.

"바로 그런 인생이었어. 그런데도 내가 당신보다 낫다고 생각하나? 나는 사는 내내 겁에 질려 있었어. 이제라도 바꿔 보려는 중이지."

코스토글로토프도 좁은 의자에 앉아 술루빈처럼 몸을 웅크리며 앞뒤로 몸을 흔들었다. 횃대에 앉은 볏이 달린 새처럼.

그들 앞으로 다리를 오그린 두 사람의 그림자가 비스듬히 짙게 드리워졌다.

"알렉세이 필리프이치! 그건 아닙니다. 그건 너무 직설적으로 판단한 것입니다. 제 생각엔 배신자란 누군가를 밀고하고 증언한 자들이라고 생각합니다. 그런 사람들만 해도 몇백만 명은 족히 될 겁니다. 수형자 두 사람, 아니, 세 사람당 밀고자가 한 명씩만 있다고 해도 몇백만 명이라는 숫자가 나옵니다. 그렇다고 모든 사람들을 밀고자라고 치부하는 것은 너무 극단적입니다. 푸슈킨은 매우 극단적이었습니다. 폭풍이 불면 나무들은 쓰러지고 풀들은 엎드립니다. 그렇다고 풀들이 나무들을 배신했다고 할 수 있을까요? 모든 사람은 각자의 삶이 있습니다. 직접 말씀하셨잖아요, 살아남는 것이 민중의 법칙이라고요."

술루빈은 얼굴을 잔뜩 찌푸렸다. 그러자 입술이 가늘어지고 눈이 보이지 않았다. 둥글고 커다란 그의 두 눈이 사라지자 그는 주름이 가득한 봉사처럼 변했다.

주름이 다시 사라졌다. 담배 색깔 눈동자는 충혈된 흰자 위에 둘러싸여 있었지만 이전보다 훨씬 맑아진 것 같았다.

"말하자면 고상한 가축 떼라고 할 수 있어. 혼자 남겨지는 것이 두려운 거지. 집단 밖에 남겨지는 두려움이랄까. 그것은 예부터 잘 알려진 사실이야. 프랜시스 베이컨이 16세기에 이미 우상에 대한 학설을 내놓지 않았나? 그가 말하기를 사람들은 순수한 경험에 따라 살려고 하기보다는 선입관으로 경험을 더럽히는 쪽을 더 편하게 여긴다고 했어. 바로 이 선입관을 우상이라고 하지. 베이컨은 그것을 종족의 우상이라고 했지. 동굴의 우상은…….”

그가 '동굴의 우상'이라고 하자 올레크는 연기가 가득 찬 곳에 모닥불을 피워 놓고 고기를 굽고 있는 원시인들과 깊숙한 곳에 희미하게 보이는 푸르스름한 우상이 서 있는 동굴을 머릿속에 떠올렸다.

“……그리고 극장의 우상도 있어.”

이 우상은 어디에 있을까? 극장 입구에 있을까? 아니면 휘장 위에 있을까? 아니지! 아마 극장의 광장, 광장 중앙에 있는 것이 더 자연스러울 것이다.

“극장의 우상이 무엇이죠?”

“극장의 우상이란 권위 있는 타인의 견해를 뜻하지. 사람은 보통 자신이 직접 경험하지 못한 것을 이해하려고 할 때 타인의 견해를 따르려고 하는 법이니.”

“네, 흔히 있는 일입니다!”

“심지어는 자신이 직접 경험하고도 자신을 믿지 못하는 경우도 있거든.”

“네, 저도 그런 사람들을 봤어요.”

“극장의 우상에는 과학의 논거를 맹신하는 것도 포함되지.

한마디로 말하면 타인의 오류를 자발적으로 받아들이는 경우라고 할 수 있어!"

"와, 대단하네요!" 올레크는 이 개념이 마음에 들었다. "타인의 오류를 자발적으로 받아들이는 것이라! 네, 정말 그러기도 합니다!"

"마지막으로 시장의 우상이라는 것도 있고."

아! 이것은 다른 것보다 쉽게 이해할 수 있었다! 시장에 운집한 군중들과 그들의 머리 위로 우뚝 솟아오른 석고상 같은 우상을 말하는 것이다.

"시장의 우상이란 인간 상호 관계나 공동생활에서 발생하는 오류를 말하는 것이지. 이것은 이성을 말살시키는 공식으로 사용되어 왔는데, 인간을 옭아매는 잘못된 것이야. 자, 예를 들어 보면 '인민의 적이다!' '우리 편이 아니다!' '배신자다!' 하고 소리쳐 봐. 그럼 모두가 뒷걸음질을 칠 거야."

술루빈이 양손을 신경질적으로 내저으며 자기주장을 이야기하는 모습은 흡사 날개 잘린 새가 어떻게든 날아보려고 안간힘을 쓰는 것처럼 보였다.

이제 막 싹들이 돋아나는 참이라 나뭇가지 사이에 빈틈이 많아 아직 그늘을 드리워 주지 못했고 그들의 등 뒤로 봄볕 같지 않은 따가운 햇살이 내리쬐었다. 작열하는 남국의 열기가 시작되기 직전의 하늘은 한낮의 하얀 뭉게구름 사이로 파랗게 물들어 있었다. 그러나 술루빈은 그것을 쳐다보려고도 하지 않고, 믿으려 하지도 않은 채 머리 위로 손가락을 치켜들고 휘둘러 대며 말했다.

"그 모든 우상들 위에는 공포의 하늘이 있어! 잿빛 구름이 드리운 공포의 하늘이지. 이따금 저녁이면 태풍이 부는 것도 아닌데, 짙은 잿빛 구름이 무겁고 낮게 드리우고, 여느 때보다 빨리 어둠이 내리고 캄캄해져서 온세상이 꺼림칙하게 느껴질 때가 있어. 그럴 때면 얼른 집으로 돌아가 화롯불 가까이에, 가족 가까이에 숨어들고 싶지. 나는 바로 그런 하늘 아래서 이십오 년 동안이나 살아왔어. 아니, 어쩌면 이십팔 년 동안인지도 모르겠군. 한번 계산해 봐. 오직 목숨만을 보존하기 위해 머리를 숙이고 침묵하며 살았단 말이야. 어느 땐 아내를 위해, 어느 땐 아이들을 위해 침묵했어. 그리고 또 죄 많은 내 몸을 위해서 침묵했던 거야. 그러나 아내는 죽고, 내 몸은 똥 자루가 되었어. 이젠 옆구리에 구멍도 내겠지. 게다가 무슨 까닭인지 아이들은 나에게 냉담해졌고. 전혀 모르겠어! 그런데 어느 날 갑자기 딸아이가 편지를 보내왔어. 그것도 세 번이나 말이지.(이곳이 아니라 집으로 보냈어. 이 년 동안에 말이지.) 그런데 나중에 알고 보니 당 조직에서 아버지와의 관계를 정상화하라는 요구가 있었던 모양이야. 알겠나? 그런데 아들한테는 아예 그런 요구조차 없었던가 보더군."

술루빈은 숱이 많은 눈썹을 잔뜩 찌푸리고 신경질적인 표정으로 올레크를 돌아보았다. 그런 그의 모습은 마치「루살카」[37]에 나오는, "내가 방앗간 주인이라고? 나는 까마귀야!"

---

37) 러시아 국민 음악파의 선구자 알렉산드르 다르고미시스키(1813∼1869)의 오페라.

라고 외치던 미치광이 방앗간 주인과 비슷해 보였다!

"이제는 나도 잘 모르겠어. 어쩌면 자식은 단지 꿈이었을지도 모르겠군. 아니면 원래 존재하지 않았던 것인지도……. 인간이 그냥 통나무는 아니잖아! 통나무들은 혼자 누워 있든 옆에 다른 통나무가 있든 아무 상관 없어. 그런데 나는 의식을 잃고 쓰러져 죽게 된들 언제 이웃에게 발견될지 모르는 상태로 살고 있지. 그런데도 여전히……. 내 얘기 좀 들어 봐. 내 이야기 좀 들어 봐!" 그는 혹시나 올레크가 듣지 않을까 봐 겁먹은 사람처럼 올레크의 어깨를 잡으며 말했다. "그런데도 여전히 나는 주변을 경계하고 눈치를 보고 있어! 지난번 병실에서 논쟁이 벌어졌을 때는 어쩌다 끼어들기는 했지만 페르간[38]에 서였다면 그렇게 말하지 못했을 거야. 더구나 직장에서였더라면 절대 못 하지! 지금 내가 당신에게 이런 이야기를 하는 것은 수술이 코앞에 다가왔기 때문이야! 그리고 다른 사람에게라면 이런 이야기를 하지도 않았을 테지! 바로 이런 이유라고. 이것이 바로 나란 사람이야. 나는 농업 대학을 졸업했어. 그리고 한 단계 더 높은 사적 유물론과 변증법적 유물론 과정도 마쳤어. 그리고 내내 모스크바에서 몇몇 전문 분야에서 강의를 해 왔지. 그러다가 한순간 거물들이 추락하기 시작했어. 농업 대학에서는 무랄로프가 당했고. 수십 명의 교수들이 쫓겨났지. 그리고 자아비판을 해야 했어. 나는 모든 걸 인정했어! 회개하라고 하더군! 그래서 나는 회개도 했어! 그 후로 살

---

38) 우즈베크 공화국 동남부의 마을.

아남은 사람이 몇 퍼센트나 될까? 나는 그 속에 포함되었어. 나는 순수 생물학으로 옮겼지. 안전한 항구를 찾은 셈이야! 그런데 그곳에서도 다시 대규모 숙청이 시작되었어! 생물학 교수들이 모조리 쓸려 나갔다고. 강의를 그만두라고? 좋아! 나는 기꺼이 그만두었어. 그리고 조수로 좌천 되었지. 낮은 직급도 기꺼이 수용한 거야!"

병실에서는 그토록 말이 없던 그가 어찌나 유창하게 말을 하는지! 연설에 익숙한 사람처럼 말이 술술 흘러 나왔다.

"그들은 뛰어난 학자들이 쓴 교과서를 폐기하고, 교과 과정도 바꾸었어. 나는 '좋습니다! 나는 전적으로 찬성합니다! 기꺼이 새로 배우겠습니다!' 하면서 순순히 받아들였지. 그랬더니 해부학, 생물학, 신경 병리학을 무지한 농학자[39]의 수업이나 원예 실습[40]처럼 개편해 보면 어떻겠냐는 제안이 들어오더군. '브라보! 그것 역시 동의합니다, 저는 찬성입니다!' 그다음엔 '아니, 이젠 조수직도 그만두시오!' 하더군. 그래도 여전히 '좋아요, 그렇게 하겠습니다! 저는 방법론 연구자나 되겠습니다.' 했지. 그다음에는 '아니, 당신의 희생은 아직 부족해! 방법론 연구직도 그만두시오' 하더군. 나는 '좋아요, 동의합니

---

39) 러시아 농생물학자 트로핌 리센코(1898~1976)를 말한다. 1964년 흐루쇼프 실각 때까지 러시아 생물학을 이끌었고, 반대자들을 비밀경찰에 밀고하여 숙청시켰다.
40) 러시아 원예학자이자 생물학자인 이반 미추린(1855~1935)을 말한다. 추위를 이겨 내는 과수 육종을 연구하여 좋은 품종을 많이 만들어 냈다. 그의 연구는 리센코에게 이어져 이른바 정치에 의한 과학의 전복을 뜻하는 리센코주의를 낳게 했다.

다. 도서관 사서나 하지요! 멀리 코간드[41]에서 말입니다!'라고 했어. 그렇게 나는 얼마나 많은 양보를 했는지 몰라! 그 대신 이렇게 살아 있지. 그리고 내 아이들은 대학을 나오게 되었어. 그런데 어느 날 도서관 사서에게 비밀 지령이 내려왔어. '사이비 유전학 서적들을 없애시오! 누구누구의 책을 모조리 없애시오!' 그게 뭐 어려운 일이겠어? 이십오 년 전 변증법적 유물론 강의 때 상대성 이론을 반혁명적 비문화주의라고 말한 사람이 바로 나였으니 말이야. 나는 바로 서류를 만들었고 당 조직과 특별 위원회가 거기에 서명을 하면 우리는 페치카에 책을 던져 넣었어. 유전학 서적들! 전위 예술 서적들! 미학 서적들! 윤리, 인공 지능학, 수학 책들까지도……."

그는 미친 까마귀처럼 웃어 대기 시작했다!

"……거리로 나와서까지 책을 태우는 연극을 할 필요까진 없었어. 우리는 조용한 구석에 앉아 페치카에 책을 던져 넣었지. 덕분에 페치카는 아주 따뜻했어! 나는 그 페치카에까지 떠밀려 간 거야. 대신 가족은 부양할 수 있었어! 내 딸은 나중에 지역 신문의 편집자가 되어 이런 서정시까지 썼으니까.

아니, 나는 물러서지 않으리!
용서를 구하지도 않으리.
싸워야 한다면 기꺼이 싸우리!
아버지의 목덜미를 부여잡고서라도!"

---

41) 우즈베크 공화국의 도시.

그의 환자복이 힘없는 날개처럼 늘어져 있었다.

"아, 네……." 코스토글로토프는 그것밖에 할 말이 없었다. "당신 말처럼 쉽지는 않으셨겠군요."

"바로 그거야." 술루빈은 한숨을 잠간 내쉬고는 자세를 바로잡더니 조용한 어조로 다시 말하기 시작했다. "어디에 이런 역사적, 시대적 변화의 비밀이 있다고 보는가? 똑같은 민중인데, 십 년 사이에 사회적 에너지를 모두 상실해 버렸고, 용기는 비굴에 자리를 내주고 말았어. 나만 해도 1917년 이래 계속 볼셰비키였는데 말이야. 탐보프 시의회에서 사회혁명당 멘셰비키들을 용감하게 몰아낸 일도 있는 나인데. 물론 두 손가락을 입에 대고 휘파람을 불어 댄 것이 전부였지만 말이야. 나는 내전에도 참가했어. 우리는 목숨도 아깝지 않았어! 우리는 세계 혁명을 위해 기꺼이 목숨을 바칠 각오가 되어 있었어! 그런 우리가 어떻게 되었나? 어떻게 우리가 이렇게 비굴해졌단 말인가? 가장 큰 원인이 무엇이었을까? 공포? 시장의 우상? 극장의 우상? 아, 다 좋아. 나는 보잘것없는 인간이지만 나데즈다 콘스탄티노브나 크루프스카야[42]는 어땠을까? 그녀는 알지도 못하고, 보지도 못했을까? 왜 그녀는 목소리를 높이지 않았을까? 목숨을 걸고서 한 번이라도 우리 모두를 위해 나섰다면 얼마나 가치 있는 일이었겠나? 그랬다면 우리는 모두 달라지거나 버텨 냈을지도 모르는데. 더 이상 사태가 커지

---

42) 레닌의 부인. 스탈린을 레닌의 후계자로 인정했다는 비난을 받았다.

지 않았을지도 모르잖아? 오르조니키제[43]는 어땠나? 독수리라고 불리던 사람 아니었나! 실리셀부르크 감옥[44]도, 유형도 그를 굴복시키지 못했지. 그런데 왜 단 한 번도 스탈린에 반대하는 발언은 하지 않았을까? 두 사람 모두 수수께끼 같은 죽음을 맞이했거나 자살을 택했지. 그것이 과연 용기 있는 행동이었을까? 나에게 설명 좀 해 봐!"

"알렉세이 필리프이치! 제가 어떻게 그 이유를 알 수 있겠습니까! 당신이 저에게 이야기해 주셔야지요."

슐루빈은 한숨을 내쉬고는 의자 위의 몸을 바로해 보려고 했다. 그러나 아무리 해도 계속 통증이 느껴졌다.

"다른 질문을 하나 하고 싶은데…… 자네는 혁명 후에 태어난 세대인데도 수용소에 들어가지 않았나? ……사회주의에 실망하지 않았어? 어땠나?"

코스토글로토프는 애매한 웃음을 지었다.

슐루빈은 의자를 짚고 있느라 힘이 빠진 한 손을 들어 올레크의 어깨 위에 얹었다.

"젊은 친구! 다시는 그런 실수를 반복하지 마! 자신의 고통과 이 잔인한 시대 때문에 사회주의가 잘못된 것이라는 결론을 내리지는 마. 자네가 어떻게 생각하든 자본주의는 역사에서 영원히 부정되었으니."

---

43) 그리고리 오르조니키제(1886~1937). 정치국 상임 위원이었으나 스탈린의 산업 정책을 반대했으며 그의 죽음에 대해 여러 의혹이 제기되었다.
44) 러시아 상트페테르부르크 동쪽 네바 강 상류의 성으로 이루어진 요새로, 18세기부터 감옥으로 사용되다가 1928년 이후 박물관으로 사용되고 있다.

"수용소에서는…… 개인 기업이 좋은 점이 많다고들 합니다. 살기가 더 편하다는 겁니다. 항상 물건이 있습니다. 어디에서 무슨 물건을 살 수 있는지 잘 알 수 있다는 거지요."

"이봐, 그것은 너무 속물적인 기준 아닌가! 개인 기업은 물론 유연한 부분이 있지만 그것은 아주 작은 부분에 국한된 것이야. 만약 개인 기업을 제대로 제재하지 않는다면 그 속에서 인간 짐승이라고 할까, 투기 인간이라고 할까, 지칠 줄 모르는 탐욕과 욕망을 추구하는 무리가 등장하게 되어 있어. 자본주의는 경제적 파탄이 오기 전에 윤리적 파탄이 먼저 왔어. 이미 오래전에!"

"하지만 말입니다." 올레크는 이마를 찌푸렸다. "지칠 줄 모르는 탐욕과 욕망을 추구하는 무리는 솔직히 말해서 우리 중에도 있습니다. 특허권을 가진 수공업자들만은 아닙니다."

"맞아!" 술루빈은 올레크의 어깨에 얹은 손에 더욱 힘을 주었다. "바로 제대로 된 사회주의가 아니기 때문이야. 우리는 아주 급격한 변화를 겪었어. 우리는 생산 수단이 바뀌면 사람들도 금방 바뀔 것이라고 생각했지. 하지만 그랬을까! 전혀 그러지 않았어. 인간은 생물이기 때문이야! 인간이 변하는 데는 수천 년이 걸리는 법이니까!"

"그럼 어떤 사회주의가 되어야 한다고 보십니까?"

"어떤 사회주의냐고? 궁금한가? 사람들은 흔히 '민주주의적' 사회주의라고 말하지. 하지만 그것은 사회주의의 본질을 말한 것이 아니라 도입 형태, 말하자면 국가 조직의 형태를 피상적으로 표현한 것에 불과해. 즉 머리를 잘라서는 안 된다는 선언일 뿐이지 사회주의가 무엇을 기반으로 세워져야 한다는 말은 없지. 사회주의는 생산물의 과잉 상태에서는 건설될 수 없는 법이야. 사람들이 언젠가 들소로 변해 그 생산물까지 짓뭉개 버릴 테니까. 더구나 끝도 없이 증오를 이야기하는 사회주의가 되어서도 안 돼. 공동의 삶을 증오 위에 세워서야 되겠나. 오랫동안 증오를 불태워 온 사람이 어느 날 갑자기 '이제 그만! 오늘부터는 증오하지 않겠어. 사랑만 할 거야.'라고 할 수는 없을 테니까. 어쩔 수 없어! 그는 자기 가까이에서 증오의 대상을 계속 찾아낼 테고 영원히 증오하며 살 거야. 헤르베크[45]의 시구는 잘 알겠지?

우리는 너무 오랫동안 사랑했어."

올레크가 따라 읊었다.

"이제는 증오할 때가 되었어![46]"

"학창 시절에 배운 시이지요."
"그렇지. 학창 시절에 배웠을 테지! 이것은 얼마나 무서운 이야기인가! 학교에서는 그 반대로 가르쳐야 했던 것 아닐까?

---

45) 19세기 독일의 정치 시인 게오르크 헤르베크(1817~1875).
46) Wir haben lang genug geliebt,
　　Und wollen endlich hassen!

우리는 너무 오랫동안 증오했어.

이제는 사랑할 때가 되었어![47]"

"증오는 떨쳐 버리고 이제 우리는 사랑해야 한다고! 바로 이런 사회주의가 되어야 한단 말이야."

"그럼 기독교적 사회주의여야 한단 말입니까?" 올레크가 지레짐작으로 말했다.

"기독교적 사회주의라고 하니 의문이 드는군. 히틀러와 무솔리니로부터 막 빠져나온 사회에 그런 이름을 가진 정당들이 있었는데, 도대체 누가 누구와 손을 잡고 그런 사회주의를 건설하겠다는 것인지 이해가 안 돼. 세기 말에 톨스토이가 실제로 우리 사회에 그런 기독교를 도입하려고 시도했지. 하지만 우리 현실에는 맞지 않는 옷이었고, 그의 설교는 현실에 전혀 부합되지 않았어. 우리의 회한과 참회와 반란과 도스토예프스키와 톨스토이와 크로포트킨[48]의 나라 러시아에 오직 하나의 올바른 사회주의가 있다면 그것은 도덕적 사회주의라고 생각해! 이것이 가장 현실적이야."

코스토글로토프는 얼굴을 찌푸렸다.

"그럼 도덕적 사회주의라는 것을 어떻게 이해하고 받아들여야 합니까?"

---

47) Wir haben lang genug gehasst,
   Und wollen endlich lieben!
48) 러시아 혁명 전후의 지리학자이자 무정부주의자 표트르 크로포트킨
(1842~1921).

"어려울 것 없어!" 술루빈은 다시 기운을 차렸고, 예의 그 까마귀 방앗간 주인 같은 당황한 표정도 사라졌다. 그는 밝은 표정으로 기운을 되찾아 어떻게든 코스토글로토프를 설득하겠다는 의지가 역력했다. 그러고는 강의를 하듯 또박또박 말했다. "모든 인간관계와 기본적인 원칙, 법률이 도덕에서, 오직 도덕에서 나오는 그런 사회를 세계에 보여 주는 거야! 아이들을 어떻게 교육시킬 것인가? 아이들에게 무엇을 가르칠 것인가? 성인들은 어떤 목적으로 노동에 임할 것인가? 그리고 여가는 어떤 식으로 보내야 할까? 이런 모든 고려 대상, 이 모든 것이 바로 도덕적 요구에 부합해야 한다는 거지. 학문 연구는 어떤가? 그 역시 도덕을 손상시키지 않아야 하며, 가장 먼저 학자 자신이 도덕적으로 깨끗해야 할 거야. 외교 문제도 마찬가지겠지! 어떤 분야에도 같은 질문을 던질 수 있어. 우리의 행동이 우리를 얼마나 부유하게 해 줄지, 얼마나 권력을 갖게 해 줄지, 혹은 얼마나 우리의 위신을 높여 줄지를 생각할 것이 아니라 그것이 얼마나 도덕적인가를 생각해야 한다는 거야."

"하지만 그것은 불가능한 것 아닙니까! 앞으로 이백 년은 있어야 될 것 같은데요! 그런데 잠깐만요." 코스토글로토프가 얼굴을 찌푸렸다. "이해되지 않는 것이 하나 있습니다. 당신의 물질적 기반은 어디에 있습니까? 경제적인 것이 가장 중요한…… 가장 우선시되어야 하지 않을까요?"

"우선시되어야 한다고? 사람 나름이야. 예를 들어 블라디미르 솔로비예프[49]는 도덕적 기반 위에 경제를 건설해야 하며, 그것이 가능하다는 아주 확실한 논리를 전개했지."

"어떻게 말입니까? 도덕이 우선이고, 그다음이 경제라는 것입니까?" 코스토글로토프가 의아스럽다는 듯 쳐다보았다.

"그렇지! 이것 봐, 자네는 러시아인이면서도 블라디미르 솔로비예프의 글을 한 줄도 읽지 않았다는 말인가?"

코스토글로토프가 입술을 삐죽거렸다.

"물론 이름은 들어 본 적 있겠지?"

"수용소에서 들었어요."

"그럼 크로포트킨의 글은 한 줄이라도 읽어 본 적이 있나? 「인간의 상호 부조」라는 글 말인데……."

코스토글로토프가 다시 입술을 삐죽거렸다.

"물론 그의 의견은 옳지 않아! 읽을 필요는 없어! 그럼 미하일로프스키[50]의 책은 읽었나? 아! 물론 읽지 않았겠지. 그의 이론에 반론이 제기된 이후로는 출판이 금지되고 모두 몰수당했으니까."

"저에게 언제 책 읽을 시간이 있었겠습니까! 더구나 책이란 것이 어디 있었겠습니까!" 코스토글로토프가 발끈해서 대꾸했다. "평생을 노동에 시달려 온 저더러 책을 읽었느니, 안 읽었느니 창피를 주시는군요. 군대에 있을 때 삽을 손에서 내려놓은 적이 없고, 수용소에서도 마찬가지였습니다. 영구 추방 중인 지금까지도 계속 괭이만 붙잡고 있었는데, 언제 책을

---

49) 러시아 시인, 철학자이자 종교가(1853~1900).
50) 러시아 혁명 전후의 사회학자이자 평론가 니콜라이 미하일로프스키
(1842~1904).

읽었겠습니까?"

그러자 눈이 동그랗고 눈썹이 짙은 술루빈의 얼굴에 결정적 순간이 왔다는 듯한 흥분된 표정이 나타났다.

"바로 그것이 도덕적 사회주의라는 것이지. 인간은 행복을 지향해서는 안 된다는 거야. '행복'이라는 것도 결국은 시장의 우상 아니겠나! 우리는 상호 부조를 지향해야 해. 먹이를 찾아 헤매는 짐승들도 행복은 느끼지 않겠나? 상호 부조는 오직 인간만이 가능한 것이야! 바로 이것이 인간이 할 수 있는 최선이라고!"

"아니요, 행복만은 예외로 해야 합니다!" 올레크가 힘주어 말했다. "죽기 전 몇 달 만이라도 행복을 누리게 해 주어야지요! 그렇지 않다면 다 무슨 소용이……."

"행복이란 것도 환상에 불과해!" 술루빈이 남은 힘을 다해 자기주장을 펼쳤다. 그의 얼굴이 창백하게 변했다. "자식들을 기를 때는 행복했지. 그런데 자식들이 내 가슴에 못을 박았어. 그 행복을 위해 나는 페치카에 책을 쑤셔 넣지 않았겠나. 더구나 '미래 세대의 행복'이라니? 과연 누가 그것을 미리 안단 말인가? 어떤 우상을 섬길지 미래 세대와 이야기를 나누어 본 사람이 있겠나? 세대에 따라 행복이란 개념도 많이 바뀌는데, 그것을 미리 준비한다는 것은 어불성설이지. 빵이 지천에 깔리고 우유가 넘쳐 난다고 해서 우리가 행복해지는 것은 아니야! 물론 굶주린 사람에게 빵을 주면 당장은 행복하겠지! 그러나 인류가 오직 행복과 번식에만 관심을 갖는다면 이 땅의 인구는 폭발적으로 증가할 것이며, 공포스러운 사회가 될 거야. 그건 그렇고 지금 내 상태가 아주 좋지 않으니…… 가서 좀 누워야겠어."

올레크는 그렇지 않아도 늘 고통스러워하던 슐루빈의 얼굴에 핏기가 싹 가시고 사색이 되었다는 것을 미처 알지 못했다.

"알렉세이 필리프이치, 제가 부축해 드리겠습니다!"

슐루빈은 자리에서 일어서기조차 힘들었다. 두 사람은 간신히 걸음을 옮겼다. 가벼운 봄기운이 그들을 에워싸고 있었지만 두 사람 모두 몸이 천근처럼 무거웠다. 뼈마디와 아직 붙어 있는 살점들, 옷과 신발과 머리 위로 쏟아지는 햇빛마저도 그들에게는 버겁고 힘겨웠다.

이야기를 하느라 지친 그들은 아무 말 없이 걸었다.

건물의 그림자가 드리워진 암 병동 계단 앞에 이르러서야 올레크에게 기대 있던 슐루빈이 고개를 들어 푸르른 하늘을 올려다보며 말했다.

"메스 아래서 죽고 싶지는 않은데…… 두렵군……. 얼마를 살았든 얼마나 고통스러운 삶을 살았든 여전히……."

그런 다음 그들은 현관 로비로 들어섰다. 탁한 공기와 악취로 가득 차 있었다. 두 사람은 높다란 층계를 한 계단 한 계단 올라섰다.

올레크가 물었다.

"지금까지 하신 이야기는 이십오 년 동안 굴욕을 당하고 후회하며 살아오는 동안 내내 생각하셨던 겁니까?"

"맞아, 후회하며 생각했지……." 슐루빈이 공허하고 무표정한 얼굴로 힘없이 말했다. "페치카에 책을 던져 넣으면서도 생각했지. 나는 누구인가? 그렇게 고통을 당하고 배신 행위도 했는데, 양심이 있다면 무언가 생각한 것이 있을 것 아닌가?"

# 32
## 다른 측면에서

돈초바는 지금껏 수많은 반복을 통해서 확실하다고 자신했던 어떤 것이 어느 순간 전혀 낯설고 새로운 것으로 바뀔 수 있다는 것을 사실을 한 번도 생각해 보지 못했다. 그녀는 삼십 년 동안 환자를 치료해 왔고, 그 가운데 이십여 년은 스크린 앞에 앉아 엑스선 사진을 판독했다. 얼굴을 찡그리며 애원하는 환자의 눈을 수없이 마주하고 검사 결과와 참고 서적을 대조해 논문을 써서 발표하며 동료 전문가들과 논쟁하고 환자들과 씨름하는 동안 그녀의 경험과 사물을 보는 관점은 점차 확고해지고, 의학적 이론은 한층 논리 정연해졌다. 그녀는 모든 질병에는 병의 원인, 증상, 진단, 경과, 치료와 예방, 예후 등이 있을 뿐이고, 환자의 저항이나 의혹, 공포 등은 인간의 보편적인 약점으로 의사의 동정을 불러일으키기도 하지만 의학적으로는 전혀 가치가 없다고 생각했고 논리적인 측면에서도 거의 무시해 버렸다.

지금껏 그녀는 인간의 몸은 모두 똑같은 구조로 이루어져 있으며, 하나의 해부도로 모든 인간을 설명할 수 있다고 생각했다. 일상적인 생리 현상과 감각 기능도 모두 동일한 것으로 치부했다. 권위 있는 여러 자료들을 통해 정상적인 것과 비정상적인 것을 모두 합리적으로 설명할 수 있었다.

그런데 갑자기 며칠 전, 바로 그녀 자신의 몸이 이런 질서 정연한 체계에서 떨어져 나와 단단한 땅바닥으로 추락한 것이다. 그녀의 몸은 언제 아플지, 언제 괴성을 지를지 모를 장기들로 가득 찬 가엾은 자루에 불과해진 것이다.

며칠 사이에 모든 것이 뒤죽박죽되었고, 이전에 알던 모든 것들이 전혀 이해할 수 없는 공포의 대상으로 변해 버렸다.

언젠가 그녀의 아들이 아직 어렸을 때, 둘이서 함께 어떤 그림을 본 적이 있었다. 주전자, 숟가락, 의자 같은 아주 단순한 집안 물건들이 특이한 관점에서 그려져 있어 무엇을 그린 것인지 알 수 없는 그림이었다.

바로 그 그림처럼 지금 그녀는 자신의 병의 진행 상태나 새로운 치료의 입장 등을 전혀 판단할 수 없게 된 것이다. 이제 그녀는 합리적이고 주도적인 원동력으로 진료에 임할 수도 없게 되었을 뿐만 아니라 형편없이 망가진 작은 몸뚱이에 불과한 존재가 되어 버렸다. 발병을 알게 된 그 순간, 그녀는 개구리처럼 납작하게 짓눌려 버리고 말았다. 병을 최초로 인지했을 때 그녀는 도저히 인정할 수가 없었다. 세상이 뒤집어지고 모든 사물의 질서가 뒤집어져 버렸다. 아직 죽지도 않은 채 남편과 아들, 딸과 손자를 버려야 했고, 자기 일도 버려야 했다. 그녀의 일은 이제 자신의 온몸을 대상으로 삼게 되었다. 결국 죽을지 살지도 모르고, 앞으로 얼마나 고통을 당할지도 알 수 없었으며, 그저 창백하고 파리한 허깨비로 변해 자신의 삶을 가득 채우던 모든 것들과 하루아침에 완전히 단절된 것이다.

평생 동안 그녀는 사치나 쾌락과는 거리가 멀었고 고통과 불안으로 얼룩진 삶을 살아왔지만 이제 와 생각하니 그 삶이 얼마나 아름다웠는지 알게 되었고, 그런 삶과 이별해야 한다는 것이 견딜 수 없었다!

일요일인 오늘은 그녀에게 휴일이 아니라 내일 있을 엑스선 검사를 위해 마음의 준비를 해야 할 날이었다.

약속대로 월요일 아침 9시 15분이 되자 도르미돈트 치호노비치가 베라 간가르트와 다른 방사선과 의사 한 명과 함께 어두운 방사선실에서 불을 끈 채로 어둠에 눈이 적응되기를 기다리고 있었다. 류드밀라 아파나시예브나는 옷을 벗고 스크린 뒤로 갔다. 조수가 바륨 용액이 든 첫 번째 컵을 건넸을 때는 하마터면 컵을 엎지를 뻔했다. 고무장갑을 낀 채 능수능란하게 수도 없이 복부를 촉진했던 그녀의 손이 떨렸던 것이다.

그녀가 익히 알던 모든 진찰 과정이 그녀에게도 똑같이 진행되었다. 촉진하고, 눌러 보고, 체위를 바꾸고, 손을 들게 하고, 심호흡을 시키는 등의 과정이었다. 그리고 나서 침대를 정리하고 그녀를 눕힌 다음 여러 각도에서 사진을 찍었다. 그다음에는 바륨 용액이 소화 기관에 더 깊숙이 퍼지기를 기다려야 했다. 그동안이라도 방사선 장치를 멈춰 둘 수 없었기 때문에 수련의는 순서를 기다리고 있던 환자들을 불러들였다. 류드밀라 아파나시예브나는 옆에 앉아 도와주려고 했지만 어지러워서 도울 수가 없었다. 그녀는 다시 스크린 앞에 섰고 바륨액을 마시고 사진을 찍기 위해 누워야 했다.

보통 방사선 검사 때는 숙연한 정적 가운데 간단한 지시만 들려오기 마련이었는데, 오늘 오레셴코프는 계속 젊은 여의사들과 돈초바에게 농담을 건네기도 하고, 학창 시절에 모스크바 예술 극장에서 소란을 피워 쫓겨난 이야기를 늘어놓기도 했다. 「어둠의 힘」[51]이 공연된 첫날 아킴[52]이 너무 사실적으로 코를 풀고 각반을 매는 것을 보자 도르미돈트는 친구와 함께 야유를 보냈다는 것이다. 그 후로 그는 극장에 갈 때마다 자기 얼굴을 알아보고 쫓아내지 않을까 겁을 먹었다고 했다. 다른 의사들도 진찰이 진행되는 동안 긴장감을 감추려고 쉬지 않고 이야기를 주고받았다. 그러나 돈초바는 간가르트가 힘없는 목소리로 간신히 입을 들썩이며 말하고 있다는 사실을 눈치챘다. 돈초바는 그 정도로 그녀를 잘 알았다!

그러나 돈초바는 그런 내색을 하고 싶지 않았다! 바륨액을 마시고 입을 닦으며 그녀는 다시 한 번 분명히 말했다.

"환자가 모든 것을 알고 있어서는 안 됩니다! 저는 항상 그렇게 생각해 왔고, 지금도 그렇게 생각합니다. 여러분이 진단

---

51) 농부의 일생을 그린 레프 톨스토이의 작품.
52) 「어둠의 힘」에 등장하는 늙은 농부.

을 내리는 동안 제가 자리를 비켜 드리겠어요."

그들도 그녀의 의견을 받아들였다. 류드밀라 아파나시예브나는 밖으로 나가 무슨 일이든 방사선과에서 할 만한 일을 찾아보려 했다. 진료 차트를 정리한다든가 그 외의 다른 할 일이 많았지만 아무것도 손에 잡히지 않았다. 잠시 후 의료진이 그녀를 불렀다. 그녀는 그들이 축하의 말을 건네며 그녀를 맞아 줄지, 베로치카 간가르트가 안도감을 표하며 그녀를 안아 주고 축하해 줄지 두근거리는 마음으로 안으로 들어갔다. 그러나 그녀가 기대했던 일은 일어나지 않았고, 또다시 촬영하고 촉진하는 일이 반복되었다.

류드밀라 아파나시예브나는 진찰자의 지시에 따르면서도 그것이 무슨 의미인지 생각하지 않을 수 없었고, 결국 입을 열었다.

"진찰하는 것을 보니 제 몸에서 뭔가를 찾고 있군요!" 그녀의 입에서 저절로 이런 말이 나오고 말았다

그녀는 그들이 위나 위의 말미가 아니라 위의 초입 쪽에서 종양을 찾고 있다는 것을 눈치챘다. 이 경우가 가장 어려운 사례였다. 가슴 일부분을 절개하는 수술이 필요하기 때문이었다.

"그러니까…… 류도치카……." 오레셴코프가 어둠 속에서 중얼거렸다. "자네는 조기 진단을 원하지 않나? 그래서 진찰 방법도 다른 거야! 한 석 달 정도 기다려 보면 어떨까? 그때는 바로 결론이 날 것 같은데."

"석 달 기다리는 것만도 감사하죠!"

근무가 끝나 갈 즈음에 가장 핵심적인 커다란 엑스선 사진이 나왔지만 그녀는 여전히 보고 싶지 않았다. 평소의 남성적인 활달한 태도는 온데간데없이, 천장에서 환하게 비치는 전등불 아래 놓인 의자에 멍하니 앉아 오레셴코프의 선고를 기다렸다. 진단이 아니라 결정을!

"자, 자, 그러면 우리 존경하는 돈초바 선생……." 오레셴코프가 부드러운 어조로 말했다. "존경하는 우리 전문의들 사이에 의견이 둘로 갈라졌습니다."

그러면서 그는 모가 난 눈썹 밑으로 기운 잃은 돈초바의 모습을 쳐다보고 또 쳐다보았다. 그 눈길에는 돈초바가 결단력과 불굴의 의지로 이 어려운 과정을 견딜 수 있기를 바라는 마음이 드러나 있었다. 갑작스럽게 위축된 그녀의 모습은 평소의 그의 지론을 확실히 증명해 주었다. 현대인들이 죽음의 신 앞에서 너무 무기력하며 죽음을 맞이할 준비가 전혀 되어 있지 않다는 것이었다.

"더 비관적으로 보는 분이 누구예요?" 돈초바가 애써 웃으며 물었다.

(그녀는 그가 아니기를 바랐다!)

오레셴코프가 손가락을 폈다.

"비관적으로 생각하는 사람은 자네의 딸들이야! 바로 자네가 그렇게 교육을 시킨 것 아니었나? 자네의 상태를 가장 낙관적으로 보는 것은 나야." 그는 살짝 입꼬리를 올리며 그녀를 안심을 시켰다.

간가르트는 마치 자신에 대한 결정을 기다리기라도 하는

듯 창백한 얼굴로 앉아 있었다.

"어쨌든 감사해요." 돈초바는 기분이 조금 가벼워졌다. "그러면 결국 어떻게……."

지금까지 수많은 환자들이 이렇게 한숨을 돌리며 그녀의 진단 결과를 기다리곤 했지만 그녀의 결론은 언제나 이성적이며 수치에 의거한 논리적인 것, 전후를 살펴 검증한 것이었다. 그러나 한숨을 돌리는 그 순간 환자들이 얼마나 큰 공포를 느끼고 있었을지를 그녀는 이제 알 것 같았다.

"그러니까…… 말하자면 류도치카……." 조심스러운 말투로 오레셴코프가 말문을 열었다. "세상은 불공평한 거야. 자네가 우리와 한가족이 아니었다면 우리는 분명 양자택일하라는 진단서를 붙여서 곧바로 외과로 넘겼을 테고, 외과에서는 어딘가를 자르고 무엇인가를 떼어 냈을 테지. 보통 복부를 가르면 무엇이든 기념품 하나는 꼭 떼어 내려는 몰지각한 놈들도 있거든. 배를 갈라 보면 누가 옳은지 분명히 알게 되니까. 하지만 자네는 우리 가족 아닌가. 모스크바의 방사선 연구소에는 우리 가족인 레노치카와 세료자가 있잖아? 그래서 내린 결론은 자네가 그곳으로 갔으면 좋겠다는 거야……. 어때? 그들이 우리가 보낸 진단서를 보고 다시 검사를 하면 어떨까? 그러면 의견이 더 다양해질 테고 말이야. 만약 수술을 해야 한다면 그곳에서 수술을 하는 것이 나을 거야. 모든 면에서 그곳이 이곳보단 훨씬 나으니까, 그렇지 않나?"

(그는 "만약 수술을 해야 한다면"이라고 했다. 수술할 필요가 없을 수도 있다는 뜻으로 한 말일까? 아니면 더 심각한 의미가…….)

"그러면······." 돈초바가 눈치를 채고 말했다. "수술이 어려워서 이곳에서 하기 힘들다는 말씀입니까?"

"아니, 그런 뜻이 아니야!" 오레셴코프가 얼굴을 찡그리며 큰 소리로 말했다. "자꾸 내 이야기를 확대 해석하려고 하지 마. 우리는 그저 자네에게······ 뭐랄까? 가장 좋은 방법을 이야기하는 거야. 정 믿기지 않는다면······." 그가 턱으로 책상을 가리켰다. "여기 엑스선 사진을 가져다 직접 보면 될 것 아닌가."

그렇다, 그렇게 하면 간단하다! 그저 손을 뻗어서 그것을 분석하면 되는 것이다.

"아니요, 싫어요." 돈초바는 엑스선 사진을 외면했다. "보고 싶지 않아요."

결국 그렇게 하기로 결론을 내렸다. 원장과도 의논했다. 돈초바는 공화국의 보건부에도 다녀왔다. 어찌 된 영문인지 그곳에서 조금도 주저하지 않고 곧바로 허가증과 출장 증명서를 내주었다. 그러다가 문득 그녀는 이십오 년 동안이나 일을 했던 이 도시에서 실질적으로 그녀를 붙잡고 있는 것은 아무것도 없다는 생각이 들었다.

아직 자신의 병에 대해 아무에게도 말하기 전에 그녀는 그런 생각을 했다. 만약 누군가 한 사람에게라도 이 사실을 밝히면 순식간에 모두에게 알려지게 되고, 그러면 자신은 더 이상 아무것도 할 수가 없으리라고. 예상은 바로 들어맞았다. 모든 일상적이고 지속적인 관계, 아주 견고하고 영원할 것만 같던 관계가 며칠이 아니라 몇 시간 만에 조각나고 깨지고 말았다.

병원이든 가정이든 절대 없어서는 안 될 유일한 존재였던 그녀도 이렇게 순식간에 대체되고 마는 것이었다.

우리가 아무리 지상의 삶에 집착한다 해도 결국 지상에 영속할 수는 없는 존재들이다!

그렇다면 이제 와서 미룰 필요가 있을까? 급하게 방사선과 과장 역할을 인계받은 간가르트와 함께 그녀는 병실을 돌아다니며 마지막 회진을 했다.

회진은 아침에 시작되어 거의 점심때까지 이어졌다. 아무리 돈초바가 베로치카를 전적으로 신뢰했고, 자신이 아는 모든 것을 그녀가 잘 알고 있다 하더라도 앞으로 한 달 동안은 환자들과 만날 수 없고, 어쩌면 영원히 돌아올 수 없을지도 모른다는 생각으로 환자들의 침대를 돌기 시작하자 요즘 들어 처음으로 머리가 맑아지고 기운도 났다. 환자들에 대한 관심도 다시 살아나고 판단 능력도 돌아왔다. 아침에만 해도 최대한 빨리 인수인계를 하고 서류도 정리해서 집으로 돌아가 떠날 채비를 해야겠다고 생각했는데, 그런 생각이 모두 사라졌다. 그녀는 항상 자신의 일을 혼자 처리하는 데 익숙했기 때문에, 오늘도 환자 한 명 한 명에 대해 앞으로 한 달 동안의 예후를 일일이 점검했다. 병이 어떻게 진행될지, 어떤 새로운 치료 방법이 필요할지, 갑작스러운 사태가 발생하면 어떻게 해야 하는지 하는 문제들이었다. 그녀는 예전에 하던 대로 똑같이 병실을 돌아다니며 회진했다. 최근 들어 처음 맛보는 홀가분한 시간이었다.

그녀는 슬픔에 익숙해져 있었다.

어떤 용서받을 수 없는 잘못 때문이었는지 의사로서의 자격과 권리를 상실하게 되었지만 다행히 환자들에게는 아직 알려지지 않았다. 환자들에게 귀를 기울이며 무엇인가 결정하고 지시도 내리고, 짐짓 위엄 있는 눈길로 환자를 살펴보았다. 그러나 정작 그녀는 이미 타인의 삶과 죽음을 결정할 수 있는 위치가 아니었고, 며칠 후면 바로 자신이 병실 침대에 누워 있는 가련하고 어리석은 환자가 될 것이며, 외모가 어떻게 보이든 전혀 상관없이 노인들이나 유경험자들이 하는 이야기에 귀를 기울이게 될 것이라는 생각을 하자 등골에 싸늘한 한기를 느꼈다. 아플까 봐 겁을 내기도 할 것이며 병원에 대해 불평을 하거나 치료가 잘못되었다며 의심을 할지도 모를 일이었다. 병원 환자복을 입고 싶지 않다거나 밤이면 집에 돌아가고 싶다는 사소한 일상의 바람을 가장 커다란 행복으로 여기게 될 터였다.

그런 생각이 들자 그녀의 명석한 판단력도 금세 다시 흐려지고 말았다.

한편 베라 코르닐리예브나는 담당 부서 책임자의 자리를 물려받았지만 전혀 기쁘지 않았다. 기뻐하기에는 너무 가혹한 대가를 지불한 것이다. 더구나 그녀는 책임자가 되겠다는 꿈을 꾸어 본 적도 없었기에 더욱 그랬다.

베라가 돈초바를 '마마'라고 부르는 것은 괜한 말이 아니었다. 세 명의 의사 중에서 류드밀라 아파나시예브나에게 가장 비관적인 진단을 내린 사람이 그녀였다. 오랜 세월 동안 방사선에 노출되었던 그녀가 수술을 견뎌 낼 수 있을 것 같지 않았던 것이다. 오늘 마마와 함께 나란히 회진을 돌면서 어쩌면 오늘 회진이 그녀와 함께하는 마지막 회진이 될지도 모르고, 앞으로도 오랫동안 이 침상들 사이를 오갈 때면 자신을 의사로 키워 준 그녀를 가슴 아프게 기억하리라는 생각이 들었다.

그녀는 몇 번씩이나 손가락으로 남몰래 눈물을 훔쳤다.

그러나 베라는 어느 때보다 정확하게 환자들을 진단하고 중요한 모든 문제를 빠짐없이 물어보아야 했다. 이제부터는 환자 50여 명의 생명이 모두 그녀의 손에 달리게 되었으며, 물어볼 사람이 아무도 없게 된 것이다.

이렇게 불안하고 허전한 마음이 뒤섞인 채로 회진은 반나절 동안 계속되었다. 여자 환자들의 병실부터 시작된 회진은 다음으로 층계참에 있는 환자들과 복도에 누운 환자들로 이어졌다. 예전처럼 시브가토프의 침대에서 많은 시간이 지체되었다.

조용한 이 타타르인에게 얼마나 정성을 기울였는지 모른다! 하지만 병세는 지속되었고, 가엾은 그는 빛도 들지 않고 바람도 통하지 않는 층계참 구석에 오랫동안 누워 있었다. 시브가토프는 이미 엉치뼈를 지탱할 수 없게 되어 튼튼한 두 팔을 등 뒤로 돌려 간신히 상체를 지탱했다. 산책이라고 해 봐야 옆 병실로 가서 다른 사람들의 이야기를 듣는 것이 고작이었으며, 공기는 멀리 떨어진 통풍구에서 들어오는 것이 전부였고, 보이는 것이라고는 머리 위의 천장뿐이었다.

고통스러운 치료와 청소부들의 욕지거리, 조악한 식사와 장기 외에는 아무것도 없는 비참한 생활, 극심한 등 통증에도

불구하고 회진이 있을 때면 그의 지친 눈에 언제나 감사의 빛
이 어렸다.

돈초바는 그를 보며 일반적인 기준이 아니라 시브가토프의
입장에서 본다면 자신은 얼마나 행복한 사람인가 하는 생각
이 들었다.

그런 시브가토프도 오늘 류드밀라 아파나시예브나가 마지
막으로 회진한다는 이야기를 어디선가 들어 알고 있었다.

그들은 아무 말 없이 서로를 바라보았다. 두 사람 모두 패배
자이기는 하지만 서로 신뢰하는 동지가 되었다. 그러나 그들
은 이제 곧 정복자의 채찍에 서로 다른 곳으로 멀어질 운명이
었다.

돈초바가 눈빛으로 그에게 말했다. '아시죠? 샤라프! 내가
할 수 있는 일은 다 했어요. 하지만 이젠 나도 병이 들어 쓰러
지고 말았어요.'

'저도 알아요, 어머니…….' 타타르인의 눈이 대답했다. '나
를 낳아 준 어머니도 당신처럼 저를 보살펴 주진 않았어요. 그
런데도 저는 당신을 구할 수가 없네요.'

아흐마드잔의 예후는 아주 좋았다. 모든 것이 제대로 맞아
떨어진 경우였다. 정해진 치료법대로 모든 처치를 했고, 그 결
과 예상대로 효과가 나타났다. 류드밀라 아파나시예브나가
방사선 조사량을 계산하고 나서 말했다.

"퇴원하세요!"

퇴원을 하려면 아침 일찍 수간호사에게 알려 보관소에 있
는 그의 제복을 가져다 달라고 했어야 하지만 이제 지팡이 같

은 것이 필요 없어진 아흐마드잔은 곧바로 직접 아래층으로 내려가 간호사 미타를 찾았다. 이제는 하룻밤도 이곳에 있고 싶지 않았고, 그의 친구들도 오늘 밤 스타르이고로드에서 그를 기다리고 있을 터였다.

바짐 역시 돈초바가 방사선과를 인계하고 모스크바로 갈 것임을 알았다. 류드밀라 아파나시예브나와 바짐 두 사람을 수신인으로 하는 엄마의 전보가 어젯밤 도착했는데, 드디어 콜로이드 금을 병원으로 보냈다는 것이다. 바짐이 다리를 절뚝거리며 곧바로 아래로 내려갔을 때 이미 돈초바는 보건부에 가고 없었고, 베라 코르닐리예브나가 대신 전보를 보고 그에게 축하를 건넸으며, 콜로이드 금이 방사선 관리부에 도착하는 즉시 그의 치료를 담당할 방사선 기사 옐라 라파일로브나도 소개해 주었다. 그때 지친 표정으로 돌아온 돈초바도 전보를 읽더니 멍한 표정으로 가까스레 기운을 내고 고개를 끄덕였다.

바짐은 어젯밤 도저히 잠을 이룰 수 없었다. 아침이 되자 언제 콜로이드 금이 도착할지 궁금했고, 만약 엄마에게 직접 전해 주었다면 벌써 오늘 아침에는 이곳에 있을 텐데 하는 아쉬움이 들기도 했다. 여기까지 도착하는 데 사흘이 걸릴지, 일주일이 걸릴지 알 수 없어 안타까운 마음으로 그의 침대로 다가온 두 의사와 마주했다.

"며칠 내에 올 거야." 류드밀라 아파나시예브나가 그에게 말했다.

(그러나 그녀는 며칠이라는 말의 의미를 잘 알았다. 언젠가 모스

크바의 연구소에서 랴잔의 병원으로 보내는 조직 견본을 발송계의 여직원이 카잔으로 쓰는 바람에 관청에서는(항상 이런 일에는 관청이 끼게 마련이다.) 카자흐라고 잘못 읽고서 알마아타[53]로 보낸 일도 있었다.)

기쁜 소식이 사람을 어떻게 바꿀 수 있을까! 요즘 들어 그토록 우울해 있던 그의 새까만 눈동자가 희망으로 반짝이고, 삐죽하게 뒤틀려 올라갔던 그의 입술도 다시 활짝 펴져 생기가 돌았다. 깨끗하게 면도를 하고 말쑥하게 단장해 의젓해진 바짐은 생일 아침 선물을 잔뜩 받아 든 아이처럼 즐겁고 밝게 빛났다.

지난 두 주 동안 어쩌면 그토록 허약하고 기운이 없었을까! 구원은 의지에 달린 것으로, 의지가 전부이다! 이제는 달리면 된다! 이제 오직 하나, 3000킬로미터를 달려야 하는 콜로이드 금이 30센티미터의 전이보다 더 빠르게 달려오기만 하면 된다! 그러면 콜로이드 금이 그의 샅굴 부위를 깨끗하게 씻어 줄 것이고 나머지 육체도 모두 지켜 줄 것이다. 그럼 다리는 어떻게 될 것인가? 다리는 어쩔 수 없이 제물이 될 수밖에. 물론 과학적으로 도저히 불가능하다는 것은 알지만 어쩌면 방사능을 가진 금이 위력을 발휘해 다리도 치료해 줄지 누가 알겠는가?

바로 살아남아야 한다는 사실에 모든 정당성과 합리성이 있는 것이다! 죽음과 타협해서 검은 표범이 자신을 물어뜯도

---

53) 랴잔은 모스크바 남동쪽의 도시로 카자흐스탄 남동부의 도시 알마아타와는 약 3,600킬로미터 거리이다.

록 내버려 두려던 생각은 어리석고 무기력했으며, 어이없는 일이었다! 그는 자신의 번뜩이는 재능으로 살아남겠다는 의지를 불태우고, 결국 살아남을 것이다! 한밤중 그는 이런저런 상상을 하면서 설레임으로 잠을 이루지 못했다. 콜로이드 금이 담긴 납 상자는 지금 어디쯤 와 있을까? 기차 화물칸에 있을까? 아니면 비행장으로 가는 중일까? 아니면 벌써 비행기에 실려 오는 중일까? 그는 3000킬로미터나 떨어진 캄캄한 밤하늘을 머릿속에 그리며, 만약 천사가 있다면 천사들에게라도 도움을 청해서 가능하면 빨리, 더 빨리 그것이 도착하기를 고대하고 고대했다.

그는 회진하는 동안 의사들의 행동을 의혹의 눈으로 지켜보았다. 의사들은 불길한 이야기는 비치지 않았고, 아무런 낌새도 내비치지 않으려 애쓰며 촉진했다. 진찰하는 의사들은 계속 간뿐만 아니라 여러 부분을 촉진했고, 서로 무슨 말인가를 주고받았다. 바짐은 의사들이 다른 부분보다 간에 더 중점을 두고 촉진하지는 않는지 눈치를 살폈다.

(의사들은 이 환자가 집요하며 아주 신중하다는 것을 알았기 때문에 사실 아무 필요가 없는데도 손가락으로 비장까지 촉진했지만 그들이 진짜 촉진하려 한 것은 간 부위의 변화였다.)

쉽게 지나칠 수 없는 또 한 명의 환자는 루사노프였다. 언제나 그는 의사에게 특별한 대우를 요구했다. 요즘 들어 그는 의사들에게 아주 호의적인 태도를 보였다. 이곳 의사들은 교수나 명예 교수는 아니었지만 병을 호전시켜 준 것은 사실이었다. 목의 종양은 이제 납작하고 작아져 이리저리 덜렁거릴 정도가 되었다. 어쩌면 그의 병은 처음 놀랐던 것처럼 그렇게 위험한 것이 아닌지도 몰랐다.

"선생님……." 그가 의사에게 향해 말했다. "저는 정말 주사 맞기에 지쳤습니다. 벌써 스무 번도 넘었잖아요. 이 정도면 괜찮을 것 같은 생각이 듭니다만? 아니면 집에서 치료를 받을 수는 없을까요?"

실제로 네 번이나 수혈을 했지만 그의 혈액은 그다지 좋아지지 않았다. 얼굴도 누렇게 뜨고 지친 데다 잔뜩 주름이 져 있었다. 쓰고 있던 타타르풍 모자도 헐렁해 보였다.

"어쨌든 선생님들께 감사드립니다! 처음에는 제가 잘못 알고 있었습니다." 루사노프가 돈초바에게 솔직하게 고백했다. 그는 원래 자기 잘못을 고백하기를 즐겨 했다. "선생님이 저를 낫게 해 주셨습니다. 감사합니다."

돈초바는 어색하게 고개를 끄덕였다. 겸손하다거나 당황해서 그런 것이 아니라 그가 자신의 상태를 잘 알지 못하고 한 이야기였기 때문이었다. 그의 종양은 다른 여러 림프샘으로 전이되기 쉬운 것이었다. 그가 앞으로 일 년을 더 살지 어쩔지는 전이 속도에 달려 있었다.

물론 그녀 자신도 마찬가지였다.

그녀와 간가르트는 그의 겨드랑이와 쇄골 위쪽을 세게 촉진했다. 어찌나 세게 했는지 루사노프가 움찔할 정도였다.

"거기엔 아무것도 없어요!" 그가 완강하게 주장했다. 보아하니 의사들이 이 병으로 자신을 겁준 것이 분명해 보였다. 하지만 자신은 강한 사람이기 때문에 잘 이겨 냈다는 생각이 들었다. 이러한 강한 의지가 아주 자랑스러웠다.

"그러면 좋지요. 하지만 루사노프 씨가 스스로 주의하셔야 합니다." 돈초바가 끼어들었다. "앞으로 한두 번 주사를 더 맞고 나서 퇴원하세요. 하지만 매달 한 번씩 검사하러 나오셔야 합니다. 만약 어딘가 이상한 곳이 있으면 그 전에라도 진찰받도록 하고요."

그러나 루사노프는 기쁜 나머지 자기 경험상 정기적으로 진찰을 받으라는 이야기는 형식적인 조치일 뿐이며, 통계를 위한 것이라고 해석했다. 그러고는 기쁜 소식을 집에 알리려고 전화를 하러 갔다.

코스토글로토프의 차례가 되었다. 그는 상당히 복잡한 감정으로 그들을 맞이했다. 그들은 자신을 구해 주기도 했지만 자신을 죽이기도 했다. 통 속에 타르와 반반 섞여 있는 꿀은 먹을 수도 없고 바퀴에 칠할 수도 없지 않은가.

베라 코르닐리예브나가 혼자 진찰하러 오는 순간 그녀는 베가가 되었고, 그녀가 진료를 위해 질문을 하거나 무언가를 지시할 때도 그는 기쁨에 넘쳐 그녀를 바라보곤 했다. 그는 최근 일주일 동안 자신의 몸을 기어이 불구로 만들어 가는 그녀를 결국 용서했다. 자기 몸을 마음대로 처리할 권리를 그녀에게 주었다는 사실에 그는 몹시 느꺼운 기분이었다. 그녀가 회진을 하러 다가올 때면 언제나 그녀의 작은 손을 어루만지고 싶었고, 마치 개처럼 그녀의 손에 얼굴을 비비고 싶었다.

그러나 두 사람이 함께 다가오는 순간 그들은 사무적인 일에 국한된 의사일 뿐이었고 올레크는 당혹감과 모욕감에 휩싸이게 되었다.

"좀 어때요?" 그의 침대에 걸터앉으며 돈초바가 물었다.

베가는 그녀의 등 뒤에 서서 살짝 웃어 보였다. 그녀는 그를 배려하느라 그러는지, 어쩔 수 없어 그러는지 알 수 없었지만 그를 만날 때마다 예전처럼 살짝 미소를 보여 주곤 했다. 그러나 오늘은 그녀의 미소가 안개에 덮인 듯 흐릿해 보였다.

"그저 그렇지요, 뭐……." 침대 아래로 늘어뜨리고 있던 머리를 베개에 올리며 코스토글로토프가 지친 목소리로 대답했다. "여기 가슴 쪽에 조금만 잘못 건드려도 짓누르는 듯한 통증이 느껴집니다. 하지만 전체적으로는 조금 나아진 것 같아요. 이젠 치료를 그만하고 싶습니다."

그의 요구는 예전처럼 강하지 않았다. 그는 마치 남의 일처럼 더 이상 말할 필요도 없다는 듯 시큰둥하게 말했다.

돈초바도 시큰둥했으며 극도로 지쳐 있었다.

"당신이 어떻게 생각하든 당신 마음입니다. 하지만 치료는 아직 끝나지 않았습니다."

그녀는 방사선을 조사받은 피부를 살펴보기 시작했다. 피부 상태로 보면 치료가 거의 다 되고 있음을 알 수 있었다. 표피 반응은 조사가 끝난 후에 더 강하게 나타날 수도 있었다.

"이제 방사선을 하루에 두 번씩 조사하지는 않죠?"

돈초바가 물었다.

"한 번씩 하고 있어요." 간가르트가 대답했다.

(그녀는 '한 번씩'이라는 단순한 말을 했을 뿐인데, 가느다란 목이 떨리는 듯했고, 가슴을 울리는 아주 다정한 말이라도 한 것처럼

느껴졌다!)

여자의 긴 머리카락 같은 이상한 생명 줄이 이 환자와 그녀를 강하게 묶어 주는 것 같았다. 그 생명 줄이 팽팽하게 잡아당겨져 끊어질 듯했을 때 그녀 혼자 아픔을 느꼈다. 그는 전혀 아파하지 않았으며, 주위의 누구도 그것을 알아채지 못했다. 그가 밤마다 조야를 만난다는 이야기를 처음 들은 날에는 그 끈이 완전히 끊어진 것 같았다. 그때 그렇게 됐더라면 결과적으로 더 좋았을지도 모른다. 이 사건을 통해 남자는 자기보다는 더 젊은 세대의 여성을 필요로 한다는 것을 알게 되었다. 베라는 자신이 적령기를 넘겨 버렸다는 사실을 기억해 냈다.

그런데 그 후에 그는 그녀가 지나가기를 기다렸다가 그녀에게 말을 걸고 다정한 눈길로 이야기를 건넸다. 그러자 머리카락 같은 끈이 다시 하나로 연결되고 두 사람은 다시 새로 얽히게 된 것이다.

그 끈은 무엇이었을까? 설명이 불가능하고 목적도 없는 것이었다. 이제 곧 그는 이곳을 떠날 테고, 그가 살던 지역에 정착할 것이다. 그가 악화되어 죽음에 임박하면 이곳에 다시 올 수도 있지만 그가 건강해질수록 그럴 가능성은 점점 사라지고 끝내는 아주 없어질 것이다.

"시네스트롤은 얼마나 처방되었나요?" 류드밀라 아파나시예브나가 물었다.

"필요 이상으로 처방했습니다." 베라 코르닐리예브나가 대답하기도 전에 코스토글로토프가 원망스러운 목소리로 대답하고는 물끄러미 쳐다보았다. "평생 맞고도 남을 겁니다."

류드밀라 아파나시예브나는 보통 때 같으면 그렇게 무례한 말투를 용서하지 않고 크게 나무랐을 것이다. 그러나 그 순간 그녀는 통증이 심해져 겨우 회진을 마칠 정도였다. 더구나 이미 일터를 떠나게 된 마당에 개인적으로 코스토글로토프에게 반박을 할 수도 없었다. 치료가 야만적인 것은 사실이었기 때문이다.

"충고 한마디 할게요." 그녀가 다른 사람은 들리지 않도록 조용하게 말했다. "가정의 행복에 집착해서는 안 됩니다. 앞으로 몇 해 동안은 가정을 이룰 수 없을 겁니다."

베라 코르닐리예브나는 눈을 내리떴다.

"왜냐하면 당신이 병을 너무 방치해 두었기 때문이에요. 이곳에 왔을 때는 이미 늦었던 겁니다."

문제가 심각하다는 것은 코스토글로토프도 알았지만 돈초바에게 직접 이야기를 들으니 입을 다물 수가 없었다.

"으음……." 그는 신음 소리를 냈다. 그러고는 얼른 자신을 위로할 말을 찾았다. "네, 맞아요! 정부에서 다 알아서 배려해 주겠지요."

"베라 코르닐리예브나! 이분에게 체잔과 펜탁실을 계속 주사해요. 하지만 퇴원해서 쉬게 할 필요도 있어요. 코스토글로토프 씨! 이렇게 하면 어떻겠어요? 석 달분의 시네스트롤을 처방해 드리겠어요. 지금 약국에 있을 테니 구입해서 집에서 꼭 주사를 맞으세요. 집에서 주사를 맞을 수 없다면 알약으로 가져가도 됩니다."

코스토글로토프는 대꾸를 하려고 입술을 움찔거렸다. 첫

째, 자신에게는 어떤 집도 없다. 둘째, 돈도 전혀 없다. 셋째, 자신을 죽이는 그런 멍청한 짓을 할 만큼 바보가 아니다.

그러나 그녀의 얼굴색이 잿빛으로 변했고, 극도로 지쳐 보였기 때문에 대꾸를 하지 않는 것이 좋겠다고 생각했다.

그렇게 회진이 끝났다.

그때 아흐마드잔이 뛰어 들어왔다. 일이 잘 풀려 보관소에서 그의 옷을 내주기로 했다는 것이다. 오늘 저녁 그는 친구들과 한잔할 것이라고 했다! 그리고 진단서는 내일 받으러 오면 된다고 했다. 어찌나 흥분했던지 지금껏 이렇게 빠르고 큰 목소리로 말하는 것을 들어 본 적이 없을 정도였다. 동작도 어찌나 힘차고 씩씩한지 여기서 두 달 동안이나 누워 있었다고는 도저히 믿어지지 않았다. 짧게 깎은 머리와 중유같이 새까만 눈썹 밑에 드러난 눈동자는 취한 듯 이글거렸고 이제 곧 이곳을 나가 진정한 삶을 느끼게 되리라는 기대로 등골이 떨릴 지경이었다. 그는 서둘러 짐을 챙기다가 갑자기 손을 멈추더니 아래층에서 점심을 먹을 수 있게 해 달라고 부탁하기 위해 뛰어갔다.

코스토글로토프는 방사선실로 불려 갔다. 잠시 기다렸다가 방사선 장치 아래 몸을 뉘었고, 그다음에는 날씨가 오늘따라 왜 이렇게 흐린지 잠깐 살펴보려고 층계참으로 나갔다.

하늘에는 온통 잿빛 구름이 빠르게 흘러가고 그 뒤로 강한 비를 머금은 보랏빛 구름이 밀려왔다. 그러나 날씨가 따뜻해 그저 봄비에 지나지 않을 것 같았다.

산책을 하기에는 적당하지 않은 날씨여서 그는 다시 2층 병실로 올라갔다. 아흐마드잔이 흥분한 목소리로 크게 이야기하는 소리가 복도까지 들려왔다.

"글쎄 말이야…… 그 작자들을 군인들보다 잘 먹이고 있지 뭐야! 아주 괜찮았어! 식량이 모두 200그램이나 되니까 말이야. 그 작자들은 여물이나 먹여야 하는데! 일은 하지도 않아! 금지 구역54) 안에 데려다 놓기만 하면 바로 흩어져 어딘가에 숨어 하루 종일 잠만 잔다니까!"

코스토글로토프는 조용히 병실 안으로 들어섰다. 시트와 베개 커버를 벗긴 침대 위에 보따리를 꾸려 올려놓은 그는 반짝이는 흰 이를 드러내고 손을 휘저어 가며 병실 환자들에게 마지막으로 떠들어 대고 있었다.

병실도 이제는 많이 변해서 이미 페데라우도 없었고, 철학자도, 술루빈도 없었다. 무슨 까닭인지 올레크는 아흐마드잔이 이전 환자들에게 그런 이야기를 하는 것을 한 번도 들은 적이 없었다.

"그래서 그곳에서는 아무것도 짓지 않았나?" 코스토글로토프가 조용히 물었다. "그 지역에 아무것도 높이 세운 것이 없었느냐고?"

"물론 세우긴 했지." 아흐마드잔이 약간 당황해하며 말했다. "하지만 썩 좋은 건물은 아니었어."

"자네가 좀 도와주지 그랬어?" 힘이 다 빠진 사람처럼 더 힘없는 목소리로 코스토글로토프가 말했다.

---

54) 수용소의 가시철조망 양쪽 2미터 구역.

"우리는 소총을 들었고, 삽을 든 것은 그 작자들이었다고!"
아흐마드잔이 대뜸 대꾸했다.

올레크는 오늘 처음으로 그를 본 것 같은 느낌이 들기도 했
고, 한편으로는 털외투 깃에 얼굴을 파묻은 채 소총을 겨누던
그를 어디선가 계속 보아 왔던 것 같은 느낌도 들었다. 장기
외에는 아무것도 모르는 아흐마드잔은 사실 솔직하고 단순한
사람이었다.

어떤 일이 있었다는 사실을 앞으로 십 년, 이십 년만 이야기
하지 못하게 막는다면 사람의 기억은 되살아날 수 없을 정도
로 희미해져서 나중에는 같은 동포라도 화성인보다 더 이해
하기 어렵게 될 것이다.

"그런데 그 말이 무슨 뜻인가?" 코스토글로토프가 물러서
지 않고 대들었다. "그 작자들에게 여물을 먹여야 된다고 했
나? 설마 농담이겠지?"

"농담이 아니야! 그 작자들은 사람이 아니야! 사람이 아니
라고!" 아흐마드잔이 흥분한 채 자기주장을 꺾으려 하지 않
았다.

그는 다른 환자들이 그의 말을 믿었듯이 코스토글로토프도
믿을 것이라고 생각했다. 그는 올레크가 추방자라는 것은 알
았지만 수용소에 있었다는 사실은 몰랐던 것이다.

코스토글로토프는 루사노프의 침대 쪽을 슬쩍 쳐다보았다.
그가 왜 아흐마드잔을 편들고 나서지 않는지 이상했던 것이
다. 아니나 다를까 그는 지금 병실에 없었다.

"나는 자네가 단순히 군인인 줄만 알았는데, 알고 보니 그

런 군대에 있었던 모양이군." 코스토글로토프가 말을 길게 끌었다. "그러니까 베리야를 추종했다는 말씀이군 그래."

"나는 베리야가 누군지도 몰라!" 아흐마드잔이 화를 내며 얼굴을 붉혔다. "가장 꼭대기에 누가 있는지는 몰랐어. 난 그저 하수인에 불과해. 나는 선서를 하고 주어진 일을 했을 뿐이야. 당신한테 일을 시키면 시키는 대로 했듯이 말이야."

# 33
## 행복한 결말

그날 낮부터 비가 퍼붓기 시작했다. 비는 밤에도 계속되고 바람까지 불어 기온이 내려가더니 급기야 목요일 아침에는 비와 눈이 섞여 내렸다. 봄이 왔다고 덧창을 열어 놓았던 코스토글로토프 등은 할 말이 없었다. 그러다가 목요일 점심때부터는 눈이 비로 바뀌고 바람도 잦아들었다. 그러나 여전히 흐리고 추운 데다 음울한 날이었다.

저녁 어스름이 깔릴 즈음에는 서쪽 하늘 저편에서 황금빛 햇살이 가늘게 비쳐 들었다.

루사노프가 퇴원하는 금요일 아침에는 하늘에 구름 한 점 없이 맑았고, 이른 아침 햇살이 아스팔트 길과 잔디밭을 비스듬히 가로지르는 진흙 길에 고인 커다란 물웅덩이를 말리기 시작했다.

모두들 이제야 비로소 절대 되돌릴 수 없는, 진짜 봄이 왔다는 것을 느꼈다. 그들은 유리창에 붙여 놓은 방풍지를 뜯어 내고 빗장을 풀었으며, 덧창을 활짝 열어젖혔다. 아교 찌꺼기는 청소부들이 치우도록 그냥 마룻바닥에 내버려 두었다.

파벨 니콜라예비치는 보관소에 맡겨 놓은 짐도 없고 병원에 반납할 물품도 없었기 때문에 아무 때라도 퇴원할 수 있었다. 아침 식사가 끝나자마자 가족들이 그를 데리러 왔다.

놀랍게도 자동차를 운전하고 온 것은 라브리크였다! 어제 드디어 면허증을 딴 것이다! 마침 어제부터 방학이 시작되어 라브리크는 친구들과 저녁 모임을 즐기고 마이카는 실컷 놀 수 있게 되었다. 아직 어린 아이들이라 많이 들떠 있었다. 카피톨리나 마트베예브나는 큰 아이들은 집에 두고 작은 아이들만 데리고 왔다. 라브리크는 아버지를 집에 모셔다 드린 다음 친구들과 드라이브를 하게 해 달라고 졸랐다. 유라 못지않게 운전을 잘한다는 것을 보여 주고 싶었던 것이다.

필름을 되돌리듯 처음 이곳에 올 때와 반대로 모든 일이 진행되었다. 다만 이번에는 기분이 좋다는 점만 달랐다! 파벨 니콜라예비치는 파자마 차림으로 수간호사의 작은 방에 들어가 회색 양복으로 갈아입고 나왔다. 쾌활해 보이는 라브리크는 훤칠하게 생긴 미소년으로 푸른색 새 양복을 입고 있었고, 현관에서 마이카와 소란을 피우며 떠들지만 않았다면 다 큰 어른처럼 보일 정도였다. 그는 가죽끈으로 묶은 자동차 열쇠를 자랑스레 손가락으로 계속 빙빙 돌리고 있었다.

"자동차 문은 잠갔어?" 마이카가 물었다.

"응."

"창문도 다 닫았어?"

"가서 보면 되잖아."

마이카가 검은 머리카락을 흩날리며 달려갔다가 돌아왔다.

"모두 제대로 되어 있어." 그러다가 다시 놀란 표정을 지었다. "그런데 트렁크는 잠갔어?"

"다시 가서 보면 되잖아."

그러자 그녀는 다시 달려 나갔다.

출입구 현관에는 누런 액체가 담긴 유리병을 든 사람들이 줄을 지어 서 있었다. 지금도 여전히 피로에 지친 사람들이 앉을 자리가 나기를 기다리며 서 있고, 어떤 사람들은 의자에 아예 드러눕기도 했다. 파벨 니콜라예비치는 경멸하는 시선으로 그 광경을 쳐다보았다. 이제 자신은 이 상황을 모두 이겨낸 강한 존재임이 판명된 것이다.

라브리크가 아버지의 가방을 들고 나갔다. 커다란 단추가 줄줄이 달린 살구색 봄 코트를 차려입은 연갈색 머리의 카파는 기쁨에 넘쳐 훨씬 젊어 보였다. 그녀는 이제 모두 마무리했다는 듯 수간호사에게 고개를 끄덕여 보인 다음 남편에게 다가가 팔을 잡았다. 남편의 반대쪽 팔에는 마이카가 매달려 있었다.

"여보, 저기 좀 봐요, 저 애 모자 좀 봐요! 모자를 새로 샀어요. 줄무늬 모자예요!"

"파샤, 파샤!" 그때 뒤에서 누군가가 그를 불렀다.

모두들 뒤를 돌아보았다.

외과 병동에서 찰르이가 나왔다. 그는 아주 건강해 보였고,

얼굴색도 누렇지 않았다. 병원의 파자마와 슬리퍼만 아니었 더라면 환자로 보이지 않을 것 같았다.

파벨 니콜라예비치가 반갑게 그의 손을 잡고 말했다.

"카파! 여기 이분은 우리 병실의 영웅이에요. 인사해요! 위를 잘라 냈는데도 이렇게 웃고 있군요."

찰르이는 발뒤꿈치를 모으고 우아한 자세로 머리를 약간 옆으로 숙이며 카피톨리나 마트베예브나에게 인사를 했다. 그 모습은 한편으로는 공손해 보이고 한편으로는 우스꽝스럽 게 보였다.

"파샤, 전화번호를 적어 주게!" 찰르이가 재촉했다.

파벨 니콜라예비치는 마치 문이 가로막혀 있어서 무슨 말 인지 잘 들리지 않는 듯한 표정을 지었다. 찰르이는 좋은 사람 임에는 틀림없지만 자신과는 처한 환경이 다른 사람이고 사 고방식도 다르기 때문에 가까이해 봐야 별로 좋을 게 없다는 생각이 들었다. 루사노프는 어떻게 하면 공손하게 거절할 수 있을까 생각했다.

일행이 계단 앞으로 나왔을 때 찰르이는 바로 모스크비치 승용차를 발견했다. 벌써 라브리크가 차에 시동을 걸고 있었 다. "자네 차인가?" 하고 물어보기도 전에 벌써 눈으로 값이 얼마나 될지를 가늠했다.

"몇 킬로미터나 뛰었나?"

"아직 1만 5000킬로미터도 안 뛰었지."

"그런데 타이어가 왜 이렇게 닳았지?"

"그냥 좋지 않은 타이어가 걸린 거겠지, 뭐…… 노동자들이 일하는 꼴이 다…….”

“내가 좋은 걸 구해 줄까?”

“그게 정말인가, 막심?”

“그거야 문제가 아니지! 어려운 일이 아니야! 전화번호를 적어 줘!” 찰르이가 손가락으로 루사노프의 가슴을 쿡쿡 찔렀다. “여기서 퇴원하는 즉시 일주일 내에 좋은 타이어를 구해 주겠어!”

이제는 굳이 거절할 구실이 필요 없었다! 파벨 니콜라예비치는 수첩에서 종이를 한 장 찢어 내어 막심에게 자신의 회사와 집 전화번호를 적어 주었다.

“그럼 됐어! 나중에 전화하지!” 막심이 작별을 고했다.

마이카가 앞자리로 올라탔고, 부부는 뒷자리에 앉았다.

“잘 가게!” 막심은 손을 흔들며 그들을 배웅했다.

자동차 문이 닫혔다.

“잘 가게!” 막심이 군대식으로 경례를 붙이며 소리쳤다.

“이젠 어떻게 할까?” 라브리크가 마이카를 시험하느라 물었다. “이젠 뭘 해야 하지? 출발할까?”

“아니야! 우선 기어 상태를 살펴봐야 해!” 마이카가 부릉부릉하며 소리쳤다.

그들은 드디어 출발했다. 아직 군데군데 파여 있는 물웅덩이의 물을 튀기며 정형외과 병동의 골목길을 돌았다. 그때 잿빛 환자복을 입고 장화를 신은 키 큰 환자가 아스팔트 길 한가운데를 천천히 걸어가고 있었다.

“잠깐만! 저 사람 옆을 지날 때 경적을 울려라!” 파벨 니콜라예비치가 그를 알아보고 말했다.

라브리크가 크고 짧게 경적을 울렸다. 키 큰 남자는 깜짝 놀라 비켜서며 뒤를 돌아보았다. 자동차는 배기가스를 뿜어내며 그와 겨우 10센티미터 정도 사이를 두고 휙 지나갔다

"나는 저 사람에게 오글로예드라는 별명을 붙였어. 얼마나 불쾌하고 시기심이 많은지 말도 못해. 카파, 당신도 그를 본 적이 있을 거야."

"파시크! 그런 일에 놀랄 필요가 뭐 있어요!" 카파가 한숨을 내쉬었다. "행복한 사람을 보면 질투가 나게 돼 있어. 그래서 행복한 사람은 다른 사람의 질투도 견뎌 내야 하는 법이에요."

"계급의 적이란 말이에요!" 루사노프가 핀잔을 주었다. "다른 곳에서 마주쳤더라면……."

"그러면 치어 버렸어야 하는데, 왜 경적만 울리라고 했어요?" 라브리크가 웃으면서 슬쩍 뒤를 돌아보았다.

"한눈 팔지 말고 똑바로 봐!" 카피톨리나 마트베예브나가 깜짝 놀라며 말했다.

정말로 차가 크게 흔들렸다.

"한눈 팔지 마!" 마이카도 따라 말하며 큰 소리로 웃어 댔다. "엄마, 나는 돌아봐도 괜찮죠?" 그러고는 고개를 오른쪽으로, 왼쪽으로 돌리며 장난을 쳤다.

"당분간 여자애들 태우고 다니는 건 허락할 수 없다!"

드디어 차가 병원 구내를 벗어나자 카파가 창문을 내리고 뒤에 하얀 가루를 뿌리며 주문을 외듯 말했다.

"자, 다시는 이곳에 오지 않도록 해 줘! 병원에는 저주를 내

려 줘! 지금은 아무도 뒤를 돌아봐선 안 된다!"

한편 코스토글로토프는 그들의 차를 계속 노려보며 욕지거리를 퍼부었다.

하지만 일찍 퇴원하는 것이 좋은 방법이라는 생각도 들었다. 자신 역시 퇴원할 때는 꼭 아침에 나가야겠다고 생각했다. 다른 사람들처럼 낮에 퇴원하면 어디를 가든 도착하기도 전에 해가 저물기 때문이다.

올레크는 다음 날 퇴원하기로 했다.

햇볕이 따사롭게 내리쬐는 날이었다. 모든 것이 금방 달아오르고 바싹 말랐다. 우시테레크에서는 아마 이미 밭을 갈고 관개 수로를 정리하고 있을 것이다.

그는 천천히 걸으며 상상의 나래를 폈다. 아, 얼마나 행복한가! 혹독한 지난겨울 초주검이 되어 떠나왔는데, 이렇게 봄이 되고 그곳으로 돌아갈 수 있게 되었으니 말이다. 그리고 작은 채마밭에 씨도 뿌릴 수 있게 되지 않았나! 어떤 씨앗이든 땅에 씨를 뿌리고 싹이 트는 모습을 바라보는 일은 또 얼마나 큰 기쁨인가?

다만 다른 사람들은 모두 부부가 둘이서 밭일을 하지만 자신만은 혼자일 것이다.

그는 계속 걷다가 수간호사에게 들러야겠다고 생각했다. 언젠가 수간호사 미타가 매정하게 "병원에 자리가 없어요."라고 했던 것은 모두 덮어 두기로 했다. 이미 오래전부터 그들은 친하게 지냈다.

미타는 큰 계단 아래 창문도 없는 작은 방에 전등을 켜고 앉아 있었는데(산책을 막 마친 후라서 그랬는지 방 안은 숨도 쉬기 힘들 정도로 답답하게 느껴지고 눈도 아팠다.) 무슨 조사 카드 같은 것을 계속해서 한쪽 무더기에서 다른 쪽 무더기로 부지런히 옮기고 있었다.

코스토글로토프는 허리를 굽히고 문으로 간신히 들어가 말했다.

"미타! 부탁이 있어요. 굉장히 중요한 일이에요."

미타가 기다랗고 억세 보이는 얼굴을 들어 쳐다보았다. 태어날 때부터 예쁜 얼굴이 아니었던 그녀는 마흔이 된 지금까지도 그녀에게 키스를 하거나 다정하게 손으로 어루만져 주는 사람이 없었고, 생기를 불어넣어 줄 애무라곤 한 번도 경험하지 못했다. 결국 미타는 일만 하는 말이 되고 말았다.

"무슨 부탁인데요?"

"나는 내일 퇴원해요."

"오, 정말 잘됐네요!" 그녀는 첫눈에는 사납게 보이지만 사실은 아주 상냥한 여자였다.

"그것 때문은 아니고. 내일 저녁에는 시골로 출발해야 하는데, 낮에 시내에서 할 일이 많아요. 그런데 보관소에서 항상 옷을 늦게 가져다주니 시간이 부족해요. 그래서 말인데 미토치카! 오늘 미리 내 옷을 가져와 어디 놓아 두었다가 내일 아침 일찍 옷을 갈아입고 나갈 수 있게 해 주면 안 될까요?"

"원래 그렇게 하면 안 되는데." 미타가 한숨을 쉬었다. "혹시 니자무친이 알기라도 하면……."

"알 리가 없어요! 그것이 위반인 줄 알지만 미토치카……

인간이 규칙을 위반하지 않고 살 수는 없잖아요?"

"그러다가 내일 퇴원을 시키지 않으면 어떡해요?"

"베라 코르닐리예브나가 분명히 약속했어요."

"아무튼 그녀에게 직접 들어야 해요."

"알았어요. 지금 가서 다시 확인하고 오겠어요."

"그런데 소식 들었어요?"

"무슨 소식요?"

"올해 말에는 우리 모두 해방된대요! 아주 확실한 소식이에요!" 예쁘지는 않았지만 소문에 대한 이야기를 할 때는 금세 사랑스러운 얼굴이 되었다.

"누구 말입니까? 우리? 아니면 당신들?"

당신들이란 말하자면 소수 민족의 전문직 이주민[55]을 의미했다.

"당신들이든 우리든 모두요! 믿어지지 않지요?" 그녀가 불안한 심정으로 그의 의견을 기다렸다.

올레크는 머리를 긁적이며 얼굴을 찌푸리고는 한쪽 눈을 찡긋해 보였다.

"그럴지도 모르지요. 완전히 부정할 수도 없으니까요. 하지만 그런 똥통 같은 소문은 하도 많이 들어서 곧이곧대로 믿을 수가 없으니······."

"하지만 이번엔 진짜래요, 진짜!" 그녀가 아주 간절히 바라

---

55) 독일 출신인 미타는 소수 민족 강제 이주 정책에 따라 이곳으로 추방되었기 때문에, 코스토글로토프와는 다른 범주에 속하는 추방자였다.

는 것이었기 때문에 그는 도저히 아니라고 말할 수가 없었다!

올레크는 아랫입술로 윗입술을 물며 생각에 잠겼다. 물론 그럴 때가 되었다. 최고 재판 위원은 모두 경질되었다. 단지 너무 느려 한 달이 지났는데도 아무 일도 일어나지 않아 다시 의심하게 된 것이다. 우리의 삶과 마음에 비해 역사는 너무 천천히 진행된다.

"그렇다면 얼마나 좋겠어요." 그는 오히려 그녀를 위해 그렇게 말했다. "어떻게 할 계획입니까? 떠날 겁니까?"

"모르겠어요." 미타는 손톱이 길게 자란 손가락으로 너덜거리는 지겨운 조사 카드를 누르고는 거의 들리지 않는 목소리로 말했다.

"당신은 살스크[56] 출신 아니었나요?"

"맞아요."

"그곳이 더 나은가요?"

"자유가 있으니까요." 그녀가 속삭였다.

더 정확히 말하면 고향으로 돌아가 결혼이라도 하고 싶은 건 아닐까?

올레크는 베라 코르닐리예브나를 찾으러 갔다. 그녀를 찾는데 한참 걸렸다. 방사선 조사실에 있을 수도 있고 외과에 있을 수도 있었기 때문이다. 마침내 그는 레프 레오니도비치와 함께 복도를 걸어가는 그녀를 발견하고 그들을 뒤따라갔다.

"베라 코르닐리예브나! 잠깐 뵐 수 있을까요?"

---

56) 남러시아 로스토프 주에 위치한 도시.

그녀를 바라보며 어떤 것이든 따로 이야기를 나눌 수 있다는 것은 항상 기분 좋은 일이었다. 그녀를 대할 때 목소리가 다른 사람을 대할 때와 전혀 다르다는 것도 그는 알고 있었다.

그녀가 뒤를 돌아보았다. 약간 기울어진 몸, 손의 위치와 근심 어린 표정 등에는 사무적인 타성이 나타나 있었지만 그녀는 곧바로 그녀만의 배려심을 보여 주며 멈춰 섰다.

"무슨 일이세요?"

그러고는 '코스토글로토프 씨'라는 말은 덧붙이지 않았다. 의사나 간호사 등 제삼자가 있을 때에만 성을 사용하고, 두 사람만 있을 때는 그렇게 하지 않았다.

"베라 코르닐리예브나! 좀 어려운 부탁을 드리고 싶어서요. ……미타에게 제가 내일 퇴원한다는 사실을 확인해 주시면 안 될까요?"

"왜 그러시는데요?"

"꼭 필요해서 그래요. 내일 저녁 기차를 타야 하는데, 그러려면……."

"료바, 먼저 가세요! 저도 금방 갈게요."

레프 레오니도비치는 묶어 놓은 끈이 풀릴 듯한 가운의 앞주머니에 두 손을 찔러 넣고 등을 구부린 채로 가볍게 몸을 흔들며 자리를 떴다. 베라 코르닐리예브나가 올레크에게 말했다.

"제 방으로 잠깐 오세요."

그녀는 그러고는 앞장서서 걸었다. 가벼웠다. 그녀 안에서는 모든 것이 가볍게 연결되어 있었다.

그녀는 언젠가 그가 돈초바와 오랫동안 언쟁을 했던 방사선 장치가 있는 작은 방으로 그를 안내했다. 그러고는 잘 다듬어지지 않아 투박해 보이는 책상 앞에 앉으며 그에게도 앉으라고 권했다. 그러나 그는 그냥 서 있었다.

방 안에는 아무도 없었다. 창으로 비스듬하게 비쳐 드는 황금빛 햇살에 먼지가 춤을 추고, 니켈로 도금된 방사선 장치 한쪽에도 빛이 반사되고 있었다. 눈부시게 밝고 쾌적했다.

"내일 퇴원을 못 할 수도 있는데 어떡하죠? 최종 진단서를 만들어야 하거든요."

그는 이해할 수 없었다. 그녀가 정말 진지하게 하는 말인지, 아니면 농담을 하는 건지 알 수 없었다.

"최종…… 뭐라고요?"

"최종 진단서예요. 치료를 마치고 최종 결론을 내리는 진단서죠. 그것이 갖춰지지 않으면 퇴원할 수가 없거든요."

이 작은 어깨 위에 얼마나 많은 짐들을 올려놓은 것인가! 사방에서 그녀를 기다리고 불러 대고, 게다가 지금은 그에게 시간을 빼앗기고 있으며, 최종 진단서까지 써야 한다니.

그런데도 그녀는 이렇게 앉아서 빛나고 있다. 다정하고 상냥한 눈길로, 부채꼴 모양으로 그녀의 몸을 감싸며 반짝이는 밝은 햇살과 함께.

"꼭 내일 가야 하나요?"

"내가 원해서가 아닙니다. 꼭 가야 할 이유는 없어요. 하지만 머물 곳이 없습니다. 역에서는 더 이상 밤을 새우고 싶지 않거든요."

"참…… 당신은 호텔에도 갈 수 없다고 했지요." 그녀가 고개를 끄덕였다. 그러고는 얼굴을 찡그렸다. "안됐네요. 우리 병원에서 일하는 아주머니가 자기 집에 환자를 묵게 하곤 했는데……. 지금은 일을 그만두었으니. 어떻게 해야 하나?" 그녀는 아랫입술로 윗입술을 문 채 이로 입술을 잘근잘근 깨물며 종이 위에 롤빵 비슷한 그림을 그렸다. "정…… 그렇다면…… 우리 집에 머물러도 괜찮은데……."

뭐라고? 그녀가 정말 그런 말을 했나? 그가 잘못 들었나? 이걸 어떻게 다시 물어보나?

그녀의 뺨이 장밋빛으로 선명하게 물들었다. 그녀는 그러고는 시선을 피했다. 마치 환자가 의사의 집에 하룻밤 머무르는 것은 별일 아니라는 듯이 말을 한 것이다.

"마침 내일은 평소와 달리 아침에 두 시간 정도만 근무하면 되고, 그 후에 집에 있다가 점심때쯤 나갈 거예요. 그리고 나는 아는 사람 집에서 하루 지낼 수 있으니 괜찮아요."

그러고는 그를 쳐다보았다!

두 볼은 발그레했지만 눈은 밝고 천진하게 반짝였다. 그 말을 그대로 믿어도 되는 걸까? 그가 이런 제안을 받을 자격이 있는 걸까?

올레크는 도저히 이해가 되지 않았다. 여자가 그런 이야기를 했다는 것을 어떻게 이해해야 할까? 이것은 아주 많은 의미가 있을 수도 있고, 아무 의미가 없을 수도 있다. 그러나 그는 생각할 여유가 없었다. 그녀가 진지하게 쳐다보며 대답을 기다리고 있었던 것이다.

"고맙습니다." 그가 입을 열었다. "정말 감사합니다." 그는 어릴 때 여성에게는 정중하고 재치 있게 대답해야 한다고 배운 적이 있었지만 그것이 백 년도 더 지난 일처럼 지금은 정중한 태도를 완전히 잊어버리고 있었다. "물론 그래 주면 정말 좋겠지만…… 하지만 내가 어떻게 선생님께 폐를 끼칠 수 있겠습니까? 양심이 허락하지 않아요."

"그런 걱정 마요." 베가가 괜찮다며 미소를 지었다. "이삼 일 더 생각해 보면서 좋은 방법을 찾아보기로 해요. 당신도 이 도시를 떠나고 싶은 것은 아니죠?"

"물론입니다. 아니에요! 그렇다면 퇴원 날짜는 내일이 아니라 모레로 해 줘야 합니다! 안 그러면 감독 조사국에서 왜 떠나지 않았느냐고 의심할 겁니다. 그리고 다시 붙잡혀 갈 겁니다."

"좋아요. 잘 처리하도록 해 봐요. 미타에게는 오늘 퇴원한다고 말하고 내일 퇴원하면 되지요. 서류에는 모레로 하면 되겠네요. 당신은 정말 아주 복잡한 사람이군요."

그러나 그녀는 복잡해서 싫다는 표정 대신 미소를 지었다.

"베라 코르닐리예브나! 내가 복잡한 사람이 아니라 국가 시스템이 복잡한 것입니다! 그리고 진단서도 보통은 한 통이면 되는데, 나는 두 통이 필요하니까요."

"왜죠?"

"하나는 여행 목적을 증명하기 위해 감독 조사국에 제출해야 하고, 하나는 나에게 필요합니다."

(감독 조사국에는 한 장밖에 없다고 고함을 지르고 주지 않을 계

획이다. 일단 유사시를 위해 하나를 남겨 두어야 한다. 진단서 때문에 얼마나 시달렸던가.)

"그리고 한 장 더 필요하겠네요? 기차역에도 제출해야 할 테니까요." 그녀는 종이 위에 몇 글자를 적었다. "이것이 우리 집 주소예요. 어떻게 가는지 설명해 드릴까요?"

"내가 찾을 수 있을 겁니다, 베라 코르닐리예브나!"

(아니, 그녀는 정말로 그럴 생각인가? 그녀가 정말로 자신을 초대한 것일까?)

"그러면……." 그녀는 미리 써 둔 기다란 메모지들과 주소를 적은 쪽지를 건네주었다. "이것은 돈초바 선생님이 말씀하신 처방전이에요. 양이 좀 줄었을 뿐 예전과 같은 거예요."

그 처방전인가, 바로 그 처방전!

그런데도 그녀는 아무렇지도 않다는 투로 말했다. 마치 주소를 건네주는 김에 같이 준다는 태도였다. 그녀는 두 달 동안 그를 치료하면서 머리를 써서 그 문제에 대해 한 번도 다시 이야기를 꺼낸 적이 없었다.

그것을 바로 요령이라고 하는 것이었다.

그녀가 일어섰다. 그리고 문으로 다가갔다.

계속 일을 해야 했다. 료바가 기다리고 있었다.

그는 부채처럼 퍼지며 온 방 안을 가득 채우고 있던 빛 속에서 하얀 그녀의 얼굴과 허리띠를 맨 가느다란 허리를 발견했다. 마치 지금 처음으로 그녀가 그토록 배려심 많고 친절하며 없어서는 안 될 사람이라는 사실을 깨닫기나 한 것처럼! 지금 처음으로 말이다!

기분이 좋아져서 그랬는지 자못 솔직해진 그가 물었다.

"베라 코르닐리예브나! 왜 나에게 그렇게 오랫동안 화가 났습니까?"

햇살을 받아 영롱해 보이는 그녀가 미소를 지어 보였다.

"정말 잘못한 것이 없어요?"

"없는데요."

"아무것도?"

"아무것도!"

"잘 기억해 봐요."

"잘 모르겠어요. 힌트라도 좀 줘요."

"이제 가 봐야겠어요."

그녀가 열쇠를 꺼내 들었다. 이제는 방문을 잠가야 했다. 그리고 나가야 했다.

그녀와 함께한다는 것은 얼마나 즐거운 일인가! 이렇게 하루 종일 서 있어도 좋을 것 같았다.

작은 체구의 그녀가 복도로 나갔다. 그는 한참이나 그녀의 뒷모습을 바라보며 서 있었다.

그러고는 다시 산책을 하러 나갔다. 따뜻한 봄날의 공기는 아무리 마셔도 싫증나지 않을 것 같았다. 그는 두 시간 넘도록 산책을 하며 따뜻한 공기를 실컷 들이마셨다. 지금껏 갇혀 있었던 이곳을 이제는 떠나기 싫었다. 일본 아카시아 꽃이 피는 것도, 참나무가 잎을 터뜨리는 것도 볼 수 없다고 생각하니 몹시 아쉬웠다.

웬일인지 오늘은 구토증도 일지 않고 무기력증도 나타나지 않았다. 지금 당장 땅에 삽질이라도 할 수 있을 것 같았다. 무언가 열심히 하고 싶다는 생각이 들었지만 그것이 무엇인지는 알 수 없었다. 그러다 문득 자신도 모르게 엄지손가락과 검지손가락을 비비고 있었다는 것을 발견하고는 담배를 피우고 싶었던 것이라고 짐작했다. 하지만 안 된다. 꿈에라도 안 될 말이다. 금연해야 한다!

그는 애써 마음을 다잡으며 미타에게 갔다. 눈치 빠른 미타는 벌써 올레크의 가방을 꺼내 와 욕실에 감춰 두었고, 욕실 열쇠는 어제부터 근무를 서고 있는 나이 든 청소부가 갖고 있었다. 이제 근무가 끝날 때쯤 외래 진찰실에 가서 진단서만 받으면 끝이다.

그의 퇴원은 착착 진행되어 이제는 되돌릴 수 없게 되었다.

그는 계단을 올랐다. 오늘이 마지막은 아니지만 이 계단을 오르내릴 일도 얼마 남지 않았다.

계단을 다 올라섰을 때 조야를 마주쳤다.

"올레크! 요즘 어때요?" 조야가 가볍게 물었다.

그녀는 정말 놀라울 정도로 스스럼이 없었고, 억양도 자연스러웠다. 마치 그들 사이에 아무 일도 없었다는 듯 행동했다. 두 사람이 서로에게 별명을 붙였던 일도, '방랑자'의 춤도, 산소통 사건도.

어쩌면 그녀가 옳을지도 모른다. 무엇 때문에 계속 생각하고, 기억하고, 뾰로퉁해야 한단 말인가!

어느 때부터인가 그는 그녀가 밤에 당직을 서는데도 그녀 주변을 맴돌지 않고 잠을 잤다. 어느 저녁부터인가 그녀는 아무 일도 없었다는 듯 주사기를 들고 그에게 다가왔고, 올레크도 팔을 걷어 주사를 맞았다. 언젠가 그들이 가지러 갔던 고무로 만든 산소 주머니처럼 팽팽했던 두 사람의 관계는 한순간에 바람이 빠져 버렸다. 그러고는 아무것도 남지 않았다. 남은 것은 다정한 인사가 전부였다.

"어때요, 올레크?"

올레크는 긴 두 팔로 책상을 짚고서 검은색 앞머리를 길게 내려뜨린 채 말했다.

"백혈구는 2800, 방사선 조사는 어제부터 받지 않았어요. 그리고 내일 퇴원해요."

"내일요?" 그녀가 황금빛 속눈썹을 깜박였다. "아, 정말 잘됐네요. 축하해요!"

"축하받을 일이 있을까⋯⋯."

"당신은 정말 배은망덕한 사람이에요!" 조야가 머리를 절레절레 흔들었다. "당신이 처음 여기에 와서 바닥에 누워 있던 때를 생각해 봐요! 그때 당신이 일주일을 더 살 수 있으리라고는 아무도 생각하지 못했을 거예요!"

그 말도 옳은 말이다.

그래, 조야는 멋진 아가씨다. 발랄하고 부지런하고 솔직하고⋯⋯ 마음속에 담은 말을 솔직하게 하는 아가씨다. 만약 그들 사이에 어색함만 없다면, 아무 일도 없었던 것처럼 서로를 속이는 행동만 하지 않는다면 다시 새롭게 시작해 친구가 되는 데 방해될 것은 아무것도 없을 것이다.

"그건 그래요." 그가 웃었다.

"그렇죠?" 그녀도 웃었다.

물리네에 대해서도 잊은 지 오래였다.

이제 이것으로 끝이다. 그녀는 일주일에 네 번씩 당직을 서 겠지. 교과서를 암기하고 가끔씩 수도 놓겠지. 그리고 댄스파 티가 끝나면 시내 어딘가의 어두운 구석에 누군가와 함께 서 있겠지.

그녀가 고작 스물세 살이며 세포 하나하나, 피 한 방울까지 건강한 아가씨라는 사실에 화를 낼 수는 없는 일 아닌가.

"잘 지내길 바라요!" 그가 아무 적대감 없이 말했다.

그러고는 걸음을 옮겼다. 뒤에서 갑자기 경쾌하고 담백한 목소리로 그녀가 외쳤다.

"올레크, 잠깐만요!"

그가 뒤를 돌아보았다.

"혹시 갈 곳이 없으면 내 주소를 받아 둬요."

(아니! 그녀도?)

올레크는 멍하니 쳐다보았다. 전혀 납득이 되지 않았다.

"정류장 근처라서 아주 편해요. 나는 할머니랑 둘이 살고 있고, 방도 두 개예요."

"정말 고마워요." 그는 내민 종이쪽지를 받아 들었다. "그 런데…… 가게 될지는……."

"갑자기 오게 될지도 모르잖아요?" 그녀가 웃었다.

정말이지, 밀림을 헤매는 것이 여자들 사이에 있는 것보다 쉽겠다는 생각이 들었다.

두어 걸음 더 걸어가자 시브가토프가 보였다. 그는 곰팡내

나는 현관 구석에 있는, 딱딱한 널빤지를 깐 침대에 처량하게 누워 있었다. 오늘은 햇살이 밝게 비치는 날인데도 그곳에는 빛이 거의 들지 않았다.

시브가토프는 계속 천장만 쳐다보고 있었다.

그는 두 달 동안 바짝 야위었다.

코스토글로토프가 널빤지 가장자리에 앉았다.

"샤라프! 요즘에 강제 이주자든 행정범이든 유형수든 모두 풀어 준다는 믿을 만한 소문이 돌고 있어요."

샤라프는 올레크에게 얼굴도 돌리지 않고 계속 천장을 응시했다. 목소리는 들리지만 무슨 뜻인지를 이해하지 못하는 것 같았다.

"들었어요? 당신들이나 우리나 모두 풀어 준대요. 확실하답니다."

그런데도 그는 계속 무슨 말인지를 이해하지 못하는 것 같았다.

"믿기지 않아요? 집으로 간다니까요."

시브가토프가 천장에서 눈을 돌리더니 힘없이 입술만 달싹거리며 말했다.

"이미 늦었어요."

올레크는 죽은 사람처럼 가슴에 차곡차곡 올려놓은 그의 손 위에 자신의 손을 올렸다.

넬랴가 그 옆을 휙 지나서 병실로 뛰어 들어갔다.

"여기 빈 그릇 없어요?" 그러더니 코스토글로토프를 발견하고 말했다. "이봐요, 털보 아저씨! 왜 점심을 안 먹어요? 빨리 그릇을 돌려줘야지. 언제까지 기다리게 할 참이에요!"

그렇다! 코스토글로토프는 점심을 먹어야 한다는 사실도 까맣게 잊고 있었다. 그만큼 흥분했던 것이다! 하지만 그녀가 그릇을 재촉하는 건 납득되지 않았다.

"당신이 웬 참견이죠?"

"왜냐고요? 이제 나도 배식계에서 일하게 됐거든요!" 넬랴가 자랑스럽게 말했다. "이 가운 좀 봐요! 얼마나 깨끗한지!"

올레크는 자리에서 일어났다. 마지막 점심을 먹으러 서둘러 가야 했다. 교활하고 눈에 보이지 않고 소리도 없는 방사선이 어느새 그의 입맛까지 빼앗아 갔지만 죄수들의 규칙상 음식을 절대 남겨서는 안 되는 것이다.

"자, 자, 어서 서둘러요!" 넬랴가 명령조로 말했다.

가운뿐 아니라 머리 모양까지도 곱슬머리로 바뀌어 있었다.

"오호, 사람이 아주 싹 달라졌네요!" 코스토글로토프가 놀라서 말했다.

"당연하지요! 겨우 350루블을 받고 평생 마룻바닥을 기어 다닐 수는 없잖아요! 게다가 배부르게 먹여 주지도 않는데……."

# 34
## 누가 더 괴로울까

　동년배보다 오래 사는 노인들이 "나도 이젠 가야지, 이젠 갈 때가 됐어." 하며 애달파할 때가 있다. 그날 저녁 코스토글로토프도 새로 온 환자들이 여기저기 모여 암이라느니, 아니라느니, 완치가 된다느니, 안 된다느니, 어떤 치료법이 도움이 된다느니 하는 예전과 똑같은 문제를 두고 이야기를 나누며 침대를 가득 채우고 있는데도 왠지 허전한 마음을 가눌 수가 없었다.

　마지막까지 남아 있던 바짐도 오후에 병실을 떠났다. 콜로이드 금이 도착해서 방사선과 병동으로 옮겨 간 것이다.

　이전의 환자들이 다 떠나고 혼자 남게 된 올레크는 침대를 하나하나 둘러보며 처음 그 침대에 누워 있던 사람은 누구인지, 그중에서 죽은 사람은 몇 명인지 더듬어 보았다. 생각보다 많이 죽은 것은 아니었다.

병실 안은 후덥지근했지만 바깥 공기는 따뜻해서 코스토글로토프는 창문도 열어 놓은 채 잠자리에 들었다. 봄공기가 창문을 넘어 들어와 그를 감쌌다. 병원 담장 바로 너머에 옹기종기 늘어선 오래된 오두막집들의 작은 마당에서 봄을 알리는 소란스러운 소리가 들려왔다. 병원 벽돌담에 가려 그들의 생활 모습은 보이지 않았지만 문을 여닫는 소리며 아이들이 우는 소리, 주정뱅이들이 주정하는 소리와 축음기의 코맹맹이 소리가 생생하게 들려왔다. 불이 꺼지고 한참 후에 어떤 여자의 힘 있는 저음의 노랫소리가 들려왔다. 때로는 격정적으로, 때로는 유연하게 늘어지는 노래였다.

"그래서 젊은 광부를
집으로 데려왔다네."

모든 노래는 같은 것을 노래한다. 모든 사람은 같은 것을 생각한다. 하지만 올레크는 다른 것을 생각해야 했다.

내일은 일찍부터 서둘러야 하기 때문에 오늘 밤은 잠을 푹 자고 힘을 아껴 두어야 하는데도 올레크는 영 잠이 오지 않았다. 필요하든 필요하지 않든 온갖 상념이 머리를 어지럽혔다. 마무리를 짓지 못한 루사노프와의 언쟁, 슐루빈에게 아직 못다 한 이야기, 바짐에게 충고해 주고 싶었던 이런저런 이야기들, 살해된 주크의 머리 등이 떠올랐다. 그리고 노란 석유램프 불빛에 비친 카드민 부부의 생기 있는 얼굴도 떠올랐다. 그들을 만나면 올레크는 이곳에서 겪었던 수많은 사건을 들려

주겠지. 또 카드민 부부는 그곳의 새로운 소식과 올레크가 없는 동안 자신들이 들은 음악 방송에 대해 들려주리라. 그러면 허름한 그 흙집이 그들 세 사람에게는 온 우주처럼 여겨질 것이다. 그 외에도 이제는 올레크가 가까이할 수 없을 열여덟 살된 인나 슈트롬의 방종하고 오만한 얼굴도 떠올랐다. 그런데 생각해 보니 두 여자가 동시에 자기 집에서 묵어 가라고 초대한 것은 전혀 납득되지 않았다. 지금도 그 생각을 하면 머리가 아플 지경이었다.

올레크의 정신을 강제하고 낙인찍은 냉혹한 세계에서는 '이유 없는 친절'이라는 현상이나 개념은 존재하지 않았다. 올레크 자신도 이미 그런 것은 잊어버리고 살아왔다. 그래서 지금 올레크로서는 그들의 초대를 순수한 선행이라기보다는 다른 이유가 있는 것으로 생각하는 편이 나았다.

그들의 초대는 무엇을 의미할까? 그는 어떻게 행동해야 할까? 아무리 생각해도 그는 이해할 수 없었다.

그는 눈에 보이지 않는 담배를 손으로 비벼 끄는 시늉까지 해 가며 몸을 이리저리 뒤척였다.

결국 올레크는 자리에서 일어나 밖으로 나갔다.

어두컴컴한 대기실 바로 옆에서는 시브가토프가 바닥에 놓인 대야 위에 엉치뼈를 붙들고 앉아 있었다. 이제는 그도 예전처럼 희망으로 인내하던 모습은 사라지고 완전히 절망에 싸인 모습이었다.

시브가토프를 등지고 있는 램프가 켜진 당직 간호사의 책상 앞에는 어깨가 좁은 작달막한 여성이 흰 가운을 입고 앉아 있었다. 그녀는 간호사가 아니었다. 오늘 당직은 투르군인데, 그는 지금 회의실에서 잠을 자고 있는 것이 틀림없었다. 안경을 쓴 그녀는 교양 있어 보이는 청소부 옐리자베타 아니톨리예브나였다. 그녀는 저녁에 해야 할 일을 모두 마치고 지금 이곳에서 책을 읽고 있었다.

올레크가 이곳에서 지내는 두 달 동안 이 부지런한 청소부는 누워 있는 환자들의 침대 밑으로 수도 없이 기어 들어가 마루를 닦곤 했다. 그러나 눈치 빠른 그녀는 침대 밑의 깊숙한 곳까지 들어가 그곳에 감춰 둔 코스토글로토프의 장화를 이리저리 옮기며 청소를 하면서도 한 번도 잔소리를 한 적이 없었다. 그것도 모자라 그녀는 걸레로 벽도 닦고, 타구를 비우고 반짝반짝 윤이 날 정도로 씻어 주곤 했다. 간이 변기통을 환자들에게 나르기도 했다. 변기통은 무겁고 귀찮은 데다 불결해서 간호사들도 들고 다니기 꺼려했지만, 그녀는 아무 불평 없이 그것을 가져오고 내가곤 했다.

그녀가 계속 불평 없이 일할수록 병동에서 그녀의 존재는 점점 눈에 띄지 않았다. 이천 년 전부터 내려온 속담에도 "눈이 있다고 모든 것을 볼 수 있는 것은 아니다."라고 하지 않았던가.

그러나 고통을 겪다 보면 통찰력도 생기는 법이다. 병동에서는 서로 얼굴만 봐도 상대방이 어떤 사람인지 금방 알아볼 수 있다. 그들은 견장이나 완장을 단 것도 아니고 제복을 입지도 않았지만 많은 사람들 틈에서도 바로 상대방을 알아볼 수 있었다. 흡사 이마에 반짝이는 어떤 표시라도 되어 있거나 손바닥이나 발바닥에 무슨 낙인이라도 찍혀 있는 것처럼 말이다.(실제로 어떤 특정한 표징들이 있는데, 무심코 내뱉는 말 한마디나 말투, 말하는 사이에 입술을 깨무는 모습이라든가 다른 사람들이 심각할 때 웃는다든가 남이 웃을 때 심각하다든가 하는 것이 그런 것이다.) 우즈베크인이나 카라칼파크인들이 병동에서 동족을 쉽게 알아보듯이 이런 부류의 사람들도 철조망 그늘 안에 한 번이라도 들어가 봤다면 상대를 금방 알아볼 수 있었다.

코스토글로토프와 옐리자베타 아나톨리예브나는 오래전에 이미 상대방이 어떤 사람인지 알아보고, 알고 있다는 인사도 서로 주고받았다. 하지만 대화를 나눌 기회는 한 번도 없었다.

올레크는 그녀가 놀라지 않도록 일부러 슬리퍼 소리를 내며 가까이 다가갔다.

"안녕하세요? 옐리자베타 아나톨리예브나!"

그녀는 안경을 벗은 채 책을 읽고 있었다. 올레크의 말소리를 듣고 그녀가 고개를 돌렸다. 그런 동작은 평소 근무 시에 호출에 응하는 동작과는 조금 다른 독특한 것이었다.

"안녕하세요?" 그녀는 마치 천장이 높고 커다란 거실에서 고귀한 손님을 맞이하는 중년 귀부인처럼 기품 있는 미소를 지었다.

두 사람은 서두르는 기색 없이 상대에게 호감을 보이며 서로를 바라보았다.

그들의 시선에는 언제든 서로 도울 준비가 되어 있다는 마음이 드러나 있었다.

그러나 도울 수 있는 일은 아무것도 없었다.

올레크는 그녀가 무슨 책을 읽는지 궁금하다는 듯 산발한 머리를 들이밀었다.

"역시 프랑스어 책이네요? 무슨 책인가요?"

이 신비한 청소부는 'ㄹ'을 부드럽게 굴리며 대답했다.

"클로드 파레르[57]의 책이에요."

"어디서 이런 프랑스어 책들을 구하시나요?"

"시내에 외국어 도서관이 있어요. 그리고 아는 할머니에게 빌리기도 해요."

코스토글로토프는 개가 허수아비를 쳐다보듯 책을 흘끗 보았다.

"왜 항상 프랑스어 책만 읽으세요?"

그녀의 눈가와 입가에 생기는 방사형의 주름살이 그녀의 연륜과 그녀의 고뇌, 그녀의 지혜를 드러내 보여 주었다.

"고통스럽지가 않으니까요." 그녀가 대답했다. 그녀의 목소리는 언제나 나직하고 부드러웠다.

"고통스러운 책을 왜 두려워하세요?" 올레크가 따지듯이 물었다.

그는 계속 서 있기가 힘들었다. 그녀가 눈치채고 얼른 옮겨 앉으며 자리를 내주었다.

"우리 러시아에서는 오래전부터, 그러니까 한 이백여 년 전부터, 너도 나도 '파리! 파리!' 하고 떠들어 대고 있지 않습니

---

57) 이국적인 모험 소설을 쓴 프랑스 소설가(1876~1957).

까? 귀가 따가울 정도입니다." 코스토글로토프가 중얼거렸다. "거리와 술집 이름까지 모두 달달 외울 정도니까요. 그래서 저는 더욱 파리에 가고 싶지가 않아요!"

"전혀 가고 싶지 않아요?" 그녀가 웃자 그도 따라 웃었다. "감독 조사국의 통제 아래 사는 편이 더 좋다는 거죠?"

두 사람의 웃음은 비슷한 데가 있었다. 웃다가도 금세 멈추는 웃음이었다.

"정말 싫어요." 코스토글로토프가 통명스럽게 말했다. "경박하게 유행을 좇는 자들입니다! 그런 자들에게는 이렇게 퍼부어 주고 싶어요. '에이, 이봐! 삽질 한번 해 본 적 있나? 배를 곯으며 일해 본 적이 있느냔 말이야, 응?'"

"그건 불공평한 말이에요. 이미 일터에서 떠난 사람들이에요. 은퇴한 사람들이라고요."

"그럴지도 모르지요. 어쩌면 제가 질투를 하는지도 모르고요. 하지만 어쨌든 못마땅합니다."

코스토글로토프는 너무 기다란 몸통이 답답하다는 듯 왼쪽 오른쪽으로 몸을 뒤틀며 의자에 앉아 있었다. 그러더니 뜬금없이 직설적으로 질문을 했다.

"당신은 남편 때문이었나요? 아니면 본인 때문이었나요?"

그녀 역시 사무적인 질문을 받았을 때처럼 주저하지 않고 곧바로 대답했다.

"온 가족 때문이었지요. 누가 누구 때문인지 알 수도 없었어요."

"지금은 모두 여기서 함께 지내세요?"

"오, 아니에요! 딸은 유형지에서 죽었어요. 전쟁이 끝나고 나서야 이곳으로 이사 왔지요. 이곳에서 두 번째 숙청 때 남편이 수용소로 잡혀 갔어요."

"그럼 지금은 혼자세요?"

"아들이 있어요. 여덟 살이죠."

올레크는 아무렇지도 않게 이야기하는 그녀의 얼굴을 쳐다보았다. 정말이지, 그저 사무적인 이야기를 나누고 있는 듯한 대화였다.

"두 번째라면 1949년이죠?"

"네."

"그렇군요. 수용소는 어디였나요?"

"타이셰트[58] 지역이었어요."

올레크는 다시 고개를 끄덕거렸다.

"네, 그렇다면 호수 수용소네요. 우체국 주소가 타이셰트라면 아마 레나 강에 있을 거예요."

"당신도 그곳에 있었나요?" 그녀가 한 가닥 희망을 품고 물었다.

"아니요, 그냥 아는 곳이에요. 죄수들도 서로 연락을 하니까요."

"남편 성은 두자르스키예요! 혹시 만난 적은 없었나요? 전혀 들어 본 적 없어요?"

그녀는 여전히 희망을 품고 있었다! 만난 적이 있다면……

---

58) 시베리아 서부에 위치한 지역.

지금 이야기할 수 있었을 텐데.

두자르스키? 올레크는 고개를 꺄우뚱했다. 아니, 만난 적은 없는 것 같았다. 모든 사람을 만날 수는 없으니까.

"일 년에 겨우 두 번 편지가 오곤 했어요!" 그녀가 불만스럽게 말했다.

올레크는 고개를 끄덕였다. 당연한 일이었다.

"그런데 작년에는 한 번 왔어요. 5월이었어요. 그리고 지금까지 편지가 없네요."

이제야 그녀의 목소리가 가늘게 떨리는 것 같았다. 그녀도 여자였다.

"심각하게 생각할 필요는 없어요!" 코스토글로토프가 자신 있게 설명했다. "모든 사람이 각자 일 년에 편지를 두 통씩 쓴다면 편지는 모두 수천 통이나 됩니다. 그런데 검열관은 게을러 터졌지요. 어느 여름에 스파스크[59] 수용소의 죄수였던 난로 기술자가 검열관 집에 난로를 검사하러 갔는데, 발송하지 않은 편지가 200통이나 있더랍니다. 태워야 했는데 잊어버리고 있었던 거죠."

그는 나직한 말투로 그녀에게 설명했고, 그녀 역시 그 모든 것에 익숙해 있을 텐데도 새삼스럽게 놀란 표정으로 그를 쳐다보았다.

인간은 결국 무뎌질 수 없는 존재인가?

"그러면 아들은 유형지에서 낳으셨겠네요?"

---

59) 러시아 동부 연해주 지역.

그녀가 고개를 끄덕거렸다.

"그러면 지금 받는 봉급만으로 아이를 길러야 하겠네요? 더 나은 일자리를 찾기는 힘들죠? 사방에서 비난을 해 댈 테고요? 집도 형편없지요?"

그는 질문을 하기는 했지만 대답을 들을 필요가 없었다. 다 자명한 일이었으니까.

엘리자베타 아나톨리예브나는 세탁에, 걸레질에, 주방 일에 거칠어지고 멍이 든 작은 손을 책 위에 얹고 있었다. 우아한 형태의 두껍고 작은 문고판 책은 외제 종이가 사용되기는 했지만 오래되어 가장자리가 너덜거렸다.

"형편없는 집에 사는 것은 괜찮아요!" 그녀가 말했다. "정말 고통스러운 것은 아이가 점점 자라 철이 들면서 이것저것 질문을 하는 거예요. 어떻게 교육시킬지 모르겠어요. 모든 것을 사실대로 가르쳐 줘야 할까요? 사실을 알고 나면 어른도 숨이 막힐 지경인데! 어른도 가슴이 찢어지는데! 아니면 사실을 감추고 그냥 순응하고 살아가게 할까요? 그것이 옳을까요? 아이 아버지라면 어떻게 했을까요? 아버지라고 한들 무엇을 할 수 있겠어요? 아이가 직접 보고 눈치를 챌 테니까요."

"사실대로 말해야지요!" 올레크가 손바닥으로 책상 위의 유리판을 힘주어 누르며 말했다. 그는 마치 자식을 열 명은 키워 본 사람처럼 자신 있게 말했다.

그녀는 양쪽 손가락으로 머릿수건 밑으로 보이는 관자놀이를 누르며 불안한 표정으로 올레크를 쳐다보았다. 신경이 곤

두서는 모양이었다!

"아버지 없이 아들을 키우려니 정말 어려워요! 아이를 키우려면 삶의 중심이라고 할까, 지주라고 할까? 그런 것이 항상 필요한 법인데, 그것이 없으니 계속 갈피를 못 잡고 이리저리⋯⋯."

올레크는 아무 말도 하지 않았다. 예전에도 그런 이야기를 들은 적이 있지만 그도 어떻게 해야 하는지는 알 수가 없었다.

"그래서 옛날 프랑스 소설을 읽고 있어요. 물론 야간 당직을 할 때만 가능하지요. 좀 더 중요한 문제가 책에 언급되었느냐 되지 않았느냐라든가, 드러나진 않았지만 당시에도 삶이 혹독했느냐 어쨌느냐 하는 문제는 나도 몰라요. 그냥 조용히 읽을 뿐이에요."

"마약인가요?"

"나를 구원해 주지요." 그녀는 수녀처럼 흰색 머릿수건을 쓴 머리를 가로저었다. "하지만 자세히 보면 모든 책에는 사람을 불쾌하게 하는 부분이 있어요. 어떤 책들은 독자를 바보 취급하기도 하지요. 어떤 책들은 거짓은 없지만 그것만 자랑으로 여기기도 하더군요. 그들은 아주 세세한 것까지 연구합니다. 18××년에 어느 위대한 시인이 시골길을 걷고 있었다느니, 그 시집의 몇 페이지에 묘사된 부인이 실제로 모모 부인이었다느니 하는 연구 말이에요. 물론 연구하기 쉽지는 않겠지요. 그러나 그런 연구는 최소한 위험을 무릅쓸 필요는 없잖아요! 그들은 안전한 길을 택한 것이죠! 지금 살아 있는 사람들, 고통받는 사람들에 대해서는 아무 관심도 없으니까요."

그녀는 젊은 시절 릴랴[60]라고 불렸을지도 모른다. 그때는 콧잔등에 안경 자국도 없었을 것이다. 소녀는 윙크를 하고 깔깔대기도 하고 미소를 짓기도 했을 것이다. 그 시절은 라일락과 레이스와 상징주의 시들이 함께했을 테고, 어떤 집시 여인도 그녀가 아시아의 어느 곳에서 청소부로 삶을 마치리라는 예언은 못 했으리라.

"어떤 문학 작품 속의 비극도 우리가 경험한 것과는 비교도 되지 않죠." 옐리자베타 아나톨리예브나가 강하게 주장했다. "아이다만 해도 사랑하는 사람이 있는 지하 감옥으로 내려가 함께 죽도록 허락받았어요. 하지만 우리는 사랑하는 사람의 소식조차 전해 주지 않아요. 만약 내가 오제르랴그로 간다면……."

"가지 마세요! 아무 소용 없어요!"

"……아이들이 학교에서 안나 카레니나의 불행하고 비극적이며 파멸적인 인생이나 또 다른 어떤 인생에 대해 작문을 하곤 합니다. 그런데 과연 안나의 삶이 비극적일까요? 그녀는 자신의 정열을 선택했고, 정열의 대가로 자신의 행복을 지불했어요! 그녀는 자유롭고 당당한 여자였던 겁니다! 하지만 어느 평화로운 날, 자신이 태어나고 살아왔던 집으로 제복을 입고 군모를 쓴 사람들이 들이닥쳐 모든 가족에게 스물네 시간 안에 약하디약한 팔로 들 수 있을 만큼의 소지품만 들고 이 집과 도시를 떠나라고 한다면……."

---

60) '백합꽃'이라는 뜻의 러시아어.

이미 오래전에 완전히 말라 버린 그녀의 두 눈에서는 더 이상 흘러내릴 눈물도 없으리라. 그러다 마지막 저주의 날이 오면 격렬하고 메마른 불꽃을 뿜어낼지도 모를 일이다.

"……서둘러 문을 열고 거리에 오가는 사람들을 불러 무엇이든 팔아 보려 했지만 사람들은 말도 안 되는 돈을 내놓을 뿐이었어요! 세상 물정에 밝은 장사치들이 어느새 냄새를 맡고 몰려왔어요. 언젠가 자신들의 머리 위에도 벼락이 칠 거라는 것은 모르고요! 그들은 우리 사정을 알고는 뻔뻔스럽게 어머니의 피아노를 가져갔어요. 머리에 리본을 단 딸아이가 마지막으로 모차르트를 연주하려고 피아노 앞에 앉았다가 울음을 터뜨리며 달려 나가 버렸습니다. 내가 『안나 카레니나』를 왜 읽어야 할까요? 이것만 읽어도 충분하다는 걸까요? 우리에 대한 이야기는 어디에 있나요? 우리에 대한 이야기 말이에요. 백 년이 지난 다음에나 나올까요?"

거의 비명에 가까웠지만 오랜 세월 동안 공포에 시달려 온 그녀는 그마저도 크게 소리 낼 수 없었다. 그것은 비명처럼 들리지도 않았다. 그 소리를 들을 수 있는 사람은 그녀와 코스토글로토프뿐이었다.

어쩌면 대야 위에 앉아 있던 시부가토프에게도 들렸을지 모를 일이었다.

그녀의 이야기에 암시가 많다고 할 수는 없었지만 그렇다고 적은 것도 아니었다.

"레닌그라드였나요?" 올레크가 눈치로 물었다. "1935년이었지요?"

"알고 있었어요?"

"어느 거리에 살았나요?"

"푸르시타트스카야 거리였어요." 비통한 목소리였지만 조금은 반가운 목소리로 옐리자베타 아니톨리예브나가 말했다. "당신은요?"

"저는 자하리예프스카야 거리에 살았어요. 가까운 곳이지요."

"가까운 곳이네요. 그때 몇 살이었나요?"

"열네 살이었어요."

"그럼 아무것도 기억 못 하겠네요."

"조금 기억해요."

"기억 안 나요? 그때는 대지진이라도 일어난 것 같았는데. 어느 집이든 내키는 대로 현관문을 열고, 무조건 들어와 닥치는 대로 물건을 마구 가져가면서도 아무도 누구에게 물어보는 법이 없었죠. 그때 도시의 4분의 1이나 되는 시민이 추방당했어요. 당신은 기억나지 않아요?"

"기억납니다. 하지만 부끄럽게도 그때는 그것이 그토록 심각한 문제라고 생각하지 않았어요. 학교에서 우리에게 그 일이 왜 필요하고, 왜 유익한지 설명해 주었으니까요."

단단히 재갈을 물린 암말처럼 나이 든 얼굴의 그녀가 고개를 아래위로 끄덕였다.

"레닌그라드 봉쇄에 대해서는 모두들 이야기를 하지요! 그것에 대한 서사도 쓰더군요! 그것은 허락되니까요. 그런데 봉쇄 이전에는 아무 일도 없었다는 듯 침묵하고 있어요."

그러고 보니 생각이 났다. 그때도 시브가토프는 이렇게 대야 위에 앉아 찜질을 하고 있었고, 그녀의 자리에는 조야가 앉아 있었으며, 지금처럼 옆에 올레크가 앉아 바로 이 책상 뒤에 있는 전등 아래서 조야와 레닌그라드 봉쇄에 대한 이야기를 나누었다. 달리 무슨 할 말이 있겠는가?

봉쇄 이전에 이 도시에는 아무 일도 없었다는 듯이.

올레크는 한숨을 크게 쉬고는 옆으로 머리를 기울여 턱을 괴고 앉아 멍하니 옐리자베타 아나톨리예브나를 쳐다보았다.

"부끄러운 일이지요." 그가 나직하게 말했다. "왜 우리는 우리와 친지들에게 재난이 덮쳐 오기 전까지는 그냥 멍하니 바라보고만 있었던 걸까요? 정말 왜 인간은 그렇게밖에 못 할까요?"

그런데 지금 생각해 보니 지금껏 그는 다른 유치한 생각에 몰두하고 있었다. 그는 여자가 남자에게 원하는 것은 무엇일까, 여자가 원하는 최소한의 것은 무엇일까 하는 고민을 파미르 고원보다 더 높은 지점으로 끌어올리고 있었던 것이다. 바로 그것이 인생의 정점이라도 된다는 듯, 마치 그것 외에 이 나라에 다른 고통도 행복도 전혀 존재하지 않는다는 듯.

부끄럽기는 했지만 기분은 훨씬 나아졌다. 타인의 불행이 자신의 불행을 상쇄한 것이다.

"그 전에 몇 년 동안……." 옐리자베타 아나톨리예브나가 기억을 더듬으며 말했다. "레닌그라드에서 귀족 출신들을 강제로 이주시켰지요. 아마 몇만 명은 되었겠지만 우리가 그것을 어떻게 알겠어요? 그곳에 남겨진 귀족들은 노인이나 어린

아이들처럼 의지할 곳 없는 사람들뿐이었으니까요. 우리는 모두 보고 알고 있었어요. 그런데도 우리는 태연하게 있었어요. 우리를 건드리지는 않았으니까요."

"그래서 결국 피아노는 팔렸나요?"

"아마 팔렸을 거예요. 물론 팔았을 겁니다."

올레크가 자세히 보니 그녀는 아직 오십이 되지 않아 보였다. 그러나 얼굴은 이미 노파처럼 보였다. 하얀 삼각모 밑으로 노쇠한 여성 특유의 힘없이 늘어진 머리카락이 삐져나와 있었다.

"그럼 당신 가족은 언제 강제 이주를 당했습니까? 무엇 때문이었습니까? 무슨 이유였어요?"

"무슨 이유였을까요? 말하자면 '사회적 유해 분자'라고 할까요. 아니면 소위 '사회적 위험 분자'라고 할까요? 재판도 없었으니 무슨 죄목을 붙였는지 알게 뭐예요?"

"남편은 어떤 분이셨어요?"

"평범한 사람이었어요. 오케스트라의 플루트 연주자였거든요. 술을 마시면 논쟁을 즐겨 하곤 했지요."

올레크는 돌아가신 어머니를 떠올렸다. 어머니도 이 여인처럼 나이에 비해 늙어 보였지만, 인텔리였으며, 가련한 미망인이었다.

같은 지역에 살았더라면 이 여인에게 뭔가 도움을 줄 수도 있었으리라. 하다못해 그녀의 아들을 지도해 줄 수도 있었겠지.

그러나 핀에 꽂혀 서로 다른 상자에 담겨 있는 곤충들처럼 두 사람에게는 각자의 운명이 정해져 있었다.

"우리 가족과 친한 분이 있었는데⋯⋯." 지금껏 침묵하고 살아온 그녀였지만 한번 말문을 연 그녀는 계속해서 이야기를 쏟아 냈다. "다 자란 아들과 딸이 있었어요. 둘 다 열렬한 콤소몰 조직원이었답니다. 그런데 갑자기 가족 모두에게 유형지로 이주 명령이 떨어졌어요. 아이들이 지역 콤소몰 위원회에 달려가 '우리를 지켜 주세요!'라고 했더니 거기서 지켜 주겠다고 하면서 이렇게 말했다는 거예요. '이 서류에 다음과 같이 쓰시오. 오늘 이후로 저는 누구누구의 아들이나 딸이 아닙니다. 저는 사회적 위험 분자인 그들과 인연을 끊고 앞으로 그들과 어떤 관계도 갖지 않을 것이며, 연락도 하지 않을 것을 맹세합니다.'"

올레크는 몸을 구부리고 앙상한 어깨를 움츠린 채 머리를 떨구었다.

"많은 이들이 그렇게 썼겠지요."

"그랬을 테지요. 그런데 그 아이들은 생각해 보겠다고 했답니다. 그리고 집으로 돌아와 콤소몰 조직원 증명서를 페치카에 던져 넣고는 함께 유형지로 떠날 준비를 했다더군요."

그때 시브가토프가 부시럭거렸다. 그러고는 침대를 붙잡고 대야에서 몸을 일으켰다.

그러자 그녀는 얼른 대야를 들고 밖으로 내갔다.

올레크도 일어나서 잠자리에 들기 전에 다녀와야 할 곳이 있어 계단을 내려갔다.

아래층 복도로 내려간 그는 좀카가 누워 있는 작은 방문 옆을 지나갔다. 좀카와 한방에 있던 환자가 수술 후 지난 월요일에 죽은 탓에 그 침대에는 수술을 마친 술루빈이 누워 있었다.

그 문은 항상 굳게 닫혀 있었는데, 지금은 살짝 열려 있었고, 방 안은 어두웠다. 어둠 속에서 고통스러운 신음 소리가 들려왔다. 간호사는 아무도 보이지 않았다. 다른 환자에게 갔거나 잠을 자고 있을 것이다.

올레크는 문을 조금 더 열고 얼굴을 들이밀었다.

좀카는 자고 있었다. 신음은 술루빈이 내는 소리였다.

올레크는 안으로 들어섰다. 문이 열리자 방 안으로 복도 불빛이 조금 새어 들었다.

"알렉세이 필리프이치!"

그러자 신음 소리가 멈췄다.

"알렉세이 필리프이치! 많이 아프세요?"

"어?" 말소리가 신음 소리처럼 들렸다.

"많이 편찮으신가 봐요? 뭐 필요한 거 있어요? 불을 켤까요?"

"누구요?" 그가 깜짝 놀라 기침을 했다. 기침으로 인한 통증 때문인지 다시 신음 소리를 냈다.

"코스토글로토프입니다. 올레크예요." 그는 가까이 다가가 고개를 숙이고 베개 위에 있는 술루빈의 커다란 얼굴을 구별해 냈다. "뭐 필요한 거 있어요? 아니면 간호사를 불러 드릴까요?"

"아니, 필요 없어요." 술루빈이 숨을 내쉬었다.

그는 더 이상 기침을 하지도 신음 소리를 내지도 않았다. 점차 올레크의 눈에 베개 위에 있는 그의 머리카락까지 모두 보였다.

"모두 죽는 것은 아니야. 다 죽는 것은 아니라고." 술루빈이 중얼거렸다.

헛소리를 하는 것 같았다.

코스토글로토프는 손을 더듬어 담요 위에 놓여 있던 그의 뜨거운 손을 살짝 잡았다.

"알렉세이 필리프이치, 살아날 겁니다! 이겨 내야 해요, 알렉세이 필리프이치!"

"파편인가, 아? ……파편뿐이야?" 환자는 여전히 혼잣말을 했다.

문득 올레크는 술루빈이 헛소리를 하는 것이 아니라는 생각이 들었다. 그는 수술을 받기 전에 마지막으로 나눈 대화를 기억하는 것이다. 그때 그가 이런 말을 했다. "나는 가끔 내 안에 있는 모든 것이 나는 아니라는 걸 분명히 느끼고 있어. 무엇인가 고귀한 불멸의 것이 있어! 우주 혼의 파편 같은 것. 그런 느낌을 가져 본 적이 없나?"

## 35
# 천지 창조의 첫날

아직 모두가 잠들어 있는 이른 새벽, 올레크는 가만히 일어나 규정대로 담요 커버를 네 번 접어 침대를 정리하고 무거운 장화를 신고 발뒤꿈치를 들고 병실을 걸어 나왔다.

투르군이 교과서가 펼쳐진 당직 간호사 책상 위에 두 팔을 대고 숱이 많은 새까만 머리를 올려놓은 채 잠들어 있었다.

나이가 지긋한 아래층 청소부가 욕실 문을 열어 주었다. 그곳에서 그는 두 달 만에 왠지 낯설게 느껴지는 자기 옷으로 갈아입었다. 헐렁한 승마 바지 모양의 낡은 군용 바지와 혼방 군복 상의, 외투였다. 모두 수용소 시절에 그의 병참부에 잘 보관해 두었던 터라 아직 완전히 해지지는 않았다. 겨울 모자는 우시테레크에서 산 민간용으로 그에게 작은 편이어서 머리가 조였다. 날씨도 따뜻할 것 같아서 모자는 쓰지 않아도 될 것 같았다. 게다가 이 모자를 쓰면 꼭 허수아비처럼 보였다. 혁대는 외투 위에는 매지 않고 속에 입은 군복 상의에만 맸다. 이런 모습으로 거리에 나서면 마치 해방된 농노나 감옥에서 갓 도망쳐 나온 병사처럼 보일 터였다. 모자는 아예 배낭에 넣었다. 기름으로 얼룩지고 모닥불에 그을린 자국이 있는 데다 총알에 뚫린 구멍을 기운 군용 배낭으로 올레크의 숙모가 감옥에 넣어 준 것이었다. 수용소에는 좋은 것을 가져갈 수 없었기 때문에 특별히 그런 것으로 구해 달라고 부탁을 했다.

이런 복장이라도 환자복을 입었을 때보다는 훨씬 활기차고 건강한 사람처럼 보였다.

코스토글로토프는 늦지 않도록 서둘렀다. 청소부가 현관문 정면에 걸렸던 빗장을 열고 그를 내보내 주었다.

그는 계단으로 나가 걸음을 멈추고는 숨을 크게 한 번 들이마셨다. 아직 바람에 흩어지거나 더럽혀지지 않은 아주 신선한 공기였다! 눈앞에는 연초록의 세계가 펼쳐져 있었다! 고개를 들어 위를 올려다보았다. 저 멀리에서 해가 막 떠올라 하늘이 장밋빛으로 물들기 시작했다. 그는 고개를 더 높이 들어 올렸다. 오랜 세월 동안 사용한 물렛가락 같은 새털구름이 온 하늘에 펼쳐져 있었다. 그 순간 고개를 들고 바라보는 몇 사람만을 위해, 아니, 이 도시에서는 오직 올레크만을 위해 잠깐 나타났다 사라지는 구름이라는 생각이 들었다.

조각구름, 레이스 구름, 새털구름과 뭉게구름 사이로 조각배 같은 하현달이 선명하게 반짝이며 떠가고 있었다.

새로운 천지 창조의 아침이었다! 올레크라는 단 한 사람의 귀환을 위해 세계는 다시 창조되었다. "가라! 그리고 살아라!"

거울처럼 맑고 깨끗한 달이었다. 그러나 달은 이미 이울고 있었고, 연인들을 비추는 달도 아니었다.

올레크는 행복한 얼굴로 혼자서 하늘과 나무를 향해 미소를 보내며 노인에게든 병자에게든 공평하게 흘러넘치는 이른 봄, 이른 아침의 환희를 만끽하며, 늙은 청소부 외에는 아무도 없는 낯익은 가로수 길을 걷기 시작했다.

그는 걸음을 멈추고 암 병동을 돌아보았다. 기다란 빗자루 같은 피라미드 모양의 백양나무에 반쯤 가려진 병동 건물은 하나하나 쌓아 올린 은회색 벽돌의 살을 그대로 드러낸 채 칠십여 년 동안도 전혀 변함 없이 우뚝 솟아 있었다.

올레크는 병원 구내의 나무들과 일일이 작별 인사를 하며 걸었다. 단풍나무에는 벌써 귀고리 모양의 새순이 달리고, 어느새 살구나무에는 첫 꽃이 피었지만 잎사귀 때문에 꽃잎이 연녹색으로 보였다.

그런데 벚나무는 한 그루도 없었다. 벌써 벚꽃이 피었다는 이야기는 들었다. 구시가지에 가면 한창 보기 좋게 피었다고 했다.

천지 창조의 첫날 아침, 누군들 감격하지 않을 수 있겠는가? 올레크는 모든 계획을 접고 아직 이른 아침이지만 지금 당장 구시가지로 가서 활짝 핀 벚꽃을 구경해야겠다는 엉뚱한 계획을 세웠다.

그는 아직 인적이 드문 전차 종점을 발견하고는 금단의 병원 문을 벗어나 서둘러 걸어갔다. 지난 1월 올레크는 기진맥

진한 데다 흠뻑 비에 젖은 채로 초주검이 되어 이 문을 들어서지 않았던가.

병원 문을 나서자 마치 감옥 문을 벗어난 듯한 기분이 들었다.

지난 1월 올레크가 처음 이 병원에 오던 날 전차 안이 사람으로 가득 차 소란스럽고 이리저리 흔들려 몹시 괴로웠던 기억이 났다. 그러나 지금 이렇게 텅 빈 전차의 창가에 앉아 있노라니 전차가 덜컹거리는 소리마저 기분 좋게 느껴졌다. 그에게 전차를 탄다는 것은 살아 있다는 것이며, 해방되었다는 의미였다.

전차는 강 위로 난 다리를 지났다. 강가에는 가녀린 버드나무가 길게 늘어져 있었고, 세차게 흐르는 흙탕물 위로 드리워진 나뭇가지에는 벌써 새싹이 돋아 있었다.

길가에 줄지어 선 나무들도 초록빛을 발했지만 아직 길게 늘어선 건물을 모두 가리지는 못했다. 작은 석조 단층집들은 이 지역 사람들의 느긋한 성품처럼 서두르지 않고 지었다는 인상을 풍겼다. 올레크는 부러운 마음으로 집들을 바라보았다. 이런 집에서 사는 사람들은 얼마나 행복할까! 널따란 보도와 가로수 길이 어우러져 멋진 풍경이 쭉 펼쳐진 곳이었다. 하기야 장밋빛으로 물든 이른 아침에 바라보면 어느 도시가 아름답지 않으랴!

풍경은 점차 바뀌었다. 가로수 길이 사라지고 양쪽 길이 좁아지면서 외관도 볼품없고 튼튼해 보이지도 않는 허술하게 지은 집들이 보이기 시작했다. 전쟁 전에 지은 집들 같았다.

그러다가 올레크는 그곳 거리 이름을 얼핏 보고는 왠지 귀에 익은 것 같다는 생각이 들었다.

그러고 보니 조야가 산다는 곳이 이 거리인 것 같았다!

그는 얼른 구겨진 종이쪽지를 꺼내 건물의 번호를 알아냈다. 그는 다시 창문 밖을 내다보다가 전차가 속도를 줄였을 때 예의 그 번호가 달린 건물을 발견했다. 갖가지 모양의 창문이 달린 이 층 건물이었다. 출입문을 항상 열어 두는지 아예 망가진 것인지 문이 열려 있었고, 건물 안쪽에도 부속 건물들이 더 들어서 있었다.

바로 여기 어딘가에 그녀가 사는 것이다. 내려 볼까 하는 생각도 들었다.

그러고 보니 그 역시 이 도시에 아는 사람이 전혀 없는 것은 아닌 셈이었다. 이곳으로 초대받았으니 말이다. 그것도 처녀에게 초대받지 않았던가!

그러나 그는 계속 자리에 앉아 전차의 진동과 소음을 느꺼운 마음으로 즐겼다. 전차에는 아직 사람들이 많지 않았다. 올레크 맞은편에는 안경을 쓴 우즈베크 노인이 앉아 있었는데, 노학자 티가 나고 평범해 보이지 않는 사람이었다. 그는 차장에게 표를 받아 대롱처럼 돌돌 말더니 그것을 귀에 꽂았다. 돌돌 말린 분홍색 대롱이 귀에서 흔들거렸다. 이런 일상적인 광경을 지켜보는 올레크의 마음은 전차가 구시가지로 들어설 즈음에는 한층 더 유쾌하고 편안한 상태가 되었다.

점차 길이 좁아지고 답답하게 다닥다닥 붙어 있는 작은 집들이 나타나더니 창문도 없는 높은 진흙 담들이 길게 이어졌다. 담벼락보다 높이 솟아오른 집들도 거리에서 보면 창문이 없는 평평한 진흙 벽밖에 보이지 않았다. 담벼락에는 군데군데 작은 출입문이나 터널로 된 통로가 보이기도 했지만 너무 낮아 몸을 구부려야 간신히 들어갈 수 있을 것 같았다. 전차 발판에서 보도까지는 훌쩍 건너뛰면 닿을 거리였고, 보도의 폭도 한 걸음 정도밖에 되지 않았다. 전차가 거리를 전부 차지한 셈이었다.

올레크가 가려고 했던 구시가지인 것 같았다. 살풍경한 거리에는 벚꽃이 피기는커녕 나무 한 그루 보이지 않았다.

전차를 계속 타고 갈 필요가 없을 것 같았다. 올레크는 전차에서 내렸다.

천천히 걸어가면서 둘러보아도 역시 같은 풍경이 이어졌다. 전차 소리가 점차 멀어지자 어디선가 쇠를 두드리는 듯한 소리가 들려왔다. 올레크는 빙 둘러보다가 우즈베크인 한 사람을 발견했다. 흑백 타타르풍 모자를 쓰고 기다란 검은색 누빈 솜옷에 장밋빛 장식 띠를 허리에 두르고 있었다. 그 우즈베크인은 길 한가운데 앉아 전차의 단선 선로 위에 호미 끝 부분을 대고 망치로 두드리고 있었다.

올레크는 깜짝 놀라 멈춰 섰다. 이것이 원자 시대란 말인가! 우시테레크에서 그랬듯이 이곳에도 가사용 금속이 모자라 망치를 두드릴 때면 받침대로 전차의 선로만 한 것이 없었던 것이다. 올레크는 그 우즈베크인이 다음 전차가 오기 전까지 일을 다 마칠 수 있을지 궁금해서 계속 쳐다보았다. 그러나 우즈베크인은 조금도 서두르지 않았을 뿐만 아니라 천천히 일을 하다가 전차가 눈앞에 다가올 때쯤에야 반걸음 뒤로 물러나 전차가 지나가기를 기다렸다가 다시 다가앉아 일을 계속했다.

올레크는 우즈베크인의 참을성 있는 등과 장밋빛 장식 띠(이미 파랗게 물든 하늘의 남은 장밋빛을 모두 흡수해 버린 듯한)를 물끄러미 쳐다보았다. 그는 이 우즈베크인과 단 한마디 말도 주고받지 않았지만 친한 동료처럼 느껴졌다.

봄날 아침, 호미 끝을 두들기는 광경, 이것이야말로 그가 돌아온 일상의 모습이 아닐까?

얼마나 좋은가!

그는 창문이 있는 곳을 찾아 두리번거리며 천천히 걸어갔다. 담장 안을 들여다보고 싶었다. 그러나 쪽문이 닫혀 있어 안으로 들어가기가 망설여졌다. 그러다 한쪽에 터널로 된 통로의 문이 약간 열려 있는 것이 보였다. 올레크는 몸을 구부려 음습한 통로를 따라 안뜰로 들어갔다.

안뜰은 아직 모두 잠들어 있었지만 이곳에서 사람들이 살아간다는 것은 충분히 짐작할 수 있었다. 한 그루 나무 아래에는 지면에 고정된 의자와 탁자가 놓여 있었고, 아이들의 장난감이 흩어져 있었는데, 제법 현대적인 것들이었다. 가까운 곳에는 이곳 사람들의 생활에 필요한 물을 공급해 주는 급수통도 있고 세탁통도 설치되어 있었다. 주변을 빙 두른 창문들은 (이 건물에는 창문이 많았다.) 하나같이 안뜰을 향해 있고 거리로 난 창문은 하나도 없었다.

그는 다시 거리로 나와 비슷한 다른 통로를 따라 옆 건물 안

뜰로 들어섰다. 역시 이전 건물과 유사한 구조였다. 다른 점이라면 보라색 망토 아래 가늘고 긴 머리채를 허리까지 늘어뜨린 우즈베크 처녀가 아이들과 놀고 있다는 것뿐이었다. 그녀는 올레크를 쳐다보았지만 관심을 보이지 않았다. 그는 밖으로 나왔다.

전혀 러시아식이 아니었다. 러시아의 시골과 도시의 집은 모두 거실 창문이 거리를 향해 나 있었다. 그래서 여주인들은 으슥한 숲 속에 몸을 숨긴 병사처럼 창문가에 놓아 둔 화분이나 커튼 뒤에 숨어서 낯선 사람이 거리를 걸어가는 것이나 누구의 집에 누가 왜 들르는지를 항상 살펴보곤 했다. 그러나 올레크는 곧바로 동방 민족의 지혜를 이해하고 인정했다. 당신이 어떻게 살든 상관하지 않을 테니 당신도 나를 들여다보지 말라는 의미인 것 같았다.

죄수로서 모든 것이 개방된 채 끊임없이 추궁당하고 감시당하고 경계당하던 수용소 생활을 경험한 사람에게 이보다 좋은 생활 조건이 있을까?

올레크는 구시가지가 더 마음에 들었다.

어느새 건물 사이로 손님이 드문 찻집과 이제 막 잠에서 깬 찻집 주인들이 눈에 띄기 시작했다. 바로 눈앞에 길거리보다 높은 발코니가 달린 찻집이 보였다. 올레크는 그곳으로 올라갔다. 찻집 안에는 선홍색, 암홍색, 파란색 등 타타르 모자를 쓴 몇몇 남자들과 화려하게 수놓은 흰 두건을 쓴 노인이 벌써 자리를 잡고 앉아 있었다. 여자는 전혀 보이지 않았다. 전에도 찻집에서 여자 손님은 한 번도 본 적이 없다는 생각이 들었다.

여자는 출입 금지라는 안내문이 있는 것도 아닌데, 여자들을 꺼리는 모양이었다.

올레크는 생각에 잠겼다. 새로운 삶을 시작하는 첫날 그의 눈에는 모든 것이 새롭게 보였고, 모든 것을 알 필요가 있었다. 남자들이 이렇게 따로 모여 있는 것은 자신들의 중요한 삶은 여자들이 없는 곳에서 이루어진다는 것을 보여 주기 위해서일까?

올레크는 난간 옆에 자리를 잡았다. 그곳에서는 거리가 훤히 내다보였다. 거리는 조금씩 소란스러워졌지만 도시인들처럼 바삐 오가는 사람은 보이지 않았다. 거리의 사람들은 차분하게 움직였고, 찻집에 앉아 있는 손님들은 여전히 조용히 앉아 있었다.

상사였고 죄수였던 코스토글로토프는 세상 사람들이 자신에게 요구한 모든 것을 완수했고, 병이 원했던 고통을 충분히 겪은 다음 지난 1월 이미 세상을 떠난 것이다. 이제는 불안한 걸음을 내디디며 병원에서 나온 전혀 새로운 코스토글로토프가 수용소의 표현대로 "여리고 날카롭고 투명한" 존재가 되어, 완전하고 충만한 삶이 아닌 덤으로 주어진 삶을 살아가게 된 것이다. 정해진 양의 빵 덩어리 위에 이쑤시개로 덤으로 붙여 놓은 빵처럼 언뜻 보면 정해진 양의 빵처럼 보이지만 사실은 별개의 조각인 것이다.

이렇게 덤으로 조금 얻게 된 삶, 별개로 주어진 삶을 시작하는 올레크는 이전과는 전혀 다르게 살고 싶었다. 이제 다시는 실수하고 싶지 않았다.

그러나 차를 주문하면서 벌써 실수를 저지르고 말았다. 그는 괜히 잔머리를 굴리지 말고 보통 차를, 자신이 익히 아는 차를 주문했어야 했다. 그런데 그는 이국적인 정취를 맛보겠다고 코크, 즉 녹차를 주문한 것이다. 진한 맛도 없고, 원기를 주는 것도 아니고, 차 맛도 전혀 나지 않는 데다 찻잔에 남은 차 찌꺼기도 삼키기 싫어 뱉을 정도였다.

그사이 날이 밝아 해가 떠올랐다. 올레크는 시장기가 돌았지만 찻집에는 설탕도 넣지 않은 두 종류의 뜨거운 차밖에 없었다.

그러나 절대 서두르는 법이 없는 이곳 사람들의 습성에 맞게 그는 먹을 것을 찾아 곧장 밖으로 나가는 대신 의자의 방향을 약간 바꾸어 계속 앉아 있었다. 그때 찻집 발코니 밖으로 벽에 둘러싸인 옆 건물 안뜰에 직경 6미터쯤 되어 보이는 민들레 모양의 분홍빛 열기구 같은 것이 하늘거리며 둥둥 떠오르는 것이 보였다. 그렇게 커다란 장밋빛 덩어리를 본 적이 없었다!

살구나무일까?

올레크는 그것을 발견할 수 있었던 것 역시 서두르지 않은 덕이라고 생각했다. 옆을 보지 않고 앞으로만 달리면 얻을 수 없는 것이었다.

그는 난간에 바짝 다가서서 한동안 투명한 장밋빛 기적을 하염없이 바라보았다.

그는 그것을 천지 창조의 날에 받은 선물로 생각했다.

사방이 황토벽으로 둘러싸여 있고 하늘만 뚫려 있어 거주

자들에게는 하나의 방처럼 보이는 안뜰에 살구나무 한 그루가 북극 지방 어느 방 안의 촛불을 밝힌 크리스마스트리처럼 서 있었던 것이다. 나무 아래에서는 아이들이 기어 다니고 있었고, 초록 꽃무늬가 그려진 검은 머릿수건을 두른 여자가 땅을 파고 있었다.

올레크는 나무를 자세히 살펴보았다. 장밋빛은 나무의 전체적인 인상일 뿐이었다. 살구나무에는 촛불처럼 보이는 보랏빛 꽃봉오리가 맺혀 있었는데, 막 피어난 꽃잎의 표면은 장밋빛이지만 활짝 핀 꽃잎은 사과꽃이나 벚꽃처럼 흰색이었다. 그러나 전체적으로는 오묘한 연분홍색을 발하고 있었다. 올레크는 그 빛깔을 잘 기억해 두었다가 나중에 카드민 부부에게 이야기해 주려고 자세히 살펴보았다.

바로 이것이 그가 기대한 기적이었다.

오늘 막 세상에 새로 태어난 그를 기쁘게 해 줄 기적은 이렇게 계속 이어지리라!

조각배 같은 달은 이제 보이지 않았다.

올레크는 계단을 내려가 거리로 나섰다. 모자를 쓰지 않아 햇볕에 드러난 맨머리가 따가웠다. 그는 검은 빵을 400그램 정도 사서 맨입에 씹어 먹으며 버스를 타고 시내 중심부로 가야겠다고 생각했다. 평상복으로 갈아입어서인지 오늘은 여느 때처럼 구토감도 느껴지지 않았고, 발걸음도 가벼웠다.

그 순간 올레크는 교통에 방해되지 않도록 움푹 파인 흙벽 안쪽에 서 있는 노점을 발견했다. 노점은 차양처럼 앞으로 튀어나온 아마포 가림막이 덮여 있었고, 두 개의 버팀목이 대각

선으로 그것을 지탱하고 있었다. 푸르스름한 연기가 노점 안을 가득 채우며 피어올랐다. 올레크는 차양 밑으로 들어가려고 몸을 한껏 구부렸다. 안에 들어가서도 고개를 똑바로 들 수가 없었다.

안에는 기다란 철제 풍로가 노점 판매대를 꽉 채우고 있었다. 풍로 한쪽에는 빨간 불이 타오르고 있었고, 나머지 부분은 하얀 재로 덮여 있었다. 불길이 이는 풍로 위에는 작은 고깃덩어리를 끼운 열다섯 개의 길고 뾰족한 알루미늄 꼬챙이가 걸려 있었다.

올레크는 그것이 바로 이름만 듣던 샤슬릭[61]일 거라고 짐작했다. 이것 역시 하나의 새로 창조된 세계 아닌가. 수용소에서 음식 이야기가 나올 때면 으레 빠지지 않고 입에 오르내리던 것이 바로 이 샤슬릭이었다. 올레크는 삼십사 년간 살아오면서 자기 눈으로 직접 실물을 본 것은 처음이었다. 카프카스에 가 본 적도 없고, 레스토랑에 가 본 적도 없었으며, 전쟁 전 대중 식당에서 구경한 것이라곤 오직 롤캐비지와 오트밀이 전부였다.

샤슬릭!

어찌나 냄새가 강렬하게 풍기는지……. 연기와 고기가 섞인 바로 이 냄새! 꼬챙이에 꿰어진 고기는 까맣게 타기는커녕 갈색으로도 변하지 않고 연한 장밋빛 살색 그대로 구워지고 있었다. 얼굴이 둥글고 기름진 노점 주인이 전혀 서두르는 기

---

61) 카프카스 지방의 대표 음식으로 양념하여 불에 구운 양고기.

색 없이 몇 개의 꼬치는 뒤집고, 다른 몇 개는 불에서 재만 남은 곳으로 옮겨 놓았다.

"얼마요?" 코스토글로토프가 물었다.

"3." 주인이 졸린 듯이 말했다.

올레크는 3이 무엇을 의미하는지 알 수 없었다. 3코페이카라면 너무 싸고 3루불은 너무 비쌌다. 꼬치 세 개에 1루블이란 뜻인가? 수용소를 나온 이후 이렇게 얼른 이해하기 힘든 일이 부지기수였다. 물가를 전혀 종잡을 수가 없었다.

"3루블에 몇 개라고요?" 올레크가 슬쩍 그렇게 물었다.

노점 주인은 말하기 귀찮다는 투로 올레크를 향해 마치 어린애 대하듯 꼬챙이 끝을 들어 올려 한 번 휘두르고는 다시 굽기 시작했다.

그럼 한 꼬치에 3루블이란 말이야? 올레크는 머리를 흔들었다. 엄두가 나지 않았다. 5루블로 하루를 살아야 하는 신세였기 때문이다. 하지만 먹고 싶은 마음이 너무나 간절했다! 그는 꼬챙이를 하나하나 유심히 들여다보며 뭘 고를까 생각했다. 하지만 꼬챙이마다 각각의 장점이 있었다.

올레크 옆에는 세 명의 운전사가 기다리고 있었다. 거리에는 그들의 트럭이 세워져 있었다. 한 여자가 들어왔다가 주인이 우즈베크어로 무슨 말인가를 건네자 불만스러운 표정을 지으며 나가 버렸다. 그런데 갑자기 주인이 꼬챙이를 모두 접시에 담고는 그 위에 잘게 썬 양파를 뿌리더니 병에 담긴 소스까지 뿌렸다. 그제야 올레크는 운전사들이 각자 다섯 꼬챙이씩 주문했다는 것을 알아챘다!

이게 바로 이 나라 도처에 만연한 암거래 가격이고 이중의 돈벌이였는데, 올레크는 암거래에 대해서는 상상도 못 했을 뿐만 아니라, 직접 할 줄은 더더욱 몰랐다. 운전사들은 각자 15루블씩이나 주고 군것질을 했던 것이다. 물론 아침 식사 대신도 아닐 것이다. 봉급을 받는 사람이 그런 생활을 할 수는 없을 테고, 또 월급 생활자에게 샤슬릭을 팔려는 생각도 아니었을 것이다.

"이젠 없어요." 주인이 올레크에게 말했다.

"없다니, 하나도 없어요?" 올레크는 몹시 낙담했다. 우물쭈물하다가 이런 일을 당하고 만 것이다! 어쩌면 평생 처음이자 마지막 기회였을지도 모르는데!

"오늘 가져온 건 이게 다예요." 노점 주인이 가게를 정리하며 차양을 거두려고 했다.

그러자 올레크가 운전사들에게 부탁했다.

"형씨들, 한 꼬치만 양보해 주세요! 형씨들, 한 꼬치면 돼요!"

그러자 세 운전사 중 아마 빛 머리에 얼굴이 몹시 그은 젊은 이가 고개를 끄덕이며 말했다.

"자, 여기 있어요."

그들은 아직 값을 치르지 않은 상태였다. 올레크가 옷핀으로 꽂아 둔 호주머니에서 녹색 지폐를 꺼내 주자 주인은 손으로 잡지도 않고 마치 빵 부스러기나 먼지를 쓸듯이 상자 속에 쓸어 넣었다.

어쨌든 한 꼬치는 이제 올레크의 것이다! 올레크는 먼지가 풀썩이는 땅바닥에 배낭을 내려놓고 두 손으로 알루미늄 꼬챙이를 잡고 고깃덩어리 개수를 세어 보았다. 모두 다섯 개가 끼워져 있었고, 여섯 번째는 절반밖에 되지 않았다. 그는 꼬챙이에서 고깃덩어리를 단번에 빼서 먹지 않고 마치 개가 자기 몫을 안전한 구석으로 물고 가서 먹듯 천천히 조금씩 물어 뜯으며 곰곰이 생각에 잠겼다. 올레크는 인간의 욕망이란 얼마나 순식간에 생겨나고 일단 생겨난 욕망을 채우는 것은 또 얼마나 어려운지 생각했다. 검은 빵 한 조각이 지상 최고의 선물이었던 세월이 몇 년이었던가! 방금 전만 해도 아침 식사를 위해 검은 빵을 사려고 하지 않았던가. 그런데 한순간에 고기 굽는 푸른 연기에 이끌리고, 간신히 한 꼬치를 얻고 나서는 어느새 검은 빵을 경멸하고 있는 것을 보라.

벌써 꼬치를 먹어 치운 운전사들이 차를 몰고 가 버린 후에도 올레크는 여전히 꼬치를 조금씩 뜯어 먹고 있었다. 그는 연한 고기의 육즙 맛은 어떤지, 냄새는 어떤지, 적당하게 잘 익었는지 살피고, 동시에 작은 고깃덩어리들 속에 아직 사라지지 않고 남아 있는 동물의 원초적 힘을 입술과 혀로 음미했다. 이상하게 샤슬릭을 더 깊이 음미할수록 조야를 향해 열려 있던 문이 더욱 냉정하게 닫혀 가는 것을 느꼈다. 지금 전차를 타고 바로 그녀의 집 옆을 지나쳐 간다 해도 내릴 수가 없을 것 같았다. 샤슬릭 한 꼬치를 먹는 동안 그 경계선이 더욱 확고해진 것이다.

시내 중심으로 왔던 예의 그 전차가 반대 방향으로 돌았다. 이제는 전차 안이 매우 혼잡했다. 올레크는 조야의 집 정류장을 지나고, 두 개의 정류장을 더 지났다. 어느 정류장에서 내리는 게 더 편할지 가늠할 수가 없었다. 문득 창밖을 내다보니 거리에서 한 여자가 신문을 팔고 있었다. 올레크는 그 모습을 보려고 전차에서 내렸다. 어린 시절 이후 거리에서 신문을 파는 사람을 본 적이 없었다.(마지막으로 가두 신문팔이를 본 것은 마야코프스키[62]가 자살했을 때였는데, 그때 신문팔이 소년들이 호외를 팔았다.) 그런데 지금 동작이 굼뜨고 거스름돈도 제대로 계산할 줄 모르는 중년의 러시아 여자가 겨우 계산을 맞춰가며 전차가 올 때마다 몇 부씩 신문을 팔고 있었다. 올레크는 그녀 앞에 멈춰 서서 그녀가 신문 파는 모습을 살펴보았다.

"경찰들이 단속하지 않나요?" 그가 물었다.

"적발된 적은 없어요." 신문 파는 여자가 땀을 닦으며 대답했다.

그는 자신이 어떻게 보일지 잊고 있었다. 경찰이 만약 그의 얼굴을 봤다면 신문팔이 여자가 아니라 자신에게 신분증을 내놓으라고 했을 판이었다.

길거리에 걸린 시계는 오전 9시를 가리키고 있었다. 벌써 기온이 많이 올라 외투 단추를 풀었다. 올레크는 앞지르고 밀치는 사람들에 밀려 광장 근처 양지 쪽의 보도를 천천히 걷다가 눈을 찌푸리고 해를 쳐다보며 미소를 지었다.

오늘 올레크를 놀래 줄 사건은 아직도 많이 남아 있었다!

---

62) 소비에트 혁명 시인이자 미래주의 대표 시인 블라디미르 마야코프스키 (1893~1930).

그는 살아서 다시 봄을 맞이할 수 있으리라고는 꿈도 꾸지 못했다. 지금 옆에는 그가 되살아났다는 사실을 기뻐해 줄 사람이 아무도 없었고, 그것을 아는 사람조차 없었지만 태양은 알고 있을 터였다. 그래서 올레크는 태양을 향해 미소를 보냈다. 어쩌면 다음 봄은 영원히 다시 맞을 수 없을지도 모르지만, 그래서 이번이 마지막 봄이 될지도 모르지만 어쨌든 덤으로 주어진 봄이다! 그것에 감사할 뿐인 것이다!

지금 그의 옆을 지나가는 많은 사람들 중에 올레크를 보고 기뻐하는 사람은 아무도 없었지만 올레크는 모든 사람들에게 기쁨을 느꼈다! 그들 곁으로 돌아온 것이 기뻤다! 길거리 사람들 모두를 보는 것이 기뻤다! 새로 창조된 그의 세계에는 어느 것 하나 흥미롭지 않은 것이 없었고, 어느 것 하나 신비롭지 않거나 추한 것이 없었다! 한 달이라는 시간도, 아니, 한평생이라고 해도 오늘의 이 위대한 하루와는 비교할 수 없을 것이다.

거리에서 종이컵에 아이스크림을 담아 파는 것도 보였다. 올레크는 그런 종이컵을 언제 보았는지 기억도 나지 않았다. "자, 1루블 50코페이카에 가져가세요!" 눌은 자국이며 총알 자국이 난 배낭은 등에 메고 있어서 두 손이 자유로웠던 그는 나무 숟가락으로 차가운 아이스크림을 살살 떠먹으며 더 천천히 걸어갔다.

조금 더 가서 그늘진 곳에 이르니 진열장에 사진을 걸어 놓은 사진관이 나타났다. 올레크는 철제 난간에 팔꿈치를 대고 서서 진열장에 걸린 사진 속 멋진 풍경과 단장한 얼굴, 특히 아가씨들의 얼굴(물론 아가씨들의 사진이 가장 많았기 때문에)을 자세히 들여다보았다. 아가씨들은 모두 아주 예쁘게 차려입고 사진관에 왔을 것이다. 다음에는 사진사가 그들의 얼굴을 이리저리 돌리고, 열 번도 넘게 불빛을 비춰 본 다음 몇 장을 찍었을 것이다. 그런 다음 그중에서도 가장 잘 나온 것을 골라 수정하고 그런 아가씨들의 사진 중에서도 가장 괜찮은 사진을 하나씩 골라 진열장에 걸었을 것이다. 올레크는 그 모든 과정을 알면서도 사진들을 바라보며 이 세상에는 저런 미녀들이 가득할 것이라고 생각하니 기분이 좋아졌다. 잃어버린 모든 시간과 앞으로 살 수 없을 수명과 지금까지 빼앗긴 모든 것을 보상받기 위해 그는 체면이고 뭐고 가릴 것 없이 계속 미녀들의 사진을 쳐다보고 또 쳐다보았다.

아이스크림을 다 먹은 종이컵을 버리려다 아직 깨끗하고 매끄러우니 가지고 있으면 나중에 길을 가며 물을 담아 마시기 좋겠다는 생각이 들어 배낭에 그냥 집어넣었다. 나무 숟가락도 잘 간수해 두었다. 나중에 어디 쓸데가 있을 것이다.

그다음에는 약국이 보였다. 약국도 아주 흥미로운 곳이었다! 코스토글로토프는 곧장 안으로 들어갔다. 죽 늘어선 장방형의 깔끔한 판매대는 하루 종일 보고 있어도 질리지 않을 것 같았다. 여기에 진열된 것들은 수용소 생활을 하다 나온 사람의 눈에는 모두 진기해 보였다. 십 년간 생활한 수용소에서는 볼 수 없었던 새로운 것들도 있었고 언젠가 자유의 몸이었을 때 본 적이 있는 것들도 있었지만, 용도가 무엇인지, 명칭이 무엇이었는지는 생각나지 않았다. 원시인이 가질 법한 경외감으로 니켈 도금을 한 물건이나 유리로 된 물건, 플라스틱 용기들을 바라보았다. 그다음 칸에는 효능이 적힌 상자에 들어 있는 약초들이 진열되어 있었다. 올레크는 약초를 매우 신뢰하는 편이었다. 하지만 그런 약초들을 어디서 구한단 말인가? 다음에는 알약들이 놓인 진열장이 있었는데, 모두 지금까지 한 번도 들어 본 적이 없는 새로운 명칭이었다. 아무튼 약국 하나만 해도 올레크에게는 자세히 관찰하고 숙고해 볼 커다란 우주 같았다. 그는 이곳저곳을 둘러보고 한숨을 내쉬며 카드민 부부가 부탁한 온도계와 소다와 표백제가 있는지 점원에게 물었다. 온도계와 소다는 없었고 표백제를 사려면 계산대로 가서 3코페이카를 계산하고 오라고 했다.

잠시 후에 코스토글로토프는 조제실 계산대 앞에 줄을 서서 이십여 분을 기다렸다. 배낭은 벌써 벗어 내려놨지만 무더웠다. 그는 자신에게 처방된 약을 살지 말지 계속 망설였다. 그는 결국 어제 베가가 건네준 똑같은 처방전 세 장 중에서 하나를 꺼내어 창구에 들이밀었다. 만약 약이 다 떨어지고 없다고 한다면 모든 문제가 단번에 해결되리라고 기대했다. 그러나 아쉽게도 약은 있었고, 창구에서 58루블 몇 코페이카라는 계산서가 나왔다.

올레크는 편안한 마음으로 미소를 지으며 자리를 떴다. 그가 살아오는 내내 그를 따라다니던 '58'[63]이라는 숫자를 듣고도 전혀 놀라지 않았다. 그러나 처방전 세 장에 175루블이

---

63) 올레크는 소련의 형법 제58조에 의거해 판결을 받았다.

나 지불한다는 것은 그에게 아주 큰돈이었다. 그 돈이면 한 달을 생활할 수 있었다. 그는 당장 처방전을 찢어 쓰레기통에 내버릴까 생각했다가 혹시 베가가 물어볼지도 모른다는 생각에 그냥 넣어 두었다.

그는 거울처럼 반짝이는 약국에서 나오기가 아쉬웠다. 그러나 벌써 해가 환하게 빛나고 있었고, 환희의 날이 그를 불러냈다.

오늘은 더 많은 환희가 그를 기다리고 있을 터였다.

그는 천천히 걸었다. 우엉처럼 생긴 건물의 난간을 붙잡고 여기저기 진열장으로 걸음을 옮겼다. 그가 한 발자국 나아갈 때마다 놀라운 일이 기다리고 있으리라.

그때 마침 우체국이 눈앞에 보였다. "사진 전보를 이용하세요!"라는 광고가 유리창에 붙어 있었다. 얼마나 놀라운 일인가! 십 년 전 판타지 소설에나 나왔던 일을 이제는 거리의 통행자들에게 광고하고 있지 않은가? 올레크는 안으로 들어갔다. 벽에는 사진 전보를 보낼 수 있는 서른여 지역의 일람표가 걸려 있었다. 올레크는 어디에 있는 누구에게 보낼 수 있는지 살펴보기 시작했다. 그러나 드넓은 여섯 대륙 어느 도시에서도 자신의 편지를 받고 기뻐할 사람을 찾을 수 없었다.

어쨌든 그는 경험 삼아 창구로 다가가 어떤 용지에 어느 정도 크기로 글자를 써야 하는지 물어보았다.

"지금 고장입니다. 이용할 수 없어요." 여직원이 대답했다.

아, 고장이 났군! 그럼 그렇지. 늘 그래 왔잖아. 그 편이 오히려 안심이 되었다.

그는 계속 걷다가 광고판을 읽었다. 서커스 공연이 있었고, 몇몇 영화관에서는 영화도 상영되고 있었다. 모두 낮 공연이 있었지만 새로운 우주를 경험하도록 허락된 하루를 공연을 보는 데 허비할 수는 없었다. 만약 이 도시에 며칠이라도 묵을 수 있다면 서커스를 구경한다고 죄가 되지는 않을 것이다. 어쨌든 그는 이제 갓 태어난 아기와 같은 처지 아닌가.

그럭저럭 시간이 되어 이제는 베가에게 가도 될 것 같았다.

만약 정말 간다면…….

어떻게 가지 않을 수 있을까? 그녀는 친구 아닌가. 그녀가 진심으로 초대했으니까. 그녀로서는 부끄러웠을 텐데도 말이다. 어쨌든 그녀는 이 도시에서 유일하게 아는 친한 사람 아닌가. 가지 않을 수는 없다!

사실 올레크는 마음속으로는 그녀를 방문할 일에 대해서만 계속 생각 중이었다. 심지어는 도시의 모든 것이 눈에 들어오지 않고, 온 신경이 그녀를 향해 있었다.

그러나 그것을 막을 여러 구실을 스스로 만들어 내기도 했다. 어쩌면 그녀가 아직 돌아오지 않았을지도 모르고, 아직 방을 치우지 않았을지도 모른다.

그렇다면 조금 더 있다 가야 하지 않을까.

그는 사거리가 나올 때마다 어느 쪽이 더 쉽게 갈 수 있는지 점을 치듯 생각에 골몰하며 멈춰 서곤 했다. 누구에게도 길을 묻지 않고 그냥 내키는 대로 걸었다.

그러다 술집을 발견했다. 병술을 파는 가게가 아니라 술통을 통째로 갖다 놓은 술집이었다. 약간 어두컴컴하고 약간 습했으며, 독특하고 시큼한 냄새로 가득 차 있었다. 옛날 술집 그대로였다! 술통에서 포도주를 바로 컵에 따라 주었다. 한 잔에 2루블로 아주 싸게 팔았다. 샤슬릭에 비하면 정말 싼 가격 아닌가! 코스토글로토프는 깊숙한 호주머니에서 10루블짜리를 꺼내 주고 잔돈을 거슬러 받았다.

포도주가 전혀 독하지 않았는데도 다 마시기도 전에 그의 약해진 머리가 빙글빙글 돌았다. 술집을 나와 걷기 시작하자 그렇지 않아도 아침부터 기분 좋게 느껴지던 삶이 더욱 즐겁게 느껴졌다. 어찌나 기분이 좋고 몸이 가벼운지 이제는 모든 것이 원하는 대로 될 것만 같았다. 이 세상에 있는 불행이란 불행은 이미 경험했기 때문에 이제는 어떤 것도 그것보다는 나을 것 같았다.

그리고 더 많은 환희가 오늘 그를 기다리고 있을 터였다.

다시 술집을 발견하면 기꺼이 한 잔 더 마시리라.

그러나 술집은 더 이상 보이지 않았다.

그 대신 길거리에 많은 사람들이 몰려 서 있었고, 몇몇은 차도까지 밀려나 있었다. 올레크는 무슨 일이 있다고 짐작했다. 그런데 아니었다. 모두들 커다란 문으로 연결된 넓은 돌계단 앞에 서서 무엇인가를 기다리고 있었다. 코스토글로토프도 머리를 들이밀고 쳐다보았다. '중앙백화점'이라고 쓰여 있는 간판이 보였다. 틀림없이 무슨 대단한 물건을 팔고 있을 거라 짐작됐다. 그런데 무엇일까? 그는 이 사람 저 사람에게 물어보았지만 모두 밀치기만 할 뿐 아무도 정확하게 대답해 주지 않았다. 그러나 한 가지 올레크가 짐작한 것은 문을 열 시간이 되었다는 것이었다. 뭐, 이것도 인연이겠지. 올레크도 그 무리에 끼어들었다.

몇 분이 지나자 안에서 남자 두 명이 커다란 문을 열며 불안한 표정으로 선두에 선 몇몇을 제지하려 하다가 급기야는 무슨 기병대의 습격이라도 받은 것처럼 문 양쪽으로 얼른 피해 버렸다. 기다리고 있던 남자들과 여자들, 선두에 서 있던 젊은이들이 물밀듯이 안으로 밀고 들어가더니 곧장 2층 계단으로 몰려갔다. 건물에 불이라도 난다면 아마 이런 속도로 달려가지 않을까 하는 생각이 들었다. 모두들 각자 연령과 체력에 따라 서로 밀쳐 대며 계단을 올라갔다. 1층으로 흩어지는 대열도 있었지만 주요 흐름은 2층으로 이어졌다. 이런 소용돌이 속에서 천천히 올라가기란 불가능했기 때문에, 덥수룩한 검은 머리에 배낭을 등에 멘 올레크도 그들을 따라 밀려 올라갔다.(군중들 속에서 누군가 그를 보고 '군바리'라며 욕지거리를 하기도 했다.)

2층으로 올라서자 사람들은 삽시간에 흩어졌다. 사람들은 미끄러운 쪽마루 바닥을 따라 조심스레 방향을 바꾸면서 세 방향으로 흩어져 갔다. 그 순간 올레크는 어느 방향으로 가야 할지 망설였다. 전혀 판단이 서지 않았다! 그냥 가장 자신 있게 돌진해 가는 사람들을 따라 달리기 시작했다.

그가 뒤따라 간 줄은 점점 줄이 길어지는 편물점 주변이었다. 하늘색 가운을 입은 여점원은 이런 야단법석에도 전혀 개의치 않고, 오늘도 지루한 날이 시작되는구나 하는 느긋한 자세로 왔다 갔다 하며 하품을 해 댔다.

한숨을 돌린 올레크는 그곳이 여성용 가디건이나 스웨터를 파는 곳이라는 것을 알아챘다. 그는 속으로 욕을 내뱉고는 그곳을 떴다.

나머지 두 무리는 어디로 갔는지 도통 찾을 길이 없었다. 이미 매장마다 사람들이 몰려 있었고, 매장마다 사람들로 북적거렸다. 한쪽에 특히 많은 사람들이 몰려 있기에 그는 그쪽으로 다가갔다. 그곳에서는 하늘색 접시를 싸게 팔고 있었다. 마침 상자를 열고 접시들을 꺼내고 있었다. 그는 잘되었다는 생각이 들었다. 우시테레크에는 우묵한 접시들을 팔지 않기 때문에 카드민 부부는 금이 간 접시에 수프를 먹었다! 우시테레크로 한 다스만 가져가도 돈벌이가 될 것이다! 물론 도착하기 전에 산산조각 날지는 모르겠다.

올레크는 백화점의 1층과 2층을 모두 돌아다녔다. 카메라 판매점도 눈에 띄었다. 전쟁 전까지는 구경도 하기 어려웠던 카메라가 돈을 요구하고 그를 부추기며 눈앞 진열대에 가득 놓여 있었다. 사진 역시 올레크가 어렸을 때부터 꿈꾸었지만 이루지 못한 꿈 중의 하나였다.

남성용 레인코트도 아주 마음에 들었다. 전쟁 후 그는 민간인들이 입는 레인코트를 사고 싶었다. 레인코트야말로 가장 남자다운 멋이 느껴지는 옷이라고 생각했다. 하지만 지금 사려면 한 달 월급인 350루블이나 지불해야 했다. 올레크는 그냥 다음 매장으로 걸음을 옮겼다.

그는 어느 곳에서도 물건을 사지 않았지만 주머니에 돈이 가득한데도 지금은 필요한 것이 아무것도 없다는 듯 행동했다. 게다가 아까 마신 포도주도 그를 기분 좋게 해 주었다.

스테이플 천으로 만든 셔츠도 팔았다. '스테이플'이라는 단어는 올레크도 알았다. 우시테레크에 사는 여자들은 모두 이 단어만 들으면 지역 상점으로 달려가곤 했다. 올레크는 셔츠를 살펴보고 만져 보았다. 썩 마음에 들었다. 그러고는 초록색 바탕에 하얀 줄무늬가 있는 셔츠 하나를 마음속으로 골라잡았다.(60루블이었는데, 물론 살 돈은 없었다.)

셔츠를 이것저것 살펴보고 있는데 고급 외투를 차려입은 남자가 다가와 스테이플 셔츠가 아닌 실크 셔츠를 하나 고르더니 여점원에게 교양 있는 말투로 물었다.

"말씀 좀 묻겠습니다. 이 셔츠로 50호에 목둘레 치수는 39가 있을까요?"

올레크는 소름이 돋았다! 마치 양쪽 옆구리를 끌로 한꺼번에 문지르는 것 같았다! 그는 몸을 홱 돌려 그를 쳐다보았다. 질 좋은 펠트 모자를 쓰고 하얀 셔츠에 넥타이를 매고 말끔하게 면도를 한 남자였다. 올레크는 그에게 따귀라도 얻어맞고 부아가 치밀어 그를 계단에서 밀쳐 버릴 것 같은 눈초리로 쏘아 보았다.

어떻게 이럴 수가 있단 말인가? 수많은 사람들이 참호 속에서 죽어 나가고 공동묘지나 극지 툰드라의 작은 구덩이 속에 던져지고, 서너 번씩 수용소로 끌려다니고, 호송 중의 감옥에서 추위에 몸을 떨고, 너덜너덜한 솜옷 한 벌로 추위를 견디며 곡괭이질을 하다 지쳐 쓰러지는데, 이 매끈한 남자는 셔츠의 치수뿐만 아니라 목둘레 치수까지 알고 있단 말인가?

목둘레 치수라는 말에 올레크는 아찔했다! 그는 목둘레 치수가 따로 있을 줄은 상상도 못 했던 것이다! 충격을 받은 그는 신음 소리를 억누르며 셔츠 매장을 떠났다. 목둘레 치수라니! 우리 삶에서 그런 세세한 부분까지 챙길 필요가 있는 걸까? 그런 생활로 다시 돌아가야 할 이유가 있을까? 목둘레 치수를 기억하기 위해서는 무엇인가 다른 것을 잊어버려야 한다! 무언가 더 중요한 것을 말이다!

그는 목둘레 치수 사건으로 심한 피로감을 느꼈다.

올레크는 가정용품 매장을 지나다가 비록 옐레나 알렉산드로브나가 구해 달라고 부탁한 것은 아니지만 그녀가 개량된 가벼운 다리미를 평소에 갖고 싶어 했다는 사실을 기억해 냈다. 필요한 모든 것에 늘 그런 기대를 품듯이 그런 다리미가 품절되었기를 바랐다. 그러면 그의 마음도 꺼림칙하지 않고 어깨도 짐을 덜 수 있을 터였다. 그런데 여점원은 곧바로 다리미를 꺼내더니 판매대에 올려놓고 보여 주었다.

"정말 경량 다리미 맞아요, 아가씨?" 코스토글로토프는 어쩐지 못 미덥다는 표정으로 다리미를 손에 들고 무게를 가늠해 보았다.

"왜 거짓말을 하겠어요?" 여점원이 입을 삐죽거렸다. 그녀는 계속 어딘가 먼 곳을 쳐다보며 손님이 자기 눈앞에 정말로 서 있는 존재가 아니라 지나쳐 가는 그림자쯤이라고 여기는 것 같았다.

"거짓말을 한다는 게 아니라 혹시 아가씨가 잘 모르는 건 아닌가 해서 물어본 겁니다." 올레크가 설명했다.

억지로 현실로 돌아온 여점원은 실질적인 행동을 하기가 아주 힘들고 지겹다는 듯 그에게 다른 다리미를 꺼내 보여 주고는 그것만으로도 힘이 빠져 말로 설명하기 귀찮다는 듯 다시 어딘가 공상의 세계로 빠져들었다.

비교해 보니 금방 알 수 있었다. 경량 다리미는 확실히 1킬로그램 정도 더 가벼웠다. 그것을 사야 할 것 같은 생각이 들었다.

다리미를 보여 주느라 힘이 빠진 듯한 아가씨는 더욱 힘이 빠진 손가락으로 그에게 전표를 써 주고는 힘이 하나도 없는 입술로 "계산대로 가세요."라는 말까지 하느라 힘들어했다.(무슨 계산대로 또 가란 말인가? 이건 도대체 어떻게 하라는 것인가? 올레크는 순서를 완전히 잊어버렸다. 이 세계로 돌아온다는 것은 정말 힘든 일이다!) 계산대를 다녀온 그는 다시 한 번 그녀를 괴롭힐 수밖에 없었는데, 이번에는 다리미 사용법을 배워야 했다. 올레크는 공상의 세계에서 여점원을 자꾸 불러내는 자신이 죄를 짓는 것 같았다.

다리미를 배낭에 집어넣었더니 어깨가 훨씬 무거워졌다. 외투까지 입고 있어서 무척 더웠다. 빨리 백화점을 벗어나야 할 것 같았다.

그러다 커다란 거울을 발견했다. 바닥에서 천장까지 닿는 것이었다. 남자가 거울에 자신을 비춰 본다는 것이 어쩐지 어색하기는 했지만 우시테레크에서는 그렇게 큰 거울을 본 적이 없었다. 십 년 동안이나 그런 거울에 자신을 비춰 본 적이 없었던 것 같았다. 그는 누가 뭐라고 하든 상관하지 않고, 처음에는 멀리 떨어져, 다음에는 좀 더 가까이, 더 가까이 다가가며 자신을 바라보았다.

자신이 생각하던 군인다운 곳이라고는 전혀 남아 있지 않았다. 외투가 외투처럼 보이고 장화가 장화처럼 보인 것은 멀리 떨어져 있을 때뿐이었다. 이미 오래전부터 어깨는 굽었고 몸이 똑바로 펴지지도 않았다. 모자나 혁대가 없었다면 그는 군인이 아니라 탈주한 죄인이나 도시로 물건을 사거나 팔러 온 촌놈같이 보였을 것이다. 코스토글로토프는 당당한 모습은 간데없고, 지치고 힘이 빠져 꾀죄죄한 모습이었다.

차라리 보지 않는 것이 나을 뻔했다. 보기 전까지는 자신이 당당하고 전투적이라고 생각하고 지나가는 사람들을 거만하게 쳐다보고 여자들에게도 당당하게 행동하지 않았던가. 더구나 등에 멘 배낭은 이미 오래전에 군인처럼 보이기는커녕 거렁뱅이의 동냥자루처럼 보일 것 같았다. 만약 길거리에 서서 손을 내밀면 그에게 동전이라도 던져 줄 것 같았다.

베가에게 가야 하는데……. 이런 모습으로 어떻게 그녀에게 간단 말인가?

앞으로 몇 걸음 더 옮기자 소품과 선물, 여성용 장식품을 파는 매장이 눈앞에 나타났다.

참새처럼 재잘거리며 이것저것 물건을 살펴보고 고르는 여자들 틈에서 뺨 밑에 흉터가 있는 군인 반, 거지 반 상태의 그는 걸음을 멈추고 주위를 살피며 멍하니 서 있었다.

여점원은 그가 시골 여자 친구의 선물이라도 사려나 보다 짐작하며 비웃다가, 그가 혹시 훔치려는 것은 아닌가 하고 경계하기도 했다.

하지만 그는 아무것도 물어보지 않았고, 만지지도 않았다. 그는 멍하니 서서 그저 바라보고만 있었다.

그는 유리, 보석, 금속, 플라스틱 등으로 반짝이는 매장 앞에 인광(燐鑛)을 칠한 차단기 앞에 서 있는 황소처럼 이마를 내려뜨리고 서 있었다. 코스토글로토프의 이마는 이 차단기를 넘어뜨릴 수 없으리라.

그는 한 여인을 위해 장식품을 사고 가슴에 그것을 달아 주고 목에 걸어 주는 것이 얼마나 멋진 일인지 알았다. 그것을 몰랐다면 그렇게 하지 않았다고 해서 그를 나무랄 수는 없을 것이다. 하지만 이제 알게 된 이상 아무 선물도 없이 빈손으로 그녀를 방문할 수는 없었다.

그는 그녀에게 선물할 능력도, 선물할 용기도 없었다. 더구나 비싼 물건은 엄두도 낼 수 없었다. 그렇다고 좀 싸게 살 수 있는 것이 무엇인지도 전혀 알 수가 없었다. 여기 브로치는 어떨까? 무늬가 새겨진 펜던트와 반짝이는 유리구슬이 박힌 이 육각형 물건은 과연 좋은 것일까?

아니면 아주 싸구려일까? 만약 눈이 높은 여자라면 이런 것을 오히려 불쾌하게 여길 수도 있을 것이다! 아니면 이미 유행이 지나 달고 다니는 사람이 없을지도 모른다. 유행인지 아닌지 올레크로서는 전혀 모르지 않는가?

더구나 하룻밤 신세를 진답시고 얼굴을 붉히고 우물쭈물하면서 어떻게 싸구려 브로치를 내민단 말인가?

여러 가지 복잡한 생각이 볼링 핀 쓰러뜨리듯 그를 완전히 쓰러뜨렸다.

여자들 사이에서 유행하는 스타일도 알아야 하고, 여자의 장식품도 고를 줄 알아야 하고, 거울 앞에서 부끄럽지 않을 복장도 갖추어야 하며, 자기 셔츠의 목둘레 치수까지 알아야 하는 이 세계는 그에게 너무 어렵게 느껴졌다. 그러나 베가는 바로 이 세계에 살고 있으며, 모든 것을 숙지한 채 전혀 불편을 느끼지 않고 살고 있다.

그런 생각이 들자 그는 당황스러웠고, 어떤 낭패감마저 들었다. 만약 그녀에게 갈 생각이라면 제시간에, 바로, 바로 지금 가야만 했다!

그런데 그는 갈 수가 없었다. 의지가 완전히 꺾이고 말았다. 두려웠다.

백화점이 그들을 갈라놓았다.

올레크는 조금 전만 해도 미련한 욕망에 휩싸여 시장의 우상이 명하는 대로 달려들었던 저주받을 사원에서 비틀거리며 거리로 빠져나왔다. 여러 매장을 돌아다니며 물건을 고르고 수천 루불어치나 물건을 사느라 피곤에 지친 듯한 모습으로. 쇼핑한 물건들을 모두 포장해 구부러진 등에 산더미 같은 짐 가방과 쇼핑 꾸러미를 잔뜩 짊어진 것처럼.

겨우 다리미 하나 산 것뿐인데.

그는 오랫동안 물건을 고르고 고르다가 하찮은 물건 하나를 샀을 때와 같은 피로감을 느꼈다. 그토록 환한 장밋빛 아침, 그에게 멋지고 새로운 삶을 약속해 주던 그 아침은 어디로 갔단 말인가? 영원할 것 같던 아름다운 새털구름은 어디로 갔단 말인가? 조각배처럼 구름 속을 떠가던 달은 어디로 갔단 말인가?

오늘 아침에 맛보았던 완전무결한 자신의 영혼을 어디서 잃어버린 것일까? 백화점이었던 것 같다. 그보다 먼저 포도주를 마셨을 때 아니었을까? 아니다, 그보다 먼저 샤슬릭을 먹었을 때였는지도 모른다.

그는 살구꽃을 본 다음 곧바로 베가에게 갔어야 했다.

갑자기 속이 메스꺼워졌다. 진열장이나 간판을 쳐다보느라 그렇기도 했지만 거리에 점차 늘어나는 침울하거나 쾌활한 통행인들에게 이리저리 밀려다녔기 때문이다. 그는 어느 강변 그늘에라도 가서 누워 지친 심신을 쉬고 싶었다. 그러나 이곳 시내에서 갈 만한 곳이라고는 좀카가 부탁했던 동물원밖에 없었다.

올레크는 왠지 동물의 세계라면 오히려 더 이해하기 쉬우리라는 생각이 들었다. 그곳이 자기 수준에 더 맞을 것 같았다.

어쩌면 그는 외투를 입고 있었기 때문에 더 답답하게 느끼는지도 몰랐다. 그렇다고 들고 다니기도 귀찮았다. 그는 지나가는 행인들에게 동물원으로 가는 길을 물었다. 사람들이 그에게 보도블록이 깔린 인도와 가지를 늘어뜨린 나무들이 서 있는 넓고 고즈넉한 길을 가르쳐 주었다. 상점도, 사진관도, 극장도, 술집도 보이지 않았다. 멀리 어디선가 전차 지나는 소리가 들려왔다. 그곳에는 따스하고 조용한 한낮의 햇살이 가로수 사이로 쏟아져 내리고 있었다. 길가에서 여자아이들이 돌차기 놀이를 하고 있었다. 여기저기 울타리 안의 작은 마당에서는 아낙들이 무언가를 심기도 하고, 덩굴 받침대를 세우는 모습이 보였다.

동물원 앞은 아이들의 천국이었다. 방학인 데다 날씨도 아주 좋았기 때문이다!

동물원에 들어가서 올레크가 처음 본 것은 나선형 뿔이 달린 염소였다. 염소 우리에는 가파른 바위 언덕과 낭떠러지도 있었다. 염소는 낭떠러지 위에 앞발을 디디고 꼼짝도 하지 않고 오만한 자세로 서 있었다. 다리는 가늘었지만 아주 튼튼했고, 기다란 뼈를 돌돌 말아 놓은 것 같은 뿔은 아주 신기하게 구부러져 있었다. 턱수염이 없는 대신에 덥수룩한 갈기가 양쪽 무릎까지 길게 늘어져 있는 모습이 마치 루살카[64]의 머리카락처럼 보였다. 긴 머리카락이 늘어져 있었지만 위엄이 있어 여성적으로 보이거나 우스워 보이지는 않았다.

나선형 뿔이 난 염소 우리 앞에 있던 사람들은 당당한 발굽으로 바위산을 내려오는 염소를 보려고 기다리다가 이내 지쳐버렸다. 그래도 염소는 오랫동안 바위산에 붙은 조각상처럼 그대로 서 있었다. 만약 바람에 털이 날리지 않았더라면 살아 있다고 믿기 어려워 가짜가 아닐까 의심할 정도였다.

올레크는 감탄을 연발하며 오 분 정도 서 있다가 발길을 돌렸다. 염소는 그동안 꼼짝하지 않고 서 있었다! 사람도 그 정도의 인내심은 있어야 살아 내지 않을까!

다른 쪽 샛길 입구에서 사람들이, 특히 아이들이 많이 모여

---

64) 러시아 신화에 나오는 물의 요정.

있는 동물 우리를 발견했다. 우리 안에서는 뭔가가 같은 자리에서 미친 듯이 돌고 또 돌고 있었다. 알고 보니 쳇바퀴 안의 다람쥐였다. "다람쥐 쳇바퀴 돌듯."이라는 속담에 나오는 바로 그 쳇바퀴와 다람쥐였다. 세월이 많이 흘러 속담의 유래를 잊어버려 다람쥐가 왜 쳇바퀴를 도는지는 알 수 없었다. 안내판에는 그냥 본능이라고만 쓰여 있었다. 우리 안에는 다람쥐를 위해 굵은 나무통을 세워 놓았고 그 위쪽으로 퍼져 나간 나뭇가지들 중 하나에 쳇바퀴가 멋지게 매달려 있었다. 쳇바퀴는 양옆을 떼어 내 구경꾼들이 볼 수 있게 만들었는데, 양쪽테두리를 따라 막대기를 가로질러 박아 놓아서 밀폐된 무한의 계단처럼 보였다. 누가 강제한 것도 아니고 먹이로 유혹하는 것도 아닌데, 다람쥐는 무슨 이유 때문인지 저렇게 나무나 높은 가지도 전혀 개의치 않고 쳇바퀴 속에 들어가 돌고 있는 것이다. 헛된 행위와 헛된 운동의 거짓 이념이 다람쥐를 꾀어낸 것일지도 모른다. 다람쥐는 분명 처음에는 호기심에서 살짝 발판에 발을 대 보았을 것이다. 하지만 그것이 얼마나 가혹하고 끝없는 놀이인 줄 몰랐을 것이다.(처음에는 몰라서, 그 후 몇천 번째 돌고 있는 지금은 잘 알면서도 여전히!) 이렇게 다람쥐는 계속 미친 듯이 쳇바퀴를 돌고 있는 것이다! 붉은 줄무늬가 있는 방추형 몸통과 남적색 꼬리는 광적인 질주로 활처럼 휘어 보였고, 쳇바퀴의 막대 발판과 완전히 하나가 된 다람쥐는 심장이 터지도록 온 힘을 다해 돌고 있었다. 그러나 수없이 앞발을 내디뎌도 다람쥐는 한 층도 더 높이 올라갈 수 없었다.

먼저 도착한 구경꾼들도 쳇바퀴 도는 다람쥐를 지켜보고

있었다. 올레크도 그 앞에 멈춰 섰다. 그 순간에도 다람쥐는 쉬지 않고 돌았다. 쳇바퀴 안에는 바퀴를 멈추게 하는 장치도 없었고, 다람쥐를 밖으로 꺼내 줄 외부의 힘도 미치지 않았으며, "그만둬! 그건 쓸데없는 일이야!"라고 귀띔해 줄 이성도 없었다. 아무것도 없었다! 밖으로 나올 수 있는 유일한 길은 죽음이었다. 올레크는 그때까지 서 있고 싶지 않았다. 그는 다음 장소로 걸음을 옮겼다.

이곳 동물원은 의미심장한 두 가지 존재의 가능성을 똑같이 보여 주려는 듯 왼쪽과 오른쪽으로 갈라 놓고 동물원을 방문하는 아이들과 어른들을 맞이했다.

올레크는 은색이나 금색, 청홍색 깃털을 가진 꿩들이 모여 있는 곳을 지나갔다. 그는 공작의 목을 장식한 터키석 빛깔의 형언할 수 없이 아름다운 깃털과 장밋빛과 황금빛 술이 달린 1미터가 넘는 긴 꼬리를 넋을 잃고 바라보았다. 유형지나 병원에서 단색에 익숙해 있던 그의 눈은 황홀한 색채의 향연을 만끽했다.

이곳은 선선했다. 동물원은 넓게 자리하고 있었고, 나무가 그늘을 만들어 주었다. 한숨을 돌린 올레크는 안달루시아산 닭이나 툴루즈와 홀모고리 산 거위 등이 있는 가금류 우리를 지나서 학과 매, 콘도르가 있는 언덕으로 올라갔다. 꼭대기에 있는 바위에는 서커스 천막 모양으로 만들어진 거대한 새장이 있었는데, 머리가 하얀 매들이 동물원에서 가장 높은 이곳에 살고 있었다. 안내판이 없었더라면 독수리로 오해하기 십상이었다. 새장이 크게 만들어지기는 했지만 바위 꼭대기가 새장의 천장에 닿을 정도였기 때문에 새들은 침울해하고 괴로워하며 날개를 펴고 파닥거릴 뿐 날아오를 수는 없었다.

고통스러워하는 매들을 보며 올레크는 자신의 어깨뼈를 빙그르르 돌렸다.(등에 지고 있던 다리미가 무거웠던 것일까?)

그는 골똘히 생각에 잠겼다. 어느 우리 앞에 안내판이 붙어 있었다. "흰부엉이는 폐쇄된 공간에 적응해서 살기 어렵습니다." 그렇게 잘 알면서…… 어떻게 가두어 둔단 말인가!

사실 갇힌 생활을 좋아할 멍청이가 어디 있겠어?

또 다른 안내판에는 이렇게 쓰여 있었다. "고슴도치는 야행성입니다." 그렇지, 밤 9시 30분에 소집당해서 아침 4시면 해산하는 데 익숙해진 생활이 어떤지는 잘 알고 있다.

"오소리는 깊고 복잡한 굴에서 삽니다." 이것이 바로 우리의 삶이었다! 지혜로운 오소리구나. 그리고 또 뭐가 닮았을까? 줄무늬 주둥이도 죄수들 옷과 비슷해.

이렇게 올레크는 동물원의 모든 것을 삐딱하게 받아들였다. 백화점에 간 것과 마찬가지로 이곳에 온 것도 괜한 짓 같았다.

이미 시간이 많이 흘렀지만 기대했던 환희는 어디에서도 찾을 수가 없었다.

올레크는 걸음을 옮겨 곰 우리 쪽으로 갔다. 하얀 넥타이를 맨 듯한 검은 곰이 쇠창살에 코를 들이대고 서 있었다. 그러다가 갑자기 뛰어오르더니 앞발로 쇠창살에 매달렸다. 흰 반점은 넥타이가 아니라 성직자의 가슴에 달려 있는 십자가처럼 보였다. 저렇게 갑자기 훌쩍 뛰어올라 창살에 매달리는 모습을 보라! 달리 자신의 절망을 어떻게 전한단 말인가?

옆 우리에는 암곰과 새끼들이 있었다.

그 옆 우리에서도 성난 곰이 몸부림을 치고 있었다. 곰은 쉴 새 없이 발버둥 치며 우리 안을 돌아다니려고 했지만 간신히 몸을 돌릴 수 있을 뿐이었다. 우리의 벽과 벽 사이가 몸길이의 세 배 정도에 불과했기 때문이다.

곰의 기준에서 판단하면 이런 공간은 우리가 아니라 상자였을 것이다.

구경거리에 열중하던 아이들이 소곤댔다. "얘들아, 곰에게 돌을 던져 보자. 아마 과자인 줄 알 거야!"

올레크는 아이들이 자신을 쳐다보고 있다는 것을 눈치채지 못했다. 자신 역시 이곳에서는 돈을 내지 않고 구경할 수 있는 여분의 동물이었을지 모른다. 자신은 볼 수 없는.

개울을 따라 아래로 이어진 가로수 길에 백곰 두 마리가 함께 있는 우리가 보였다. 우리 안으로 물을 대고 얼음을 넣은 연못이었다. 곰들은 몇 분마다 이곳으로 뛰어들어 몸을 식힌 다음 시멘트로 만든 테라스로 올라와 발로 얼굴의 물을 훔친 다음 물가를 계속 어슬렁거리며 왔다 갔다 했다. 북극곰들이 40도까지 올라가는 이곳의 기온을 어떻게 견딜까? 아마 사람들이 북극에 갔을 때와 같지 않을까?

올레크가 동물들의 감금 생활을 목격하며 가장 혼란스러웠던 것은 만일 자신이 동물의 편을 들어 그들을 풀어 줄 힘이 있다 해도 그들을 자유롭게 해 줄 수는 없으리라는 사실이었다. 동물들은 태어난 곳을 떠나는 순간 자유의 개념을 분별할 능력을 상실해 버리기 때문이다. 갑자기 풀어 주면 지금보다 무서운 사태가 벌어질 것이 뻔했다.

코스토글로토프는 이런 부질없는 생각에 골몰했다. 한번 혼란을 겪은 후로는 무엇이든 순수하고 객관적으로 판단할 수가 없게 된 것이다. 지금은 무엇을 보더라도 그 속에 회색 망령이 되살아나고 지하의 메아리가 들려왔다.

다음으로 올레크는 어떤 동물보다 뛰기를 좋아하지만 이제는 뛰어다닐 공간을 잃어버린 서글픈 사슴 우리와 신성한 인도 흑소 우리, 황금색 아구티 토끼 우리를 지나 원숭이가 있는 곳으로 올라갔다.

우리 앞에서는 아이들과 어른들이 장난을 치며 원숭이들에게 먹이를 주고 있었다. 코스토글로토프는 그곳을 지나치며 차마 웃을 수가 없었다. 하나같이 머리를 빡빡 밀고 널침대에서 원초적 기쁨과 슬픔에 잠겨 있는 왠지 서글퍼 보이는 원숭이들이 예전에 알고 지내던 많은 사람들을 연상시켰고, 그중 떨어져 있는 몇몇 원숭이들은 오늘도 어딘가에 갇혀 있을 친구들처럼 보였다.

그중에 홀로 떨어져 수심에 잠긴 채 두 눈은 퉁퉁 부어오르고 무릎 사이에 손을 축 늘어뜨리고 앉아 있는 원숭이를 보자 올레크는 술루빈을 떠올렸다. 술루빈도 그런 모습이었다.

이렇게 환하고 따뜻한 날 술루빈은 홀로 침대에 누워 생사를 오가고 있을 것이다.

코스토글로토프는 원숭이 우리에 흥미가 생기지 않아 한번 살펴보고 얼른 지나치려고 했다. 그때 한쪽에 붙어 있는 안내판이 눈에 들어왔다. 사람들이 모여 무언가를 읽고 있었다.

올레크도 그쪽으로 다가갔다. 우리는 비어 있었고, 안내판도 여느 것과 같았는데, '붉은털원숭이'라고 쓰여 있었다. 합판을 붙여 급하게 만든 것 같은 안내판에는 이렇게 쓰여 있었다.

"이곳에 있던 원숭이는 한 구경꾼의 난폭한 장난으로 장님이 되었습니다. 나쁜 사람이 붉은털원숭이의 눈에 담배꽁초를 던졌습니다."

올레크는 한 대 얻어맞은 것 같은 충격을 받았다! 지금껏 그는 만물박사 같은 너그러운 미소를 지으며 여기저기를 둘러보았지만 그 순간 갑자기 온 동물원을 향해 소리치며 울부짖고 싶은 심정이 되었다. 마치 자신의 눈에 담배꽁초가 던져진 것 같았다.

왜 그랬을까? 그저 단순한 장난으로? 뭣 때문에 그런 짓을 한단 말인가? 아무 생각도 없이 왜 그런 짓을?

안내판에 쓰여 있는 이야기의 어린애 같은 단순함이 그의 가슴을 후벼 팠다. 아무도 모르게 당당하게 지나쳤을 그 사람을 비인간적이라고도 말하지 않았다. 미 제국주의의 스파이라는 말도 하지 않았다. 그냥 나쁜 사람이라고만 했을 뿐이다. 바로 그 점이 충격적이었던 것이다. 왜 그가 단순히 나쁜 사람인 걸까? 어린이 여러분! 나쁜 사람이 되어선 안 됩니다! 어린이 여러분! 약한 존재를 괴롭혀선 안 됩니다!

안내판을 다 읽고 나서도 아이들과 어른들은 자리를 뜨지 않고 텅 빈 우리 앞에 서서 우리를 들여다보았다.

올레크는 다리미까지 들어 있는, 더럽고 눌은 데다 총알 자국까지 있는 배낭을 메고 파충류와 맹수가 지배하는 왕국을 향해 갔다.

도마뱀들이 서로 몸을 기댄 채 비늘이 돋은 돌처럼 모래 위에 누워 있었다. 이것들은 또 어떤 자유를 상실했을까?

무쇠처럼 거무스름하고 몸집이 거대한 중국산 악어가 누워 있었다. 입은 커다랗고 다리는 마치 양쪽으로 비틀어진 것처럼 보였다. 설명에 의하면 날이 더워지면 악어는 고기를 매일 먹지 않는다고 했다.

이 악어는 먹이가 항상 준비되어 있는 동물원의 합리적인 세계에 정말 만족하는 걸까?

나무 옆에는 거대한 비단구렁이가 굵은 고목처럼 앉아 있었다. 구렁이는 전혀 움직이지 않고 끝이 날카로운 혓바닥만 날름거렸다.

유리 덮개 밑에는 독사가 똬리를 틀고 있었다.

평범한 살무사도 몇 마리 있었다.

뱀들을 모두 살펴보고 싶은 생각은 없었다. 눈이 먼 원숭이의 얼굴이 자꾸만 머리에 떠올랐던 것이다.

다음으로는 맹수들이 있는 사잇길로 접어들었다. 살쾡이, 표범, 흑갈색 퓨마, 갈색 바탕에 검은 반점이 있는 아메리카표범이 제각각 탐스러운 털을 자랑하며 떡하니 버티고 앉아 있었다. 역시 감금당하고 자유를 빼앗겼지만 올레크는 이 녀석들이 도적 같다고 생각했다. 어쨌든 세상에는 분명 악당들이 존재하는 법이다. 바로 여기에 설명되어 있듯 아메리카표범은 하루에 140킬로그램의 고기를 먹게 되어 있다. 얼마나 놀라운 일인가! 그것도 살코기만으로! 수용소에는 그런 고기가 들어온 적도 없었다. 힘줄이나 내장 같은 것이 고작이며, 그것도 한 분대에 1킬로그램뿐이었다.

올레크는 수용소로 호송을 끝낸 마부들이 자기 말의 먹이를 훔쳐 먹었다는 이야기를 기억해 냈다. 마부들이 말이 먹을 귀리를 먹으며 목숨을 연명했다는 것이다.

다음에는 신사 같은 호랑이를 발견했다. 그의 야수성은 수염에, 바로 그 수염에 드러나 있었다! 눈은 노란색이었다. 머릿속이 혼란스러워진 올레크는 가만히 서서 호랑이를 노려보았다.

올레크는 투르한스크[65]의 유형지에 있다가 자신이 있던 수용소로 이동해 온 늙은 정치범을 만난 적이 있었다. 그 역시 호랑이의 눈은 벨벳 같은 검은색이 아니라 노란색이라고 했다!

올레크는 우리 앞에 서서 호랑이를 뚫어져라 노려보았다.

아아, 어쨌든 그냥, 아무 이유 없이 원숭이를 해쳤다는 것이다. 왜 그랬을까?

그는 괴로웠다. 더 이상 동물원에 있고 싶지 않았다. 그는 이곳에서 빨리 벗어나고 싶었다. 사자의 우리에도 가 보고 싶지 않았다. 그는 무작정 출구를 찾아 돌아섰다.

얼룩말의 모습이 언뜻 눈에 띄었지만 슬쩍 쳐다보고 그냥 지나쳤다.

---

65) 러시아 중부에서 발원해 북극해로 흐르는 예니세이 강 중류에 있는 지역.

그러다가 갑자기 멈춰 섰다! 눈앞에…….

피에 굶주린 맹수들을 보고 나서 이런 영혼의 기적을 눈앞에서 보다니! 그것은 바로 가느다랗고 가벼운 다리와 두려워하지는 않지만 경계하는 표정을 가진 연갈색의 영양이었다! 오, 얼마나 사랑스러운가! 영양이 철망 가까이 서서 커다랗고 진실한 눈망울로…… 그렇다, 사랑스러운 눈망울로 올레크를 쳐다보고 있었다!

눈이 어쩌면 그렇게 닮았을까? 그는 더 이상 참을 수가 없었다! 영양은 사랑스럽고 원망하는 듯한 눈망울로 계속 그를 쳐다보며 이렇게 물었다. "당신은 왜 오지 않나요? 이미 한나절이 지났는데 왜 오지 않는 거죠?"

정말 이상한 일이었다. 그것은 영혼의 텔레파시였다. 왜냐하면 영양은 분명히 그곳에 서서 올레크를 기다리고 있었으니까. 그가 가까이 다가서자 영양은 책망하는 듯한 눈초리로 이렇게 묻는 것이었다. "오지 않을 건가요? 정말 오지 않을 거예요? 나는 기다리고 있는데……."

아니, 왜 가지 않았던 거지? 그는 왜 가지 않았던 걸까?

올레크는 정신을 차리고 서둘러 출구로 나갔다.

아직 그녀를 만날 수는 있을 것이다!

# 36
## 그리고 마지막 날

지금 그가 그녀를 원하는 것은 갈망이나 격정 때문이 아니었다. 그저 개처럼, 지치고 상처받은 개처럼 그녀의 발아래 엎드려 눕고 싶을 뿐이었다. 개처럼 마루에 누워 그녀의 발에 코를 대고 숨을 쉬고 싶을 뿐이었다. 그가 생각해 낼 수 있는 가장 큰 행복은 바로 그것이었다.

그러나 이런 선량한 동물 같은 단순한 생각으로 그곳에 가서 그녀의 발아래 엎드린다는 것은 불가능했다. 물론 실제로 그렇게 할 수도 없을 것이다. 그는 예의를 갖춘 인삿말을 해야 할 것이고, 그녀 역시 예의 바르게 대답을 할 것이다. 그것이 수천 년 동안 전해 내려온 관습이다.

어제 그녀가 얼굴을 붉히며 "우리 집에 하룻밤 묵어도 괜찮아요."라고 말하던 모습을 떠올렸다. 그 장밋빛 뺨에 보상하고 보답해야 한다. 웃음으로 얼버무려 그녀가 다시 어색해지지 않게 해 주어야 한다. 그러려면 아주 예의 바르면서도 유머러스한 첫마디를 준비해서 젊은 독신 주치의에게 하룻밤 신세를 지러 간다는 어색한 상황을 피할 수 있어야 한다. 하지만 그런 구실 따위를 생각해 내고 싶지 않았다. 그냥 문 앞에 서서 그녀를 바라보고만 싶었다. 그리고 꼭 그녀를 '베가'라고 불러 보고 싶었다. "베가! 내가 왔습니다!"

병실도 아니고 진료실도 아닌 보통 방 안에서 그녀와 함께 그저 무슨 말인가를 나눈다는 것만 해도 형언할 수 없는 행복이었다. 어쩌면 실수를 할 수도 있고, 잘못을 저지를 수도 있을 것이다. 정상적인 인간 삶에서 격리되어 살아왔기 때문이다. 그러나 모든 것을 눈으로 전할 수는 있을 것이다. '나를 가엾게 여겨 줘요! 나를 불쌍히 여겨 줘요, 당신 없이 나는 너무 힘들어요!'

지금껏 너무 많은 시간을 낭비해 버렸다! 곧바로 베라에게 갔어야 했는데……. 벌써 오래전에 가야 했는데! 그는 혹시 그녀를 만나지 못하면 어쩌나 하는 걱정만으로 주저 없이 서둘러 걸었다. 반나절 동안 거리를 헤맨 그는 대강 지리를 익혔고, 어디로 가야 할지도 알았다. 그는 계속 걸었다.

만약 그들이 서로 교감한다면, 만약 그들이 서로 즐겁게 이야기를 나눌 수 있다면, 만일 언젠가 그녀의 손목을 잡고 어깨를 껴안을 수 있다면, 만약 부드럽게 그녀의 눈을 가까이서 바라볼 수 있다면 그것만으로 충분하지 않을까? 더 이상 필요한 것이 있을까?

물론 조야와 함께라면 뭔가 부족한 것이 있을 수도 있다. 그러나 베가와는…… 영양과는…….

그는 베가의 손목을 잡는 상상만 해도 가슴속의 활시위가 팽팽해지며 흥분에 휩싸여 어쩔 줄 몰랐다.

혹시 그것만으로는 부족하지 않을까?

그녀의 집이 가까워질수록 점점 더 가슴이 두근거렸다. 이것이 바로 진짜 두려움이었다! 그러나 행복한 두려움, 기쁨에 찬 두려움이었다. 자신이 두려운 감정을 갖는다는 것만으로도 그는 이미 행복했다!

그는 상점이나 쇼윈도, 전차나 사람들도 전혀 눈에 들어오지 않았고, 거리의 표지판만 주시하며 걸었다. 그때 문득 너무 번잡해 곧바로 건너가기 힘든 길모퉁이에서 한 노파가 연보랏빛 작은 꽃다발을 팔고 있는 것이 눈에 들어왔다.

더럽혀지고 재조직되고 순응된 그의 기억 속 가장 깊은 곳 어디에도 여자를 방문할 때는 꽃을 들고 가야 한다는 기억이 남아 있지 않았다! 마치 이 세상에 그런 관습이 존재한 적도 없다는 듯 그런 생각은 완전히 그의 기억에서 잊혔다! 닳아빠진 구멍투성이의 무거운 배낭을 짊어지고 그는 주저할 이유를 아무것도 생각지 못하고 태연하게 걷고 있었다.

그러다 꽃다발을 발견한 것이다. 그 꽃은 누군가에게, 무슨 이유에서인지 팔리고 있는 꽃다발인 것이다. 그는 이마를 찌푸렸다. 흙탕물 속에서 익사한 시체가 떠오르듯 그의 뇌리에 희미한 기억이 되살아났다. 그래, 그렇다! 아주 오래된 꿈속 같은 그의 젊은 시절의 세계에 여자에게 꽃을 선물하는 관습이 있었던 것이다!

"이게 무슨 꽃입니까?" 그가 어색해하며 노파에게 물었다.

"제비꽃이지 뭐겠나?" 그녀가 화를 냈다. "한 다발에 1루블."

제비꽃? 시에 자주 등장하는 바로 그 제비꽃이라고? 어쩐지 기억 속 제비꽃과 다르다는 느낌이 들었다. 줄기는 좀 더 가늘고 길었던 것 같고, 꽃은 종 모양이었던 것 같은데…….하지만 어쩌면 그의 기억이 잘못되었을 수도 있었다. 또 이 지역에서만 나는 제비꽃인지도 몰랐다. 아무튼 다른 꽃은 아무 것도 없었다. 어쨌든 예의 그 관습을 기억해 낸 지금 꽃다발도 없이 찾아갈 수는 없지 않은가. 지금껏 꽃다발도 없이 태연하게 걸어가고 있었다는 사실에 부끄러운 생각마저 들었다.

그런데 얼마나 사야 하나? 한 다발? 한 다발은 너무 적어 보였다. 두 다발? 그것도 좀 부족한 것 같다. 그럼 세 다발, 아니면 네 다발? 그것은 너무 비싸다. 그의 머릿속에서는 수용소에서 얻은 지혜가 계산기처럼 돌아갔다. 두 다발에 1루블 50코페이카, 아니면 다섯 다발에 4루블로 깎으면 어떨까? 하지만 그런 빈틈없는 계산은 올레크에게 맞지 않았다. 그는 말없이 2루블을 꺼내 건넸다.

그러고는 두 다발을 건네받았다. 향기가 났다. 하지만 젊은 시절 그 제비꽃 향기는 아니었다.

이렇게 향기를 맡으며 걸어가는 것은 좋았지만 양손에 꽃다발을 하나씩 들고 있는 모습은 좀 우스꽝스럽게 보일 터였다. 모자도 쓰지 않은 부상병이 배낭을 짊어지고 양손에 제비꽃을 들고 있는 모습이라니! 꽃다발은 어떻게 들어도 왠지 어색해서 결국 외투의 소매 속에 보이지 않게 감췄다.

바로 베라가 가르쳐 준 집 주소가 눈앞에 보였다.

그녀가 앞뜰로 들어가면 된다고 했다. 그는 안으로 들어갔다. 그런 다음 왼쪽으로 돌았다.

(가슴이 세차게 두방망이질했다!)

시멘트가 깔린 기다란 공용 베란다가 이어지고 그 위로 차양이 쳐져 있었다. 난간 아래로는 작은 막대를 비스듬하게 교차시켜 놓았다. 난간 위에는 이불보며 매트리스, 베개 등속이 널려 있었고, 양쪽 기둥에 매어 둔 빨랫줄에도 시트 등이 널려 있었다.

이런 곳에 베가 살고 있다는 것이 믿어지지 않았다. 생활의 무게가 무겁게 느껴졌다. 하지만 그녀의 책임은 아니다. 이런 빨래들 너머 저쪽에 그녀의 거주지 번호가 달린 문이 보였다. 이 문을 넘으면 베가만의 세계가 있다.

그는 널려 있는 이불보 밑을 빠져나가 출입문을 찾았다. 어디서나 볼 수 있는 평범한 문이었고, 연갈색 칠이 군데군데 벗겨져 있었다. 녹색 우편함도 보였다.

올레크는 외투 소매에서 제비꽃 다발을 꺼냈다. 머리도 가지런히 했다. 가슴이 두근거렸고 그 두려움이 그를 기쁘게 했다. 의사 가운을 벗고 평상복을 입은 그녀는 과연 어떤 모습일까?

그렇다! 무거운 장화를 신고 그가 걸어온 길은 단순히 동물원에서 몇 블록 떨어진 짧은 거리가 아니었다. 그는 온 나라를 횡단하고 두 번의 칠 년을 지나 이곳에 도착한 것이다! 그리고 이제 막 해방되어 한 여인이 십사 년 동안이나 기다려 온 바로 그 문 앞에 당도한 것이다.

그는 가운뎃손가락으로 문을 더듬었다.

그가 문을 두드릴 틈도 없이 문이 열렸다.(그녀가 벌써 창문으로 그가 오는 것을 보고 있었던 걸까?) 그러나 문이 활짝 열리고 올레크 앞에 나타난 것은 선명한 붉은색 오토바이였다. 좁다란 문으로 아주 큰 오토바이를 밀고 나온 것은 들창코에 얼굴이 험상궂은 청년이었다. 그는 올레크를 보고 왜 왔는지, 누구를 찾아왔는지 묻지도 않고 곧장 오토바이를 끌고 나왔다. 올레크는 얼른 비켜섰다.

올레크는 그 순간 영문을 몰라 어리둥절했다. 웬 젊은이가 베가 혼자 사는 곳에 왔다가 지금 나가는 중일까? 물론 아무리 세월이 흘렀다고 한들 사람들이 모두 개인 주택에 사는 것은 아니라는 것을, 공동 주택에 사는 사람들도 있다는 것은 알고 있었다! 물론 분명하게 기억하고 있었다고도 할 수 없었다. 수용소 막사에 있을 때는 이런 공동 주택이 아닌, 막사와 정반대인 자유로운 생활을 그리곤 했다. 그리고 심지어 우시테레크에서도 사람들은 모두 독립 가옥에서 살았고, 공동 주택에 대해서는 잘 몰랐다.

"잠깐만……." 그가 청년을 불렀다. 그러나 청년은 벌써 오토바이를 끌고 이불보 밑을 빠져나가 층계에 바퀴를 탕탕 부딪치며 내려가 버렸다.

문은 그대로 열려 있었다.

올레크는 주저하며 안으로 들어갔다. 어두컴컴한 복도 안쪽으로 문이 세 개 보였다. 그 문들 중에서 어떤 문일까? 그때 불도 켜지지 않은 어둑한 곳에서 한 여자가 나오더니 쌀쌀맞게 물었다.

"누굴 찾아요?"

"베라 코르닐리예브나를 찾는데요." 코스토글로토프는 그답지 않게 주저하며 대답했다.

"지금 없어요!" 그녀는 문을 열어 보지도 찾아보지도 않고 딱 잘라 말하며 그를 밀어내려는 듯 앞으로 바짝 다가섰다.

"노크 좀 해 주시겠어요?" 코스토글로토프가 본래의 성품을 되찾고 저돌적으로 대꾸했다. 그는 베가를 만날 기대로 부드러운 태도를 보였지만 여차하면 그도 가만히 있지 않을 태세였다. "오늘 일하러 나가지 않았을 텐데요."

"알아요. 하지만 없어요. 아까는 있었는데 나갔어요." 이마가 좁고 볼이 움푹 들어간 여자가 그를 위아래로 훑어보았다.

그녀는 벌써 제비꽃 다발을 보았다. 감추기엔 이미 늦었다.

꽃다발만 들고 있지 않았더라면 그 역시 당당하게 직접 방문을 두드려 볼 수도 있었을 것이고, 그녀가 나간 지는 오래되었는지, 곧 돌아올 것인지, 메모를 전해 줄 수는 있는지(아니면 그에게 메모를 남기지는 않았는지.) 아무렇지 않게 물어보았을지도 모른다.

그러나 제비꽃 다발이 그를 어딘가 소심하고 애원하는 인간의 모습, 사랑에 빠진 얼간이로 만들어 버렸다.

그는 볼이 움푹 들어간 여자에게 밀려 베란다로 뒷걸음질 쳤다.

그녀는 자신의 영역에서 그를 밀어낸 다음 계속 살펴보았다. 이 부랑자의 배낭에 이미 무언가 들어 있는 것은 아닌지, 또 여기서 뭔가 훔치려는 것은 아닌지 살펴보는 것이었다.

앞뜰에서는 소음기를 제거한 오토바이가 귀청이 떨어져라 폭음을 냈다. 잠시 후에 멈추었다가 다시 폭음을 냈다가 다시 끊어졌다.

올레크는 당황했다.

여자가 신경질적으로 그를 쳐다보았다.

베가는 어떻게 약속을 해 놓고 집을 비울 수 있단 말인가? 그래, 기다리다 못해 어디로 나간 모양이다! 얼마나 슬픈 일인가! 이것은 불운도 아니고, 화를 낼 일도 아니다. 그냥 슬픔일 뿐이다!

올레크는 제비꽃 다발을 외투 소매 속에 쑤셔 넣었다.

"그럼…… 다시 돌아올까요, 아니면 직장으로 갔을까요?"

"나갔어요." 여자가 잘라 말했다.

하지만 질문에 대한 정확한 대답이 아니었다.

그렇다고 그녀가 있는데 계속 서서 기다릴 수도 없었다.

오토바이는 경련을 일으키고 끽끽거리며 퉁탕거리다가 멈춰 버렸다.

난간 위에는 무거운 베개가 놓여 있었다. 매트리스도 널려 있었다. 커버를 씌운 담요도 널려 있었다. 햇볕에 말리는 중이었다.

"이봐요, 신사 양반! 계속 기다릴 작정이에요?"

산더미처럼 쌓인 침구 더미를 보고 있자니 더 이상 어떻게 할 도리가 없었다.

여자가 빤히 쳐다보고 있어 그는 더 당황스러웠다.

망할 놈의 오토바이는 귀청이 찢어져라 굉음을 내면서도 좀처럼 시동이 걸리지 않았다.

산더미 같은 베개 더미 때문에 결국 올레크는 당황해서 뒷걸음질 치다가 아래로 내려가 처음 들어왔던 문으로 다시 나갔다.

한쪽 귀퉁이는 푹 꺼지고 양 끝은 암소 젖통처럼 늘어진 데다 다른 한쪽 귀퉁이는 뾰족탑처럼 불쑥 솟은 베개만 아니었다면, 정말 그 베개만 없었더라면 그는 정신을 차리고 무엇이든 결정할 수 있었으리라. 그렇게 바로 나와 버리지는 않았을 것이다. 분명히 베가는 다시 돌아올 것이다! 곧 돌아올 것이다! 그녀 역시 안타까워할 것이다! 몹시 안타까워할 것이다!

하지만 베개며 매트리스, 커버를 씌운 담요, 펄럭이는 시트의 깃발 등에는 수세기 동안 확인된 경험이 스며들어 있으며, 그것을 부정할 힘이 지금 그에게는 없었다. 부정할 권리도 없었다.

특히 지금은. 특히 그에게는.

신념과 긍지가 아직 남아 있는 독신 남자라면 널빤지나 장작 더미 위에서도 잠을 청할 수 있다. 감옥에 간 사람은 아무것도 없는 널빤지 위에서도 잠을 잔다. 선택의 여지가 없으니까. 그 죄수와 강제로 헤어지게 된 여자도 마찬가지다.

그러나 남자와 여자가 함께하기로 약속한 곳에는 이렇게 폭신하고 부드러운 침구들이 당당하게 주인을 기다리고 있다. 그것들은 절대 임무를 소홀히 하지 않을 것이다.

올레크는 어깨를 짓누르는 다리미의 무게를 느끼며 한 손을 소매에 넣고 이 난공불락의 요새에서 출입구로 퇴각하고 또 퇴각했다. 베개 더미가 그의 등 뒤로 신나게 총을 쏘아 댔다.

저 망할 놈의 오토바이는 계속 시동이 걸리지 않는군!

문에서 어느 정도 떨어진 곳에 이르자 굉음이 잦아들었다. 올레크는 멈춰 서서 조금 기다려 보기로 했다.

아직은 베가를 기다려도 될 것 같았다. 그녀가 돌아온다면 반드시 이쪽으로 지나갈 것이다. 그들은 서로를 만나 기뻐하며 웃을 것이다. "안녕하세요?" "사실은……." "정말 일이 우습게 꼬였군요."

그러면 그는 소매 안에서 시들고 짓이겨진 제비꽃 다발을 꺼낼 것이다.

끝까지 기다렸다가 다시 뜰 안으로 들어가면 예의 그 당당하고 푹신한 베개 더미 옆을 지나게 될 것이다!

그곳을 두 사람이 나란히 지나기는 힘들 것이다.

오늘은 아니라도 언젠가는 베가(가녀린 다리에 밝은 커피색 눈동자를 가진 상냥한 베가, 인간 세상의 때가 전혀 묻지 않은 베가) 역시 이 베란다로 나와 그녀의 부드럽고 푹신하고 멋진 침구를 널어 말리겠지.

새들이 둥지 없이 살 수 없듯이 여자들은 침구 없이 살 수 없는 법이다.

그녀가 아무리 고상한 영원불멸의 여자라 할지라도 여덟 시간의 밤잠을 피할 수는 없을 테니까!

잠이 들 때부터.

잠이 깰 때까지.

드디어 시동이 걸렸다! 시동이 걸린 빨간 오토바이가 코스토글로토프의 귀에 굉음을 울리며 거리로 나갔다. 들창코 청년은 의기양양하게 거리를 휘둘러보았다.

일격을 당한 코스토글로토프도 거리로 나왔다.

그는 제비꽃 다발을 소매에서 꺼냈다. 지금이 아니면 더이상 선물하기가 어려울 것 같았다.

검은 머리를 똑같은 모양으로 땋아 줄로 묶은 두 명의 우즈베크 소녀가 반대쪽에서 걸어오고 있었다. 올레크는 양손에 꽃다발을 하나씩 들고 두 소녀에게 건넸다.

"이거 가져요."

두 소녀는 깜짝 놀라 서로 마주 보고는 그를 쳐다보았다. 그러더니 우즈베크어로 서로 이야기를 주고받았다. 그들은 그가 술주정뱅이도 아니고 자기들을 꼬드기려는 것도 아니라는 것을 알아차린 모양이었다. 어쩌면 군인 아저씨가 슬픈 사연이 있어 꽃다발을 주는 것을 이해했을지도 모른다.

한 소녀가 꽃다발을 받아 들고 고개를 끄덕했다.

다른 소녀도 나머지 꽃다발을 받아 들고 고개를 끄덕했다.

그러고는 서로 어깨를 맞대고 발랄하게 이야기를 나누며 총총히 멀어져 갔다.

이제 그에게는 얼룩지고 해진 배낭만 남았다.

이제는 어디서 하룻밤을 지낼지 다시 생각해 봐야 했다.

여관에도 갈 수 없다.

조야에게도 갈 수 없다.

베가에게도 갈 수 없다.

한편으로 생각하면 가능하다, 가능할 수도 있다. 좋아할 것이다. 최소한 싫어하지는 않을 것이다.

그러나 갈 수 없다기보다는 안 되는 것이다.

베가가 없다면 이 아름답고 화려하고 부유한 도시도 등에 멘 배낭과 다를 바가 없다. 정말 이상한 일이다. 오늘 아침만 하더라도 이 도시는 얼마나 매력적이고 얼마나 머무르고 싶은 곳이었던가.

더 이상한 것은, 그가 오늘 아침 그렇게 환희에 찼던 것은 무엇 때문이었을까? 건강을 되찾았다는 것은 더 이상 그에게 특별한 선물로 생각되지 않았다.

올레크는 한 블록을 다 걷기도 전에 시장기를 느꼈다. 다리에 힘이 빠져 마치 온몸이 축 처진 듯하고, 아직 완치되지 않은 종양이 몸속에서 꿈틀거리는 듯했다. 이제는 한시라도 빨리 이 도시를 떠나고만 싶어졌다.

이제는 우시테레크로 돌아가는 것도 그렇게 간절하지 않았다. 그곳으로 돌아가면 고통이 더 커질 것 같다는 생각까지 들었다.

이제 그는 그 어떤 곳도, 그 어떤 사물도 자신을 즐겁게 해 줄 수 없다는 것을 알았다.

베가에게 돌아가는 것 외에는.

그녀의 발아래 엎드려 "나를 쫓아내지 마요, 제발 쫓아내지 마요! 이 모든 것이 내 잘못은 아니잖아!"라고 소리치고 싶었다.

그러나 그것은 금지된 일이 아니라 해서는 안 될 일이었다.

그는 고개를 들어 해를 쳐다보았다. 해가 기울기 시작했다. 2시가 지났을 것이다. 결정을 내려야 했다.

그때 감독 조사국으로 향하는 전차가 눈에 띄었다. 그는 가까운 전차 정류장이 어디인지 둘러보았다.

전차가 시끄러운 소음을 내며 다가오더니 모퉁이에 이르러 무슨 중환자처럼 큰 굉음을 내며 멈췄다가 그를 태우고 좁은 돌길을 따라 천천히 달렸다. 올레크는 가죽 손잡이를 붙잡은 채 무언가를 찾는 사람처럼 창밖으로 몸을 구부려 내다보았다. 그러나 보이는 것이라고는 풀 한 포기, 나무 한 그루 없는 포장도로와 허름한 건물들뿐이었다. 야외 영화관의 주간 상영 포스터가 언뜻 눈에 띄었다. 어떻게 생겼는지 보고 싶은 마음도 있었지만 이제 새로운 세계에 대한 관심도 식어 버렸다.

그녀는 십사 년 동안 혼자 살아온 것에 대단한 자부심을 갖고 있었다. 그러나 함께 있으면서도 함께 있지 못한 반년의 시간이 얼마나 고통스러웠는지는 알지 못할 것이다.

전차가 목적지의 정류장에 다다르자 그는 전차에서 내렸다. 여기서부터는 나무도 없이 햇볕에 달구어진 살풍경한 공장 지대의 거리를 1.5킬로미터 정도 걸어야 했다. 포장도로 양쪽으로 화물차와 트랙터가 굉음을 내며 쉴 새 없이 지나갔고, 보도는 돌담 옆으로 길게 이어지다가 그다음부터는 공장 전용 선로로 이어졌다. 그다음에는 석탄 더미가 쌓인 길이 나오고, 공사를 하느라 파 놓은 공터가 나왔다. 선로를 가로질러 건너가자 다시 담벼락이 보이더니, 드디어 일 층짜리 목조 막사가 나타났다. 표지판에는 '임시 가건물'이라고 쓰여 있었지만 그것은 벌써 십 년, 이십 년, 삼십 년 동안이나 그대로 서 있었다. 지금은 비가 내리던 지난 1월 코스토글로토프가 처음 이곳 감독 조사국에 왔을 때처럼 진흙투성이 길은 아니었다. 그러나 키 큰 참나무와 굵은 포플러와 아름다운 장밋빛 살구나무가 빙둘러 늘어선 가로수 길이 있는 이 도시에 이런 도로가 있다는 것이 믿기지 않았다.

아무리 그녀가 그렇게 해야 했고, 그것이 옳고 그것이 낫다고 확신한다 해도, 언젠가 분명 한탄할 때가 올 것이다.

도시의 모든 유형수들의 운명을 관장하는 감독 조사국은 왜 이렇게 비밀스럽고 가장 먼 변두리에 자리를 잡았을까? 이유가 무엇이든 감독 조사국은 더러운 통로와 깨진 유리 대신 판자를 댓댄 유리창들, 널어 놓은 시트들 사이의 막사 가운데 떡 버티고 있었다.

올레크는 근무 시간에도 좀처럼 얼굴을 볼 수 없었던 감독 조사관의 불쾌한 얼굴 표정과 그를 만났을 때 그에게 보여 줄 자세를 생각하며 감독 조사국 복도를 천천히 걸었다. 태연하고 굳은 표정을 짓기 위해 자세도 가다듬었다. 코스토글로토프는 수용소의 간수들에게도 웃는 얼굴을 한 번도 보이지 않았다. 간수들이 웃을 때조차 마찬가지였다. 그는 모든 것을 기억하고 있다는 것을 간수에게 상기시켜 주는 것이 자신의 의무라고 생각했다.

그는 노크를 하고 안으로 들어갔다. 첫 번째 방은 약간 어둡고 가구도 거의 없는 빈방이었다. 등받이가 없는 긴 의자 두 개와 손잡이가 달린 칸막이 뒤로 한 달에 두 번씩 비밀스럽게 이 지역 유형수들의 등록 작업을 하는 책상이 놓여 있을 뿐이었다.

그 방에는 아무도 없었고 다만 '감독 조사관'이라는 표지판이 붙은 다음 방의 문만 열려 있었다. 올레크는 문 앞까지 가서 경직된 목소리로 물었다.

"들어가도 됩니까?"

"네, 들어오세요." 아주 상냥한 목소리가 그를 맞았다.

어떻게 된 일이지? 올레크는 지금껏 엔카베데[66]에서 그런 목소리를 들어 본 적이 없었다. 그가 들어섰다. 햇빛이 잘 드는 방 안의 책상 앞에 감독 조사관이 앉아 있었다. 그러나 예전의 그가 아니었다. 뭔가 심각한 표정에 불가사의하게 보이던 멍청이가 아니라 부드럽고 지적으로 보이기까지 하는 아르메니아인이 앉아 있었다. 그는 젠체하지도 않고, 제복 대신 이런 막사에는 어울리지 않는 고급 신사복을 입고 있었다. 이 아르메니아인은 유쾌한 표정이었다. 마치 자신이 맡은 일은 극장표를 나누어 주는 일이며, 올레크에게 좋은 자리를 확보해 주어 기쁘다는 표정이었다.

수용소 생활 이후 올레크는 아르메니아인에 대한 인상이 좋지 않았다. 아르메니아인이 많지는 않았지만 그들은 질투를 불러일으킬 정도로 서로 단결해서 빵과 버터를 관리하는

---

66) НКВД(NKVD). 소련의 중앙 행정 기관 중의 하나로 1934~1946년에 국가 안보와 사회 질서 유지 등을 담당한 내무 인민위원회.

제일 좋은 병참부 자리를 차지했다. 그러나 엄밀히 따지면 그들을 미워할 수도 없었다. 수용소를 생각해 낸 것도 시베리아를 생각해 낸 것도 그들이 아니었으니까. 그런데 무슨 명분으로 그들에게 서로 단결하지 말라고, 암거래를 하지 말라고, 곡괭이로 땅이나 파라고 한단 말인가?

지금 이렇게 유쾌하고 호의적인 아르메니아인이 사무용 책상에 앉아 있는 것을 보니 올레크는 새삼 아르메니아인들의 능수능란한 일처리 수완이 떠올라 미소를 지었다.

올레크의 성과 임시 명부에 등록되어 있다는 말을 들은 조사관은 살이 쪘는데도 불구하고 가볍게 몸을 일으켜 캐비닛 한쪽에서 서류를 찾기 시작했다. 그러면서 올레크가 지루해할까 봐 의미 없는 감탄사를 내기도 하고 다른 사람의 성을 소리 내어 중얼거리기까지 했다.

"그러니까…… 봅시다. 칼리포치지…… 콘스타치니지…… 아 참, 거기 좀 앉아 계세요. 쿨라예프, 카라누리예프. 오, 이런, 서류 귀퉁이가 떨어졌네. 카즈이마고마예프, 코스토글로토프! 여기 있군요." 그는 다시 엔카베데의 규칙을 어기고 코스토글로토프에게 묻지 않고 자신이 직접 그의 이름과 부칭을 소리 내어 말했다. "올레크 필리모노비치 맞지요?"

"네."

"그러니까…… 1월 23일부터 암 병동에서 치료를 받았군요." 그러고는 서류에서 생기 넘치는 동정의 시선을 들어 올렸다. "지금은 좀 어떻습니까? 나아지셨나요?"

코스토글로토프는 급기야 감동으로 울컥해질 정도였다. 너무 간단한 일 아닌가. 이 저주받을 책상 앞에 인간적인 사람을 앉힌 것뿐인데, 그것만으로 삶이 완전히 달라질 수 있는 것이다. 그는 긴장이 풀어져 솔직하게 대답했다.

"글쎄…… 뭐라고 해야 할까요. 어떤 면에서는 좋아졌고, 어떤 면에서는 나빠졌다고 해야 할까요.(나빠졌다고? 얼마나 배은망덕한 인간인가! 병동 바닥에 누워 죽기를 바라던 때보다 나빠질 것이 무엇이란 말인가?) 전반적으로는 좋아졌습니다."

"아, 정말 잘됐군요!" 감독 조사관이 다행이라는 듯 말했다. "그런데 왜 의자에 앉지 않습니까?"

아무튼 극장표를 발행하기 위해 시간이 좀 필요하다! 어딘가에 도장을 찍어야 하고, 펜으로 날짜를 기입해야 하고, 두꺼운 장부에 기록도 해야 하고, 반대로 다른 장부에서는 지우기도 해야 했다. 그 모든 과정을 아르메니아인은 유쾌하고 신속하게 처리한 다음 올레크에게 여행 허가증을 내주었다. 그러고는 의미심장한 눈빛을 보이며 전혀 관리답지 않은 작은 소리로 말했다.

"이젠 걱정하지 않아도 됩니다. 이제 곧 이런 일이 모두 끝날 겁니다."

"이런 일이라면 무슨?" 올레크가 놀라며 물었다.

"무슨 일이라니요? 이런 등록 말입니다. 유형이니 감독 조사관이니 하는 것들 말입니다!" 그는 사심 없이 미소를 지었다.(분명 다른 즐거운 일이 있는 모양이었다.)

"그래요? 그럼 벌써…… 지령이 내려왔습니까?" 올레크가 얼른 캐물었다.

"지령이 내려온 것은 아니지만……." 감독 조사관이 한숨을 내쉬었다. "하지만 그런 징조가 있어요. 틀림없을 겁니다. 그렇게 될 겁니다! 마음 단단히 먹고 건강을 챙기세요. 이젠 사회로 돌아가게 될 것입니다."

올레크는 입을 삐죽하며 웃었다.

"저는 이미 사회에서 축출당한 사람입니다."

"무슨 일을 하십니까?"

"아무 일도 하지 않습니다."

"결혼은 하셨나요?"

"아니요."

"잘됐군요!" 감독 조사관이 자신 있는 목소리로 말했다. "유형지의 아내들하고는 보통 이혼하게 되거든요. 그러면 일이 아주 복잡해요. 이제 석방되어 조국으로 돌아가면 결혼하세요!"

결혼하세요.

"그렇게만 된다면 얼마나 좋겠습니까?" 올레크가 일어섰다.

호의적으로 고개를 끄덕이면서도 웬일인지 감독 조사관은 악수는 청하지 않았다.

두 개의 방을 다시 나오며 올레크는 감독 조사관의 행동에 대해 생각했다. 타고난 성품이 그런가, 아니면 그것이 유행일까? 당분간 그렇게 하기로 한 것일까? 그것도 아니면 그런 사람들을 특별히 임명한 것일까? 이런 사실을 확인해 두는 것이 아주 중요한 일이었지만 그렇다고 다시 찾아가 물어볼 수는 없었다.

마음이 들뜬 올레크는 너무 더워 외투도 벗은 채 이전보다 더 빠르고 안정된 걸음걸이로 막사들을 지나고 선로를 지난 다음 석탄 더미 옆을 지나 기다란 공장 지대를 걸었다. 감독 조사관이 그에게 불어넣은 엄청난 기쁨이 그의 내부로 점차 퍼져 출렁거렸다. 그러나 그것을 인식하기까지는 시간이 조금 필요했다.

올레크에게 시간이 필요했던 것은 그런 사무를 보는 사람들을 믿어서는 안 된다는 것을 충분히 경험했기 때문이다. 고위직 인사들이나 대령, 소령 들이 전쟁이 끝나고 정치범들에 대한 대대적인 사면이 있을 것이라는 거짓말을 고의적으로 퍼뜨렸던 일은 잊히지 않았다. "대령이 직접 나에게 말했어!"라며 그들은 철석같이 믿었다. 하지만 떨어진 사기를 진작시키라는 명령에 의한 것이었다. 착취를 위해서였던 것이다! 작업 할당량을 완수하기 위해서였던 것이다! 어떻게든 죄수들의 목숨을 부지시키려고 했던 것이다!

이 아르메니아인도 의심스러운 부분이 없지 않았는데, 위치에 비해 너무 상세한 정보를 알고 있다는 점이 그랬다. 물론 올레크 자신도 신문에 난 단편적인 기사를 보고 그것을 기대하고 있기는 했지만 말이다!

오, 하느님, 정말 때가 왔습니까! 사실은 와도 이미 오래전에 왔어야 했다! 인간은 몸에 종양이 생기면 죽는데 수용소나 유형지를 품고 있는 나라가 어떻게 계속 존재할 수 있단 말인가?

올레크는 다시 행복한 감정에 휩싸였다. 그는 끝내 죽지 않왔다. 그리고 이제 머지않아 레닌그라드행 기차표도 손에 넣을 수 있을 것이다. 레닌그라드까지! 정말 그곳에 가서 이삭 성당의 기둥을 만져 볼 수 있을까?

하긴 이삭 성당이 무슨 상관이란 말인가! 지금은 베가로 인해 모든 것이 바뀌었다! 머리가 빙빙 돈다! 지금, 만일 정말로…… 진심으로……. 이건 더 이상 꿈이 아니다! 그녀와 함께 이곳에서 살 수도 있을 것이다!

베가와 함께 살 수 있을까? 둘이서! 생각만 해도 가슴이 두근거렸다!

지금 당장 그녀에게 돌아가 이 모든 사실을 전해 준다면 그녀는 얼마나 기뻐할까! 말하지 말란 법이 어디 있단 말인가? 가서는 안 될 이유가 무엇일까? 그녀에게 이 이야기를 전하지 않는다면 도대체 누구에게 전한단 말인가? 그가 자유인이 된다는 사실에 관심을 보일 사람이 그녀 외에 누가 있단 말인가?

그는 이미 전차 정거장까지 갔다. 이제는 전차 번호를 결정해야 한다. 기차역으로 갈 것인가? 베가에게 갈 것인가? 서둘러야 한다. 그녀는 바로 나갈 것이다. 벌써 해가 기울기 시작했다.

그는 다시 흥분에 휩싸였다. 다시금 그녀를 향하는 마음이 간절했다! 감독 조사국으로 가던 길에 생각했던 많은 부정적인 이유들이 이제 모두 사라진 것이다.

왜 죄인처럼, 낙오자처럼 그녀를 피해야 한단 말인가? 그녀 역시 자신을 치료할 때 무슨 생각인가 하지 않았을까?

그가 항의하며 치료를 중단하라고 요구했을 때 그녀는 말 없이 자리를 피해 버리지 않았던가?

가서는 안 될 이유가 무엇이란 말인가? 왜 두 사람이 가까워져서는 안 된단 말인가? 왜 두 사람이 더 높이 올라가서는 안 된단 말인가? 자신들은 사람이 아니란 말인가? 더욱이 어떤 경우에도 베가만은 사람 아닌가!

그는 승강구로 서둘러 갔다. 정거장에 몰려 있던 수많은 사람들이 모두 올레크가 타려고 하는 전차로 몰려들었다! 올레크는 한 손에 외투를 들고 다른 손에 배낭을 들고 있어 손잡이를 붙잡을 수 없었다. 사람들 사이에 끼인 채 층계 위로, 그다음에는 전차 안으로 밀려 들어갔다.

사방에 사람들이 꽉 들어찼고, 그는 여학생으로 보이는 두 소녀 뒤에 서 있게 되었다. 금발 머리 소녀와 검은 머리 소녀가 그의 앞에 어찌나 찰싹 붙어 있는지 그가 숨 쉬는 것까지 느꼈을 것이다. 양팔이 두 여학생 사이에 꼭 끼여 씩씩거리는 차장에게 요금도 지불할 수 없을 정도였다. 양손을 전혀 움직일 수 없었다. 외투를 든 왼손은 검은 머리 여학생을 안고 있는 꼴이 되었다. 다른 쪽의 금발 여학생에게는 온몸이 밀착되어 무릎에서 턱 아래까지 그녀의 온몸을 느끼게 되었고, 그녀 역시 그를 느꼈을 것이다. 아무리 열정적이라 하더라도 전차 안의 승객들처럼 가까워지기는 불가능할 것 같았다. 그녀의 목과 귀, 머리채가 상상할 수 없을 정도로 그에게 밀착해 있었다. 낡아 빠진 군복을 통해 그는 그녀의 온기와 부드러움과 젊음을 받아들였다. 검은 머리 여학생이 금발 여학생에게 학교에서 있었던 어떤 일을 이야기했지만 금발 여학생은 아무 대꾸도 하지 않았다.

우시테레크에는 전차가 없었다. 이렇게 혼잡한 교통수단은 마차뿐이었다. 그러나 여성이 같이 뒤섞여 있는 경우는 별로 없었다. 이 느낌은 수십 년 동안 경험한 적도 감각해 본 적도 없는 것으로 그 순간 처음 느낀 것이었다!

하지만 그것은 행복한 느낌이 아니었다. 슬픔이었다. 이런 감각은 그가 넘을 수 없는 일정한 한계가 있어서 아무리 자신에게 암시를 해도 그 한계를 넘을 수가 없었다.

그렇다, 이미 그에게 말하지 않았던가. 리비도는 남을 거라고. 오직 리비도만…….

그런 상태로 두 정거장을 지났다. 그 후부터는 여전히 비좁기는 했지만 이전처럼 심하지 않아 올레크도 어느 정도 몸을 움직일 수 있었다. 그런데도 그는 그 상태로 몸을 움직이지 않았다. 그는 쾌감과 고통이 뒤범벅된 이 상태를 중단하고 싶지 않았다. 지금 이 순간 그는 더 이상 아무것도 원하지 않았고, 그냥 그대로 조금만, 조금만 더 있고 싶었다. 지금 전차가 다시 그를 구시가지로 데려간다 해도! 전차가 발광을 해서 승강장에 멈추지도 않고 밤새 덜컹거리며 돌아다닌다고 해도! 아니, 전차가 세계 일주를 한다고 해도 그렇게 있고 싶었다! 올레크는 스스로 먼저 몸을 뗄 의지가 없었다. 지금은 더 이상의 행복을 바라지 않았고, 그저 이 행복이 계속 유지되기만을 바라며 올레크는 그녀의 목덜미와 머리채를 기꺼이 기억해 두고 싶었다.(그녀의 얼굴은 볼 수 없었다.)

금발 여학생이 몸을 떼며 앞쪽으로 움직였다.

그제야 엉거주춤 굽히고 있던 무릎을 편 올레크는 지금 베가에게 가는 것은 고통을 야기하고 한낱 기만일 뿐임을 깨달았다.

그는 자신이 줄 수 있는 것보다 많은 것을 그녀에게 요구하기 위해 가는 것일 뿐이었다.

두 사람은 다른 어떤 것보다도 정신적인 교감이 훨씬 소중하다는 고상한 의견에 동의했다. 그러나 두 사람의 팔로 만들어진 그 드높은 교량은 자기 팔 쪽에서 붕괴되어 버렸다는 것을 올레크는 깨달았다. 그는 한 가지 확신을 갖고 의기양양하게 그녀에게 가고 있었지만 마음속으로는 계속 다른 생각을 했던 것이다. 만약 그녀가 외출하고 나면 방 안에 혼자 남아 그녀의 옷이나 그녀의 잡다한 물건들을 바라보며 훌쩍거리는 일 외에 무엇을 할 수 있단 말인가.

안 된다. 십대 소녀들처럼 행동해서는 안 되며 좀 더 현명해져야 한다. 기차역으로 가야 한다.

그러고는 여학생들 앞쪽이나 옆이 아니라 뒤쪽 문으로 사람들을 헤치고 나가 욕지거리를 하는 누군가를 지나 전차에서 뛰어내렸다.

전차 정류장 근처에서는 아직도 제비꽃을 팔고 있었다.

해는 벌써 기울었다. 올레크는 외투를 입고 기차역으로 가는 전차에 올랐다. 이번 전차는 그다지 붐비지 않았다.

기차역 광장의 군중 사이를 걸으며 여러 사람들에게 길을 물었지만 몇 번이나 잘못 가르쳐 주는 바람에 가까스로 그는 장거리 열차의 기차표를 파는 지붕이 있는 시장 같은 건물로 다가갔다.

그곳에는 매표구 네 개가 있었고, 각 창구에는 150명에서 200명 정도의 사람들이 줄을 서 있었다. 그중에는 자리를 맡아 놓은 사람도 몇 있을 터였다.

역에서 며칠씩 줄을 서는 광경은 올레크에게 아주 익숙했다. 세상 많은 것들이 변했다. 유행이 달라지고 가로등도 바뀌고 젊은이들의 풍조도 변했다. 그러나 줄을 서는 광경만큼은 그가 아는 한 한 번도 변한 적이 없고, 1946년과 똑같았다. 1939년에도 마찬가지였고, 1934년에도, 1930년에도 지금과 똑같았다. 신경제 정책[67] 시기에는 상품을 산더미처럼 쌓아 놓은 진열장을 본 기억도 나지만 줄이 없는 기차역 매표구는 상상이 되지 않았다. 이렇게 성가신 일을 겪지 않고도 기차를 탈 수 있는 사람은 특별한 수첩이나 특별한 증명서를 가진 사람들뿐이었다.

지금 그는 그리 대단한 것은 아니지만 여기서 사용할 만한 증명서가 있었다.

무척 더운 날씨였기 때문에 그는 땀을 흘리면서도 배낭에서 작은 털모자를 꺼내 있는 힘껏 늘린 다음 머리에 썼다. 배낭은 한쪽 어깨에 걸쳤다. 그는 짐짓 레프 레오니도비치의 수술대에 누운 지 아직 두 주도 안 지난 듯한 표정을 지었다. 이렇게 꾸민 표정과 몹시 지치고 힘없는 시선을 가장한 채, 그는

---

67) 1921년에 레닌에 의해 도입된 제한적인 사기업 정책.

군중의 줄을 비집으며 매표구로 가까이 다가갔다.

그곳에는 그와 비슷한 사람이 많았지만 경찰이 서 있어서 매표구로 밀고 들어가거나 싸우는 사람은 없었다.

거기서 올레크는 힘이 전혀 없는 사람처럼 윗도리 호주머니에서 간신히 증명서를 꺼내 경찰에게 조심스럽게 건네주었다.

젊은 장군처럼 보이는 훌륭한 체격에 수염을 기른 우즈베크 경찰은 위엄 있는 자세로 증명서를 읽고는 앞줄에 서 있는 사람들을 향해 말했다.

"이 사람 좀 앞에 세워요. 수술받은 환자예요."

그러고는 올레크에게 줄에서 세 번째에 서도록 지시했다.

올레크는 힘없는 표정으로 줄을 선 사람들을 쳐다보며 그 안으로 밀고 들어가려고 하는 대신 고개를 숙이고 줄 옆에 서 있었다. 그러자 접시 같은 차양이 달린 갈색 벨벳 모자의 그늘 밑으로 구릿빛 얼굴이 드러나 보이는 뚱뚱한 중년 우즈베크인이 올레크를 끌어다가 줄에 넣어 주었다.

매표구 가까이 서 있으니 기분이 좋았다. 표를 던져 주는 여자 매표원의 손가락이 보이고, 혁대 안쪽이나 속주머니에서 조금 넉넉하게 꺼내 든 승객의 구겨지고 땀에 전 지폐도 보였으며, 승객들의 간절한 호소와 매표원이 퉁명스럽게 거절하는 소리도 들렸다. 그리고 일이 착착 진행되는 것도 볼 수 있었다.

자기 차례가 되자 올레크는 창구로 몸을 굽혔다.

"한타우까지 가는 삼등칸 표 한 장 주세요."

"어디요?" 매표원이 물었다.

"한타우요."

"잘 모르는 곳인데……." 그녀는 어깨를 한 번 으쓱하고는 커다란 철도 안내서를 뒤적이기 시작했다.

"왜 삼등칸 표를 사요?" 뒤에 서 있던 여자가 안타까워하며 말했다. "수술을 받았다면서 삼등칸이라니? 위 칸으로 어떻게 올라가려고요? 수술하고 꿰맨 자리가 터지고 말겠어요. 지정 좌석표를 구해야지요!"

"돈이 없어요." 올레크가 한숨을 쉬었다.

사실이었다.

"그런 기차역은 없어요!" 매표원이 안내서를 탁 덮으며 소리쳤다. "다른 역을 말해요!"

"왜 없다는 거예요?" 올레크가 힘없이 웃었다. "일 년 전부터 있던 역이고, 올 때도 그곳에서 타고 왔어요. 그럴 줄 알았으면 표를 보관해 둘 걸 그랬네요."

"난 몰라요! 여기 안내서에 없으면 없는 거예요!"

"하지만 기차가 멈추는 곳이라니까요!" 올레크는 수술 환자가 할 수 있는 한 최대로 강하게 항의했다. "그곳에도 매표소가 있다고요!"

"이봐요, 표를 사지 않을 거면 저쪽으로 비켜요! 다음 분!"

"맞아요, 왜 시간을 낭비합니까?" 뒤에서 불평하는 소리가 들렸다. "주는 대로 받아요! ……수술한 것은 그렇다 쳐도, 너무 까다롭게 구는군."

아아, 올레크는 지금 이 순간 얼마나 논쟁을 벌이고 싶은지 몰랐다! 승객 안내원과 역장을 부르라고 얼마나 호통을 치고 싶은지 몰랐다! 그놈들을 혼내 주고 아주 사소하고 하잘것없는 것이지만 자기주장이 옳다는 것을 얼마나 보여 주고 싶은지 몰랐다! 그런 주장을 해서라도 자신의 존재를 확인하고 싶었다.

그러나 수요와 공급의 법칙은 확고부동했고, 수송 계획의 원칙 역시 바꿀 수 없는 것이다! 지정 좌석표를 사라고 귀띔해 주었던 뒤의 친절한 여자도 벌써 그의 어깨 너머로 돈을 내밀었다. 방금 그를 줄 앞쪽에 세워 주었던 경찰도 그를 한쪽으로 밀어내려고 팔을 들어 올렸다.

"그 역에서는 집까지 가는 데 30킬로미터이지만 다른 역에서 내리면 70킬로미터를 가야 합니다." 올레크는 창구에 다시 한 번 호소해 보았지만 그것은 이미, 수용소식으로 말하면 싸움에서 진 개가 징징거리는 꼴이었다. 그는 스스로 서둘러 대안을 제시했다. "그럼 추 역으로 주세요."

이 역에 대해서는 매표소 여직원도 잘 알고 있었고, 가격도 알았다. 표도 있어 일은 잘 해결되었다. 올레크는 매표구 가까이에서 불빛에 차표를 비춰 펀치 구멍을 확인하고, 기차 번호도 확인했으며, 가격과 거스름돈을 확인한 다음 천천히 자리를 떴다.

수술 환자라고 알고 있는 사람들에게서 멀리 벗어났다고 생각되자 허리도 쭉 펴고 불편했던 모자도 벗어 다시 배낭에 쑤셔 넣었다. 기차를 타려면 아직 두 시간이 남아 있었다. 호주머니에 표를 넣고 그 시간을 보내는 것은 즐거운 일이었다. 이제는 먹고 즐길 수가 있었다. 이미 우시테레크에는 팔지 않을 아이스크림도 사 먹고, 크바스[68]도 마시기로 했다.(그곳에서는 크바스도 벌써 팔지 않을 것이다.) 기차를 타고 가면서 먹을 검은 빵도 사야 했다. 설탕도 잊지 말고 사야 하고, 수통에 더운 물도 넣어 가야 한다.(자기가 마실 물을 챙기는 것은 아주 중요한 일이다!) 청어는 절대 사지 말아야 한다. 죄수 호송 열차와 달리 기차에서는 얼마나 편하게 갈 수 있을까! 승차할 때 몸수색을 당할 일도 없고, 말처럼 몰아세우지도 않을 것이며, 호송대에 둘러싸인 채 땅바닥에 앉는 일도 없을 것이다. 또한 이틀이나 물 한 모금 마시지 못해 갈증으로 고통을 겪을 일도 없을 것이다! 거기다 만약 짐을 놓는 선반이라도 차지할 수 있다면 두 사람도 아니고 세 사람도 아닌 혼자서 그곳에 몸을 쭉 펴고 누울 수도 있을 것이다! 그렇게 누우면 종양의 통증도 느껴지지 않을 것이다. 이것이 바로 행복 아닐까! 그는 행복한 사람이다! 더 이상 무엇을 불평한단 말인가?

더구나 감독 조사관이 특사에 대한 이야기도 귀띔해 주지 않았던가.

오랫동안 기다리고 기다리던 행복한 순간이 왔다. 드디어 온 것이다! 그런데 올레크는 왜 그것을 모르고 있었을까.

그리고 어쨌든 베가에게는 '그대'라고 부르는 '료바'도 있지 않은가. 아니면 다른 누구일 수도 있겠지. 그것도 아니라면 또 다른 수많은 가능성들이 기다리고 있겠지! 누군가가 누군가의 인생에 홀연히 나타나듯.

---

68) 곡류로 만든 러시아식 맥주.

오늘 아침에 본 달을 그는 믿고 있다! 비록 그 달이 초승달이기는 했지만…….

이젠 플랫폼으로 나가야 할 시간이었다. 그가 탈 기차가 정류장으로 들어오기 훨씬 전에 나가 있어야 한다. 그러니까 빈 기차가 들어올 때 자신이 탈 차량을 재빨리 발견해서 그쪽으로 달려가 줄을 서야 한다. 올레크는 시간표를 살펴보러 갔다. 반대 방향으로 가는 75호 열차가 이미 정류장에 들어서고 있었다. 그쪽 승객들은 지금 탑승해야 한다. 올레크는 그 순간 개찰구로 달려가 헐레벌떡 달려온 척하며 문앞에서 사람들을 밀치고, 닥치는 대로 이 사람 저 사람을 붙잡고 물어보고 개찰원에게도 물었다.(손에는 벌써 기차표가 들려 있었다.)

"혹시 75호 열차 벌써 출발했나요? 75호 열차 벌써 갔어요?"

그가 75호 열차에 늦어 놀란 것처럼 꾸며 대자 개찰원은 표도 보지 않고 등에 지고 있는 배낭을 들어 주며 개찰구로 그를 밀어 주었다.

그렇게 해서 플랫폼으로 미리 나간 올레크는 여유 있게 왔다 갔다 하다가 잠시 멈추고 돌층계에 배낭을 내려놓았다. 그는 이번과 같은 재미있는 경험을 1939년에 스탈린그라드[69]에서도 했던 일이 떠올랐다. 올레크가 자유의 몸이던 마지막 며칠이었다. 리벤트로프[70]와 조약을 체결한 후 아직 몰로토프

---

69) 러시아 볼가 강 근처의 도시.

70) 1939년 독소 불가침 조약 때 독일의 외무장관 요아힘 리벤트로프와 러시아의 외무장관 뱌체슬라프 몰로토프가 서명했다.

의 연설이 행해지거나 19세 동원령이 내려지기 전이었다. 그해 여름 그는 친구와 함께 보트를 타고 볼가 강을 따라 스탈린그라드로 내려갔다가 보트를 팔고 기차를 타고 돌아오기로 했다. 보트에 싣고 갔던 물건이 많아서 그들은 각자 양손 가득 겨우 짐을 들고 갔다. 친구는 어느 시골 마을에서 당시 레닌그라드에서는 살 수 없었던 확성기까지 샀는데, 확성기는 케이스도 없이 커다란 나팔로 되어 있어 기차에 타면 망가질까 봐 걱정되었다. 스탈린그라드 기차역으로 나간 그들은 나무 트렁크나 자루, 상자 등속을 든 사람들로 이미 가득 찬 홀에 늘어선 긴 줄 끝에 서게 되었고, 아무래도 제시간에 플랫폼으로 나가기는 어려워 보였다. 꼼짝없이 이틀 밤을 노숙하게 될 상황이었다. 플랫폼으로 나가는 것도 통제를 하고 있었다. 올레크는 문득 꾀를 냈다. "모든 짐을 기차 안으로 옮겨야 돼. 제일 마지막에 오르게 되더라도 말이야. 알았지?" 그는 확성기를 들고 가벼운 걸음으로 출입이 금지된 직원 전용 통로 쪽으로 다가갔다. 그러고는 유리창 너머 여직원에게 확성기를 태연하게 흔들어 보였다. 여직원이 문을 열었다. "이것만 실으면 다 됩니다." 하고 올레크가 말했다. 그러자 여직원은 하루 종일 확성기를 나르느라 힘들었겠다는 표정으로 고개를 끄덕였다. 기차가 들어왔다. 그들은 기차가 들어서기가 무섭게 제일 먼저 뛰어올라 짐 선반 두 자리를 차지했다.

십육 년 동안 변한 것이 아무것도 없었다.

그는 플랫폼을 왔다 갔다 하며 자신처럼 다른 기차를 타는 척하고 그곳에서 짐을 들고 기다리는 꾀 많은 사람들을 볼 수 있었다. 그런 사람들이 상당히 있었지만 그래도 플랫폼은 대합실이나 역 광장보다는 혼잡하지 않았다. 지정석을 확보해 좌석을 빼앗길 염려가 없는 자유롭고 차림새도 말쑥한 75호 열차의 승객들은 플랫폼을 한가롭게 오갔다. 선물받은 꽃다발을 든 여자들과 맥주병을 든 남자들도 보이고, 어떤 이들은 사진을 찍기도 했다. 그런 삶은 그에게는 다가갈 수 없고, 이해할 수도 없는 세계였다. 따뜻한 봄날, 차양으로 가려진 긴 플랫폼은 어린 시절에 가 본 적 있는 어느 남부의 미네랄니보디[71] 같은 느낌이 들었다.

그 순간 올레크는 플랫폼 쪽으로 입구가 나 있는 우체국을 발견했다. 앞에는 사람들이 편지를 쓸 수 있도록 비스듬한 작은 책상도 놓여 있었다.

갑자기 그는 초조해졌다. 어차피 편지는 써야 한다. 그러면 지금 쓰는 것이 나을지도 모른다. 생각이 분산되고 감정이 사라지기 전에 말이다.

그는 배낭을 둘러메고 안으로 들어가 봉투를 샀다. 아니다. 봉투 두 장과 편지지, 엽서를 사서 플랫폼으로 다시 나왔다. 그는 다리미와 검은 빵이 들어 있는 배낭을 발 사이에 내려놓고 책상 앞에 기대서서 우선 간단한 엽서부터 써 내려갔다.

좀카! 잘 지내고 있지?
네가 부탁한 대로 동물원에 다녀왔어! 정말 대단했어! 태어

---

71) 카자흐 북부의 온천 지역.

나서 그런 것은 처음 보았어. 꼭 가 봐. 백곰들을 상상할 수 있겠어? 악어, 호랑이, 사자 들도 말이야. 하루 종일이라도 구경할 수 있어. 안에서 피로그[72]도 파니까. 나선형 뿔이 있는 염소도 꼭 보도록 해. 우리 앞에 서서 서두르지 말고 천천히 생각해 봐. 영양을 발견하거든 그 앞에서도 그렇게 해 봐. 원숭이도 많은데, 참 우스웠어. 그런데 원숭이 한 마리가 없었어. 어떤 악당이 붉은털원숭이의 눈에 담배꽁초를 던졌다는 거야, 아무 이유도 없이 그냥. 그래서 눈이 멀었다는 거야.

곧 기차가 도착할 거야, 이만 줄일게.

어서 완쾌되어 인간답게 살기를! 반드시 그럴 거라고 믿어!

알렉세이 필리프이치에게도 내 안부를 전해 줘! 건강을 회복하기를 바란다고 전해 줘!

잘 지내!

올레크

문장은 쉽게 썼지만 펜대가 더러웠고, 펜촉은 비스듬하게 닳았는지, 아니면 망가졌는지 종이를 긁어 대고 삽처럼 종이에 걸리는 데다 잉크병에는 이물질이 들어 있어 아무리 조심해도 글씨가 흉해 보였다.

나의 꿀벌 조엔카!

진짜 살아 있는 생명을 내 입술로 느낄 수 있게 해 준 그대에

---

72) 고기를 넣고 구운 빵.

게 감사를 전하오. 그대와 함께했던 그 며칠 밤이 없었다면 나는 완전히, 완전히 질식하고 말았을 것이오.

그대는 나보다 훨씬 분별력이 있었소. 덕분에 나는 자신을 책망하지 않고 지금 떠날 수 있게 된 것이오. 그대는 나를 초대해 주었지만 갈 수는 없었소. 감사를 전하오! 하지만 이쯤에서 멈추는 것이 좋겠다고 나는 판단했소. 언제나 감사하는 마음으로 그대의 모든 것을 기억하겠소.

진심으로, 그대가 행복하게 결혼하기를 기원하오!

올레크

마치 내면의 감옥 같은 느낌이 들었다. 청원서를 쓰던 날에도 이렇게 조잡한 잉크와 펜을 주었는데, 펜은 이것과 비슷했고, 종이는 엽서보다 작은 데다 잉크가 심하게 번지고 스며들었다. 그들은 누구에게든 아무것이든 쓰라고 했다.

올레크는 다 쓴 것을 다시 한 번 읽고 접은 다음 봉투에 넣어 풀을 붙이려고 했다.(어렸을 때 읽은 탐정 소설에서는 봉투가 뒤바뀌어 사건이 발생했다.) 하지만 풀이 없었다! 국가가 정한 규격 봉투에는 풀기가 있어야 할 곳에 검은 자국으로 표시해 두었지만 예상대로 풀기는 전혀 없었다.

올레크는 펜 세 자루 중에서 가능하면 좋은 것을 고르고 마지막 편지에 쓸 내용을 생각했다. 지금까지는 책상 앞에서 꿋꿋하게 서서 미소까지 지었다. 그런데 이제는 모든 것이 혼란스러웠다. 그는 '베라 코르닐리예브나'라고 쓰려고 마음먹었지만 이렇게 쓰고 말았다.

사랑스러운 베가!

(항상 이렇게 불러 보고 싶었습니다. 지금이라도 이렇게 부르는 것을 허락하십시오.)

선생님께 솔직하게 편지를 써도 괜찮겠지요? 당신과 나는 입 밖으로 말하지는 않았지만 같은 생각을 하지 않았을까 생각합니다! 주치의가 자기 집으로, 자기 침대로 초대하는 환자를 단순한 환자라고 생각할 수는 없을 테니까요!

나는 오늘 몇 번이나 당신 집으로 달려갔는지 모릅니다! 실제로 한 번은 당신 방 앞까지 갔습니다. 당신에게 가는 동안 나는 나이에 어울리지 않게 어떻게 해야 할지 몰라 열여섯 살짜리 소년처럼 내내 가슴이 두근거렸답니다. 나는 흥분되기도 하고, 부끄럽기도 하고, 기쁘기도 하고 두렵기도 했습니다. 신이 당신을 나에게 보낸 뜻이 어디에 있는지 이해하기 위해서는 얼마나 많은 경험을 더 해야 할까요?

그러나 베가! 만약 오늘 우리가 만났다면 우리 사이에 뭔가 잘못된 일이나 심각한 문제가 생겼을지도 모릅니다! 나중에 걸으면서 당신과 만나지 못한 것이 오히려 다행이라고 생각했습니다. 지금까지 당신과 내가 겪은 모든 고뇌는 최소한의 명분도 있고 인정받을 수도 있습니다! 그러나 앞으로 우리 사이에 시작될 일은 그 누구도 인정해 줄 수 없을 겁니다. 당신과 나, 우리 두 사람의 관계는 무엇인가 잿빛의 병든, 그러나 계속 자라나는 뱀 같은 것입니다.

나이가 아니라 인생의 경험상 나는 당신보다 연상입니다. 그러니 내 말을 믿어도 됩니다. 당신이 옳았습니다. 모든 면에서,

모든 면에서 당신이 옳습니다. 당신의 과거에도, 현재에도 당신은 옳습니다. 그러나 당신의 미래에 대해서는 아직 모르고 있습니다. 당신은 내 의견에 동의하지 않을지 모르지만 내가 예언하자면 당신이 모든 일에 무심해지는 노년에 이르기 전에 나와 오늘 운명을 함께하지 않았다는 것에 감사하게 될 것입니다.(유형에 대한 이야기를 하는 것이 아닙니다. 소문에 의하면 유형은 곧 끝난다고 합니다.) 당신은 인생 절반을 어린 양처럼 희생했습니다. 그렇다면 나머지 절반은 소중하게 간직하십시오!

지금 어쨌든 이곳을 떠나면서(만약 유형이 끝나고 진찰을 하거나 치료를 더 받게 되더라도 다시 그 병원으로 가는 일은 없을 겁니다. 이것으로 우리는 이별하는 것입니다.) 솔직하게 말씀드리겠습니다. 우리가 정신적인 것에 대한 이야기를 나눌 때는 솔직하고 거짓 없이 그렇게 생각하고 믿었지만 나는 언제나, 언제나 당신을 안고 입 맞추고 싶었습니다!

이만 줄입니다.

그리고 지금도 당신의 허락 없이 키스를 보냅니다.

올레크

두 번째 봉투도 마찬가지로 풀기가 있어야 할 자리에 풀기가 없었다. 올레크는 항상 그것이 무엇 때문일까, 우연이 아니라 검열을 쉽게 하려고 그런 것은 아닌가 하고 생각했다.

그때 뒤쪽에서 소란이 일었다! 그의 모든 준비와 약삭빠른 조치가 모두 허사가 되고 말았다. 이미 열차가 들어오고, 사람들이 달리고 있었다!

올레크는 배낭과 봉투를 들고 우체국으로 뛰어 들어갔다.

"아가씨! 풀이 어디 있나요? 풀 있어요? 풀요!"

"항상 가져가 버려요!" 아가씨가 큰 소리로 대답했다. 그러고는 그를 쳐다보며 머뭇거리더니 풀이 든 병을 내주었다. "제가 보는 앞에서 풀을 붙이세요! 다른 데로 가져가지 말고요."

검고 끈적한 풀이 든 병에는 마른 풀과 새 풀이 온통 엉겨 붙어 있는 작은 학생용 붓이 들어 있었다. 잡을 만한 다른 것이 없어, 붓대를 편지 봉투를 따라 톱으로 자르듯이 문질러 풀을 붙여야 했다. 그런 다음 손가락으로 옆에 붙은 풀을 떼어 냈다. 그러고는 봉투를 붙였다. 눌려서 흘러나오는 풀은 손가락으로 훔쳐 냈다.

사람들이 달려가고 있었다.

풀은 아가씨에게 던져 주고 배낭은 손에 들고(도둑맞지 않도록 계속 두 다리에 끼고 있었다.) 편지는 우편함에 던져 넣고 그는 힘껏 달렸다!

몸은 극도로 쇠약해졌고 힘은 쭉 빠졌지만 어쨌든 달려야 했다!

올레크는 개찰구를 통과해 무거운 짐을 선로에 떨어뜨렸다가 맞은편 플랫폼으로 끌어 올려 가며 계속 밀려오는 사람들 사이를 헤치고 자신이 탈 차량이 있는 곳까지 달려가 거의 스무 번째 순서를 차지했다. 곧이어 그의 뒤를 따라 서른 명이 넘는 사람들이 줄을 섰다. 그렇게 되면 위층 침상을 차지하기는 힘들겠지만 어차피 다리가 길어 필요도 없다. 대신 짐 넣는 선반을 차지하면 될 것이다.

어쩐 일인지 승객들이 모두 비슷비슷한 바구니를 들고 있었다. 심지어는 양동이까지 비슷했는데, 봄나물이라도 들어 있는 걸까? 찰르이가 말한 대로 당국의 공급 착오를 바로잡으려고 카라간다 같은 곳으로 가려는 걸까?

백발이 성성한 늙은 차장이 모두 차량 옆으로 줄을 서라고, 자리가 충분하니 아직 타지 말라고 소리쳤다. 하지만 자리가 충분하다는 말도 왠지 자신 없는 말투인 데다 올레크 뒤로 꼬리가 점점 늘어 갔다. 올레크가 계속 걱정한 대로 사람들이 앞줄로 밀고 나오려 하는 낌새가 느껴졌다. 가장 먼저 밀고 들어온 사람은 아주 험상궂은 미치광이 같은 자였는데, 그런 자들을 잘 모르는 사람은 그를 미치광이로 생각하고 줄을 흩어뜨려도 내버려 두기 마련이다. 그러나 올레크는 이 미치광이가 위협하는 품으로 볼 때 수용소 출신 깡패라는 것을 알아차렸다. 그때 조용하던 보통 사람들도 이 고함쟁이를 따라 밀고 나섰다. 왜 이 사람은 되고 나는 왜 안 되느냐는 듯이.

물론 올레크도 그런 사람들에 편승해서 밀고 올라선다면 좋은 자리를 확보할 수 있을 것이다. 하지만 그런 행동은 과거를 연상시켰기 때문에 그는 늙은 차장이 시키는 대로 바르게 질서를 지키려고 했다.

늙은 차장은 미치광이가 차량 안으로 들어오지 못하도록 완강하게 막아 섰고, 그는 차장의 가슴팍을 밀어 대며 아무렇지도 않게 욕지거리를 퍼부어 댔다. 줄을 서 있던 사람들이 불쌍하게 생각하며 웅성거렸다.

"타게 해 줘요! 아픈 사람이잖아요!"

그때 올레크가 줄에서 나와 미치광이가 있는 곳으로 성큼 성큼 다가가 그의 귀에 입을 대고 귀청이 떨어져라 크게 고함을 질렀다.

"이봐, 나도 거기 출신이야!"

미치광이가 귀를 문지르며 뒤로 주춤 물러났다.

"어디라고?"

올레크는 지금은 맞붙어 싸울 힘이 전혀 없으며 절명하기 직전이라는 것을 알고 있었다. 물론 그렇다고 해도 자신은 기다란 두 팔에 아무것도 들지 않았고, 그는 한쪽 손에 바구니를 들고 있었기 때문에 올레크는 미치광이를 덮칠 듯한 자세를 취하며 이번에는 아까와는 반대로 낮고 또박또박한 말투로 말했다.

"아흔아홉 사람이 울고, 한 사람은 웃는 곳."

줄을 서 있던 사람들은 미치광이가 왜 갑자기 조용해졌는지 이유를 알 수 없었지만 갑자기 미치광이가 조용해지더니 외투를 입은 키다리에게 눈을 찡긋하며 말하는 것을 들었다.

"알았어. 나는 아무 말 않고, 반대도 하지 않겠어. 당신이 먼저 타."

그러나 올레크는 미치광이와 차장과 나란히 그대로 서 있었다. 최악의 경우라 해도 올레크는 이 자리에서 올라타기만 하면 될 것이다. 그런데 몰려들었던 사람들이 각자 자기 줄로 돌아가기 시작했다.

"여러분, 진정해요!" 미치광이가 소리쳤다. "조금만 기다립시다!"

그러자 바구니와 양동이를 든 사람들이 순서대로 올라탔다. 덮개 밑으로 크고 길쭉한 연분홍색 순무가 눈에 띄었다. 세 사람 중 두 사람은 카라간다행 기차표를 가지고 있었다. 올레크가 질서를 지켜 준 대상은 바로 그런 사람들이었다! 일반 승객들도 있었다. 푸른색 재킷을 입은 고상한 부인도 있었다. 올레크가 기차에 오르자 미치광이도 그 뒤를 따라 당당하게 올라왔다.

올레크는 서둘러 안으로 들어가 정면에 아직 비어 있는 짐을 놓는 선반을 발견했다.

"그러면……." 그가 말했다. "이 바구니는 좀 치우겠어요."

"뭘 어디로 치운다는 거야?" 절름발이이기는 하지만 건장해 보이는 사람이 놀라 말했다.

"이것 말이에요!" 코스토글로토프가 벌써 선반 위로 올라가 말했다. "사람이 누울 곳도 없지 않나."

그는 선반을 재빨리 치우고는 배낭을 머리맡에 놓고 다리미를 꺼냈다. 외투를 벗어 깔고 작업복도 벗었다. 그 위에서는 무엇이든 마음대로 할 수가 있었다. 그러고는 자리에 가만히 누웠다. 크기가 44호나 되는 장화를 신은 그의 발은 정강이 절반부터 통로 위로 걸쳐 있었지만 워낙 높아서 통행에 불편을 주지는 않았다.

아래에서도 사람들이 짐을 챙기고, 자리를 잡고, 인사를 나눴다. 절름발이는 사교성이 좋은 사람이었고, 예전에 수의사

조수 노릇을 했다고 말했다.

"그런데 왜 일을 그만두었어요?" 사람들이 놀라 물었다.

"말 마요! 양 한 마리가 죽을 때마다 사인을 조사받으러 법원에 가야 했어요. 장애인 신청을 하고, 채소 암거래를 하면서 사는 것이 훨씬 나아요!" 절름발이가 큰 목소리로 이야기를 늘어놓았다.

"그렇군요!" 푸른색 재킷을 입은 부인이 대꾸했다. "채소나 과일 거래를 금한 것은 베리야 시대의 이야기지요. 지금은 공산품을 거래하는 자들만 잡아들여요."

해가 질 시간이었지만 역 건물에 가려 해는 보이지 않았다. 객실 아래쪽은 아직 밝았지만 높은 곳은 벌써 어두워지기 시작했다. 고급 침대칸 승객들은 플랫폼에서 아직 산책을 하고 있었지만 이곳에서는 모두 자리를 잡고 앉아 짐을 챙기고 있었다. 올레크는 온몸을 쭉 폈다. 정말 편했다! 죄수 호송 열차에서는 이틀 밤이나 다리 한 번 펴지 못한 채 호되게 고생을 했다. 이것과 똑같은 객실에 열아홉 사람이나 탔기 때문에 몹시 힘들었다. 스물세 사람이 탔을 때는 더 심했다.

다른 사람들은 지금까지 살아남지 못했다. 오직 올레크만 살아남았다. 암에 걸리고도 죽지 않았다. 유형 생활도 달걀 껍데기처럼 깨지려는 참이다.

결혼을 하라고 충고하던 감독 조사관의 조언을 떠올렸다. 다른 이들도 같은 충고를 할 테지.

누워 있으니 좋다. 정말 좋다.

다만 기차가 덜컹거리고 요동을 칠 때면 심장 어딘가에서,

영혼이 자리하고 있을 저 가슴속 깊은 곳에서 알 수 없는 무언가가 울컥 솟아올랐고, 남겨 둔 사람에게로 자꾸만 그를 끌어당겼다. 그는 몸을 돌려 외투 위에 엎드리고는 빵 덩어리 때문에 울퉁불퉁한 배낭에 얼굴을 묻고 눈을 감았다.

기차가 움직이기 시작했다. 통로 위에 걸린 코스토글로토프의 장화가 죽은 자의 것처럼 흔들리고 있었다.

# 작품 해설

## 1

알렉산드르 이사예비치 솔제니친이 자신의 전 생애를 통해 소비에트 역사의 성립과 붕괴 과정을 모두 목격했던 것은 우연처럼 보이지 않는다. 그는 자신의 전 생애를 기꺼이 소비에트 시대의 비극과 불온한 역사를 증거하는 도구로 삼았으며, 자신의 문학을 조국의 비운의 역사와 암흑을 밝히는 가장 강력한 무기로 삼았던 소비에트 시대의 가장 상징적인 인물이기 때문이다.

솔제니친이 태어난 해인 1918년은 한 해 전의 볼세비키 혁명으로 러시아 제국이 붕괴되고 이제 막 소비에트 정부가 수립되어 가던 시기였다. 아버지 이사키 세묘노비치는 모스크바 대학에서 철학을 전공하고, 제1차 세계 대전에 참전해 전공을 세우기도 했지만, 그가 태어나기 6개월 전에 총기 사고로 사망했다. 홀로 어린 아들을 키워야 했던 어머니 타이시야 자하로브나 세르바크는 러시아 상징주의 문학과 예술을 접한 인텔리로 외국어에 능통하고 음악에 조예가 깊었다.

내전을 거치고 소비에트 정권이 들어서며 레닌의 신경제 정책이 실시되던 1924년 즈음에 그의 어머니는 솔제니친을 데리고 야로슬라브 주의 로스토프로 이주했다. 인텔리 출신이라는 이유로 직장을 구하기 어려웠던 그녀는 타이피스트로 일했지만, 가족은 내내 가난과 궁핍, 소외 속에서 어렵게 생활했다. 중등학교를 다니던 시절, 레닌이 사망하고 스탈린이 집권하면서, 소비에트 사회는 더욱 숨 막히는 집단 농장 체제와 개인 우상화 정책이 실시되었다. 학교에서는 자치 활동이나 토론이 금지되고 역사 과목이 도외시되는가 하면, 소비에트 혁명의 영웅들이 숙청되고 스탈린의 행적만 선전하는 왜곡된 교육 환경이 조성되었다. 솔제니친은 어린 나이에도 그런 교육에 회의적인 생각과 비판 의식을 갖고, 사회와 역사에 대한 진실을 찾으려는 열망을 간직했다.

중등학교 졸업 후, 솔제니친은 로스토프 대학에서 물리와 수학을 전공하면서도 역사와 철학, 그리고 문학에 깊은 관심을 가지고, 통신 과정으로 모스크바 문학예술 대학의 문학 수업을 듣고 습작 활동을 하기도 했다.

대학을 졸업한 1941년에 문학 공부를 위해 솔제니친은 모스크바 예술문학 대학으로 향했지만, 독소 전쟁 발발로 장교 교육을 받고 포병 장교로 임관되었다. 그 후 1945년에 체포되기까지 3년 넘게 레닌그라드와 백러시아, 폴란드 등지에서 벌어진 독일과의 전투에 참전하여 뛰어난 전공을 세우고, 2급 조국 전쟁 훈장과 붉은 별 훈장을 받기도 했다. 전장을 돌면서도, 그는 혁명에 대한 연작 소설과 공산당의 역사에 대한 작품을 구상하고 습작에 매달렸다.

그러던 중 유일한 혈육인 어머니의 사망 소식(1944년)이 전해졌고, 그 이듬해에는 그의 운명을 뒤바꿀 불행이 덮쳐 왔다. "나는 오래전부터 스탈린에 대해 비판적이었습니다. 그는 레닌주의에서 벗어나 있고, 독일과의 전쟁 전반에 대한 실패에 책임이 있으며, 이론적으로 약하고 비문화적인 말을 하고 있다고 생각해 왔습니다."라고 솔제니친이 밝힌 것처럼, 당시 친구와의 서신 교환 중에 스탈린을 비판하는 내용이 발각되어, 1945년 2월에 체포된 것이다. 그해 7월 27일에 소연방 내무 인민위원회의 심리를 거쳐 8년의 강제 노동형과 3년의 유형을 선고받게 되었다.

대학을 갓 졸업한 젊은 장교들의 한마디가 그들의 운명을 한순간에 짓밟고 수용소라는 지옥으로 몰아갔다는 사실은 스탈린 시대의 공포와 억압적인 사회 분위기를 단적으로 증명해 준다. 이 사건으로 1956년까지 11년 동안, 그는 262번이라는 번호표를 단 죄수의 신분으로, 모스크바 근교의 노브이 예루살렘 수용소와 모스크바 칼루가 형무소, 오스탄키노에 위치한 마르핀 형무소, 그리고 중앙아시아, 카자흐스탄으로 이어지는 강제 노동 수용소와 유형지에 감금되었고, 당시 스탈린 공포 정치의 가장 어두운 심연을 경험하게 되었다.

악명 높은 스탈린의 수용소와 감옥의 열악한 환경, 영양 실조와 비인간적 처우는 그를 수없이 빈사 상태에 이르게 했고, 급기야는 수용소와 유형지에서 악성 종양으로 사망 선고까지 받았지만, 그는 마지막까지 자신의 형기를 이겨 내고 살아남았다. 그가 형기를 마치는 동안, 1953년 스탈린의 사망과 1956년 흐루시초프의 등장으로 소비에트는 잠시 동안 해빙 무드가 조성되고, 그에게도 명예 회복이 이루어져, 죄수의 신분에서 벗어나 비로소 자유인으로 돌아왔다. 드넓은 조국의 땅에 연고지 하나 없었던 그는 정착할 곳을 찾아 유형지였던 코크테레크와 모스크바, 로스토프를 거쳐 1957년에 랴잔의 중등학교에서 물리와 천문학 교사 자리를 구해 정착했다.


　2


　죽음을 넘나들며 수용소와 감옥을 전전하고 암과의 투쟁에서 살아 돌아온 그는 이후의 삶이 '신으로부터 덤으로 주어진' 것이며, 그 삶은 신이 자신에게 부여한 임무를 수행하는 것이라고 확신했다. 그것은 지금까지 그가 경험하고 보고 들었던 소비에트의 역사와 '진실을 말하는 것'이었다.

　개인의 삶을 통해서든 국가의 역사를 통해서든 '진실을 말하는 것'은 쉽고도 어려운 일임에 분명하다. 그러나 당시 소비에트 정권 아래서 국가적으로 은폐되고 강제로 침묵당하던 암흑과 지옥의 실상을 드러내고 알리는 일은 승산 없는 거대

권력과의 싸움이자 자신의 생명과 목숨을 담보하는 일이었다. 수많은 스탈린의 희생자들이 소리 없이 죽어 갔고, 살아남은 자들은 침묵당하거나 변절하거나 길들여졌다. 그러나 솔제니친은 '진실을 말하는' 임무를 기꺼이 짊어졌고 그것은 목숨을 다하는 날까지 중단되지 않았다.

어려서부터 꿈꾸었던 문학에의 막연한 열정은 이제 문학 속에 무엇을 담아내야 하는지로 분명해졌고, 모든 시간과 열정은 그 신성한 임무에 집중되었다. 이때부터 짧은 기간 동안 많은 양의 작품들이 쓰였고, 작품 대부분은 그가 11년 동안 목격하고 경험한 감옥과 수용소와 유형지에서의 실상을 밝히는 데 바쳐졌다.

맨 먼저 유형지에서부터 쓰기 시작했던 『제1 영역 안에서』가 완성되었다. 모스크바 근교 형무소 안에 만들어진 과학 연구소에서 우리에 갇힌 소처럼 삼백여 명의 과학자 출신 죄수들이 비밀경찰이 요구하는 기계들을 쥐어짜듯 만들어 내던 경험을 바탕으로 한 이 작품에서 솔제니친은 소비에트 시대의 과학자들에 대한 탄압과 비밀 작업을 적나라하게 묘사해 냈다.

1959년에는 『이반 데니소비치, 수용소의 하루』가 완성되어, 우여곡절 끝에 1962년 《신세계》에 발표하였다. 솔제니친이 강제 노동 수용소에서 경험한 일상을 주인공 슈호프의 하루의 일상으로 풀어낸 이 작품은 러시아의 수용소 문학의 첫 신호탄이 되었다.

흐루시초프의 등장으로 스탈린에 대한 비판이 시작되던

'해빙기'라고는 했지만, 베일에 가려졌던 수용소라는 곳의 실상을 증언하는 이 작품이 불러온 파장은 엄청났다. 강제 수용소는 당시 소비에트 사회를 대변하고 상징하는 곳이었다. 히틀러의 공포가 유럽을 휩쓰는 동안, 철의 장막에 가려져 있던 스탈린 정권의 왜곡된 사회주의 이념과 정치권력 유지를 위해 자행된 병적인 거짓과 폭압은 필연적으로 강제된 수용소를 만들어 낼 수밖에 없었다. 세계 역사상 유래를 찾기 힘든 자국민에 대한 테러와 탄압이 온 나라를 공포와 죽음으로 몰아넣으며, 수천만 명의 죄 없는 민중들이 이곳에서 희생되었다. 그것은 소비에트 역사뿐만 아니라 인류 역사에 있어서도 존재해서는 안 되었고 더욱이 감춰져서는 안 될 가공할 악의 상징이었다. 그런데도 서방 세계는 침묵했고, 러시아 민중들로부터 은폐되었다. 이 작품으로 외부에 알려지지 않았던 소비에트 내부의 은폐된 정치적 사회적 실상이 적나라하게 폭로되고, 수용소의 부재를 공언했던 스탈린의 거짓이 러시아와 전 세계에 최초로 알려진 것이다.

솔제니친의 문학적 성취는 순식간에 소비에트 내외에 알려졌고, 소비에트 작가 연맹은 그를 회원으로 가입시켰다. 작가 연맹은 아파트와 모든 생활 기반의 제공을 제안하며 모스크바로 이주할 것을 권유했지만, 그는 거부하고 랴잔에 머무르며 작품 창작에 몰두했다. 당시의 불안정한 소비에트 정치 상황에서 작품을 쓰고 출판할 수 있는 기회가 허락하는 동안, 가능한 많은 작품을 쓰고 발표하기 위해서였다.

1963년에 《신세계》에 「마트료나의 집」을 비롯한 단편과 소품을 발표했고, 본격적인 수용소의 실상과 희생자들의 증언을 기록한 『수용소 군도』와 『암 병동』도 완성했다. 소련 역사의 혁명 과정을 그린 『붉은 수레바퀴』도 이때 착수하였다.

흐루시초프의 해빙기는 길지 않았고, 1964년, 브레즈네프의 등장으로 소비에트 사회는 다시 얼어붙었다. 솔제니친에 대한 환호와 지지는 순식간에 사라지고, 그의 작품은 다시 정치적 논쟁의 대상이 되었으며, 비밀경찰의 감시하에 놓이게 되었다. 『수용소 군도』의 원고가 경찰에 압수되고, 원고를 보관하고 있던 지인은 경찰의 압박에 원고가 숨겨진 곳을 실토한 후 자살하기에 이르렀다. 1966년에 발표한 작품은 「자하르 칼리타」뿐이었고, 『암 병동』과 『제1 영역 안에서』뿐만 아니라 어떤 작품도 1990년, 새로운 러시아의 역사가 시작되기까지 자국 내에서 빛을 볼 수 없었다.

문학을 통해 진실을 말하려 했던 그의 의지는 더 이상 실현될 수 있을 것 같지 않았다. 그가 선택할 수 있는 길은 소비에트 정권과의 직접적인 투쟁밖에 없었다. 그는 그해에 열린 제4차 소비에트 작가 회의에 앞서 각계에 출판의 자유와 검열 폐지를 골자로 하는 폭탄적인 공개서한을 보내며 맞섰다. 그의 주장은 묵살되었다. 정식으로 출판되지 못한 『암 병동』과 『제1 영역 안에서』와 몇몇 작품들이 지하 출판 형태로 소비에트 내에서 유통되었고, 서구로 유출되어 출판되었다.

그의 작품들이 서구에서 출판돼 나오면서, 그의 신변과 주변은 비밀경찰의 감시와 위협에 놓이고, 정권과 언론은 조국을 배신한 반역자로 그를 낙인찍었다. 그럼에도 그는 사고의 자유와 출판의 자유를 억압하는 브레즈네프 정권에 굴하지 않고 서구 언론 등을 통한 인터뷰, 소련 작가 동맹에 보내는 공개 서한, 다양한 공개 석상에서의 낭독문 발표 등으로 본격적으로 정권과 극단적 대립을 시작했다. 1968년 12월에 파리에서 수여한 최우수 외국 소설상 수상을 계기로 1969년에 소비에트 작가 동맹이 그를 제명하고 작가로서의 모든 권리를 박탈함과 동시에 언론과 정권의 비난과 비판은 더욱 강해졌다.

소비에트 정권과의 불화로 궁지에 몰려 있던 1970년 가을, 솔제니친은 스웨덴 한림원으로부터 "러시아 문학의 전통을 도덕적인 힘으로 추구한" 공로와 재능을 인정받아 노벨 문학상 수상자로 선정되었다. 그러나 노벨상 지명은 소비에트에서의 그의 입지를 더욱 궁지로 몰아넣었다. 그보다 앞서 1958년도에 『닥터 지바고』로 노벨 문학상 수장자로 선정된 파스테르나크가 겪었던 똑같은 방식으로 출국 즉시, 조국으로 다시 돌아올 수 없는 처지에 놓이게 된 솔제니친은 노벨상 수상을 위해 출국할 수도 없었다. 소비에트 당국의 정치적 탄압을 피해 외국으로의 대대적인 이민이 이어지던 당시였음에도 조국을 등질 수 없었던 솔제니친은 결국 시상식에 참석하지 못했다. 그에게 노벨 문학상은 작가 개인의 문학적 영광이 아니라 "조국이 처한 현실을 극복하고 개선하는 목적을 달성"하는 데 강력한 무기가 될 수 있고, 노벨상의 권위와 힘을 이용해 "어떤 억압에도 굴하지 않고 그들에게 승복을 권유할" 입장을 취할 수 있는 힘을 제공한다는 점에서 의미가 있었다.

노벨상 수상을 계기로 솔제니친에게 있어서의 문학의 의

미는 더욱 확고해졌다. 그에게 있어 문학은 "공공연한 폭력의 무자비한 습격에 대항할 수 있는 힘"이었다. "폭력은 홀로 존재하지 않으며", "거짓과 필연적으로 연결되어" 있으므로, 폭력에 저항하는 방법은 "거짓에 참여하지 않고 거짓된 행위를 지지하지 않는 것"이며, 문학과 예술가들의 임무는 "거짓과 싸워 이기는 것"이었다. 그는 "거짓과의 투쟁에서 예술은 항상 승리하였고 항상 승리할 것"이라는 것을 확신했다.

그는 더욱 공공연하게 정권의 불합리한 처사와 정권이 자행하는 불의와 박해와 탄압에 맞서, 국가의 제도를 비판하고 개선을 요구했다. 동시에 정치적 탄압과 신변의 위험에도 작업을 계속해서, 1971년에 『붉은 수레바퀴』 제1권이, 1973년에는 『수용소 군도』가 파리에서 출판되었다.

더 이상 그를 용납할 수 없었던 소비에트 정권은 1974년 2월 13일, 그를 국가 배반죄로 체포하고 시민권을 박탈해 국외 추방 조치와 함께 독일로 가는 비행기에 강제로 태웠다. 그는 삶의 터전이자 의미였던 조국을 뒤로하고 이렇게 기나긴 추방 생활을 시작했다. 조국을 떠나는 것은 그에게 더욱 혹독한 시련이었고, 국외에서의 수용소 생활에 다름 아니었다. 조국을 떠난 작가가 국외에서 할 수 있는 일은 아무것도 없었다. 추방 후, 그는 언론과의 접촉을 최소한 피하며 침묵했고 스스로 은둔과 고립을 선택했다.

1976년에 미국 버몬트의 외진 곳에 가족과 함께 정착하여 18년간의 칩거 생활에 들어간 그는 소련 혁명의 모든 것을 담아낼 『붉은 수레바퀴』의 집필을 계속하며, 「8월 14일」, 「10월

16일」, 「3월 17일」 등의 작품을 썼다.

그가 20여 년의 망명 생활을 하는 동안 소비에트는 페레스트로이카를 거치고 개방되었다. 1988년부터 《신세계》에 그의 작품이 실리기 시작하면서 단행본들도 출간되었고, 시민권도 회복했다. 러시아에서의 『수용소 군도』의 출간을 계기로 정부는 그에게 연방 국가상을 수여하려 했으나, 스탈린의 수용소에서 죽어 간 이들의 증언이 담긴 작품으로 개인적인 영광이나 영달을 취할 수 없다는 이유로 거절하였다.

1994년에 그는 극동을 거쳐 러시아로 귀국했다. 당시 75세라는 나이에도 불구하고 조국의 미래와 민중의 운명에 대한 그의 깊은 고뇌와 열정은 사라지지 않았고, 오히려 그의 모든 에너지는 '새로운 도덕적인 러시아를 어떻게 건설할 것인가'에 대한 문제에 집중되었다. 그는 많은 정치가들과 사회 활동가를 만나고, 러시아의 방방곡곡을 방문해 시민들과 대화하고 언론과의 인터뷰, 국회에서의 연설을 통해 건전한 러시아의 건설을 위해 해야 할 일이 무엇인지를 호소했다. 80세에 이른 1998년에 그의 염원이 담긴 『이 잔혹한 시대의 내 마지막 대화』를 출간했고, 2007년에 있었던 러시아 대통령 푸틴과의 조우에서는 강력한 러시아, 슬라브 정교의 전통과 도덕적 신념에 바탕을 둔 자치적인 러시아를 건설을 주장했으며, 국가 공로 훈장을 받았다. 다음해인 2008년 8월 3일 모스크바에서, 심장마비로 오랜 고되고 혹독했던 운명을 마감하고 영면에 들었다.

솔제니친은 오랜 생애 동안 자신이 살아 내야 했던 조국 소비에트 정권의 소용돌이 속에서 부침을 함께하며 작가로서의 자신에게 부여된 임무를 마지막 순간까지 수행했던 틀림없는 위대한 작가였다. 그는 문학의 임무, 곧 자신의 임무를 '꼭 말해야 하는 것을 말하는 것', '반자유적인 것에 대한 굴하지 않는 저항'임을 확신하고 실천하는 데 주저하지 않았던 그는 '위대한 작가'로서 부인할 수 없는 소비에트의 '제2의 정부'였다.

3

솔제니친의 문학은 일종의 증언이다.

'진실'의 증언이다.

그의 작품들이 '진실에의 증언'이 된 것은 소비에트 역사의 질곡을 경험한 동시대인으로서 인류 역사상 가장 '잔인한 시대'의 하나였던 소비에트의 부정을 외면할 수 없었던 한 인간으로서의 양심, 역사에 희생당한 사람들에 대한 기억을 일깨워야 한다는 작가로서의 절박한 의무, 그리고 미래 러시아와 세계가 추구해야 할 진정한 가치를 고민한 정치 철학자로서의 열망에 기인한 것이다.

이것은 작품 『암 병동』을 관통하는 몇 가지 공통된 특질을 만들어 낸다. 첫 번째는 작품의 주요 배경과 모티프가 직접적으로 작가가 경험했던 소비에트 체제의 가장 어두운 암흑, 즉 감옥과 수용소와 유형지와 관계된다는 점이다. 두 번째는 작품 속의 인물들이 모두 소비에트 시대의 거대한 '공포의 하늘'

아래서 질식당한 비극적인 존재들이라는 사실이다, 세 번째
는 엄혹한 역사 속에서도 인간이 간직해야 할 삶의 가치가 무
엇인가를 묻고 있다는 점이다.

　작품의 모티프는 실제로 그의 두 번에 걸친 암 치료 과정이
다. 1950년에 북카자흐스탄 공화국 내 탄광 지대에 있는 강제
노동 수용소로 이감된 솔제니친은 1952년에 수용소 내 병원
에서 서혜부 악성 종양 수술을 받았고, 조직 검사 소견서는 유
실되었다. 이후 1953년 2월에 카자흐스탄 발하슈 호수 부근인
코크테레크에서 영구 추방자로 유형 생활을 하던 그는 다시
위에 악성 종양이 생겨 사경을 헤매게 되었고, 타슈겐트의 암
센터에 입원하여 한 달 반 정도 방사선 치료를 받고 기적적으
로 완치되었다.
　암 치료 과정을 통해 작가는 인간의 신체에 침범해 인간을
죽음으로 몰아가는 암의 실체와 발생 원인, 그 치유 과정과 어
쩔 수 없는 죽음, 그리고 갱생의 문제를 숙고하게 되었고, 그
것을『암 병동』의 주요 모티프로 삼았다.
　그러나 작품 속에서 그려지는 이런 모티프들은 표면적이며
모든 작품의 요소들은 다층위적인 구성을 보여 준다.(이러한
특징은『암 병동』에서 지속적으로 나타나며, 다른 다양한 문학적 요
소와 세부 들과 어우러져 작품의 내밀한 상징들을 엮어 냄으로써, 솔
제니친의 증언이 단순한 증언이 아니라 의미 있는 문학적 성취를 이
루어 낸다는 것을 증명해 준다.)
　환자들이 앓고 있는 암종이라는 것은 단순히 그들 개인의

우연한 병인으로 인해 발생된 것이 아니다. 암종은 그들의 생과 사를 본질적으로 결정하는 토대, 즉 소비에트 체제의 오염된 토양에서 비롯된 것이다. 오염된 물에서 물고기가 살아갈 수 없듯이 당시 소비에트 사회의 부조리한 체제 속에서 살아가야 했던 개인은 필연적으로 치명적인 질병에 노출될 수밖에 없는 운명인 셈이었다. 사소한 말 한마디로 오랜 시간을 감옥과 수용소를 떠돌아야 했던 주인공 코스토글로토프의 내적인 병인은 소비에트 체제의 가공할 폭력에 기인하고 있다. 지식인 출신 술루빈은 비록 개인과 가족의 안위를 위해 체제의 악행에 눈감고 침묵하며 굴욕당했지만, 그가 지키고자 했던 가족의 가치는 결국 공허한 것이었다. 루사노프라는 인물은 체제에 영합해 무고한 이웃들을 파멸로 몰아가고 죄 없는 사람들을 죽음으로 몰아가는 악행으로 물질적 풍요와 높은 지위를 얻었지만, 그가 행한 죄악은 소비에트 체제가 제공한 것이다. 이렇게 암 병동에 모여든 많은 환자들의 각기 다른 암종의 병인과 미래에 다가올 비극은 거대한 암흑의 세계를 만들어 낸 소비에트 체제와 불가분의 관계에 놓여 있다.

암 병동이라는 공간 역시 단순히 암 환자들의 치료가 이루어지는 공간에 머무르지 않는다. 암 병동의 공간적 의미는 작품에서 훨씬 확대된다. 솔제니친의 언급대로 어떤 병인이 사람의 몸에 암을 발생시킨다면, 암을 발생시키는 병인을 품고 있는 사회는 결국 암에 노출될 수밖에 없다. 거짓과 기만, 가공할 악행, 그리고 그것을 감추기 위해 필연적으로 만들어 내야 했던 수많은 감옥과 수용소와 유형지는 소비에트 체제에 암을 발생시키는 병인이었다. 주인공 코스토글로토프가 퇴원한 날 들렀던 동물원의 풍경은 그래서 다분히 상징적이다. 인간들의 잘못된 욕망으로 강제로 포획되어 자유를 잃고 우리에 갇혀 비극적이고 절망적인 생을 살아가야 하는 동물들의 모습은 '영구 추방된' 죄인인 주인공 코스토글로토프와 수용소에 갇힌 죄 없는 동료 죄수들을 투영하고, 동물원은 그들을 가둬 둔 수용소에 다름 아니다. 수용소라는 병인을 안고 있는 소비에트는 치명적인 암에 걸린 거대한 암환자, 암 병동에 다름 아니다.

환자들의 치료가 이루어지는 암 병동 내의 다양한 모순과 부조리 역시 소비에트 체제의 그것을 환기시켜 준다. 수많은 암종 환자들이 밀려 들어오는데도, 열악한 치료 시설, 비합리적 병동 운영으로 발생되는 의료진들의 과중한 업무, 획일적인 지침과 치료 과정 등은 관료 체제의 병폐들로 치료에 쏟아져야 할 에너지가 무의미하게 낭비되고 환자들의 희생을 늘어나게 한다. 이런 암 병동의 광경은 비단 암 병동만의 특수한 경우가 아니다. 똑같은 광경이 소비에트 정치 체제 아래 있는 사회의 모든 곳에서 반복되는 것이다.

작가는 암과 암 병동의 모티프를 당시 소비에트 사회의 병인과 국가로 오버랩시키면서, 이 가공할 암흑과 공포 속에서 살아야 했던 존재들의 비극을 조명한다.

죽음으로 끝나게 될지 모를 수술을 앞둔 술루빈과 코스토글로토프와 대화에서 푸슈킨의 시 "암울한 우리 시대에는……/어디를 가든 인간은/폭군 아니면 배신자 그리고 죄수."를 인용하고 있는 것은 흥미롭다. 마치 당시 소비에트의 암울한 시대를 살아가는 『암 병동』의 세 인물인 루사노프와 슐루빈, 그리고 코스토글로토프의 형상이 푸슈킨의 폭군, 배신자, 죄수의 형상으로 대비된다.

폭군의 형상 : 루사노프는, 전제 정치의 폭군의 형상은 거짓과 불의를 은폐하고 정권을 유지하기 위한 공포 정치를 펼친 소비에트 정권과 동일시되며, 동시에 그 정권을 유지시키고 지탱해 준 루사노프 부류와도 같은 맥락으로 이어진다.

배신자의 형상 : 슐루빈은 거짓과 불의에 눈감은 자들을 의미한다. 지식인이자 대학 교수였지만, 자기 가족의 안녕과 안위를 위해 폭군의 불의와 악행 앞에서 비굴하게 눈감고 진실을 말해야 할 때 침묵한 그는 소비에트 정권에서 핍박받는 민중을 외면한, 자기 조국에 죄의 뿌리가 내리게 하고 자라게 한 배신자의 형상이다.

죄수의 형상 : 코스토글로토프는 핍박받는 민중의 형상이다. 그는 친구와의 서신에서 스탈린을 비판했다는 이유로 11년이란 세월을 감옥과 수용소를 전전하며 온갖 핍박과 모진 고통을 당해야 했던 유형수의 형상이다. 정권과 결합하여 자신의 영달을 누리는 영악함도 없고, 사회를 비판하고 단죄할 힘을 가진 지식인도 아니다. 그저 거짓을 말할 줄 모른다는 이유로, 진실을 말했다는 이유로 죄수로 낙인찍히고 고난당하는 인물의 형상이다. 이 형상은 러시아 문학 전통과 러시아 정신 속에 뿌리내리고 있는 의인의 형상과 이어져 있다. 멀리는 민담 속

에 등장하는 '바보 이반'의 형상과 솔제니친의 이반이며(『이반 데니소비치, 수용소의 하루』), 마트묘나(「마트묘나의 집」) 같은 인물들과 동일선상에 놓여 있다.

그러나 이 세 형상들의 운명은 모두 부정한 정권과 체제에 의해 희생당한 비운의 존재들이라는 점에서 동일하다. '잔인한 시대'는 가해자든 피해자든 그 시대를 살아간 모든 존재들의 운명을 비극으로 몰아간다. 잔혹한 역사의 최대의 희생양인 코스토글로토프뿐만 아니라, 루사노프 역시 잘못된 체제가 만들어 낸 시대의 희생양에 다름 아닌 것이다. 그는 가해자이면서 동시에 자신이 지은 죄업으로 고통당하는 운명의 소유자이다. 자신에게 희생당한 망령에 시달리고, 그의 무고로 투옥된 사람들의 복권 소식을 접하며 겪는 두려움과 공포는 다른 희생자들의 그것과 다르지 않다. 술루빈 역시 자신이 추구하며 지키려고 했던 가치의 허무함과 자신의 죄업에 대한 회한으로 고통받는 시대의 희생양에 다름 아니다.

개인의 운명을 비극으로 결박하는 엄혹한 시대와 역사 속에서도 신이 인간에게 부여한 신성한 의무는 여전히 유효하다. 솔제니친은 톨스토이의 작품 「사람은 무엇으로 사는가」를 우리에게 건네주며, 그것이 무엇인지 질문한다.

사람이 건강하게 살아가는 동안에는 삶과 죽음의 의미에 대해 깊게 생각할 기회가 없지만, 죽음을 눈앞에 둔 순간이 되면 누구나 스스로에게 가장 절실하게 제기하는 문제가 그것이다. 암 병동은 그것을 질문할 가장 적절한 공간이다. 더구나

작가는 삶을 가장 무의미하게 허비한 인물 예프렘을 통해 그
것을 묻고, 그의 목소리를 빌려 사람은 '사랑으로 살아간다.'
는 결론을 얻어 낸다. 누군가는 물질과 성공을(루사노프), 누
군가는 가족의 안녕과 개인의 안위를(술루빔), 누군가는 학문
을(바짐), 누군가는 육체적 욕망을(예프렘) 추구하며 살아왔
지만, 죽음 앞에서 그것들은 모두 무가치하다. 오직 사랑만이,
타인을 위한 사랑만이 인간의 삶을 가치 있게 해 준다고 주장
한다.

　작품 속에서 소비에트 정권이 저지르는 악의 규모가 커질
수록, 그것에 대항하는 선의 규모도 그만큼 커진다. 어떤 세
계가 완전히 멸망하지 않고 유지될 수 있는 이유도 여기에 있
다. 작품 속에 묘사되는 많은 인물들의 선한 행위는 타인에 대
한 사랑에서 비롯되는 것으로, 소비에트의 악에 의해 희생당
한 존재들을 구원하고 있다. 암종에 침범당한 죽을 운명의 환
자들을 구하기 위해 아무런 대가도 바라지 않고 봉사하는 시
골 의사나 차가 버섯을 연구하는 의사, 정권의 모진 탄압에도
불구하고 끝까지 의사로서의 자신의 양심과 의무를 실천하는
오레셴코프 박사, 자신도 암에 걸린 환자이면서 가엾은 좀카
의 영혼과 불행을 감싸 안고 따뜻한 어머니 같은 역할을 보여
주는 스쵸파 아줌마, 환자들에게 아무리 엄하게 대하려 해도
가까워질 수밖에 없는 헌신적인 여의사 간가르트뿐만 아니
라, 코스토글라토프가 마지막 날 유배지로 돌아가기 위해 만
났던 아르메니아인 감독관의 따뜻한 말 한마디……. 이런 선
을 통한 인간에의 사랑은 거대한 악에 대항하는 힘이며, 구원

의 에너지인 것이다.

그러나 선과 악의 대결은 끝나지 않고 『암 병동』의 결말은 열려 있다. 작가는 자신의 의지를 인물들의 미래나 선악의 대결에 투영시키지 않는다. 작가는 자신이 포착한 역사의 현장만을 보여 줄 뿐, 그들의 미래는 미래에 달려 있다.

루사노프는 병이 호전되어 퇴원하지만 전이의 위험성이 잠재되어 있다. 술루빈은 수술을 받았지만 앞날은 불투명하다. 코스토글로토프는 완치라기보다는 완치의 가능성만 믿으며 퇴원한다.

그리고 병동 밖을 벗어난 각 인물들의 미래는 다음 세대로 이어진다. 코스토글로토프가 꿈꾸는 결혼, 루사노프의 딸 아비에타, 술루빈의 우주 파편에 대한 관념 등은 모두 다음 세대의 선악의 대결에 다름 아니다. 코스토글로토프는 암 병동에서 두 여성, 즉 간호사 조야와 여의사 간가르트와 애증 관계를 경험했다. 그러나 두 사람과의 사랑은 모두 부인된다. 육체적 욕망을 의미하는 조야도, 정신적 교감만을 의미하는 간가르트와의 사랑도 모두 불완전한 것이다. 코스토글로토프의 미래는 육체적 사랑과 정신적 교감이 완전히 결합된 결혼 속에서만 미래의 결실을 얻을 수 있는 것이다. 루사노프의 미래는 그의 딸, 아비에타, 즉 새로운 루사노프다. 시대와 역사가 변화되면 새로운 옷을 입은 루사노프가 등장하게 마련이다. 그녀는 러시아 고위층의 인물들과 작가 동맹 회원들과 막 교류를 시작할 참이며, 자신의 시집을 들고 벌써 변화하는 새로운 시대의 중앙 무대에 데뷔하고 있다. 새로운 루사노프는 본

능적으로 무엇이 그녀에게 개인적 특권과 영광을 가져다줄지 알고 있으며 그것을 향해 나아갈 것이다.

숄루빈의 미래는 코스토글로토프와 연결된다. 그는 파멸이 예정된 운명이지만, 수술을 앞두고 코스토글로토프에게 자신의 죄를 참회하고, 자신이 깨달은 바람직한 러시아 미래 사회에 대한 청사진을 전해준다. 수술 후 죽음을 넘나드는 무의식의 순간에 자신의 육체적 종말이 반드시 정신적 종말을 의미하는 것은 아니며, 그의 영혼과 정신은 우주의 파편으로 살아남으리라고 확신한다. 그것은 숄루빈의 정신이 코스토글로토프를 통해 유전될 것이라는 것을 암시한다. 실제로 숄루빈의 목소리로 울려 퍼지는 건전한 러시아 미래의 청사진은 작가가 추구하는 도덕적 사회주의의 원칙을 기반으로 러시아 건설의 주장과 일맥상통한다. 그것이 어떤 형태로 실현될 수 있을지는 러시아 미래 세대의 과제일 뿐만 아니라, 인간과 그 공동체의 운명을 진지하게 고민하는 모든 미래 세대의 고민으로 남겨질 문제이다.

이상에서 살펴본 내용은 『암 병동』이 성취해 낸 웅대한 문학적 스케일과 장치들, 문학적 의미의 작은 편린에 불과하다. 이 작품의 의의는 계속 연구되는 중이고 그 가치는 아직 많은 부분이 비밀로 감추어져 있다. 감춰진 보물을 찾는 것은 연구자들과 독자들의 몫이다.

*

번역은 모스크바 바그리우스 출판사의 2003년도 판본을 사용하였고, 다른 러시아어 판본과 영어본을 참조하였으며, 기번역된 번역본도 좋은 참고가 되었다. 츠베토프의 솔제니친 연구서, 그리고 다른 많은 참고 서적들과 다양한 러시아 사이트의 자료들이 작품의 해설을 쓰는 데 도움이 되었다. 그리고 오역과 거친 번역이 있다면 역자 역량의 한계다.

이 책이 번역되기까지 암 병동의 인물들과 함께 지독히 앓으며 두 번의 여름을 났다. 아름다운 러시아의 자작나무 숲과 끝없이 펼쳐진 초원으로 당장 뛰어가고 싶을 때도 있었고, 다양한 민족들이 고유한 의상을 입고 모여드는 시골의 소박한 시장을 눈앞에 그리며 신바람이 난 적도 있었다. 마침내 기다리는 이 하나 없는 유형지로 돌아가는 기차의 선반 위에서 흔들리던 코스토글로토프의 긴 다리와 그의 이루지 못한 사랑의 아픔과 비스듬히 비쳐드는 석양빛을 마주했을 때는 나도 정신없이 오열했다…….

아무도 아프지 않았으면 싶다.

# 작가 연보

1918년    12월 11일, 러시아 카프카스 키슬로보츠크 시에서
아버지 이사키 세묘노비치 솔제니친과 어머니 타
이시야 자하로브나 세르바크 사이에서 유복자로
태어남.

1923년    남러시아 돈 강 유역 로스토프로 이주, 그곳에서
유년기와 청년기를 보냄.

1936년    로스토프 시에 있는 10년제 중등학교 졸업, 로스토
프 대학 물리 수학과에 입학.

1940년    대학 동창 나탈리야 레셰토프스카야와 결혼.

1941년    이학사 학위를 받고 로스토프 대학교 졸업. 이해
여름 모스크바 문학대학 입학시험을 보러 모스크
바에 갔다가 6월 22일, 독소 전쟁 발발 소식을 듣고
입대 신청을 했으나 서류상 문제로 입대가 지연됨.

9월, 로스토프 시에서 150킬로미터 떨어진 모로조
프스크 중등학교에서 천문 물리학 교사로 근무.

10월 8일, 입대하여 처음엔 수송대 소속인 마필계
에 근무.

1942년    11월 1일, 포병 장교학교에 입교해서 훈련을 받고
포병 중대장으로 임관됨.

1943년    오룔 시 점령으로 조국 전쟁 제2급 훈장을 받음.

1944년    1월 17일, 어머니 타이시야 자하로브나 사망.

독일과의 전투에서 전공을 세우고, 붉은 별 훈장을
받은 후 대위로 임관됨.

1945년    2월 9일, 포병 대위로 복무 중, 친구 니콜라이 비트
케예비치와의 서신에서 스탈린과 스탈린 체제를
비판한 것이 문제되어 체포됨.

7월 27일, 형법 제58조에 의거하여 소연방 내무 인
민위원회 부설 특무 회의 결의로 8년 강제 노동형
과 3년의 유형을 선고받음.

1946년    7월, 모스크바 근교에 있는 류반카 수용소에 수감
됨. 이곳에서 9개월을 지낸 다음, 마브리노(감옥 내
에서 비밀경찰의 연구 계획을 수행하는 과학 연구소)에
서 죄수 과학자로 5년을 보냄.

1950년    아내 레셰토프스카야의 이혼 신청으로 이혼.

나머지 형기의 3년은 모스크바에서 3천여 킬로미
터 떨어진 북카자흐스탄 공화국의 탄광 지대에 있
는 강제 노동 수용소에서 보냄.

| 1952년 | 2월 12일, 수용소 병원에서 서혜부 악성 종양 제거 수술을 받음. |
|---|---|
| 1953년 | 2월, 강제 노동 수용소에서 석방되고, 유형자 신분으로 카자흐스탄 발하슈 호 남서쪽 코크테레크로 영구 추방되어 거주 제한을 당한 채 교사로 일함. 이때부터 작품을 쓰기 시작해 희곡 「사슴과 수용소의 여인」 완성, 장편 소설 『제1 영역 안에서』 집필 시작함. |
| | 3월 5일, 스탈린 사망. |
| 1955년 | 위에 종양이 발생해 타슈켄트 병원에 입원해 암 센터에서 치료를 받음. |
| 1956년 | 2월 6일, 최고 재판소의 결정으로 명예 회복이 이루어짐. |
| | 6월, 코크테레크에서 모스크바로, 다시 로스토프로 이주. 토르포프로둑트 마을에서 물리학 교사로 일하기 시작함. 이때 마트료나 바실리예브나 자하로바의 집에 세들어 살게 됨. |
| 1957년 | 2월 12일, 마트료나가 기차 바퀴에 치여 사망. 레셰토프스카야와 재결합하고 혼인 신고를 함. |
| | 랴잔 시로 옮겨 중고등학교에서 물리와 수학을 가르치며, 이때부터 본격적인 창작 활동에 들어감. 『제1 영역 안에서』 집필. |
| 1959년 | 『이반 데니소비치, 수용소의 하루』 완성. |
| 1961년 | 제2차 공산당 대회 이후 『이반 데니소비치, 수용소 |

의 하루』를 출판하기 위해《신세계》지의 편집장이
던 트바르도프스키에게 원고를 보여 주고 극찬을
받음.

1962년    11월, 흐루시초프를 설득하여 드디어《신세계》11월
호에 처녀작『이반데니소비치, 수용소의 하루』를
발표, 소련 문단에서 일약 대작가로 부상하게 됨.
소련 작가 동맹에 가입.

1963년    1월,《신세계》1월호에 장편소설『크레체토프카 역
에서 생긴 일』과「마트료나의 집」, 7월호에「공공
을 위해서」발표.
『수용소 군도』,『암 병동』, 그리고 혁명에 관한 소
설들을 집필하기 시작함.

1964년    「시작법과 대화」를 독일《그라니》에 발표.『이반
데니소비치, 수용소의 하루』가 레닌 문학상 후보
작으로 추천받음.
『붉은 수레바퀴』집필 시작함.
10월, 흐루시초프가 실각함.

1965년    문학 평론인「타르는 수프에 타지 않는다. 수프에
타려고 스메타나가 존재 하는 것이다」를 모스크바
의《문학 신문》11월 4일자에 발표.
영국《인터카운트》3월호에 소품을 발표.
비밀경찰이 솔제니친의『수용소 군도』의 원고를
강탈.

1966년    1월,《신세계》1월호에「자하르 칼리타」발표.『암

병동』을《신세계》에 보내자 작가 연맹 모스크바 지
부에서 작품에 대한 논쟁이 벌어짐. 이해부터 사실
상 그의 작품은 출판 금지 처분을 받게 됨.

1967년　　5월 22일, 소련 작가 동맹 제4차 대회에 공개 서한
을 보내 문학 작품에 대한 검열 철폐를 요구하여,
자유파 작가들의 많은 지지를 받게 됨. 그러나 그
의 요구는 받아들여지지 않고『암 병동』발표는 무
산됨.

아내 레셰토프스카야와 헤어짐.

1968년　　『암 병동』과『제1 영역 안에서』의 사미즈다트 판
본,『수용소 군도』의 원고가 마이크로필름으로 서
방으로 유출됨.『암 병동』은 독일, 프랑스, 영국, 이
탈리아 등지에서 출간됨.『제1 영역 안에서』는 독
일, 미국, 영국에서 출간됨.

「오른손」이 독일《그라니》12월호에 게재됨.

희곡『바람에 흔들리는 촛불』이 영국에서 출간됨.

두 번째 아내 나탈리아 스베틀로바와 만남.

12월, 프랑스에서 '최우수 외국 소설상' 수상자로
선정됨.

1969년　　서한문「세 학생에게 대답한다」가 프랑스《러시아
사상》4월 17일자에 게재됨.

「부활절의 십자가 행진」을《그라니》5월호에 발표.

희곡「사슴과 수용소의 여인」을《그라니》7월호에
발표.

논평 「『이반 데니소비치, 수용소의 하루』가 읽히고 있다」가 독일《포세프》5월호에 게재됨.

11월 4일, 반소 작가로 지목되어 소련 작가 동맹에서 제명됨.

1970년 10월 8일, 스웨덴 왕립 아카데미에서 노벨 문학상 수상자로 결정했으나 소련 정부의 방해로 참석하지 못함.

첫 아들 예몰라이가 태어남.

1971년 5월, 국외의 러시아인 독자를 대상으로 유럽에서 작품을 간행기로 결심.

6월, 『1914년 8월』이 프랑스에서 출간됨.

『붉은 수레바퀴』 1권이 프랑스에서 러시아어로 출간됨.

12월 18일, 트바르도프스키 사망.

1972년 둘째 아들 이그나트가 태어남.

서방의 신문 잡지와 몇 차례 인터뷰를 함.

1973년 12월 20일, 세계를 떠들썩하게 한 『수용소 군도』가 프랑스에서 출간됨.

셋째 아들 스테판이 태어남.

1974년 2월 13일, 소련 당국에 의해 체포, 투옥되었다가 시민권을 박탈당하고 강제 추방 명령을 받아 서구로 망명, 스위스 취리히에 체류함.

2월 20일, 《문학 신문》에 솔제니친의 반소 행위에 대한 비난 기사가 실림.

스베틀로바는 아이들과 함께 남편을 따라 이주 허가를 받음.

1975년  『송아지, 참나무를 뿔로 받다』가 프랑스에서 출간됨. 미국을 여행하고 장편 『취리히에 온 레닌』 발표.

1976년  10월, 취리히에서 미국 버몬트 주로 이주. 『수용소 군도』 3권 발표.

1977년  러시아 이민자들에게 '러시아 문헌 박물관' 건립을 위한 도움을 요청함.

1978년  하버드 대학 졸업식에서 연설함. 러시아어로 된 솔제니친 전집 1, 2권이 출간됨.

1979년  전집 3, 4권이 출간됨.

1987년  독일 주간지 《슈피겔》지와 인터뷰함.

1988년  강제 추방 이후 러시아 방송과 언론에서 처음으로 솔제니친을 언급함. 12월 11일, 모스크바 중앙 극장에서 솔제니친 70회 생일 기념 파티가 열려, 솔제니친의 작가 동맹 회원의 복권과 그의 작품 출판을 고르바초프에게 요청함.

1989년  솔제니친의 작품들이 러시아에서 출판되기 시작함. 연설문 「거짓으로 살지 않는다」가 러시아에서 발표됨. 『수용소 군도』가 《신세계》에 게재되기 시작함.

1990년  솔제니친의 작품들이 단행본으로 출간되거나 잡지에 실리기 시작함.

『수용소 군도』로 러시아 연방 국가상 수상자로 선
정되나 거부함.

8월 16일, 소련의 시민권을 획득함.

1994년    러시아 방문, 여러 정치 활동과 연설을 함.

1998년    러시아로 돌아가 러시아 각지를 돌아다니며 활동.
정치 시사 평론집『이 잔혹한 시대의 내 마지막 대
화』출간.

2007년    국가 공로 훈장을 받음.

2008년    8월 3일 모스크바에서 심장마비로 사망, 모스크바
돈스코이 수도원에 영면.

세계문학전집 338

# 암 병동 2

1판 1쇄 펴냄  2015년 9월 11일
1판 7쇄 펴냄  2023년 3월 14일

지은이  알렉산드르 솔제니친
옮긴이  이영의
발행인  박근섭, 박상준
펴낸곳  (주)민음사

출판등록  1966. 5. 19. (제 16-490호)
서울특별시 강남구 도산대로1길 62(신사동) 강남출판문화센터 5층 (우편번호 06027)
대표전화 02-515-2000  팩시밀리 02-515-2007
www.minumsa.com

한국어 판 ⓒ (주)민음사, 2015. Printed in Seoul, Korea

ISBN 978-89-374-6338-9 04800
ISBN 978-89-374-6000-5 (세트)

# 세계문학전집 목록

세계문학전집은 계속 간행됩니다.